Hugh Howey

SANDTAUCHER

HUGH HOWEY

SANDTAUCHER

Roman

Aus dem Amerikanischen
von Andreas Decker

PIPER

Von Hugh Howey liegen im Piper Verlag vor:
Silo (Silo 1)
Level (Silo 2)
Exit (Silo 3)
Sandtaucher

Deutsche Erstausgabe
ISBN 978-3-492-70557-8

Titel des amerikanischen Originalmanuskripts »Sand«

Satz: Satz für Satz, Wangen im Allgäu
Gesetzt aus der Caecilia
Druck und Bindung: CPI books GmbH, Leck
Printed in the EU

Für jene, die zu helfen wagen.

Teil 1

DER GÜRTEL DER BEGRABENEN GÖTTER

1 – DAS TAL DER DÜNEN

Das Sternenlicht führte sie durch das Tal der Dünen bis in die Wüste des Nordens. Ein Dutzend Männer marschierten in einer Reihe, die Halstücher über Mund und Nase gebunden. Leder ächzte, Schwertscheiden klirrten. Die Route erschien zwar umständlich, auf dem direkten Weg hätte man sich aber dem nachgebenden Sand aussetzen und dem heulenden Wind auf den Hügelkämmen stellen müssen. Es gab einen langen Weg, und außerdem gab es einen anstrengenden Weg, und die Briganten der nördlichen Wüste wählten nur selten den anstrengenden Weg.

Palmer behielt seine Gedanken für sich, während sich die anderen schlüpfrige Witze und erfundene Geschichten über alle möglichen Arten von Beute erzählten. Sein Freund Hap marschierte ein Stück voraus und versuchte sich bei den älteren Männern einzuschmeicheln. Es war ziemlich unklug, mit einer Banditenhorde durch die Wüste zu wandern, aber Palmer war Sandtaucher. Er lebte für die rasiermesserscharfe Grenze zwischen Wahnsinn und gesundem Menschenverstand. Davon abgesehen boten diese Aufschneider mit ihren Bärten und ihrem Gestank einen ganzen Monatsverdienst für nur zwei Tage Arbeit. Wenn es dafür einen Haufen Münzen gab, waren ein Ausflug in die Wüste und ein schneller Tauchgang nicht mehr als eine Kleinigkeit.

Die lärmende Reihe schlängelte sich um eine steile Düne, verließ ihren Schatten und trat wieder in den Wind hinaus. Palmer richtete sein flatterndes Tuch. Er schob den Rand unter die Schutzbrille, damit es an Ort und Stelle blieb. Sand prasselte gegen seine rechte Gesichtshälfte und verriet ihm, dass sie nach Norden gingen. Das wusste er, ohne zu den Sternen blicken oder die hohen Gipfel im Westen sehen zu müssen.

Der Wind verlor an Kraft oder schwoll vor Zorn an, aber seine Richtung war zu jeder Zeit so unverrückbar wie der Lauf der Sonne. Von Osten nach Westen mit dem Sand, der sich in seinen Haaren festsetzte und die Ohren füllte, sich zu gewundenen Wanderdünen auftürmte und die Welt unter tausend höllischen Metern begrub.

Als das piratenhafte Gelächter in der Marschreihe erstarb, konnte Palmer die anderen Stimmen des Wüstenchores hören. Da gab es das Stöhnen des Windes und einen zischenden Laut, wenn ganze Wogen fliegenden Sandes gegen Dünen prasselten und wie Schmirgelpapier über die Männer strichen. Sand auf Sand erzeugte ein Geräusch wie eine Klapperschlange, die gleich zubiss. Er hatte den Gedanken noch nicht zu Ende gebracht, da stellte sich heraus, dass eine Falte in der Düne neben ihm mehr war als nur eine Falte. Die Schlange glitt jedoch vorbei und verschwand in einem Loch – sie hatte so viel Angst vor Palmer wie er vor ihr.

Da waren aber auch noch andere Laute. Das Klirren der schweren Ausrüstung auf seinem Rücken, die Druckluftflaschen und der Taucheranzug, das Visier und die Flossen, der Atemregler und die Transponder. Sein Handwerkszeug. Im Westen sangen die Kojoten, ihr durchdringendes Heulen reiste seltsamerweise mit dem Wind mit, um die Rudel in der Umgebung zu warnen, dort wegzubleiben. Sie riefen, dass Männer kamen. Könnt ihr sie nicht riechen?

Über diesen vielen Stimmen lag der Herzschlag des Wüstensandes, das Dröhnen, das niemals aufhörte. Ein Mann konnte es Tag und Nacht in seinen Knochen fühlen, Tag und Nacht von der Wiege bis zum Grab. Es handelte sich um ein tiefes Grollen, das aus dem Niemandsland weit im Osten kam, rollender Donner, Rebellenbomben oder furzende Götter – welchen Unsinn man auch immer bereit war zu glauben.

Palmer konzentrierte sich auf das ferne Getöse und dachte an seinen Vater. Seine Meinung über diesen Mann war so unbeständig wie die Dünen. Manchmal hielt er ihn für einen Feigling, weil er in dieser Nacht damals weggegangen war. Manchmal hielt er ihn auch für einen mutigen Bastard, weil er sich ins Niemandsland aufgemacht hatte. Dann war er jemand, der sich an einen Ort wagte, von dem noch keine Seele jemals zurückgekehrt war – das hatte etwas. Aber über ein Arschloch, das seine Frau und die vier Kinder verließ, um das zu tun, ließ sich kaum etwas Höfliches sagen.

In der steilen Düne im Westen klaffte eine Lücke, eine Öffnung, die ein breites Stück des sternenübersäten Himmels enthüllte. Palmer musterte ihn, begierig darauf, an etwas anderes als an seinen Vater zu denken. Die Kammlinie der unpassierbaren Steinberge konnte man sogar ohne das Mondlicht erkennen. Ihr zerklüfteter und beängstigender Rand wurde von einer schwarzen Leere markiert, an der die Sternbilder plötzlich endeten.

Jemand packte Palmers Ellbogen. Er drehte den Kopf. Hap hatte sich zurückfallen lassen, um sich ihm anzuschließen. Die Taucherlampe, die an seinem Hals baumelte und gedimmt war, strahlte das Gesicht seines Freundes von unten an.

»Willst du hier den starken und stummen Burschen spielen?«, zischte Hap. Wind und Tuch dämpften seine Stimme.

Palmer rückte das schwere Tauchergerät auf seinen Schultern zurecht und spürte den Schweiß, der sich zwischen seinem Hemd und dem Segeltuchsack gesammelt hatte. »Ich will gar nichts«, antwortete er. »Ich bin nur nachdenklich.«

»Wie du meinst. Jedenfalls, du kannst jederzeit mit den anderen reden, einverstanden? Ich möchte nicht, dass sie dich für einen Psycho halten.«

Palmer lachte. Dann warf er einen Blick über die Schulter, um zu sehen, wie weit der nächste Mann hinter ihm war und in welche Richtung der Wind ihre Worte trug. »Wirklich? Das wäre aber eine ziemliche Bevormundung von dir, findest du nicht?«

Hap schien darüber nachzudenken. Dann grunzte er. Vermutlich ärgerte es ihn, dass ihm das nicht zuerst eingefallen war.

»Bist du sicher, dass wir für diesen Tauchgang bezahlt werden?«, fragte Palmer in gedämpftem Tonfall. Er unterdrückte den Drang, den Sand aus dem Ohr zu kratzen. Das würde es nur noch schlimmer machen. »Ich will nicht wieder reingelegt werden, so wie beim letzten Mal.«

»Scheiße, nein, diese Kerle haben einen … die haben eine Art Kodex.« Hap hieb ihm gegen den Nacken, Sand und Schweiß vermischten sich zu einer schmierigen Schicht. »Entspann dich, Prinzessin. Man wird uns schon bezahlen. Ein schneller Tauchgang, etwas Sand in den Lungen, und am Sonntag trinken wir beide im *Honey Hole* eisgekühlte Drinks. Zum Teufel, vielleicht bekomm ich dann von deiner Mom sogar einen Lapdance.«

»Verpiss dich.« Palmer schlug die Hand seines Freundes weg.

Hap lachte. Er berührte Palmer ein weiteres Mal und verlangsamte den Schritt, um den anderen noch einen Witz über Palmers Mutter zu erzählen. Palmer kannte ihn bereits. Jedes Mal wurde er weniger witzig – und verletzender. Schweigend ging er allein weiter und dachte über seine kaputte Familie nach; der Wind wehte noch mehr Sand in seinen Nacken und kühlte den Schweiß. Wenn er ehrlich war, klang dieser eiskalte Drink im *Honey Hole* jetzt gar nicht mehr so schlecht.

2 – DER GÜRTEL DER GÖTTER

Bei ihrer Ankunft im Lager brannte dort ein gewaltiges Feuer; der flackernde Schein stieg über die Dünen hinweg und führte die Männer in einem Tanz der Schatten nach Hause. Es gab viele männliche Begrüßungen, man klopfte sich gegenseitig auf den Rücken oder hielt sich bei den Schultern; bei jeder wilden Umarmung wogten Sandwolken durch die Luft. Die Männer strichen sich durch die langen Bärte und erzählten sich Witze und Klatsch, als wären sie lange Zeit getrennt gewesen. Bündel wurden zu Boden geworfen, Feldflaschen aus einem Fass gefüllt. Den beiden jungen Tauchern befahl man, beim Feuer zu warten, während einige der anderen Männer sich zu einer Ansammlung von Zelten begaben, die zwischen steilen Dünen standen.

Palmer war dankbar, endlich sitzen zu können. Er streifte die Tauchausrüstung ab und baute sie gewissenhaft neben dem Feuer auf. Dann zog er die schmerzenden Beine unter den Körper, lehnte sich gegen die Geräte und genoss die flackernde Wärme der brennenden Scheite.

Hap setzte sich neben zwei der Männer, mit denen er sich unterwegs unterhalten hatte. Palmer hörte ihnen zu, wie sie debattierten und lachten, während er ins Feuer blickte und zusah, wie das Holz verbrannte. Er dachte an seine Heimat in Springston, wo es ein Verbrechen war, einen Baum zu fällen und zu verbrennen. Da wärmten und verpesteten Kohlen aus getrockneter Scheiße die Häuser und an dem einen Tag brannte da das Gas aus den Rohren und am nächsten konnte es eine Familie im Schlaf auslöschen. In der Wüste spielten solche Dinge keine Rolle. Die verstreut liegenden Wäldchen waren dazu da, geplündert zu werden. Zufällig gefundene Tiere wurden gegessen. Sprudelnde Quellen konnten leer getrunken werden – so lange, bis sie versiegten.

Palmer rutschte näher an die Flammen heran und streckte die Handflächen aus. Der Schweiß von der Wanderung, der Wind und die Gedanken an Zuhause ließen ihn frieren. Plötzliches Stimmengewirr sprang tapfer durch die hohen Flammen und er musste lächeln. Er lachte, wenn die anderen lachten. Und wenn sein Magen Geräusche machte, log er und behauptete, das käme vom Hunger. Tatsächlich beschlich ihn aber ein ganz mieses Gefühl wegen dieses Jobs.

Zum einen kannte er keinen der Männer hier. Und seine Schwester hatte ihn schon vor den Wilden gewarnt, die er kannte, ganz zu schweigen vor fremden Wilden. Hap hatte allerdings für die Gruppe gebürgt, was auch immer das wert war. Palmer sah zu, wie sein Freund im Feuerschein einen Witz erzählte. Sein Gesicht wurde rot angestrahlt, seine Arme fuchtelten enthusiastisch herum. Seit der Tauchschule waren sie die besten Freunde. Füreinander würden sie tiefer tauchen als alle anderen im Sand. Somit zählte die Bürgschaft durchaus etwas.

Ein Stück weit hinter Hap entdeckte Palmer zwei Sarfer mit zusammengefalteten Segeln und gesenkten Masten. Die vom Wind angetriebenen Fahrzeuge schaukelten auf ihren schlanken Kufen. Sie waren im Sand festgemacht, schienen aber ganz begierig, irgendwohin zu rasen. Allerdings, vielleicht projizierte Palmer da auch nur. Und vielleicht würden diese Kerle ihn und Hap nach getaner Arbeit zurück in die Stadt fahren. Alles nur um die nächtlichen Märsche und das Biwakieren im Windschatten der glühenden Dünen zu vermeiden.

Ein paar der Männer, die sich ihnen in Springston angeschlossen hatten, gesellten sich zu dem lockeren Kreis um das Feuer. Viele von ihnen waren alt, vermutlich Ende vierzig, doppelt so alt wie Palmer und damit am Ende der üblichen Lebensspanne. Sie hatten die dunkle, ledrige Haut der Wüstenwanderer. Männer, die unter den Sternen schliefen und in der Sonne schufteten. Palmer schwor sich, niemals so auszusehen. Er würde in seiner Jugend ein Vermögen machen, über den einen kostbaren Fund stolpern, danach würden er und

Hap als Helden nach Hause zurückkehren und fortan im Schatten leben. Eine Düne aus Geld würde die alten Sünden auslöschen. Sie würden einen Tauchladen eröffnen und sich den Lebensunterhalt mit der Reparatur und dem Verkauf von Ausrüstung verdienen, würden die armen Idioten ausrüsten, die ihr Leben unter dem Sand riskierten. Die Narren, die dem Reichtum hinterherjagten, würden ihnen ein regelmäßiges Einkommen bescheren. Die jagten dem Reichtum hinterher, so wie er und Hap es gerade taten.

Eine Flasche wurde herumgereicht. Palmer hob sie an die Lippen und tat so, als trinke er. Er schüttelte den Kopf, wischte sich den Mund ab und reichte die Flasche an Hap weiter. Gelächter schien das Feuer anzufachen und Funken nach oben in den funkelnden Himmel zu schicken.

»Ihr beide.«

Eine schwere Hand legte sich auf Palmers Schulter. Er drehte sich um und erblickte Moguhn, den schwarzen Banditen, der sie durch die Dünen geführt hatte. Moguhn sah auf ihn und Hap herab, seine Silhouette verdeckte die Sterne.

»Brock will euch jetzt sehen.« Der Bandit drehte sich um und verschwand in der Dunkelheit jenseits des Lichtkreises.

Hap lächelte, nahm noch einen Schluck und gab die Flasche an den bärtigen Mann neben ihm weiter. Dann stand er auf und schenkte Palmer ein Lächeln, ein seltsames Lächeln mit aufgeblähten Wangen. Er drehte sich um und spuckte in die Flammen, rief so noch höhere Flammen und lauteres Gelächter hervor. Nach einem Hieb auf Palmers Schulter eilte er Moguhn hinterher.

Palmer schnappte sich sein Zeug, bevor er ihm folgte; er vertraute niemandem genug, um ihn darauf aufzupassen zu lassen. Als er die Männer einholte, schnappte sich Hap seinen Ellbogen und zog ihn an sich. Gemeinsam folgten sie dem Banditen auf dem Pfad zwischen der Feuergrube und der Ansammlung von Zelten.

»Sei cool«, zischte Hap. »Das ist unser Ticket nach ganz oben.«

Palmer schwieg. Er wollte nur mal *einen* richtigen Treffer, mit dem er sich zur Ruhe setzen konnte; er hatte kein Interesse daran, sich dieser Bande zu beweisen und sich ihnen anzuschließen. Er fuhr sich über die Lippen, die noch immer vom Alkohol brannten, und verfluchte sich dafür, in seiner Jugend nicht mehr getrunken zu haben. Er hatte noch einiges nachzuholen. Seine kleinen Brüder kamen ihm in den Sinn. Wenn er sie wiedersah, würde er ihnen einschärfen, nicht die gleichen Fehler zu machen wie er. Lern zu tauchen. Lern zu trinken. Verbrenn keine Zeit, um nutzlose Dinge zu lernen. Seid mehr wie unsere Schwester und weniger wie ich. Das würde er ihnen sagen.

Moguhn war im Sternenlicht so gut wie unsichtbar, zeichnete sich aber vor den Zelten ab, in denen Lampen flackerten. Jemand schlug den Eingang zur Seite, was das Licht wie eine Insektenwolke herausströmen ließ. Die unzähligen Sterne am Himmel wurden schwächer und ließen nur noch den Kriegsgott strahlen. Das war Colorado, die große Sternenkonstellation des Sommers mit dem Schwert. Sein Gürtel bestand aus einer vollendeten Reihe von drei Sternen, die den Weg ausleuchteten, als wollten sie die Männer führen.

Palmer blickte von dem Band aus Edelsteinen zu dem kalten Feuer, das wieder aufblühte, als das Zelt geschlossen wurde. Dieser Streifen aus zahllosen Sternen erstreckte sich von einer Düne quer über den Himmel bis zum fernen Horizont. In der Stadt war das kalte Feuer nicht zu sehen, schließlich brannte das Gas die ganze Nacht. Aber hier existierte das Zeichen der Wüste, dieser Stempel über ihren Köpfen, der einem Jungen deutlich machte, dass er sehr weit entfernt von zu Hause war, der ihn wissen ließ, dass er sich mitten in der Wüste befand, also in der Wildnis. Und nicht nur in der Wildnis aus Sand und Dünen, sondern in der Wildnis des Lebens, wenn ein Mann in seinen Zwanzigern war und das Haus der Jugend hinter sich ließ, noch bevor er sich eine eigene Unterkunft baute. Die zeltlosen Jahre. Die hellen und blendenden Jahre, in denen Männer wanderten, so wie Planeten.

Über den Fixsternen flackerte ein heller Streifen, eine Sternschnuppe, und Palmer fragte sich, ob er ihr nicht ähnelte. Er – und Hap auch. Auf dem Weg zu anderen Orten, und das schnell. Ein Blitz, dann waren sie auch schon wieder weg, unterwegs an einen neuen Ort.

Weil er nach oben starrte, stolperte er und wäre beinahe über die eigenen Füße gefallen. Ein Stück vor ihm duckte sich Hap in das größte der Zelte. Die Plane raschelte wie Stiefel auf grobem Sand; der Wind jaulte, während er von einer Düne zur nächsten sprang. Die Sterne am Himmel wurden vom Licht verschlungen.

3 – DIE KARTE

Die Männer im Zelt wandten die Köpfe, als sich Hap und Palmer durch den Eingang schoben. Der Wind kratzte wie mit Fingernägeln spielerisch über die Wände, der Luftzug bat um Einlass. Die vielen Körper hatten das Zelt aufgeheizt, es roch wie in einer Bar nach Schichtende: Schweiß, harte Getränke und Kleidung, die schon seit Monaten nicht mehr gewechselt worden war.

Eine Düne von Mann winkte die beiden Jungs zu sich. Palmer ging davon aus, dass es sich bei ihm um Brock handelte, den Anführer dieser Bande, die die nördliche Wüste für sich beanspruchte. Ein beeindruckender Mann, scheinbar aus dem Nichts erschienen, so wie die meisten Bandenführer. Ein Jahr lang bauten sie Bomben und dienten jemand anderem, bis eine Reihe von Todesfällen einen einzelnen Mann an die Spitze beförderte.

Seine Schwester hatte ihm eingeschärft, solche Männer zu meiden. Aber statt ihr zu gehorchen, ging er nun auf den Mann zu. Er stellte seine Ausrüstung neben ein paar Kisten und einem Fass mit Wasser oder Grog ab. Acht Männer hatten sich um einen zerbrechlich wirkenden Tisch in der Zeltmitte versammelt. Eine Lampe baumelte vom Mittelträger. Sie schwankte mit dem Auf- und Abschwellen des Windes, der am Zelt rüttelte. Stämmige, mit Tätowierungen übersäte Arme waren wie kleine Baumstämme um den Tisch gepflanzt. Die Tätowierungen waren mit dicken Narben geschmückt, dazu rieb man Sandkörner in die offenen Wunden.

»Macht Platz«, sagte Brock. Sein Akzent war ausgeprägt und schwer zu bestimmen. Darin war vielleicht ein Zungenschlag der Zigeuner südlich von Low-Pub oder von den alten Gärtnern der Oase im Westen zu hören. Er fuchtelte mit der Hand herum, als verscheuche er Fliegen von einem Teller, und die beiden bärtigen Männer, die gemeint waren, traten ohne jeden Protest zur Seite. Hap nahm seinen Platz an dem taillenhohen Tisch ein, Palmer gesellte sich zu ihm.

»Ihr habt von Danvar gehört.« Brock verzichtete auf die Formalitäten und stellte auch niemanden vor. Es schien eine Frage zu sein, klang aber nicht so. Es war eine Annahme, eine Ankündigung. Palmer blickte sich am Tisch um. Viele der Männer beobachteten ihn, einige rieben sich die langen und verfilzten Bärte. Hier rief die Erwähnung von Legenden kein grölendes Gelächter hervor. Hier musterten erwachsene Männer bartlose Jungen, als würden sie abschätzen, was sie als Mahlzeit taugten. Allerdings wies keiner dieser Männer die Gesichtstätowierungen der Kannibalen aus dem hohen Norden auf, also ging Palmer davon aus, dass man ihn und Hap daraufhin einschätzte, ob sie für den Job geeignet waren. Man schätzte ihren Wert und überlegte nicht, ob sie für die Suppe taugten.

»Jeder hat schon von Danvar gehört«, flüsterte Hap. Palmer entging die Ehrfurcht in der Stimme seines Freundes nicht. »Wird uns das hinführen?«

Palmer musterte seinen Freund, dann folgte er seinem Blick auf den Tisch. Fleischige Fäuste, feuchte Becher und ein qualmender Aschenbecher hielten die vier Ecken eines großen Pergaments fest. Palmer berührte den Rand und erkannte, dass das gesprenkelte braune Material dicker war als das übliche Pergament. Es wirkte wie das gegerbte und gestreckte Fell eines Kojoten, und es fühlte sich so brüchig an, als wäre es schon sehr alt.

Einer der Männer lachte über Haps Frage. »Du bist doch längst da«, brüllte er.

Ausgeatmeter Rauch wehte wie ein aus großer Höhe beobachteter Sandsturm über die alte Zeichnung. Einer von Brocks Wurstfingern folgte genau der Konstellation, die Palmer noch wenige Augenblicke zuvor wie benommen angestarrt hatte.

»Der Gürtel des großen Kriegers Colorado.« Die Männer am Tisch verstummten und hörten auf zu trinken. Ihr Anführer sprach. Sein Finger fand einen Stern, den jedes Kind kannte.

»Low-Pub.« Seine Stimme klang so rau wie mit Sand gefüllter Wind. Aber das war nicht der Name des Sterns, wie Palmer ihm hätte sagen können. Low-Pub war eine gesetzlose Stadt südlich von Springston, ein Emporkömmling, der noch kürzlich mit seinem Nachbarn im Streit gelegen hatte, weil die beiden um Öl- und Wasserquellen gerungen hatten.

Brock zeichnete eine Linie nach oben zum Gürtel, seine Fingerspitze segelte wie ein vom Wind getriebener Sarfer zwischen beiden Städten über das umstrittene Gebiet. Es war eine langsam ausgeführte Geste, als wollte er eine verborgene Bedeutung deutlich machen.

»Springston!«, verkündete er und verharrte bei dem mittleren Stern. Für Palmer war das die *Heimat*. Sein Blick glitt über den Rest der Karte, dieses Labyrinth aus Linien und vertrauten Sternenhaufen, aus Pfeilen und Strichen, akribischen Notizen, die sich im Laufe der Jahre in verschiedenen Tintenfarben angehäuft hatten, und zahllosen niedergeschriebenen Stimmen, die an den Seitenrändern stritten.

Der dicke Finger nahm wieder den Weg nach Norden auf – falls diese Sterne tatsächlich Low-Pub und Springston repräsentieren sollten.

»Danvar«, verkündete Brock und klopfte mit dem Finger auf den Tisch. Er zeigte auf den dritten Stern im Gürtel des großen Colorado. Die Karte schien zu verkünden, dass die vergrabene Welt der Götter mit ihren himmlischen Sternen übereinstimmte. Als wäre der Mensch zwischen den sich widerspiegelnden Welten oben und unten gefangen. Während Palmer darüber nachsann, schwankte das Zelt.

»Ihr habt es gefunden?«, fragte Hap.

»Aye«, antwortete jemand, dann wurde weiter getrunken und geraucht. Durch das Anheben eines Bechers drohte sich die Karte zusammenzurollen.

»Wir haben eine solide Vermutung«, sagte Brock mit seinem seltsamen Akzent. »Ihr Jungs werdet uns bestimmt sagen, ob sie zutrifft.«

»Danvar soll eine Meile in der Tiefe liegen«, murmelte Palmer. Am Tisch kehrte Schweigen ein und er blickte auf. »Niemand ist je auch nur halb so tief getaucht.«

»Niemand?«, fragte jemand. »Nicht mal deine Schwester?«

Gelächter polterte aus Bärten. Palmer hatte darauf gewartet, dass die Sprache auf sie kam.

»Das ist keine Meile tief.« Brock wedelte mit der großen Hand herum. »Vergesst die Legenden. Danvar ist hier. Mehr Beute als in ganz Springston. Hier liegt die uralte Metropole. Die drei begrabenen Städte dieses Landes sind entsprechend den Sternen von Colorados Gürteln angelegt.« Er sah Hap mit zusammengekniffenen Augen an, dann Palmer. »Euch brauchen wir nur, damit ihr es bestätigt. Aber wir brauchen eine richtige Karte, nicht dieses Stück Tierhaut.«

»Von welcher Tiefe sprechen wir?«, wollte Hap wissen.

Palmer sah seinen Freund an. Er war davon ausgegangen, dass das längst besprochen worden war. Hatte man sich auf den Lohn, der ihnen versprochen worden war, schon geeinigt, oder hatte sein Freund nur Mist erzählt? Sie waren nicht hier, um einen großen Fund zu machen; sie sollten nach Geistern tauchen, nach Legenden graben.

»Achthundert Meter.«

Bis auf den stöhnenden Wind ließ die Antwort alles verstummen.

Palmer schüttelte den Kopf. »Ich glaube, ihr überschätzt gewaltig, wie tief ein Taucher …«

»Wir haben die ersten zweihundert Meter gegraben«, sagte Brock. Wieder tippte er auf die Karte. »Und auf dieser Karte hier steht, dass die höchsten Gebäude zweihundertfünfzig Meter in die Höhe ragen.«

»Damit bleiben …« Hap zögerte und wartete zweifellos darauf, dass ein anderer es ausrechnete.

Die schaukelnde Lampe schien dunkler zu werden, die Ränder der Karte verschwammen, als Palmer auf die Antwort kam. »Dreihundertfünfzig Meter.« Ihm schwindelte. Mit zwei Flaschen war er ein paarmal auf zweihundertfünfzig Metern gewesen. Er kannte auch Leute, die es bis dreihundert Meter geschafft hatten. Seine Schwester und ein paar andere konnten sogar vierhundert schaffen – ein oder zwei behaupteten fünfhundert. Niemand hatte ihn davor gewarnt, dass sie so tief tauchen oder ein paar Goldgräbern dabei helfen sollten, ihre Zeit mit der Suche nach Danvar zu verschwenden. Einen Augenblick lang hatte er befürchtet, für Rebellen zu arbeiten, aber das hier war noch schlimmer. Hier ging es um die Illusion von Reichtum, und nicht von Macht.

»Dreihundertfünfzig ist kein Problem«, behauptete Hap. Er legte die Hände auf die Karte, beugte sich über den Tisch, tat so, als würde er die Kommentare studieren. Palmer ging davon aus, dass auch seinem Freund schwindelig war. Für sie beide würde es ein Rekord sein.

»Ich will nur wissen, ob es dort ist.« Brock klopfte auf die Karte. »Bevor wir weitergraben, brauchen wir exakte Koordinaten. Das verdammte Loch ist verteufelt schwer aufrechtzuerhalten.«

Die Männer, die Palmers Einschätzung nach die eigentliche Arbeit taten, murmelten ihre Zustimmung. Einer von ihnen lächelte ihn an. »Deine Mama wüsste, wie man Löcher in Schuss hält«, sagte er, und das Gemurmel wurde zu Gelächter.

Palmers Wangen brannten. »Wann fangen wir an?«, überbrüllte er den Lärm.

Und das Lachen verstummte. Sein Freund Hap wandte sich von der schwindelerregenden Karte ab. Wie Palmer keineswegs entging, stand in seinen aufgerissenen Augen Angst geschrieben. Angst und der Ansatz zu einer Entschuldigung, dass er sie für diesen Wahnsinn so weit nach Norden geführt hatte; ein Funkeln in den Augen, das all das Schlechte ankündigte, das bald folgen sollte.

4 – DIE GRABUNG

In dieser Nacht lag Palmer in dem überfüllten Zelt wach und lauschte dem Schnarchen und Husten von Fremden. Der Wind heulte noch lange und trug das Flüstern des Landes mit sich, dann ließ er nach. Das langsame Dämmern des Morgens war willkommen, das Dunkel im Zelt wurde zu Grau und dann zu Cremefarbe. Als er nicht länger still liegen und seine Blase unter Kontrolle halten konnte, schlüpfte Palmer von seinem Platz zwischen Hap und der Segeltuchwand, schnappte sich seinen Rucksack und seine Stiefel und schlüpfte hinaus.

Die Luft war noch kühl von der wolkenlosen Nacht, der Sand war die am Vortag gespeicherte Hitze losgeworden. In der Dunkelheit im Westen hingen nur noch wenige Sterne. Die Venus stand allein hoch über den Dünen auf der anderen Seite. Irgendwo war die Sonne aufgegangen, aber sie würde sich noch eine ganze Stunde lang nicht über der Wüste zeigen.

Bevor sie zwischen den hohen Sandbergen brennen konnte, hoffte Palmer bereits zu tauchen. Er genoss die Kühle des tiefen Bodens, auch wenn die Taschen aus feuchtem Sand den Tauchfluss behinderten. Er setzte sich, kippte die Stiefel um, Sand rieselte heraus und häufte sich zu kleinen Pyramiden. Er klopfte sich die Socken ab, zog die Stiefel wieder an und schnürte sie sorgfältig zu, machte einen doppelten Knoten. Er konnte es kaum erwarten, seine Flossen anzulegen und loszulegen.

Er überprüfte seine Ausrüstung. Einer der Prospektoren kam aus dem Zelt, räusperte sich und spuckte nahe genug neben Palmer auf den Boden, dass der es bemerkte, aber sich nicht sicher sein konnte, ob er das Ziel gewesen war. Nach einigem Nachdenken, während der Mann gegen eine Düne pinkelte, kam Palmer zu dem Schluss, dass die Reichweite aus fragwürdiger Absicht zwischen vier und fünf Fuß betrug. Es fühlte sich akademisch an.

Ein drahtiger Mann mit schwarzer Haut trat aus Brocks Zelt. In dem schwachen Morgenlicht sah Moguhn weniger Furcht einflößend aus. Nach der Art und Weise zu urteilen, wie sich die beiden Männer in der vergangenen Nacht unterhalten hatten, musste er Brocks Stellvertreter sein. Moguhn sah Palmer mit hochgezogenen Brauen an, als wollte er den jungen Mann fragen, ob er sich schon auf die Herausforderung des Tages eingestellt hatte. Palmer senkte den Kopf, sowohl als Gruß wie auch zur Bestätigung. Er fühlte sich großartig. Fertig für den tiefen Tauchgang. Er überprüfte die beiden großen Druckluftflaschen, die auf dem Rücken seiner Tauchausrüstung befestigt waren, und nahm eine Reihe von tiefen und schnellen Atemzügen, bereitete seine Lungen vor. Es war nicht nötig, in die von Brock gewünschte Tiefe vorzustoßen. Sein Tauchervisier konnte durch ein paar Hundert Meter Sand blicken. Er musste nur so tief gehen, wie er konnte, die dreihundert vielleicht zum ersten Mal schaffen, das dokumentieren, was auch immer sie dort sehen würden, und dann wieder nach oben kommen. Mehr konnte man nicht von ihm verlangen.

Hap kam aus dem Zelt und beschattete die Augen vor der kommenden Morgendämmerung. Er schien auf das Tieftauchen noch nicht vorbereitet zu sein. Palmer dachte an ihm bekannte Leute, die in den Sand gegangen waren, um nie wieder gesehen zu werden. Hatten sie das am Morgen beim Aufwachen schon gefühlt? Hatten ihre Knochen gewusst, dass jemand an diesem Tag sterben würde? Hatten sie das Gefühl ignoriert und waren trotzdem aufgebrochen? Er dachte an Roman, der außerhalb von Springston nach unten gegangen war, um nach Wasser zu suchen. Er war nie zurückgekehrt und man hatte ihn nie gefunden. Vielleicht hatte Roman gewusst, dass er besser nicht gehen sollte, hatte es im letzten Augenblick deutlich gespürt, sich aber verpflichtet gefühlt und das Gefühl abgeschüttelt, das an seiner Seele gezerrt hatte. Möglicherweise taten er und Hap in genau diesem Augenblick das Gleiche. Brachen trotz ihrer Zweifel und Befürchtungen auf.

Wortlos überprüften die beiden Männer ihre Ausrüstung. Palmer holte ein paar Streifen Schlangendörrfleisch aus dem Rucksack und gab Hap einen davon. Sie kauten das würzige Fleisch und nahmen kleine Schlucke aus ihren Feldflaschen. Als Moguhn ihnen Bescheid sagte, dass die Zeit zum Aufbruch gekommen war, packten sie ihre Tauchausrüstung wieder ein und luden sich die schweren Bündel auf den Rücken.

Diese Männer hatten behauptet, zweihundert Meter tief gegraben zu haben, um ihnen den dringend benötigten Vorsprung zu verschaffen. Palmer kannte solche Bemühungen; jeder Taucher würde nach einer Stelle suchen, die so tief wie möglich zwischen langsamen Wanderdünen lag – aber zweihundert Meter? Das war tiefer als die Quelle in Springston, aus der sein kleiner Bruder jeden Tag Eimer voller Sand schleppte. Es war ausgesprochen schwer, so viel Sand zu bewegen und ein Nachrutschen zu verhindern. Der Wind hatte bedeutend mehr Hände als die Leute, die in der Erde buddelten. Die Wüste begrub sogar all die Dinge, die auf dem Sand gebaut waren, nicht nur die darunter. Und hier verließen sich Hap und er auf Piraten, die für sie das Dach freihalten sollten.

Wäre seine Schwester hier gewesen, sie hätte ihn grün und blau geprügelt, weil er sich auf diesen Unsinn eingelassen hatte, und ihn dann an den Füßen über die heißen Dünen nach Hause geschleift. Sie hätte ihn allein schon dafür umgebracht, dass er sich überhaupt mit Briganten eingelassen hatte. Dabei war *sie* mit solchen Leuten ausgegangen. Aber seine Schwester war nun mal eine Heuchlerin. Schärfte ihm ständig ein, Autorität infrage zu stellen. Solange es nicht ihre Autorität war.

»Mehr habt ihr nicht?« Moguhn sah ihnen zu. Er hielt die schwarzen Hände in die Ärmel seiner weißen Kleidung geschoben, die er so locker wie Frauenkleidung trug. Hell wie sie war, floss sie um seine Knöchel und tanzte wie die Hitze. Er sah aus wie die Nacht, die in den Tag gehüllt war.

»Das ist alles«, antwortete Hap und lächelte. »Hast du noch nie einen Sandtaucher gesehen?«

»Schon eine ganze Menge.« Moguhn wandte sich ab und bedeutete den Jungen, ihm zu folgen. »Die letzten beiden, die das versucht haben, trugen jeweils drei Flaschen. Das ist alles.«

Palmer glaubte sich verhört zu haben. »Die letzten beiden, die das versucht haben?«, fragte er. Aber Moguhn schob sich an den Zelten vorbei zwischen die Dünen, und er und Hap mussten sich anstrengen, um mit ihm mithalten zu können.

»Was hat er gesagt?«, fragte Palmer seinen Freund.

»Konzentrier dich auf den Tauchgang«, erwiderte Hap grimmig.

Der Tag war noch jung und die Wüstenluft noch immer kühl, aber Haps Nacken glänzte bereits vor Schweiß. Palmer rückte seine Ausrüstung höher und marschierte durch den weichen Sand, sah zu, wie sein Atem in der Morgenbrise, die durch die Dünen flüsterte, kleine Wölkchen bildete.

Sobald sie das Zeltlager hinter sich gelassen hatten, glaubte Palmer in der Ferne das tiefe Dröhnen eines Motors zu hören. Es klang wie ein Generator. Die Dünen wichen zurück, der Boden ging in eine Schräge über, die Sandhügel gaben den Blick auf ein breites Stück offenen Himmel frei. Vor ihnen wartete eine Grube, die größer als die Wasserquelle von Shantytown war. Es war ein umgekehrter Berg, eine riesige, auf den Kopf gestellte Pyramide aus fehlender Erde. In der Ferne flog Sand aus einem Rohr und wurde vom Wind nach Westen getragen.

Männer arbeiteten bereits auf dem Hang. Bis nach unten mussten es mindestens hundert Meter sein. Das war nur die Hälfte von dem, was man ihnen versprochen hatte, aber das Ausmaß der hier mitten im Nichts geleisteten Arbeit war ein sehenswerter Anblick. Hier arbeiteten Piraten mit Ehrgeiz, die sich länger als nur eine Woche organisieren konnten. Ganz unten auf der Sohle der Grube ragte die riesige Gestalt auf, die für das alles hier verantwortlich war: Brock. Palmer folgte Hap und Moguhn den Hang hinunter; losgetretener Sand rauschte wie eine Lawine vor ihnen weg, die die Männer unten besorgt betrachteten, als sie sich in ihre Richtung wälzte.

Als Palmer ihr Ziel erreichte, verklang das Geräusch des knatternden Generators. Er zog die Stiefel aus dem losen Sand, der ununterbrochen in Bewegung war und ihn zwang, das ständig zu wiederholen. Die anderen standen auf einer

Metallplatte. Die Plattform war schwer zu erkennen, da der losgetretene Sand sie bedeckte. Palmer hatte Schwierigkeiten zu verstehen, wie die Grube überhaupt existieren konnte, wodurch die Sandwolke ausgestoßen wurde, wie man die Grabung aufrechterhielt. Hap musste genauso verwirrt sein, denn er fragte Brock, wie das möglich war.

»Das ist nicht mal die Hälfte«, antwortete Brock. Er gab zwei von seinen Männern ein Zeichen, die sich bückten und Sand wegwischten. Man befahl Palmer, ein paar Schritte zurückzutreten, während jemand einen Griff anhob. Verrostete Scharniere quietschten, eine Luke wurde aufgestemmt. Jemand leuchtete hinein, und Palmer sah, wo sich die restlichen hundert Meter befanden.

Ein zylindrischer Schacht führte durch den festen Sand direkt in die Tiefe. Einer der Männer nahm zwei Seile und begann, sie zu entrollen. Palmer spähte in das bodenlose schwarze Loch, diese große, schattenverhangene Tiefe. Seine Knie wurden weich.

»Wir haben nicht den ganzen Tag Zeit.« Brock machte eine Handbewegung.

Einer der Männer trat vor und zog das Halstuch vom Mund. Er half Hap, seinen Rucksack abzunehmen und wollte ihm auch mit der Ausrüstung helfen, doch der winkte den alten Mann zurück. Palmer befreite sich von seinem Bündel, behielt den Mann aber im Auge. Sein Bart war lang, grau und strähnig, aber Palmer glaubte, in ihm Yegery zu erkennen, einen alten Bastler, den seine Schwester kannte.

»Du hattest früher doch diesen Tauchladen in Low-Pub«, sagte Palmer. »Meine Schwester hat mich mal mitgenommen. Yegery, oder?«

Der Mann musterte ihn einen Augenblick lang, bevor er nickte. Als er begann, Palmer dabei zu helfen, seine Ausrüstung auszupacken, hielt dieser ihn nicht davon ab. Palmer konnte gar nicht glauben, dass Yegery so weit im Norden mitten in der Wüste war. Einen Augenblick lang vergaß er den Tauchgang und verfolgte, wie sich alte und kundige Hände mit seinem Gerät beschäftigten, Ventile und Schläuche überprüften, sich um die Luftflaschen kümmerten, die Palmer mit

Schmirgelpapier aufgeraut hatte, um den Anschein zu erwecken, dass er bereits mehr Tauchgänge absolviert hatte, als es tatsächlich geschehen war.

Er und Hap entkleideten sich bis auf die Unterwäsche und zwängten sich in ihre Taucheranzüge und achteten darauf, dass sich die Drähte, die an Armen und Beinen verliefen, nicht verhedderten. Seine Schwester hatte ihm einmal erzählt, dass Yegery mehr über das Tauchen wusste als zehn Männer zusammen. Und da stand er nun, befeuchtete die alten Finger und drückte die Batterieklemmen am Visier zusammen, bevor er das Headset an- und wieder ausschaltete. Palmer staunte erneut darüber, was Brock und diese Briganten geleistet hatten. Er hatte sie unterschätzt, sie für desorganisierte und verrückte Schatzjäger gehalten. Hoffentlich waren sie an diesem Tag nicht die Einzigen, die die Erwartungen erfüllen konnten.

»Die Luke hält den Sand aus dem Loch«, sagte Yegery. »Also müssen wir sie hinter euch schließen.« Er sah von Hap zu Palmer, um sich zu vergewissern, dass die beiden auch richtig zuhörten. »Behaltet eure Luft im Auge. Ungefähr auf dreihundert Meter oder so hatten wir einen Ping von etwas Hohem. Nicht besonders ausgeprägt, aber regelmäßig.«

»Ihr könnt so tief sondieren?«, fragte Hap. Er und Palmer waren so gut wie fertig angekleidet.

Yegery nickte. »Ich habe hier zweihundert meiner Taucheranzüge miteinander verbunden. Das hält die Schachtwände aufrecht und macht den Sand in der Umgebung weicher, damit wir ihn abpumpen können. Wir haben nur noch Treibstoff für wenige Tage im Generator, aber bis dahin seid ihr entweder tot oder zurück.«

Der alte Tüftler lächelte nicht, und Palmer begriff, dass das keineswegs als Witz gemeint gewesen war. Er zog das Visier über, hielt den gebogenen Schirm aber auf der Stirn, um sehen zu können. Dann hängte er sich die Taucherlampe um den Hals, bevor er die Flossen an den Stiefeln befestigte. Den Sack für die Ausrüstung und die Klamotten würde er zurücklassen; allerdings schnallte er die Feldflasche fest an den Körper, damit sie nicht baumelte – er vertraute nicht darauf, dass diese Männer während seiner Abwesenheit nicht hineinpinkelten.

»Und die anderen beiden Taucher«, fragte er Yegery. »Was ist mit ihnen geschehen?«

Der alte Tauchmeister kaute auf dem *Schutt* in seinem Mund herum, wie sie es nannten, den feinen Sandkörnern, die sie alle im Mund hatten, die jeder für alle Ewigkeit im Mund hatte. »Sorgt euch lieber um euren eigenen Tauchgang«, riet er den beiden Jungen.

5 - DER TAUCHGANG

Das Seil schnitt in Palmers Achselhöhlen, während man ihn in den Schacht senkte. Er schwebte in die Tiefe, unterbrochen von plötzlichen ruckartigen Pausen, spürte, wie die Männer oben das Seil mit ihren behandschuhten Händen bedienten. Die Taucherlampe beleuchtete die glatten Wände des Schachtes, während er sich langsam in die eine und dann in die andere Richtung drehte. Hap baumelte ein paar Meter unter ihm an seinem eigenen Seil.

»Es ist verflucht still«, sagte er.

Palmer trug seinen Teil zu der Stille bei. Er streckte den Arm aus und berührte die Wand dieses künstlichen Schachtes. Seine Finger ertasteten die unverkennbare Körnung von Sand, der von einem eingeschalteten Taucheranzug fixiert wurde. Dieser Schacht war nicht natürlichen Ursprungs. Palmer verspürte ein Frösteln. Er erinnerte sich wieder, dass Yegery etwas von zweihundert Anzügen gesagt hatte. »Das haben sie gemacht«, flüsterte er.

Zentimeterweise gingen er und Hap weiter in die Tiefe. Dabei drehten sie sich hin und her.

»Das alles halten sie mit den Vibrationen der Anzüge zusammen. Und um den Sand zu lockern, bevor sie ihn abpumpen.« Palmer erinnerte sich an das weiche und matschige Gefühl des Sandes, durch den sie nach unten in den Krater gestiegen waren.

»Wir nähern uns dem Grund«, verkündete Hap. »Ich kann ihn sehen.«

Palmer stellte sich vor, wie der Generator ausgeschaltet wurde oder dass jemand den Strom kappte, der diese Sandwände zurückhielt. Und dann, wie das alles augenblicklich einstürzte. Bei dem Gedanken an die Last der Erde fiel es schwer zu atmen. Beinahe hätte er seinen Taucheranzug eingeschaltet, nur für alle Fälle.

»Ich bin unten«, meldete Hap. »Pass auf deine Flossen auf.«

Palmer spürte seine Hand auf dem Knöchel; sein Partner lenkte ihn, damit er nicht auf seinem Kopf landete. Als die beiden auf dem Boden standen, war es in dem Schacht ziemlich eng. Sie lösten die Knoten auf ihrer Brust und zogen zweimal am Seil, so wie Brock angeordnet hatte.

»Ich übernehme die Führung«, bot Hap an. Er hob den Atemregler von der Brust, überprüfte den Schlauch und griff dann über die Schulter, um das Luftventil zu öffnen. Nachdem er sich vergewissert hatte, dass es eingerastet war, biss er auf das Mundstück.

Palmer tat das Gleiche. Er schob sich das Mundstück zwischen die Zähne und nickte. Irgendwie überkam ihn bei dem ersten tiefen Atemzug aus der Flasche eine seltsame Ruhe. Bald würde er im Sand sein, dem einzigen Ort, an dem er jemals Frieden verspürt hatte. Dort würde der ganze Wahnsinn um ihn herum vergessen sein. Es würde nur ihn und die Tiefe geben, den ruhigen, kühlen Sand und die Chance, Danvar tief unter ihren Flossen zu entdecken. So gering sie auch sein mochte.

Hap schlug auf den großen Knopf auf seiner Brust und setzte den Anzug unter Strom. In dieser Nähe konnte Palmer die Vibrationen in der Luft spüren. Er griff sich ebenfalls an die Brust und schaltete seinen Anzug ein, dann schob er die Lederklappe über den Knopf, damit der Schalter auf der Reise durch den Sand nicht versehentlich umgelegt werden konnte und ihn auf der Stelle begrub.

Hap klappte das Visier über die Augen, lächelte und winkte ein letztes Mal. Dann lockerte sich der Sand zu seinen Füßen und schien ihn in die Tiefe zu ziehen – Hap verschwand.

Palmer schaltete die Taucherlampe aus, um Saft zu sparen. Er zog das Visier herunter und schaltete es ein. Die Welt wurde dunkel, dann waberte dort ein purpurner Fleck aus Umrissen, die sich ständig bewegten. Die Luft störte die Sandsicht und machte es unmöglich zu sehen. Das Stirnband des Visiers schmiegte sich an seine Schläfen; er dachte gezielt daran, wie sich der Sand verhalten sollte. Und der Sand gehorchte. Der Anzug, in dem Palmer steckte, vibrierte und schickte Unterschallwellen durch Moleküle und Atome. Der Sand *bewegte* sich. Er verhielt sich wie Wasser, floss um Palmer herum und schickte ihn in die Tiefe.

Sobald ihn der Sand umgab, verspürte Palmer ein Hochgefühl, wie es ein Dünenfalke beim Flug verspüren musste, ein Gefühl von Schwerelosigkeit und Freiheit, die Macht, in jede gewünschte Richtung gleiten zu können.

Er lenkte seine Gedanken, wie es ihm seine Schwester vor so vielen Jahren beigebracht hatte, lockerte den Sand unter sich und ließ sich von dem erneut gehärteten Sand, der über ihm war, schieben, hielt eine Blase um die Brust locker, damit er atmen konnte, verteilte die Last um sich herum, um den Druck von sich fernzuhalten. Dabei nahm er kontrollierte Atemzüge aus dem Atemregler, um die Luft einzuteilen.

Die pulsierenden purpurfarbenen Flecke wurden von einem ganzen Regenbogen aus Farben ersetzt; alles, was weit entfernt war, zeigte sich in kalten purpurnen und blauen Tönen, alles Harte und alles in unmittelbarer Nähe war orange oder rot. Ein Blick nach oben zeigte Palmer den Schacht als hellgelbe Masse. Er glühte, wie nur Sand glühen konnte, der von einem Anzug gehärtet wurde. Tatsächlich war es sogar so hell, dass das weiße Pulsieren der Transponder schwer zu entdecken war, aber ein Signalfeuer war so gut wie das andere. Er blickte nach unten, und da war Hap, ein oranger Fleck mit grünen Umrissen. Das neue Visier funktionierte großartig, die bedeutend bessere Versiegelung hielt den Sand draußen und die Wiedergabequalität war viel besser als beim letzten Mal. Wo sonst nur ein einzelner Fleck zu sehen gewesen war, konnte er nun deutlich Haps Arme und Beine ausmachen. Er tauchte seinem Freund hinterher und sprach in der Kehle, um ihn wissen zu lassen, dass er ihn in der Sicht hatte.

Ich empfange dich, erwiderte Hap. Die Töne kamen von hinter und unter Palmers Ohren und vibrierten in seinem Kieferknochen.

Die beiden jungen Männer gingen senkrecht herunter, ließen den Sand an sich vorbeifließen. Der Widerstand, mit dem die Anzüge zu kämpfen hatten, wurde größer, je tiefer sie kamen. Das machte die Aufrechterhaltung des Flusses strapaziöser, was wiederum das Atmen erschwerte. Palmer beruhigte sich, indem er sich das ganze Unternehmen als einen schnellen Tauchgang vorstellte, schnell mal runter und dann wieder rauf. Dabei musste man nichts Brauchbares finden und mitbringen. Einfach nur um ein bisschen anzugeben, hart und schnell so tief nach unten gehen, wie es nur möglich war, sich kurz umsehen und dann wieder nach oben. Vor einem solchen Tauchgang hatte ihn seine Schwester immer gewarnt. Aber hier ging es nicht ums Ego, hier ging es um Geld. Das hier war ein Job, es ging nicht darum, etwas zu beweisen.

Siehst du was?, fragte Hap.

Noch nicht. Palmer betrachtete den Tiefenmesser im Visier. Die Distanzangabe kam von dem zurückgelassenen Transponder. Fünfzig Meter. Hundert Meter. Das Atmen fiel immer schwerer, die körnige Masse zu bewegen erforderte immer größere Konzentration. Je tiefer sie kamen, umso schwerer und dichter wurde die messbare Sandsäule über ihnen. Das war der Augenblick, in dem viele Taucher in Panik gerieten und sich »einsargten«. Sie ließen den Sand erstarren. Während der Ausbildung mit ihrer alten Ausrüstung hatte ihn seine Schwester zweimal aus einem solchen Sarg geholt. Wenn die Wüste einem ihre großen Arme um die Brust schlang und sich entschied, dass man nicht länger atmen sollte – das war der Augenblick, in dem man fühlte, wie klein und unbedeutend man doch war, nicht mehr als ein Sandkorn, das inmitten einer unendlichen Zahl von Sandkörnern zerquetscht wurde.

Palmer hielt seine Gedanken frei, als sie die Hundertfünfzig-Meter-Marke passierten. Dann zweihundert. Tiefer ging er nicht gern. Er beruhigte sich und ignorierte den Sand, der am Visier vorbei und in seine Ohren kroch, ignorierte den Sand in den Mundwinkeln, der die Lücke zwischen Lippen und Atemregler füllte, der zwischen seinen Zähnen knirschte. Er konzentrierte sich nur auf den Fluss. Die Batterien seines Anzugs waren leistungsfähig. Ein paar Tauchgänge zuvor hatte er sie verdoppelt. Seine Ausrüstung und sein Verstand befanden sich in hervorragendem Zustand. Er spürte die Gelassenheit, die ihn überkam, wenn er es schaffte, den Atem minutenlang anzuhalten, dieses Gefühl vollständigen Friedens. Der Sand auf Kopf und Nacken fühlte sich kühl an, die Welt trieb immer weiter fort.

Zweihundertfünfzig Meter. Palmer verspürte eine Woge des Stolzes. Er konnte es nicht erwarten, dies alles Vic …

Scheiße. Scheiße. Scheiße.

Die Worte vibrierten zwischen seinen Zähnen – Hap musste brüllen. Palmer blickte zu seinem Freund hin, und da sah er es auch. Einen hellen Fleck. Etwas Hartes. Gewaltiges.

Wo ist der Boden?, fragte er.

Keine Ahnung, verdammt. Was ist das?

Sieht aus wie ein Würfel. Vielleicht ein Haus? Das sich der Wüstensand geholt hat?

Wüstensand reicht nicht so tief. Scheiße, es geht immer tiefer.

Nun sah Palmer es auch. Das hellrote Rechteck verfärbte sich orange, als sie näher kamen, und die harten Kanten der Struktur verblassten zu grünen und blauen Tönen, als sie tiefer gingen. Dort lag ein irgendein vertikaler, quadratischer Schacht tief begraben.

Das Atmen wird schwerer, sagte Hap.

Palmer fühlte es auch. Seiner Meinung nach erschwerte dieses seltsame Objekt in der Sandsicht das Atmen, aber er spürte, wie fest der Sand hier war, wie es immer schwerer fiel, ihn fließen zu lassen. Sinken war noch immer möglich, aber das Auftauchen würde zur Prüfung werden. Das Gewicht des Sandes über ihm war deutlich zu spüren.

Kehren wir um?, fragte er.

Sein Visier zeigte zweihundertfünfzig Meter an. Bis zu der Konstruktion waren es noch ungefähr weitere fünfzig. Zusammen mit den zweihundert Metern, die durch die Grabung entstanden waren, wären sie genau genommen auf vierhundertfünfzig. *Verdammt.* Er hätte sich nie träumen lassen, so tief tauchen zu können. Andererseits war er selbst nur zweihundertfünfzig Meter getaucht. Aber seine Schwester hatte ihm gesagt, er sei selbst dafür noch nicht bereit. Er hatte ihr zwar heftig widersprochen, aber jetzt glaubte er ihr. Gottverdammt, musste sie denn immer in allem recht haben?

Wir sollten uns das ansehen, sagte Hap. *Dann kehren wir um.*

Der Boden muss eine Meile tief liegen. Ich kann ihn nicht sehen.

Aber ich sehe etwas. Noch mehr von denen hier.

Palmer wünschte sich, Haps Visier zu haben. Seines grub sich ins Gesicht, drückte gegen Stirn und Wangenknochen, als wollte es seinen Schädel zerquetschen. Er bewegte den Kiefer, um die Schmerzen zu verringern, spähte angestrengt nach unten. Dann sah auch er etwas. Dort unten leuchteten hellblaue Töne, weitere rechteckige Schächte, ein Stück tiefer existierte noch einer, der sich aber bloß als purpurner Umriss darstellte. Und war das dort der Boden? Vielleicht weitere dreihundert Meter tiefer?

Ich besorge eine Probe, sagte Hap. Seine Worte dröhnten laut. Der Sand war dicht, die Visierbänder übertrugen die Worte von der Kehle zum Kieferknochen lauter als üblich. Davon hatte Vic erzählt. Palmer versuchte sich zu erinnern, was er sonst noch über tiefen Sand gehört hatte. Mittlerweile musste er sich für jeden Atemzug abmühen, es fühlte sich an, als wäre der Tank leer, aber die Anzeige befand sich noch immer im grünen Bereich. Das war nur die Enge um seine Brust, die langsam unerträglich wurde. Als würde gleich eine Rippe brechen. Er hatte schon früher Taucher gesehen, denen das passiert war. Aus ihren Nasen und Ohren war Blut geflossen, als sie wieder an die Oberfläche kamen. Palmer konzentrierte sich. Befahl dem Sand zu fließen. Er folgte Hap, obwohl jeder Impuls ihn anschrie, hier zu verschwinden, sich umzudrehen und sein Signal zu finden, sich so schnell wie nur möglich durch den Sand nach oben zu schieben, und dann – zum Teufel mit dem Geld.

Hap erreichte die Struktur. Die Wände erschienen völlig glatt. Ein Gebäude. Palmer konnte es jetzt sehen – ein unvorstellbar hohes Gebäude mit kleinen Details auf dem Dach. Ein paar davon waren so hart und hell, dass sie aus solidem Metall bestehen mussten. Ein Vermögen an Metall. Maschinen und Geräten. Da war etwas, das wie eine Luftzuführung aussah, als hätte das Haus *geatmet*. Das hatte kein Mensch erbaut, jedenfalls kein Mensch, der so war, wie Palmer die Menschen kannte. Das war das Danvar der Legenden. Das alte Danvar. Die Stadt in einem Kilometer Tiefe, gefunden von einer Horde stinkender Piraten, dachte Palmer. Aber er war der wahre Entdecker.

6 – DANVAR

Hap erreichte das Gebäude vor ihm. Es war ein Sandkratzer, der sämtliche Sandkratzer von Springston in den Schatten stellte, der sie alle auf einmal verschlingen konnte, wie eine Schlange eine Handvoll Würmer. Die Spitze war mit guten Sachen übersät, hell aufleuchtende Blitze aus einem Metall, das kein Schatztaucher jemals berührt hatte. Rohre, Draht und alles Mögliche. Palmer fröstelte, obwohl ihn der Sand so bedrängte.

Ich nehme eine Probe, sagte Hap.

Normalerweise hätten sie etwas Loses vom Boden aufgehoben, ein Artefakt oder ein Stück Metall, mit dem sie aufgetaucht wären. Palmer stieß sich tiefer und sah zu, wie Hap das riesige Dach des Gebäudes musterte. Adrenalin und der Anblick solcher Reichtümer ließen die Bewegung im Sand etwas leichter fallen – das plötzliche Aufwallen von Willenskraft und Verlangen half. Aber jeder Atemzug war mühsam geworden.

Hier ist nichts locker, beschwerte sich Hap und erforschte das Dach. Die Oberseite des Gebäudes musste so groß wie vier Häuserblocks in Springston sein.

Ich breche etwas ab, sagte Palmer. Er war jetzt genauso tief wie sein Freund. Tiefer. Sein Ehrgeiz hatte ihn am Rand des Baus vorbeigetrieben, ihn ein gutes Stück an der Dreihundert-Meter-Marke vorbeigebracht. Die Einstellung seines persönlichen Rekords ging in der Aufregung über eine solche Entdeckung verloren. Was für ein unglaublicher Fund. Er befürchtete, dass ihnen niemand glauben würde, aber natürlich nahm das Visier alles auf. Es würde den ganzen Tauchgang dokumentieren, würde die Umrisse unter ihnen kartografieren, diese riesigen Säulen, die wie die Finger einer seit Langem begrabenen Gottheit in die Höhe griffen.

Und jetzt wurde die Handfläche dieses riesigen Gottes, der Boden zwischen den Sandkratzern, undeutlich sichtbar. Er war übersät mit hellen Metallbuckeln, die Palmer als Autos identifizierte. Dem Signal nach zu urteilen waren alle in einem großartigen Zustand erhalten. Aber in dieser Tiefe fiel es schwer, die Farben zu lesen. Und als wollte sie das unterstreichen, schaltete die Sauerstoffanzeige auf seinem Visier von grün auf gelb. Ein Tank war leer, ein gedämpftes Klicken zeigte an, dass das Ventil umgeschaltet hatte. Kein Problem. Sie würden ja nicht tiefer gehen. Das war der halbe Weg. Und beim Aufstieg würde man weniger Luft benötigen. Verdammt, sie würden hier wieder verschwinden. Sie würden es schon schaffen. Sie mussten nur noch etwas finden, das sich abbrechen ließ, ein Souvenir.

Palmer tastete nach Sand, der sich möglicherweise in dem Gebäude befand, den er packen und zu sich fließen lassen konnte, um in den Kratzer einzudringen und ein kleines Artefakt zu finden. Die flache Mauer vor ihm hatte das Signal abprallen lassen und die wogenden Farbmuster schrien Glas. *Es ist hohl*, sagte er zu Hap. *Ich schlage es ein.*

In Gedanken bildete Palmer eine Sandramme, stellte sich vor, wie der Sand vor ihm härter und alles um ihn herum lockerer wurde. Seine linke Hand drehte sich nach innen, so wie sie es tat, wenn er sich konzentrierte, und trotz der Kühle dieser Tiefe schwitzte er in seinem Anzug. Die Ramme war fertig. Er registrierte, dass die Ramme dort wartete. Dann schleuderte er sie von sich, ließ den Sand um sie herum fließen, verlor dabei einen Augenblick lang die Kontrolle über die Schicht um seinen Körper. Sofort wurde sie überall so hart wie ein Sarg, zwei riesige Handflächen legten sich um seinen Hals, eine nasse und schrumpfende Decke wickelte sich um seine Brust, Arme und Beine kribbelten, als wäre die Blutzufuhr abgeschnitten. Dann prallte die Ramme gegen das Gebäude und löste sich auf und Palmer ließ den Sand um sich herum wieder fließen.

Er holte tief Luft. Dann noch einmal. Als würde man durch einen Strohhalm atmen. Aber die Lichtblitze in seinem Sichtfeld blieben aus. Er sank noch ein Stück, richtete sich dann aber auf. Das Bild vor ihm hatte sich verändert. Im Gebäude war nun Sand. Er hatte das Glas zerschmettert. Wogendes Purpur verriet ihm, dass es dort Luft gab. Eine Höhle. Artefakte.

Ich gehe rein, sagte er Hap.

Ich gehe rein, sagte er zu sich selbst.

Und dann verschluckte ihn der Sandkratzer.

7 – EIN BEGRÄBNIS

Solange Palmer denken konnte, hatte er davon geträumt, Taucher zu werden, im Sand zu versinken – aber seitdem hatte er gelernt, dass es das *Auftauchen* war, das Übung erforderte. Jeder Taucher lernte schnell ein Dutzend Möglichkeiten, mit denen man ein beeindruckendes Schauspiel daraus machen konnte, in eine Düne einzudringen, jedes Schauspiel war noch spektakulärer als das vorherige. Ob er nun mit dem Gesicht vornüber in den Sand fiel und sich ganz sanft von ihm vereinnahmen ließ, mit über dem Kopf verschränkten Armen rückwärtssprang und ohne Staub aufzuwirbeln verschwand oder den Sand seine Stiefel ergreifen und ihn sich wild drehend hinunterziehen ließ. Die Schwerkraft und die willkommene Umarmung des nachgebenden Bodens ermöglichten jede Menge glorreiche Eintauchmöglichkeiten.

Auftauchen erforderte Können. Palmer hatte viele Taucher gesehen, die prustend aus einer Düne kamen, den Mund voller Sand, und nach Luft schnappten, mit den Armen herumfuchtelten, weil sie die Konzentration verloren hatten und bis zu den Hüften stecken geblieben waren. Noch mehr waren mit einer solchen Geschwindigkeit aufgetaucht, dass sie sich bei der Landung einen Arm oder die Nase gebrochen hatten. Schuljungen versuchten mit verheerenden und oft urkomischen Resultaten aus Sandbergen zu springen. Palmer andererseits bemühte sich, ein ruhiges und unspektakuläres Auftauchen hinzubekommen, genauso wie seine Schwester. Sie hatte ihn gelehrt, dass *kontrolliert* immer mutiger aussah. *Sieh aus wie ein Profi. Tu so, als würde einer dieser zerstörten Sandkratzeraufzüge noch funktionieren und dich in der obersten Etage absetzen.* Das war sein Ziel. Aber so gestaltete sich sein Auftauchen jetzt nicht.

Dieser Auftritt war mehr so, als würde man von dem unleidlichen Rachen des Sandes ausgespuckt werden. Er wurde seitwärts durch eine kleine Lawine gestoßen, die ins Gebäude gerutscht war, und durch die Luft geschleudert.

Palmer landete mit einem lauten Krachen, zuerst auf der Schulter und dann schmerzhaft auf dem Rücken. Die Druckluftflaschen bohrten sich in seine Wirbelsäule. Der wabernde Purpurfleck verschwand, als das Visier von seinen Augen geschlagen wurde. Sand drang in seinen Mund, der Atemregler hing halb heraus, der Aufprall trieb die Luft aus seinen Lungen.

Palmer spuckte das Mundstück aus und hustete und spuckte, bis er wieder atmen konnte.

Atmen konnte.

Die Luft war abgestanden und widerlich. Sie stank nach schmutziger Wäsche und vermoderndem Holz. Aber Palmer saß in der vollständigen Dunkelheit hinter Augenlidern, die in einer mondlosen Nacht zusammengekniffen wurden. Er nahm den nächsten vorsichtigen Atemzug. *Hier gibt es Luft*, sagte er zu Hap, aber natürlich konnte der Freund ihn nicht hören. Das Visierband hatte sich verschoben, darüber hinaus war er nicht länger im Sand begraben und hatte keine Möglichkeit mehr, seine Stimme zu projizieren.

Rufen würde auch nicht funktionieren. Palmer fummelte nach seiner Taucherlampe und schaltete sie ein. Die Welt der Götter breitete sich undeutlich vor ihm aus. Er wandte sich von dem körnigen Haufen ab, der in ständiger, schleichender Bewegung zu sein schien; die tiefe Schicht der Düne kroch nun unaufhörlich in die Etage, auf der Flucht vor ihrer zermalmenden Last.

Die Gegenstände in dem Raum waren bekannt. Artefakte, wie man sie auch unter Springston und Low-Pub fand. Stühle, Dutzende von ihnen, alle identisch. Ein Tisch, größer, als er je einen gesehen hatte, so groß wie eine Wohnung. Palmer streifte die Flossen ab und legte sie zur Seite. Er stellte die Luftflaschen auf den Boden und schloss das Ventil, sorgte dafür, dass er seinen Sauerstoff sparte. Er fuhr Anzug und Visier herunter, genoss die Gelegenheit, sich wieder sammeln zu können, seinem Zwerchfell eine Pause vom Kampf des Luftholens gegen den Sanddruck zu verschaffen. Seine Rippen konnten sich erholen.

Auf einem Seitentisch entdeckte sein Expertenblick eine Brühmaschine. Zwar waren die Schläuche verrostet und das Gummi schien brüchig, aber auf jedem Markt würde sie fünfzig Münzen erzielen. Und doppelt so viel, falls sein Bruder Rob sie vorher reparieren konnte. Die Maschine war noch immer in der Wand eingestöpselt, als wollte sie jemand gleich benutzen. Die Aufmachung und äußere Form von allem hier erschien auf unheimliche Weise zugleich fortschrittlich und uralt. Dieses Gefühl vermittelten Palmer sämtliche Relikte und Tauchbeutestücke, aber hier war es überwältigend, hier traf es ihn in einem unvorstellbaren Ausmaß ...

Hinter ihm krachte es laut. Palmer zuckte zusammen und rechnete damit, dass der einströmende Sand den Rest des geschwächten Glases zersplitterte und ihn mit ausgeschaltetem Anzug und hochgeschobenem Visier verschlang. Stattdessen kam Hap mit einem Grunzen in den Raum gerollt.

»Scheiße ...«, stöhnte er. Palmer eilte zu ihm, um zu helfen. Sand wälzte sich um ihre Füße. Er war feucht und dicht genug, um sich nicht auszubreiten und den Raum zu füllen. Jedenfalls nicht sofort. Palmer war durch ausreichend viele kleinere Gebäude in geringeren Tiefen geschwommen und hatte gesehen, was er im Laufe der Zeit anrichten konnte.

»Es gibt Luft«, berichtete Palmer. »Stinkt etwas. Du kannst dein Visier abnehmen.«

Hap stolperte mit seinen Flossen herum, während er seinen Stand fand. Sein Atem ging schwer. Palmer gab ihm Zeit zu verschnaufen.

Sobald er die Taucherbrille abgenommen hatte, blinzelte Hap und sah sich in dem Raum um. Er rieb sich den Sand aus den Augenwinkeln. Sein Blick schien über die vielen Münzen in Gestalt uralter Gegenstände zu huschen. Dann richtete er ihn auf das Gesicht seines Freundes und die beiden strahlten sich an.

»Danvar«, sagte Hap keuchend. »Ist das verflucht noch mal zu glauben?«

»Hast du die anderen Gebäude gesehen?«, fragte Palmer. Auch er war noch immer außer Atem. »Und ich habe ungefähr dreihundert Meter tiefer den Boden entdeckt.«

Hap nickte. »Hab ich gesehen. Aber ich hätte keinen Meter weitergekonnt. Scheiße, das war knapp.« Kurz hielt er sich das Visier vors Gesicht, vermutlich um die Anzeigen zu überprüfen. Dann runzelte er die Stirn. Er nahm sich die Flaschen vom Rücken.

»Vergiss nicht, das Ventil zu schließen«, sagte Palmer.

»Richtig.« Hap drehte den Regler. Wo er geschwitzt hatte, klebte Sand an Gesicht und Hals. Palmer sah zu, wie sein Freund fast eine Düne aus den Haaren schüttelte. »Und nun? Sehen wir uns mal um ... Du meldest deinen Anspruch auf die Brühmaschine an?«

»Ja, die hab ich bereits entdeckt. Ich sage, wir sehen uns an, was sich hinter ein paar Türen befindet, verschnaufen und machen dann, dass wir hier wegkommen. Bleiben wir länger, als zwei Flaschen reichen sollten, könnten unsere Freunde oben auf die Idee kommen, dass wir es nur so weit wie die letzten beiden Arschlöcher geschafft haben. Dann schließen sie den Tunnel über unserem Hintern. Ich glaube kaum, dass ich noch genug Luft habe, um ohne diesen Schacht bis nach oben zu kommen.«

»Ja ...« Hap schien abgelenkt. Er streifte die Flossen ab, schüttelte den Sand heraus und zerrte seine Ausrüstung von dem Rinnsal fort, das weiterhin durch das zerstörte Fenster eindrang. »Gute Idee, das Glas auf diese Weise zu durchstoßen«, meinte er. »Ich hab dich nur verschwinden sehen, aber ich konnte nicht reinblicken.«

»Danke. Und zu verschnaufen ist gut. Wieder nach oben zu kommen wäre ganz schön eng geworden. Wir können frische Kräfte sammeln.«

»Amen. Hey, hast du auf dem Weg nach unten etwas von den anderen Tauchern gesehen?«

Palmer schüttelte den Kopf. »Nein. Du?«

»Nee. Ich hatte gehofft, dass sie sich irgendwo im Visier abzeichnen.«

Palmer stimmte ihm zu. Es gab kaum etwas Kostbareres zu

bergen als einen anderen Taucher. Und zwar nicht nur wegen der Ausrüstung – die eine hübsche Stange Geld einbringen konnte –, man hatte auch Anspruch, an sämtlichen Honoraren beteiligt zu werden, die ihnen zustanden, oder an eventuell verfassten Testamenten. Bis zu einem gewissen Grad hatte jeder Taucher die Angst, ohne Grabstein beerdigt zu werden, darum machten die Knochen-Honorare, wie sie hießen, jeden Taucher zu einem Kameraden der Toten.

»Sehen wir uns diese Tür an.« Hap zeigte auf eine Flügeltür am anderen Ende des Raumes.

Palmer nickte. Er erreichte sie zuerst und strich mit der Hand über das glatte Holz. »Scheiße, die würde ich gern hier rausschaffen.«

»Wenn du die hier rausschaffen könntest, könntest du einen Hübscheren als mich ficken.«

Palmer lachte. Er griff nach dem metallenen Türknauf, der sich drehen ließ, aber die Tür klemmte. Beide Männer zogen kräftig. Hap stemmte den Fuß gegen den anderen Flügel, und als die Tür endlich aufsprang, taumelten sie gegen den Tisch und die Stühle.

Hap lachte und schnappte nach Luft. Die Tür quietschte in ihren Angeln. Und da war noch ein anderer Laut, ein Knacken wie in einer Wasserleitung. Als würde sich ein großer Stützbalken unter einer Last setzen. Palmer warf einen prüfenden Blick auf die Decke. Es klang, als bewege sich der Sandkratzer, als würde sein Magen wegen dieser neuen Happen in seinen Eingeweiden grollen.

»Wir sollten nicht lange bleiben«, sagte Palmer.

Hap musterte ihn lange. Palmer konnte spüren, dass sein Freund genauso viel Angst hatte wie er selbst. »Tun wir auch nicht«, stimmte er zu. »Warum gehst du nicht zuerst? Ich spare meine Taucherlampe für den Fall, dass deine ausbrennt.«

Palmer nickte. Ein vernünftiger Gedanke. Er betrat den Korridor hinter der Tür. Ein Stück weiter befand sich ihm gegenüber eine Trennwand aus Glas mit noch einer Tür. Ein Spinnennetz aus Sprüngen schmückte das Glas, hervorgerufen vom Druck des Sandes oder den Bewegungen des Gebäudes. Auf der anderen Seite der Trennwand schien sich eine Aufzugslobby zu befinden. Palmer hatte es bereits in kleineren Gebäuden mit Aufzügen zu tun gehabt; sie hatten eine gute Möglichkeit geboten, in einem mit Sand gefüllten Haus nach oben oder unten zu kommen. Rechts und links zweigte der Korridor in beide Richtungen ab und wurde von Türen gesäumt. Rechts stand ein hoher Tisch wie in einem Empfangsbereich, aber alles war so verdammt hübsch. Er hustete in seine Faust. Hoffentlich war die Luft hier drin nicht …

Hinter ihm krachte die Tür zu. Voller Panik wirbelte Palmer herum in der Annahme, dass der Sand plötzlich massiv in den Einstiegsraum eingedrungen sein musste und die Tür versperrte, ihre Ausrüstung unter sich begraben hatte. Aber er stand allein im Korridor. Hap war verschwunden.

Palmer versuchte die Tür zu öffnen. Der Knauf drehte sich zwar, aber die Tür wollte sich nicht rühren. Auf der anderen Seite konnte er ein Klappern hören, als etwas gegen das Holz drückte.

»Hap? Was zum Teufel?«

»Tut mir leid, Palmer. Ich komme zurück – für dich.«

Palmer schlug gegen die Tür. »Hör auf mit dem Unsinn, Mann.«

»Ich komme zurück. Tut mir leid, Mann.«

Das war sein Ernst. Das wurde Palmer jetzt klar. Er senkte die Schulter und warf sich gegen die Tür, fühlte, wie sie ein Stück nachgab. Hap musste einen Stuhl unter den Griff geklemmt haben. »Mach die verdammte Tür auf«, brüllte er.

»Hör zu«, sagte Hap. Seine Stimme klang weit entfernt. Er befand sich auf der anderen Seite des Raumes. »Ich habe beim Abtauchen meine Luft verbraucht. Einer von uns muss nach oben und den anderen berichten, was wir gefunden haben. Ich hole ein paar Luftflaschen und komme zurück. Das schwöre ich. Aber ich muss derjenige sein, der nach oben geht.«

»*Ich* gehe!«, brüllte Palmer. »Das ist meine Luft, Mann. Ich schaffe es nach oben!«

»Ich komme zurück«, rief Hap. Palmer hörte ein leises Zischen, als Ventile geöffnet und ein Atemregler getestet wurde. Seine Ventile. Sein Atemregler.

»Du Schwanzlutscher!«, brüllte Palmer. Er versuchte es bei

dem anderen Türflügel, aber der rührte sich nicht. Er zog den Knauf der ersten Tür so fest zu sich, wie er konnte, dann warf er seine Schulter gegen das Holz, glaubte den Stuhl ein Stück nachgeben zu spüren. Er tat es wieder und wieder. Die Tür öffnete sich einen Spalt. Dann ein Stück weit. Es reichte, um den Arm durchschieben zu können. Palmer tastete nach dem Stuhl und hielt ihn fest, während er die Tür so weit gegen seinen Arm zog, wie es ging. Der Stuhl löste sich von dem Türknauf und fiel um. Palmer bahnte sich seinen Weg hinein, stieß sich die Ellbogen an den beiden unbezahlbaren Holzmauern, stolperte über den umgefallenen Stuhl, entdeckte Hap, der gerade eine Flosse anzog.

Hap kam auf die Füße, während Palmer um den Tisch herumrannte und an der langen Stuhlreihe vorbeistürzte. Sein Freund senkte das Visier über die weit aufgerissenen Augen, stolperte mit grimmiger Entschlossenheit dem Sandhaufen am Fenster entgegen. Mit seinen Flossen konnte er sich nur unbeholfen bewegen; eine von ihnen klapperte, da die Schnallen nicht fest geschlossen waren.

Palmer warf sich auf Hap, der sich kopfüber in den Sand stürzte. Der Sand gab nach, verschluckte ihn, doch Palmer erwischte eine der Flossen. Doch die Düne, in die er eingedrungen war, fühlte sich hart und unbeweglich an; der Aufprall trieb Palmer die Luft aus den Lungen. Er sah nach unten auf seine Hände, auf die Flosse, die sich gelöst hatte. Sein Freund war fort. Und er hatte seine Luft mitgenommen.

8 – PIRATENALLTAG

Hap trat sich den Weg aus dem Gebäude hinein in eine Sandmauer. So dicht. Darauf war er nicht vorbereitet gewesen; es fühlte sich an, als schwimme er durch Treibsand. Er konzentrierte sich auf den Fluss, versuchte zu atmen und bemerkte, dass ihm eine Flosse fehlte. Gottverdammt. Er würde hier draußen sterben. Direkt über dem verfluchten Danvar sterben.

Er entlockte Palmers Regler einen Atemzug. In seinem Mund knirschte Sand. Er hatte keine Zeit gehabt, ihn ausspucken. Scheiße, der Ausdruck aufs Palmers Gesicht. Aber welche Wahl hatte er gehabt? Hier unten zu bleiben und auf Palmers Rückkehr zu warten? Verdammt, nein. Scheiße.

Er lockerte den Sand über sich und stieß sich von dem harten Boden ab. Die Arme zu bewegen war so gut wie unmöglich. Er überließ dem Sandfluss den größten Teil der Arbeit, dachte unwillkürlich an die älteren Taucher, die sich über den Gebrauch von Flossen lustig machten. Nicht die Tritte, die Gedanken bewegten einen Mann. Das behaupteten sie zumindest. Er hatte ihnen nie geglaubt. Jetzt versuchte er es. Atmete. Das war so verflucht schwer. Als schnürte ein Seil die Brust ab, als würde die ganze Welt auf ihm sitzen.

Nach oben. Er machte den Fehler, nach unten zu sehen, und konnte den Zug der Schwerkraft spüren, die Anziehungskraft der purpurnen und blauen Flecken, der harten Erde dort unten, die nun unsichtbar wurde, nur eine Handvoll Gebäude, bis da bloß noch eines aufragte, und dann hielt er das Visier nach oben gerichtet und suchte nach dem blinkenden Transponder, verfolgte, wie der Tiefenmesser auf unter dreihundert Meter stieg. Zweihundertfünfzig. Zum Teufel, ja, ein Atemzug. Er saugte an der Flasche, war dieses eine Mal verdammt froh über Palmers Lungen, war nicht im Mindesten eifersüchtig, und während er in die Höhe stieg, fühlte er, wie die Distanz zwischen ihm und seinem Freund zunahm, diese zermalmende Tiefe, und ein Teil von ihm, ein dunkler Splitter, wusste genau, dass jede Rückkehr unmöglich war. Er hatte Danvar entdeckt. Er. Ein anderes Arschloch würde seinen Hals riskieren, um die Stadt zu erforschen und sich sämtliche dieser Artefakte unter den Nagel zu reißen. Verflucht, er hatte sich nicht einmal diese Brühmaschine geschnappt. Dazu war keine Zeit gewesen. Nun nahm er tiefe Atemzüge, saugte die Flasche von Gelb zu Rot, ließ die Hundert-Meter-Marke hinter sich zurück, und jetzt war ihm egal, wie viel Luft sich noch in der Flasche befand. Er konnte es schaffen. Die Transponder über ihm zeigten ein blendendes Licht. Das orangefarbene und gelbe Glühen der Schachtwände kam in Sicht. Hap hielt mit seinen Tritten direkt auf die weißen Leuchtfeuer und den weichen Boden des Schachtes zu; seine Beine schmerzten, seine Rippen waren von der Anstrengung ganz wund, Freude stieg in ihm auf …

Hap!

Im Kiefer vernahm er das leise Murmeln. Palmer. Vermutlich hatte er den Kopf mit dem Visier in den Sand gesteckt, hielt die Luft an und brüllte ihm hinterher. Hap antwortete nicht, hob nicht die Stimme, die sich im Hals eines Mannes bildet, wenn er in seinen Mund flüstert, laut denkt. Er behielt diese Gedanken für sich.

Hap, du Scheißkerl, komm zurück! Hap!

Den Rest hörte er nicht. Sein Kopf durchbrach den Schachtboden. Unbeholfen zog er sich in die Höhe, zerrte die Beine aus dem von den Vibrationen seines Anzugs aufgeweichten Sand, bis er wieder vollständig an der Oberfläche war.

Er spuckte das Mundstück aus. Die Flaschen waren leer. Er schob das Visier nach oben auf die Stirn und nahm in der Finsternis ein paar Atemzüge. Er bezwang die Verlockung, vor Freude einen Schrei auszustoßen, einfach weil er überlebt hatte. Die anderen würden oben auf dieser Eisenplatte auf ihn warten und ihn möglicherweise hören. Er musste cool sein. Sich benehmen, als hätte er das schon oft getan. Ein verfluchter Held, genau das war er. Eine Legende. Für den Rest seines Lebens würde er in keiner Taucherbar mehr etwas für seine Drinks bezahlen müssen. Er stellte sich selbst im Alter vor, in seinen Vierzigern, wie er grau und eingefallen mit zwei Mädchen auf dem Schoß im *Honey Hole* saß und den Leuten von dem Tag erzählte, an dem er Danvar entdeckt hatte. Palmer würde eine heldenhafte Rolle spielen müssen. Dafür würde er sorgen. Er würde dafür sorgen, dass ihm der Bartender die nächste Runde spendierte, damit er in Palmers Namen anstoßen konnte. Und die Mädchen ...

Mit eingeschalteter Taucherlampe und ausgeschaltetem Anzug tastete er nach einem der baumelnden Seile, verknotete es sicher unter den Armen und zog dreimal fest. Ach, die Mädchen. Er dachte an die Mädchen, während sich das Seil straffte. Beinahe vergaß er, an die Leuchtfeuer zu denken, die nicht billig waren, und griff nach seinem. Das Seil hob ihn an. Hap brüllte ihnen zu, zu warten, und tastete nach Palmers Transponder, der mindestens zwanzig Münzen wert war. Gerade hatte er die Finger darum geschlossen, als man ihn nach oben zog. Das kleine Gerät hielt er fest umschlungen. Während man ihn durch den Schacht hievte, hielt er seine eine Flosse gegen die Wand gedrückt, damit er nicht herumbaumelte; dabei steckte er die beiden Transponder in die Bauchtasche seines Anzugs. Scheiße. Er hatte es geschafft.

* * *

Das Licht über ihm wurde immer heller, während man ihn nach oben zog. Direkt über ihm leuchtete die Sonne, also musste es schon fast Mittag sein. Verdammt. Waren sie so lange unten gewesen? Jemand brüllte den Männern am Seil Befehle zu. Sie grunzten und holten es Hand für Hand ein, zogen ihn ruckartig nach oben. Als Hap den Einstieg erreichte, half er ihnen, packte die heiße Eisenplattform und fühlte, wie sich die Hitze durch seine Handschuhe brannte. Mit erschöpften Armen stemmte er sich in die Höhe.

Zwei der Piraten packten seinen Taucheranzug und zerrten ihn aus dem Loch.

»Wo ist dein Freund?«, fragte jemand und spähte in die Tiefe.

»Er hat es nicht geschafft.« Hap versuchte tiefe Atemzüge zu nehmen. Der alte Kerl, der Palmers Ausrüstung überprüft hatte, sah ihn einen Augenblick lang prüfend an, dann winkte er in Richtung der hohen Düne, wo der Generator knatterte und Sand in den Himmel spritzte. Aber Brock drückte den Arm nach unten und starrte in dieselbe Richtung, winkte und nahm den Befehl zurück. Alle Blicke richteten sich auf Hap. Der Tauchmeister schaute in den tiefen Schacht, als hätte er die Hoffnung, dass Palmer doch noch erschien.

»Wie weit bist du gekommen?«, fragte Moguhn. Seine dunklen Augen blitzten. »Was hast du gesehen?«

Hap wurde sich bewusst, dass er durch Aufregung und Adrenalin noch immer außer Atem war. »Danvar«, keuchte er und strahlte triumphierend. »Sandkratzer, wie sie noch keiner gesehen hat.« Er blickte zu Brock, dessen Augen leuchteten. »Überall Sandkratzer, Hunderte Meter hoch, wie zwanzig oder dreißig Springstons zusammen. Überall liegen Artefakte …«

»Du warst lange mit zwei Flaschen dort unten«, sagte der Tauchmeister. »Wir hatten euch schon fast aufgegeben.«

»In einem der höchsten Kratzer hatten wir ein Luftloch entdeckt, also haben wir uns etwas umgesehen.« Er bemühte sich, möglichst sachlich zu klingen. »Wir wollten, dass ihr etwas für euer Geld bekommt.« Hap strahlte Brock an. Das würde alles Teil seiner Geschichten werden, die er im Laufe der Jahre noch ausschmücken konnte.

»Hast du alles aufgenommen?«, fragte Brock in seinem gutturalen Akzent. »Hast du eine Karte der Gegend? Präzise Koordinaten? Alles muss präzise sein.«

»Alles in meinem Visier gespeichert.« Hap tippte gegen das Band auf seinem Kopf.

»Gib sie mir.« Brock streckte die Hand aus. Zwei seiner Männer standen hinter Hap und hielten die große Eisenluke auf. Hap wollte sagen, dass er zuerst Geld sehen wollte, aber da zog man ihm schon das Visier vom Kopf und reichte es weiter. Es dauerte einen Moment, bis er begriff, dass Brocks Befehl gar nicht ihm gegolten hatte.

»Vielen Dank«, sagte Brock. Er lächelte Hap an. »Du wirst das Geheimnis für dich behalten.«

Hap wollte antworten, wollte ihm versichern, dass er das verdammt noch mal tun würde, aber dann begriff er, dass auch diese Worte nicht an ihn gerichtet waren. Diese Eingebung kam ihm einen Augenblick, bevor Moguhn ihm einen Stoß gegen die Brust versetzte. Er kippte nach hinten, ruderte wild mit den Armen; ein hilfloser Schrei entfloh seinen Lungen, seine Fersen kippten nach hinten, bevor er in die Finsternis stürzte.

Er prallte gegen die harte Wand des tiefen Schachtes und fiel. Die Luft pfiff an seinen Ohren vorbei, sein Magen stieg ihm in den Hals und schnitt jeden seiner Schreie ab. Er stürzte schnell. Da war ein baumelndes Seil und sein wild rudernder Arm verfing sich darin. Es wickelte sich um sein Handgelenk, dann kam das Brennen, als es sein Gewicht auffing, und er rutschte weiter, das Seil rieb sich wie Feuer in sein Fleisch, durchschnitt die Haut bis auf den Knochen, und er stürzte immer noch, bis er aufschlug und der Schmerz explodierte.

Sein Bein, sein Rücken, die Flaschen und dann der Kopf, so schnell, dass es fast gleichzeitig geschah. Er konnte seinen Körper nicht mehr spüren. *Er konnte seinen Körper nicht mehr spüren.* Sein Arm hing in dem Seil. Der Schein der Taucherlampe zeigte es ihm, es hatte sich tief in sein Fleisch gegraben und quetschte den Knochen zusammen. Blut strömte in Richtung Ellbogen.

Hap wollte sich bewegen, konnte es aber nicht. Er drehte den Kopf und entdeckte seinen Stiefel in der Nähe der Schulter. Sein Stiefel befand sich tatsächlich in der Nähe der Schulter. Und wie betäubt erkannte er voller Entsetzen, dass sein Fuß noch immer darin steckte.

Oh Scheiße, oh Scheiße. Sein Körper war zerstört. Aber sein Bewusstsein funktionierte noch immer, konnte sehen, was mit ihm passiert war. Davon würde er sich niemals erholen, das war ihm klar. Er hatte sich in einen unnatürlichen Fleischhaufen verwandelt, der noch lebte.

Hoch oben beugten sich Schatten über den kleinen Lichtflecken. Hap wollte sie anbrüllen, nach Hilfe rufen, wollte sie verfluchen für den Rest ihrer Existenz, aber lediglich ein Wimmern und ein Röcheln kamen heraus. Einer der Schatten bewegte sich, ein Arm winkte, und ein schrumpfender Teil von Haps Verstand glaubte, man winke ihm dort unten zu. Aber man winkte demjenigen hinter dem Rand des großen Kraters zu, der den Schacht geöffnet hielt – denn der Strom wurde abgestellt, eine Leitung getrennt, und plötzlich stürzten die Wände ein. Und Haps Mund, der in stummer Qual aufgerissen war, füllte sich mit Sand. Und die Erde sammelte sich auf seiner gebrochenen Brust.

Teil 2

EINE BESUCHERIN

9 – DAS LEBEN, NUR EIN KURZES ZISCHEN

»Du lässt den Sand rein«, warnte Conner, als Rob vom Pinkeln zurückkam.

Sein kleiner Bruder stolperte ins Zelt, erinnerte sich rechtzeitig daran, die Stiefel aneinanderzuschlagen, bevor er die Füße nach innen schwang. Dann kämpfte er mit der Segeltuchklappe. »Würden wir den Eingang nach Westen richten, würde der Wind nicht reinkommen«, klagte er.

»Wir machen das immer so. Trödel einfach nicht rum, wenn du rein- oder rausgehst.«

Rob schmollte, während Conner die Laterne vorbereitete. Das sterbende Lagerfeuer ließ die Welt draußen pulsieren. Der Wind rüttelte am Zelt, Sand prasselte gegen die Plane. »Bist du gegangen?«, fragte Conner.

»Ja.«

»Musst du noch mal?«

»Nicht bis zum Morgen.«

»Gut. Lass uns anfangen«

Rob stellte sich auf die andere Seite des Zeltes. Conner richtete den Docht. Er kniff die Spitze zusammen, um zu fühlen, ob sie mit Öl getränkt war, hielt Feuerstein und Stahl darüber und schlug sie zusammen, bis der Docht Feuer fing. Dann schaltete er die Taucherlampe aus, und nun füllte sich das Zelt mit dem schlichteren und unregelmäßigen Schein einer flackernden Flamme. Es war das Licht von Kindheit und Nostalgie. Das vergängliche Licht. Das nie Bestand hatte.

Beide Jungen starrten lange in die Flamme und wurden an einfachere Tage erinnert, an Familientage, wo die Sorge um Licht lediglich einen Topf mit Fett bedeutete und nicht irgendeine wiederaufladbare Batterie.

»Das war Dads Laterne«, sagte Conner. »In der Nacht, in der

er ging, ließ er sie zurück, damit wir den Weg nach Hause allein finden konnten.«

So begann Conner das jährliche Ritual. Auf diese Weise fing er es immer an. Vor ihm hatte sein älterer Bruder Palmer diese Worte gesagt, davor ihre Schwester Vic, die älteste von allen.

Conner schaute von der Laterne auf und brach den Zauber; plötzlich wurde ihm klar, dass Rob keinen Grund haben würde, diese Worte zu sprechen. Es würde niemanden geben, der zuhörte. Den sie interessierten. Rob hustete in seine kleine Faust, fast als wollte er sagen: *Lass es hinter uns bringen.*

»Dad hat uns heute vor ... zwölf Jahren verlassen. Den Grund werden wir nie erfahren. Uns bleibt nur die Erinnerung an ihn – und wir ehren sie. Dieses Zelt ... das Zelt unseres Vaters ... war der letzte Ort, an dem wir ihn gesehen haben. Als wir am Morgen erwacht sind, war es leerer. Du hast in Mutters Schoß geschlafen. Palmer hat immer behauptet, ich hätte ihn die ganze Nacht getreten und ihm die Decke geklaut. Vic hat erzählt, sie wäre aufgewacht, als sich Vater zum Aufbruch vorbereitete, hätte ihn im Mondlicht gesehen, als er das Zelt öffnete, und dass ihr seine Miene alles verraten hätte. Am Morgen wussten wir alle Bescheid. Ich war sechs. Palmer war kaum älter als du jetzt. Mutter war jung und schön. Und das Zelt an diesem Morgen abzubauen war das Erste, das wir je ohne ihn getan haben.«

Conner fummelte an der Feldflasche herum. Seine Hände zitterten. Seine Überzeugungen auch. Er schüttete Wasser aus dem Gefäß in die Verschlusskappe, rationierte es, wie es sich gehörte. Er reichte seinem Bruder die Kappe, der sie mit einem Schluck leerte. Conner schenkte sich selbst einen Schluck ein. »An unserem letzten gemeinsamen Abend teilte Vater diese Feldflasche und erzählte uns Geschichten. Mom bekam an diesem Abend zwei Kappen, eine für dich.« Conner kippte das Wasser in den Mund und schluckte. Er schenkte die nächste ein.

»Als Vater Palmer und Vic das erste Mal an diesen Ort brachte, war ich noch nicht geboren. Er und Mutter sprachen von ihren Eltern, ihrer Vergangenheit, wie wichtig es ist, sich zu erinnern. Nachdem er uns verlassen hatte, taten wir den Schwur, einmal im Jahr zurückzukehren, um nicht zu vergessen.«

Conner erwischte Rob dabei, wie er zur Seite blickte, wo Palmer normalerweise gestanden hätte. Er war aber nicht da, genau wie Vic. So viel zu den Versprechungen. Conner tauchte einen Finger in die Kappe und hielt ihn über die Flamme, schämte sich wegen seiner Pläne, war er doch auf diese Weise aufgewachsen, um dann genau wie sein Vater zu sein. »Das ist das Zischen des Lebens«, sagte er. Die Flamme zischte und flackerte, als das Wasser sie traf, und dann schoss sie wieder in die Höhe. »Unsere Leben sind der Schweiß auf dem Wüstenboden. Wir steigen in die Höhe, über den zerklüfteten Kamm, und wir stürzen in den Himmel, wo es regnet und alles überflutet wird.«

Er reichte Rob die Kappe und der wiederholte das Ritual und die dazugehörigen Worte. An einem Tag des Jahres waren sie beide religiös. Kein Pastor war da, der die Kappe leeren konnte, also befahl er Rob zu trinken. Was sein Bruder auch tat. Die Kappe wurde zurück auf die Feldflasche geschraubt.

Rob studierte lange die Flamme. Im flackernden Licht leuchteten seine Augen. Dann schaute er zu Conner hoch. »Erzähl mir von Vater.«

In diesem Augenblick sah Conner sein altes Ich vor sich. Er war wieder jung, und sein älterer Bruder erzählte ihm Geschichten über ihren Vater, davon, wie er damals der Lord von Springston gewesen war, bevor das Land verfiel, bevor der Wall sich neigte, bevor Low-Pub seine Unabhängigkeit verkündete. Damals war ihr Vater durch die Straßen gegangen, hatte Hände geschüttelt und auf Schultern geschlagen, hatte in seinen vier Wänden allein geweint, während ihm das Haar ausfiel. Damals, bevor ihn das Lordamt und das Leiden seiner Leute ins Niemandsland trieb, zusammen mit all den anderen, die weggingen und niemals zurückkehrten.

Auf der anderen Seite der Lampenflamme saß ein jüngerer Conner mit leuchtenden Augen. Er konnte sich selbst an der Seite seines älteren Bruders sehen, während Vic ihnen beiden von ihrem Vater erzählte, als der noch jünger gewesen war, der große Sandtaucher, der die Druckluftflaschen wegen der

Krankheit ablehnte, die sie verursachten, der zehn Minuten lang nach unten gehen und Wunder aus unglaublichen Tiefen mitbringen konnte, der die Wasserpumpen von Low-Pub gerettet und die Hügel entdeckt hatte, die zu den Gärten des Westens wurden. Vater, als er jung, leichtsinnig und mutig gewesen war.

Aber Conner hatte einen anderen Mann vor Augen. Seine letzte Erinnerung an ihren Vater war ein grauer und verwitterter Mann wie ein Stück Holz, das Wind und Sonne ausgesetzt gewesen war. Er erinnerte sich an jene Nacht im Zelt, als ihr Vater ihnen allen einen Kuss auf die Stirn gab und zuflüsterte, dass er sie liebte und sie auf sich aufpassen sollten. Er erinnerte sich an die schrecklichen Jahre, nachdem sie gezwungen gewesen waren, den großen Wall zu verlassen, und langsam mit dem Wind nach Westen gezogen waren, erst durch die besten und dann durch die schlimmsten Viertel von Springston, um schließlich in Shantytown zu enden. Er erinnerte sich, dass er geglaubt hatte, dass sie das Familienzelt niemals wieder benutzen würden.

Und doch hatten sie es getan. Jedes Jahr seit damals, während die Familie kleiner wurde und Versprechen nicht gehalten wurden. Da war dieses erste vaterlose Jahr, in dem ihre Mutter mitgekommen war und ihnen beim Aufbau des Zeltes geholfen hatte, das letzte Jahr, das sie je mitkommen würde. In dieser Nacht hatte sie ihnen von ihrem Vater erzählt, als er noch ein Junge gewesen war, die ältesten Geschichten, die sie je über ihn gehört hatten. Wie er regelmäßig in Schwierigkeiten gewesen war, mit Ziegen gerungen und Schlangen gezähmt, Sarfer mit dem Mast nach unten in Dünen begraben hatte.

In diesem Jahr war Conner vor Sonnenaufgang aufgewacht und seine Mutter war weg gewesen. Er hatte geglaubt, sie hätte sie verlassen wie zuvor ihr Vater, aber sie befand sich draußen vor dem Zelt im Sternenlicht, ließ die Füße in der Stierwunde baumeln, den kleinen Rob fest an die Brust gedrückt, während sie zum Trommelschlag aus dem Osten stöhnte.

An das alles erinnerte sich Conner, aber das waren nicht die

Geschichten, die er erzählte. »Daran erinnere ich mich von unserem Vater«, sagte er. Und er flüsterte Erinnerungen an Erinnerungen, aber nur die besten, denn nach dieser Nacht würde sich sein Bruder an sie erinnern müssen und sonst niemand.

10 – SANDKRIECHER

Ein Tag zuvor

Das Ungeheuer unter dem Segeltuch kreischte und warf den Kopf in die Höhe. Dann senkte es den langen Hals mit einem schrecklichen Quietschen, der von dem zerfledderten Stoff gedämpft wurde, und trieb den stahlharten Schnabel tief in den Sand. Das tat es immer wieder, wie ein vom Durst verrückt gewordener Kolibri, der in einer trockenen Wüstenblume nach einem Rest Nektar suchte.

Conner betrachtete die Bewegungen, während seine Eimer mit Sand gefüllt wurden. Der Wind hob eine lose Ecke der schützenden Plane, und so konnte er einen Blick auf die gewaltige Wasserpumpe darunter erhaschen. Der schwere Kopf mit seinen rostigen Nieten hob und senkte sich, der geschmierte Kolben ging hinein und hinaus, Wasser floss durch Rohre, wie Münzen in Taschen strömten.

»Worauf wartest du, Junge? Du bist fertig. Geh!«

Conner richtete den Blick auf Vormann Bligh, der sich auf seine Schaufel stützte und den langen Holzsplitter zwischen den Lippen von einem Mundwinkel zum anderen bewegte. Conner wusste es besser, als Widerworte zu geben und eine zusätzliche Ladung aufgebrummt zu bekommen. Davon abgesehen war das seine vierzigste Ladung an diesem Tag, was durchaus reichte, um seine nachschulischen Pflichten zu erfüllen. Und vermutlich würde es der letzte Eimer sein, den er für den Rest seines Lebens schleppen musste.

»Sir, ja, Sir«, bellte er. Vormann Bligh zeigte ihm seine Zahnlücken. Conner bückte sich, um seine Eimer zu nehmen. Der feine Sand darin türmte sich in rieselnden Kegeln, kostbare Schleier strichen über die Ränder. Er balancierte die Tragestange auf seinen Schultern – die beiden Eimer schwangen von den Kerben an beiden Enden – und zwang die müden

Beine, sich zu strecken, wandte sich dem Tunnel nach draußen zu und stolperte den langen schrägen Weg hinauf. Es waren Programme wie diese neuen Pflichtarbeiten, die ihn dazu drängten, unbedingt zu gehen, selbst wenn er nie zurückkehrte. Solche Programme waren es, die dafür sorgten, dass sich sein Mitleid für die Lords in Grenzen hielt, wenn Rebellenbomben drüben in Springston explodierten und jemand gewaltsam aus seinem Amt geworfen wurde.

Über ihm – weiter den sanften Hang hinauf, der sich auf allen Seiten von Shantytowns einsamer Wasserpumpe erhob – sah er die Arbeit des nächsten Tages über den Rand wehen und mit dem Wind nach unten treiben. Was er in seinen Eimern nach oben trug, wurde in jeder Minute wieder aufgefüllt; die Sandkörner rollten wie Murmeln übereinander und schienen wie durstige kleine Briganten zu sein, die für einen Schluck nach unten rannten, um die Pumpe zu suchen.

Auf seinem Weg die Rampe hinauf passierte Conner mehrere Sandkriecher. An den Enden ihrer Tragestangen baumelten leere Eimer, ebenso wie er waren sie mit verschwitztem Dreck beschmiert. Gloralai, ein Mädchen aus seiner Klasse, lächelte ihn an, als sie mit ihren Eimern an ihm vorbeiging. Er erwiderte das Lächeln und nickte, erkannte aber zu spät, dass sie über etwas lachte, das Ryder gesagt hatte. Der ältere Junge folgte ihr; er balancierte Tragestange und Eimer auf einer breiten Schulter. Er lachte und flirtete, benahm sich, als wäre es ein Tag in der Kuppel, nahm sich aber trotzdem die Zeit, gegen Conners Eimer zu stoßen. Sand rieselte heraus und die Tragestange kam aus dem Gleichgewicht.

Conner verlagerte sie und bekam sie wieder unter Kontrolle. Er sah zu, wie der kostbare Sand nach unten wehte, wo er hergekommen war. Vermutlich aber nicht genug, um seine Quote zu versauen. Und das war es nicht wert, Ryder zu sagen, er solle sich verpissen. Es war Freitag, der Tag vor seinem Zeltausflug, und nichts von diesem Scheiß spielte überhaupt eine Rolle.

Weiter ging es über die Holzplanken, die den Hang aus trügerischem Sand im Zickzack hinaufführten. Zu beiden Seiten stampften ein paar junge Pflücker aus den unteren Schulklassen auf und ab und zogen sie an ihren Seilen aus dem Sand, um zu verhindern, dass sie begraben wurden. Das Programm nach Schulschluss sollte die beiden Schichten der Vollzeitpflücker und Sandkriecher entlasten, die am Morgen und in der Nacht arbeiteten. Wind und Sand nahmen sich keinen Tag frei – alle anderen also auch nicht. Alle schufteten in der Grube, damit die Quelle nicht begraben wurde, obwohl doch jeder am Hang wusste, dass das irgendwann trotzdem passieren würde.

Aber nicht heute, versicherten sie sich, während sie ihren Sand schleppten und ihre Planken ausklopften. *Nicht heute*, sagten sie. Und die Pumpe unter dem Tuch neigte zustimmend den Kopf.

Conner näherte sich dem Ausgangstunnel, der sich durch die Senkenwände bohrte und zur anderen Seite führte. Vor ein paar Dekaden war er ein öffentliches Bauprojekt gewesen, das deutlich sichtbare Eingeständnis, dass der Sand eines Tages gewinnen würde, dass sie nicht mehr als graben konnten, dass der Weg hinaus zu steil war. Gelächter hallte durch den Tunnel, als mehrere von Conners Altersgenossen wegen der nächsten Ladung zurückkehrten. Die meisten von ihnen arbeiteten langsam, schlurften bis zur Dämmerung. Conner zog es vor reinzuhauen und es hinter sich zu bringen.

Er betrat den kühlen Schatten des Tunnels und ging wortlos an seinen Freunden vorbei. Dabei kaute er auf dem Schutt in seinem Mund herum, dem feinen Sand, der ihn so genervt hatte, als er noch jünger gewesen war. Ständig hatte er seine Zeit damit verschwendet, die Zunge abzuschaben, hatte kostbare Flüssigkeit durch Ausspucken verschwendet. Aber irgendwann hatte er gelernt, die Körner zwischen den Zähnen zu zermahlen und dann runterzuschlucken. Der Sand wollte seine Stadt begraben, der Sand wollte sich einen Weg zwischen Zahnräder und Kolben bahnen, bis die Geräte auseinanderfielen. Der Sand bezahlte seine tägliche Wasserration, wenn er genug davon aus der Grube hinaus zu den Dünen schleppte. Wo er am nächsten Tag weiter nach Westen geweht werden würde. Er würde nach Westen fliegen, während aus dem Osten neuer Sand kam, um ihn zu ersetzen. Ein Körnchen für jedes Körnchen. Gerechter Handel.

Hinter dem Tunnel betrat Conner die Waagestation und ging in die Knie, bis die Tragestange auf den Aussparungen der Waagen lag. Der Waagemeister schnippte Gewichte einen langen Stab entlang. »Stemm dich nicht gegen den Stab«, befahl er.

»Das mach ich doch gar nicht«, protestierte Conner und zeigte seine Hände.

Der Waagemeister runzelte die Stirn und notierte etwas in seinem Buch. »Das ist deine Quote.« Er klang fast enttäuscht. Vor Erleichterung wäre Conner beinahe zusammengesackt. Froh, für den Tag fertig zu sein, hob er die Stange wieder an und stieg zum Rand des steilen Hanges hinauf, den man Wasserpumpenkamm nannte. Hier errichteten sie gerade eine neue Düne, eine von Menschen konstruierte Düne, die sich von der Pumpe aus gesehen windabwärts gewandt erhob. Und die Pumpe wiederum stand im Windschatten von Springstons Shantytown. Conner erreichte den Rand, kippte seinen Sand aus und sah zu, wie die Wolken seiner harten Arbeit auf die fernen Berge jenseits der Dünen zuwehten. *Geh*, drängte er den Sand. *Geh und komm nie wieder*.

Als er der letzten Ladung im Wind nachsah, dachte er darüber nach, was Sand und Mensch gemeinsam hatten. Beide verschwanden ständig hinter dem Horizont. Der Sand im Westen und der Mensch im Osten. In den vergangenen paar Jahren verließen immer mehr Menschen den Ort. Ganze Familien. Er hatte vom Kamm aus zugesehen, wie sie – ihre Habseligkeiten auf den Rücken geschnallt – in Richtung Niemandsland aufbrachen, auf der Flucht vor den Bomben und der Gewalt, den Nachbarschaftskriegen und der Ungewissheit. Es war die Ungewissheit, die Menschen vertrieb. Das hatte Conner mittlerweile verstanden. Früher hatte er die Fremde als das große Unbekannte betrachtet, aber die launenhaften Qualen des Lebens zwischen den Dünen waren viel schlimmer. An einem fremden Ort würde es *anders* sein, das ließ sich mit Gewissheit sagen. Das war eine Tatsache. Eine verführerische Tatsache. Sie lockte Seelen nach Osten, so schnell Springston sie zur Welt bringen konnte.

Eine Bö zerzauste sein Haar und riss an seinem vorgebundenen Halstuch. Er wandte sich von dem Anblick ab und sah Gloralai mit ihrer sich durchbiegenden Tragestange nach oben steigen. Er half ihr dabei, die Eimer zu leeren.

»Danke.« Sie wischte sich die Stirn ab. »Bist du für heute fertig?«

Er nickte. »Und du?«

Gloralai lachte. Schweißgetränkte Haarsträhnen hingen ihr in das sommersprossige Gesicht. Sie löste, was von ihrem Pferdeschwanz noch übrig war, schob die losen Haare aus dem Gesicht und band sie wieder zusammen. »Vermutlich muss ich noch zwei Ladungen. Hängt davon ab, wie viel ich verschüttet habe. Ich weiß nicht, wie du das so schnell schaffst.«

»Weil ich nicht hier sein will.« Er hoffte, dass *hier* nicht so allgemeingültig klang, wie er es meinte. Es war mehr als die Schule oder die Pumpengrube. Es war ganz Shantytown. Er nahm seine Stange und schob einen Eimer richtig in die Kerbe, damit er nicht herunterrutschte. »Komm. Wir holen jeder eine Ladung, dann kannst du für heute Schluss machen.«

Gloralai lächelte und knotete ihr Haar fertig. Sie war siebzehn, ein Jahr jünger als Conner, mit bronzefarbener Haut und hübsch mit den dunklen Sommersprossen auf der Nase. Conner wollte es nicht zugeben, nicht einmal sich selbst gegenüber, aber in diesem Augenblick mochte ein Teil von ihm die Pumpe nicht verlassen. Und eine weitere Ladung zu schleppen fühlte sich keineswegs wie die Hölle an, wenn man nicht dazu gezwungen wurde. Wenn er sich frei dafür entscheiden konnte.

Über Gloralais Schulter hinweg sah er Ryder den Hang hinaufstapfen. Der Junge schien diesen besonderen Augenblick zwischen seinen beiden Klassenkameraden zu bemerken. Er schwenkte seine Tragestange, die schweren Eimer baumelten gefährlich, und Conner musste ausweichen. Er tänzelte über den losen Sand und hätte beinahe den Halt verloren.

»Pass doch auf«, sagte Gloralai.

»Lass mich in Ruhe«, erwiderte Ryder.

Das Mädchen holte Conner ein und gemeinsam marschierten sie mit ihren leeren Eimern nach unten. Irgendwo hinter den unregelmäßigen Dächern von Shantytown schlug ein Hammer eine rhythmische Melodie, eine Möwe schrie. Als Conner Gloralai in den Tunnel folgte, versuchte er alles in sich aufzusaugen, die Geräusche und Anblicke seines Zuhauses.

Sie musterte ihn. »Das war dein Ernst. Ich dachte, du hättest es so eilig, hier wegzukommen.«

»Hey, du doch auch, oder lieg ich da falsch? Vielleicht gibst du mir ja in der Taucherbar ein Bier aus, wenn ich für dich eine Last übernehme.«

»Glaubst du?« Sie lächelte.

Conner zuckte mit den Schultern. Am Ende der durchhängenden Planken senkte das stöhnende Ungeheuer den traurigen Kopf und pumpte Wasser aus der Erde. Es bewegte sich auf und ab, während sich Conner und Gloralai hinten anstellten, um ihre Eimer mit Sand füllen zu lassen. Während sie voller und voller wurden und schließlich sogar überquollen, erschien ein Taucher neben der Pumpe, kam direkt aus dem Boden herauf und reichte einem Helfer Werkzeuge. Vermutlich hatte er dort unten eine Verbindungstange oder ein Stück Pipeline repariert. Genau das war das Leben, das Conner hätte führen sollen. Hätte er es auf die Tauchschule geschafft, wäre alles anders geworden. Dann wäre er Taucher, kein Sandkriecher. Wie sein Bruder und seine Schwester wäre er dort draußen und würde die Schätze bergen, aus denen Städte bestanden. Vielleicht wäre er dann nicht so verschlissen, würde nicht so viel Zeit im Wind verbringen, und würde nicht mal daran denken, einfach zu gehen.

»Verschwinde«, bellte der Vormann, und Conner sah, dass seine Eimer voll waren. Gloralai hatte ihre längst schon auf die Schultern genommen und schleppte sich gerade die Planken hinauf. Sie rief ihm zu, er solle sich beeilen, oder sie würde auch sein Bier trinken.

11 – EINE VERABREDUNG?

Conner und Gloralai stellten ihre Eimer ab und schlugen die Richtung zur Stadt ein. Oben vom Kamm aus hatten sie einen beeindruckenden Blick auf die Slums, die man Shantytown nannte. Conner konnte das verrostete Blechdach der kleinen Hütte sehen, die er sich mit seinem Bruder teilte. Die Düne dahinter hatte sich schon weiter angeschlichen; die Rückseite war fast begraben. Noch ein Monat mehr, und der Sand würde über das Dach rutschen und sich vor der Haustür auftürmen. Eine Weile würden sie sich noch den Weg freischaufeln können, aber dann wäre es Zeit, sich damit abzufinden und weiterzuziehen. Es sei denn, Rob wäre auf sich allein gestellt. Bei dem Talent, das er gezeigt hatte, würde ihn die Tauchschule aufnehmen müssen. Oder Graham würde ihn zu seinem Lehrling machen. Oder Palmer würde sesshaft werden müssen und aufhören, mit diesem Arschloch Hap durchs Land zu ziehen. Irgendetwas würde sich ändern müssen.

Jenseits seines Zuhauses und der Ansammlung von Dächern und zur Hälfte begrabenen Läden erhob sich Springston mit seinen Reihen aus Sandkratzern, die in den Wind ragten. Conner konnte noch so gerade eben den großen Wall ausmachen, der jenseits der Kratzer in die Höhe ragte. Das Bauwerk verschwand aus der Sicht, als er und das Mädchen den Kamm hinter sich ließen und zwischen die Dünen traten. Bald waren nur noch die Spitzen der höchsten Gebäude zu sehen, jene unförmigen und unzusammenhängenden Ansammlungen aus rechteckigen Gebilden – kleine Hütten, Häuser und Läden, die man völlig planlos übereinander gebaut hatte. Sandfahnen rieselten von ihren Dächern, der Wind pfiff durch die Dachrinnen. Und dann verschwand der Rest der Stadt aus der Sicht und man konnte nur noch die Bruchbuden der Slums sehen.

Krähenschwärme hingen majestätisch in der Luft, ohne mit den schwarzen Schwingen zu schlagen; die Vögel ritten auf dem Zephir, der aus dem Niemandsland einmarschierte und den Donner der Götter mit sich trug. Und den Sand, die Geißel ihrer aller Existenz.

Conner strengte die Ohren an und blendete den Wind und das Knirschen des Sandes unter seinen Stiefeln aus. Da war noch so gerade eben der ferne Trommelschlag zu hören, die Donnerschläge, die in der Brust von Männern anschwollen. Der Nachhall von Rebellenbomben, der den Schrecken heraufbeschwor, wenn geliebte Menschen zerfetzt wurden. Das war der Laut, der einfach nicht verstummen wollte, der Lärm, der sich in die Träume der Menschen schlich und ihre wachen Stunden heimsuchte, die Folter, die sie in den Wahnsinn trieb, bis sie es schließlich nicht länger ertrugen. Bis sie in die Berge flohen und man nie wieder von ihnen hörte. Oder ins Niemandsland stolperten, um die Quelle dieses Missbrauchs zu finden und sie anzuflehen, endlich damit aufzuhören. Darum scharten Männer ihre Familien um sich und gingen, um anderswo ein neues Leben zu finden. Oder sie ließen sie in einem schäbigen Zelt zurück.

»Hast du je davon geträumt, hier zu verschwinden?«, fragte Conner.

Gloralai nickte. »Andauernd.« Sie schüttelte das Tuch um ihren Hals, wurde den Schutt los, der sich darin gesammelt hatte. »Ich habe einen Bruder in Low-Pub. Er sagt, er kann mir dort einen Job in einer Bar besorgen. Er ist da Rausschmeißer. Aber ich muss warten, bis ich achtzehn bin.«

»Welche Bar?« Conner wusste, welche Art Jobs Altersbestimmungen hatten. Er versuchte sich vorzustellen, wie Gloralai das tat, was seine Mutter auch tat, und Zorn stieg in ihm auf.

»Das *Lucky Luke's*. Das ist eine Taucherbar.«

»O ja.« Conner fuhr sich mit den Fingern durchs Haar und schüttelte den Sand aus der Luft raus.

»Du kennst sie?«

»Ich hab davon gehört. Meine Schwester hat früher da gearbeitet. An der Theke. Damals musste man nicht achtzehn sein, um dort zu bedienen.«

»Man muss auch jetzt nicht achtzehn sein, um an der Bar zu bedienen.« Gloralai führte ihn rechts an einer Düne vorbei auf einen Pfad. Ein paar Kinder glitten lachend und grölend auf Blechplatten vorbei. »Man muss achtzehn sein, wenn man oben im Bordell arbeiten will.«

Conner verschluckte sich am Sand. Er tastete nach seiner Feldflasche, obwohl er wusste, dass sie nur ein paar Tropfen enthielt.

»Das war ein Scherz.« Sie lachte. »Mein Dad sagt, dass ich, bis ich groß bin, bei ihnen leben und mich an ihre Regeln halten muss. Typischer Elternmist.«

»Ja, das ist typisch«, sagte Conner. Aber in Wahrheit dachte er, wie toll es sein musste, wenn jemand anders die Regeln festlegte. Er und sein kleiner Bruder waren allein, hatten nur sich. Palmer und Vic waren losgezogen, um ihr Glück beim Tauchen zu finden. Sie hatten die beiden zurückgelassen, die sich jetzt um sich selbst kümmern mussten. Als ihr Vater verschwunden war, hatte er die ganze Familie mittellos zurückgelassen, wo sie früher mal alles gehabt hatten. Und ihre Mom – Conner wusste gar nicht, wo er da hätte anfangen sollen. Manchmal wünschte er sich, er hätte keine Mutter.

Er schob den Gedanken von sich. So wie er den morgigen Ausflug in eine dunkle Ecke verbannte. Er konzentrierte sich auf Gloralai an seiner Seite, versuchte, solange es ging, im Augenblick zu leben. Zusammen hielten sie auf eine Reihe zur Hälfte begrabener Bretterbuden zu, die aus einer niedrigen Düne ragten. Auf einem Dach ratterte und qualmte ein Generator. Drinnen brannte Licht, vom sandigen Dach hing eine Neontafel mit Reklame, Coors-Bier mit seinen von oben beleuchteten Berggipfeln. Beinahe hätte Conner erzählt, dass seine Schwester diese Tafel geborgen hatte, wie er es oft tat, wenn ihm etwas ins Auge fiel, das sie aus dem Sand gerettet hatte.

»Hey«, fragte Gloralai, »gehst du am Samstag zu Ryders Party?«

»Äh … nein.«

Sie musste seine Miene gesehen haben. »Er kann ein Arsch sein, ja, aber es wird richtig gut werden. Laugh Riot spielt. Du solltest kommen.« Gloralai zeigte dem Mann im Fenster zwei Finger und legte ein paar Münzen auf die Fensterbank. An ihrem Handgelenk entdeckte Conner zwei kleine, selbst fabrizierte Tätowierungen, und er fragte sich, ob sie wohl noch mehr hatte.

»Es ist nicht seinetwegen«, sagte er. »Ryder ist mir völlig egal. Ich gehe mit meinen Brüdern dieses Wochenende zelten.«

»Du und Palm, ihr nehmt Rob zum Zelten mit? Das ist ja lieb.« Sie drückte ihm ein schäumendes Bier in die Hand. Conner nahm einen Schluck. Kalt aus dem tiefen Sand. Er wischte sich den Mund ab.

»Na ja, um ehrlich zu sein, so lieb ist es auch wieder nicht. Das machen wir einmal im Jahr.« Er verschwieg, dass ihm davor graute, dass er nervös war, dass er für eine wesentlich längere Tour packte. Dieser Augenblick war zu schön, um ihn zu verderben.

»Wie geht es Palmer eigentlich? Er ist doch nach Low-Pub gezogen, oder?«

»Geht ihm gut. Nehm ich an. Er reist ständig hin und her. Letztes Wochenende ist er vorbeigekommen, er war auf dem Weg zu irgendeinem Bergungsjob. Vermutlich sitzt er in diesem Augenblick in meiner Hütte. Es sei denn, er hätte uns wieder mal vergessen.« Conner nahm noch einen Schluck. »Er ist derjenige, der sich um Rob kümmern sollte, nicht ich.«

»Du leistest gute Arbeit. Außerdem kann Robbie selbst auf sich aufpassen.«

»Das wollen wir hoffen.« Conner nahm noch einen Schluck, dann bemerkte er Gloralais fragenden Blick. »Auf jährliche Traditionen.« Er hob den Krug.

»Ja, auf diesen Tag.« Gloralai hob eine Braue.

»Eigentlich ist das … erst morgen«, erklärte Conner.

»Dann eben auf das Wochenende«, meinte Gloralai.

»Ja. Das Wochenende.« Sie stießen an. In diesem Augenblick regnete Sand vom Dach, und sie legten die Hände auf die Krüge, um sie zu beschützen, und mussten lachen. Der Wind nahm ihn mit nach Westen auf die untergehende Sonne zu, und sämtliche Dünen erzitterten den Bruchteil eines Zentimeters in dieselbe Richtung. Balken ächzten. Die Einwohner von Shantytown blickten von ihren Arbeiten und Ablenkungen nach oben zu den Decken, die sich durchbogen; ein hungriger Vogel kreischte.

»Danke dafür.« Conner salutierte mit seinem Bier. Er lehnte sich an den Pfosten und sah zu, wie sich der Himmel rötete. Die kleinen Menschen oben auf dem Wasserpumpenkamm marschierten wie Ameisen, Laternen und elektrisches Licht flackerten weiter, während der Schichtwechsel durchgeführt wurde und sich der Tag auf die Nacht vorbereitete und die zornige Wüste die ganze Zeit flüsterte.

»Ja«, stimmte Gloralai ihm zu. Sie schien zu wissen, was er meinte, dass es um mehr als nur das Bier ging. »Das ist nett. Warum kann es nicht gottverdammt noch mal immer so sein?«

12 – VATERS STIEFEL

Als Conner zu seiner Hütte kam, war es schon spät. Ein Stück höher auf seiner Düne brannten helle Lichter, zwei Männer auf einem Gerüst hämmerten an dem neuen Haus, das auf ihrem Dach gebaut wurde. Ein Stück Zinnblech fiel vom Gerüst und bohrte sich vor seiner Haustür in den Boden. Einer der Männer sah ihm hinterher, das Gerüst ächzte. Da war keine Reue, Conner beinahe getroffen zu haben, keine Entschuldigung, nur ein ärgerliches Grunzen über die Streiche der Schwerkraft und die ermüdende Aussicht, nach unten klettern zu müssen, um es zu holen.

»Noch wohne ich hier, wisst ihr«, rief Conner. Aber ein Blick auf den Sand, der sich um seine Hütte sammelte, rief ihm ins Bewusstsein, dass diese Beschwerde ein Verfallsdatum hatte.

Er zog die Tür auf und trat den Dreck von den Stiefeln, bevor er eintrat. »Yo, Bruder! Bist du zu Hause?« Um die Tür zu schließen, bedurfte es den Einsatz beider Hände, damit der Riegel sich schloss. Feiner Staub rieselte von der Decke, die Balken ächzten. Von Palmer gab es nicht die geringste Spur, weder Stiefel noch Sandspuren, keine Ausrüstungstasche oder Müll aus einer geplünderten Speisekammer. Nur eine gedämpfte Stimme erscholl von unten. Es klang wie Rob. Oben setzte sich das Hämmern fort. Conner zeigte der Decke den Mittelfinger.

»Hast du gegessen?«, rief er. Er stellte seine Reste auf den wackligen Tisch neben der Tür – eine halbe Dose kalten Haseneintopf aus der Taucherbar. Sein kleiner Bruder brüllte eine Erwiderung und wieder war seine Stimme ein dumpfes Grollen. Es klang, als befände er sich eine Hütte tiefer.

Man brauchte vier Schritte, um von der Diele durch die Küche in das Schlafzimmer mit den beiden schmalen Pritschen auf den verrosteten Federn zu gehen, das sie sich teilten. Robs Bett war zur Seite geschoben, drei der Bodendielen darunter waren entfernt. Dort unten war es dunkel. Die einzige Lichtquelle des kleinen Hauses war das bisschen Laternenlicht, das durch die gesprungene Glasscheibe in der Haustür drang. Eine Kerze neben Robs Bett war völlig heruntergebrannt. Conner wühlte in dem Kasten neben seinem Bett herum und fand seine Taschenlampe. Er schaltete sie ein. Tot. Also warf er sie zurück in den Kasten. Drei Schritte, und er hatte die Lampe im Wohnzimmer erreicht. Er schüttelte sie und lauschte nach dem Spritzen des Öls. Entzündete sie. »Packst du deine Sachen?«, fragte er.

Rob antwortete nicht. Conner stellte die Lampe ein, bis der Raum von dem Licht überflutet wurde. Er setzte sich auf den Boden des Schlafzimmers und ließ die Füße ins Loch baumeln, dann ließ er sich in die Tiefe herab und griff nach oben, um die Lampe zu nehmen. Ein schwaches Glühen füllte das frühere Zuhause einer anderen Person.

Was einst Dachsparren gewesen waren, diente nun als Träger von Palmers Fußboden. Unter ihrem Haus stand das Haus eines anderen, das vor langer Zeit aufgegeben und von niemandem beansprucht worden war. Bald würde auch ihr Haus der mit Sand gefüllte Keller einer anderen Person sein. So ging es immer weiter, Sand türmte sich zum Himmel auf, und die Behausungen von Menschen sanken der Hölle entgegen.

Conner schwang die Laterne in dem engen Raum umher. Er und Rob bewahrten hier unten ein paar ihrer Besitztümer auf. Die Tasche mit dem Zelt und ihrer Ausrüstung lag unberührt da – genau dort, wo sie sie vor einem Jahr hingelegt hatten. Sie war voller Sand. Conner wischte etwas davon ab und fragte sich, wo zum Teufel Rob steckte. Er stieß eine alte Badezimmertür auf und entdeckte weitere entfernte Bodendielen. Unten flackerte ein Licht. »Was hast du da unten zu suchen, verdammt?«

Rob spähte durch das Loch in dem alten Fußboden nach oben und lächelte schuldbewusst. Er hockte auf einem Sandhaufen. Tiefer als in diese Hütte ging es nicht, das darunter begrabene Haus war fast vollständig mit eingedrungenem Dünensand gefüllt. Sein Haar sah feucht aus und klebte an der Stirn, als hätte er sich verausgabt. Conner sah schnell weg.

»Ach, komm schon, Mann. Du bist doch wohl nicht dort unten, um dir einen runterzuholen, oder?«

»Nein!«, kreischte Rob, und Conner blickte wieder in das Loch. Sein Bruder wackelte hin und her. Rob biss sich frustriert auf die Lippe. »Wo warst du? Ich habe immer wieder nach dir gerufen.«

Conner wurde klar, dass sein Bruder in Schwierigkeiten steckte. Er bückte sich, senkte die Lampe in das Loch und erkannte, dass der Sand bis zu den Hüften seines Bruders reichte. Dort, wo Rob gegraben hatte, gab es tiefe Furchen.

»Was zum Teufel hast du getan?«

»Ich habe nur gespielt«, behauptete Rob.

Conner hängte die Laterne an einen Nagel und ließ sich auf die untere Ebene herab. »Ich hab dir doch gesagt, du sollst nicht herkommen. Da kann plötzlich Tiefensand reinrauschen.«

»Ich weiß. Aber … er ist nicht reingerauscht. Irgendwie habe ich mich selbst begraben.«

Conner entdeckte die Drähte im Sand. Er versuchte seinen Bruder herauszuzerren, aber das war vergeblich. Die Masse um Rob herum war so hart wie Zement. »Was hast du gemacht?«

»Ich habe an etwas … gearbeitet.« Rob zeigte das Taucherband in seiner Hand; ein Haufen Drähte hing davon herab und verschwand in der harten Masse. »Ich bin nicht getaucht, ehrlich nicht. Nicht das ganze Stück. Ich wollte nur sehen, was ich mit meinen Stiefeln schaffe …«

»Mit deinen Stiefeln?«

»Mit Vaters Stiefeln.«

»Du meinst *meine* Stiefel.« Conner riss seinem Bruder das Band aus der Hand. »Du bist elf Jahre alt, Rob. Verdammt. Du wirst dich noch umbringen, wenn du mit dieser Scheiße spielst. Wo hast du das Band her?«

»Gefunden.«

»Hast du das gestohlen?« Conner schüttelte das Band. Er hatte nicht übel Lust, seinen Bruder für die Nacht dort zu lassen, nur um ihm eine Lektion zu erteilen.

»Nein. Ich hab es gefunden. Das schwöre ich.«

»Du weißt, was Palm getan hätte, hätte er dich dabei erwischt, wie du damit spielst? Oder Vic?« Conner sah sich das Band näher an. Es gehörte zu einem alten Visier, aber das hatte man entfernt. »Hast du das im Müll gefunden? Denn da gehört dieser Scheiß hin.«

Rob schwieg. Das Geständnis eines Schatztauchers.

»Hast du die Verdrahtung selbst gemacht?«

»Ja«, flüsterte sein Bruder. »Con, ich spüre meine Füße nicht.«

Conner sah, dass sein Bruder weinte. Und einer seiner Arme steckte auch fest. Man brauchte ihm nicht zu sagen, wie ernst dieser Scheiß war.

»Du kannst diese Kontakte nicht so offen lassen«, sagte Conner. »Die funktionieren eine Weile, bis du anfängst zu schwitzen, aber dann gibt es einen Kurzschluss.« Mit dem Hemd trocknete er die Innenseite des Bandes ab. »Sobald das geschieht, wird alles, was du auch versuchst, immer nur noch schlimmer. Indem du versucht hast, den Sand zu lockern, hast du ihn bloß fester gemacht. Wir brauchen bloß den Strom auszuschalten, dann sollte sich diese Masse auflösen.«

Rob schniefte. »Ich habe die Stromquelle in den linken Stiefel gesteckt.«

»In den *Stiefel*? Warum verflucht noch mal sollte man das tun?«

Mit der freien Hand wischte sich Rob die Wange ab. »Weil ich geglaubt hab, einen Taucheranzug ohne Anzug basteln zu können. Nur mit den Stiefeln.«

»Herrgott noch mal, wie hast du es geschafft, elf Jahre alt zu werden?« Conner überprüfte das Band und vergewisserte sich, dass es trocken war, dann wollte er es sich an die Stirn halten und seinen Bruder befreien. Da fiel ihm seine Schwester ein und was sie tun würde.

»Halt still«, sagte er, zog sich das Hemd über den Kopf, fand eine trockene Stelle und tupfte die Stirn seines Bruders ab.

»Ich heule nicht«, sagte Rob leise, während Conner seinen Kopf mit dem Stoff bearbeitete.

»Ich weiß, dass du nicht heulst. Ich trockne bloß deine Schläfen.«

Sein Bruder hielt still. Conner überprüfte das Taucherband, um sich zu vergewissern, dass es richtig ausgerichtet war, dann hielt er einen Moment lang inne, um die winzigen Lötstellen zu bewundern, die sein Bruder gemacht hatte. »Du bist mir schon einer«, sagte er und schob seinem Bruder das Band über den Kopf. »Und jetzt hör zu, ich möchte nicht, dass du einfach nur den Sand befreist, verstanden?«

Rob nickte.

»Ich möchte, dass du ihn nach unten um deine Beine fließen lässt, okay? Fühle, wie er sich bewegt. Lenke ihn. Und dann lässt du ihn von unten gegen deine Schuhsohlen drücken. Du musst dir dort unten zwei Hände vorstellen, die dich nach oben stemmen. Zwei Hände, die die Stiefel fest im Griff haben, okay? Kannst du die Finger spüren? Die Handflächen?«

»Ich glaube schon.« Rob biss sich auf die Lippe.

»Okay. Versuch es. Schnell, bevor du schwitzt.«

»Das nützt nichts«, grunzte Rob, kniff die Augen zusammen und konzentrierte sich. Conner fühlte, wie der Sand in Bewegung kam und sich unter ihm lockerte.

»Gut«, sagte er. »Und jetzt nach oben.«

Rob stieß einen Schrei aus, als er himmelwärts katapultiert wurde. Um ein Haar wäre er mit dem Kopf gegen die Dachbalken gestoßen. Der Sand hob ihn durch das Loch in das alte Badezimmer, bis seine Stiefel oben und trocken auf dem Sandhaufen standen.

Conner lachte. Rob stieß einen Jubelruf aus und pumpte mit den Fäusten.

»Toll gemacht«, sagte Conner. »Und jetzt zieh diese Stiefel aus. Du hast verflucht noch mal Hausarrest.«

13 – DER SOHN EINER HURE

An diesem Abend blieb Conner lange auf und wartete auf Palmers Rückkehr. Schließlich schlief er neben Rob auf dessen winziger Pritsche ein, und als er am Morgen aufwachte, war sein eigenes Bett unberührt. Er hatte es Palmer überlassen, aber vermutlich hatte sein Bruder ein Mädchen aufgerissen. Trotz seiner Versprechen ließ er sie dieses Jahr wieder im Stich. Trotz des wirklich ernst gemeinten Versprechens. Und jetzt tat Conner völlig umsonst der Nacken weh.

Er stand auf und streckte sich. Rob griff nach dem Laken, drehte sich um und hüllte sich in einen Kokon. Conner schnappte sich ein weißes Hemd. Er betrat das Badezimmer und rieb sich Gesicht und Hände mit Sand ab, schälte Schweiß, Dreck und Gestank ab. Mit etwas Sand im Hemd rieb er den Stoff fest aneinander. Der Sand im Becken roch noch immer leicht nach den alten getrockneten Blumen, die darin zermalmt worden waren. Aber es war kaum wahrzunehmen.

Er schüttelte den Sand ins Becken zurück und zog sich an, ließ die Shorts an und verknotete das Hemd. Er eilte in die morgendliche Kühle hinaus und pinkelte in Richtung Latrine. Die Brise trug den Dampf mit sich. Nachdem er etwas hellen Sand auf den dunklen getreten hatte, eilte er wieder zurück ins Haus.

»Hey, Rob, ich geh eine Weile raus, um Palm zu finden und die Flaschen zu füllen. Lüftest du das Zelt aus, ja? Und stell dort unten keinen Unsinn an.«

Aus dem Schlafzimmer ertönte ein Grunzen, unter dem Laken bewegte sich ein Umriss, der wie Rob geformt war. Conner sammelte sämtliche Feldflaschen ein: die an dem Haken an der Tür, die alte, die Vic gehörte und wie ein Relikt oder eine Dekoration auf dem Fensterbrett stand, und eine dritte, die er oben auf dem Küchenschrank versteckt hatte. Er schwang jede über den Kopf, schnappte sich alles Geld, das er in dieser Welt besaß – was mühelos in eine Hand passte – und rief wieder ins Schlafzimmer.

»Also gut. Ich bin bald zurück. Schlaf nicht bis zum Mittag. Ich will früh los, und wir werden nicht im Dunkeln herumfummeln, um rauszubekommen, wie das mit dem Zelt funktioniert, so wie im letzten Jahr.«

Er setzte sich auf einen der alten Stühle seiner Schwester und schnappte sich die Stiefel. Dann fiel sein Blick auf die Stiefel seines Vaters, sie lagen dort, wo er sie am Vorabend hingeworfen hatte. Und er entschied sich, stattdessen sie zu tragen. Vielleicht dachte er bereits an den abendlichen Ausflug und wollte etwas von seinem Vater mit sich führen. Vielleicht wollte er auch einfach nur verhindern, dass Rob während seiner Abwesenheit in Schwierigkeiten geriet.

Das Stirnband und die Drähte, die sein Bruder zusammengebastelt hatte, hingen im rechten Stiefel. Conner suchte nach einer Möglichkeit, das Teil auszustöpseln. Er warf einen Blick ins Schlafzimmer, aber der prächtige Rob-Kokon hatte sich inzwischen noch nicht geöffnet und seinen hübschen kleinen Schmetterling freigegeben, also fragte er gar nicht erst. Das Band war in zwei Teile getrennt, kleine Metallkontakte waren in Öffnungen gelötet worden. Er hakte alles auseinander.

Jeweils eine Hälfte kam unter den Hosenbeinen durch und an der Taille wieder heraus, dann klemmte er wieder alles zusammen. Das Band kam in seine Tasche. Es war ein unheimliches Gefühl, wie gut die Stiefel passten. Er kam sich etwas älter vor, als er sein Tuch schnappte, nach draußen trat und es ausschüttelte. Die Tür ließ er offen, damit Licht hineinfiel und Rob daran hinderte zu verschlafen. Dann brach er in Richtung Springston auf.

Zuerst würde er das *Honey Hole* aufsuchen. Zweifellos hätte Palmer zuerst ihre Mutter angepumpt. Danach würde er es bei der Tauchschule versuchen. So großes Unbehagen ihm der Besuch des *Honey Hole* auch bereitete, der Morgen war noch immer die sicherste Tageszeit. Nicht, weil ihn die Gäste und die Schlägereien und das strömende Bier in der Kneipe unten störten, sondern weil es die beste Gelegenheit war, seine Mom zu erwischen, wenn sie nicht arbeitete.

Das Hole stand am Rand von Springston, direkt zwischen der Stadt und der ausufernden Siedlung aus Hütten und Läden, die Shantytown bildeten. Der Standort hielt den Pöbel, der dort arbeitete und trank, aus der ursprünglichen Stadt fern, während er zugleich die verführerischen Früchte im ersten Stock für die Lords und die Reichen gleichermaßen leicht erreichbar machte. Niemand wollte durch Shantytown laufen, nur um etwas Spaß zu haben. Der lange und mühsame Rückweg würde lediglich den Erfolg der fleischlichen Besuche zunichte machen.

Am anderen Ende von Springston stand der große Wall, in dem Conner geboren war. Die riesige Betonkonstruktion erhob sich beinahe hundert Meter über dem Boden und war vor Generationen in seltener Einheit von Lords als gewaltiges öffentliches Bauprojekt errichtet worden. Angeblich war diese Mauer größer als alle anderen zuvor und hätte bis in alle Ewigkeit halten sollen. Aber nun lehnte sie sich deutlich erkennbar nach Westen über Springston, tauchte die besten Stadtteile in ihren Schatten. Jeder Blick auf den Wall erinnerte Conner an die ersten sechs Jahre seines Lebens. Die guten Jahre. Da hatte es Bäder gegeben, in denen er den ganzen Körper und sogar den Kopf eintauchen konnte. Es hatte Strom und Toiletten gegeben, mit einer Spülung – da hatte man nicht vor die Tür treten müssen, um in den Sand zu scheißen, da hatte man nicht vorher sein eigenes Loch graben müssen, nur um schon zwei Scheißhaufen zu finden. Diesen Luxus, an den er sich erinnern konnte, würde Rob niemals begreifen; er musste ihn wie die Geschichten über ihren Vater mit seinem Bruder teilen. Es waren halb verschwommene Kindheitserinnerungen, die nicht einmal richtig haften geblieben waren, weil man damals alles als selbstverständlich betrachtet hatte.

Ganz in der Nähe stieg zwischen zwei Sandkratzern eine schwarze Rauchsäule in die Höhe. Ihre Spitze löste sich in alle Einzelteile auf, als sie den Rand des Walls passierte und vom Wind ergriffen wurde. Conner glaubte sich zu erinnern, mitten in der Nacht einen Knall gehört zu haben. Wieder eine

Bombe. Wer war es wohl dieses Mal gewesen? Die selbst ernannten Lords von Low-Pub? Die Briganten oben im Norden? Die Dissidenten hier in der Stadt? Die FreeShanties in diesem Viertel? Wenn alle Bomben bauten, verloren sie jegliche Bedeutung, das war das Problem. Man vergaß, was der Scheiß eigentlich sollte.

Conner umrundete eine niedrige Düne und näherte sich dem *Honey Hole*. Das war ein Gebäude, das niemand jemals bombardieren würde, nicht in einer Million Jahren. Im Bereich der tausend Dünen mussten die vielen Bordelle am Rand von Springston zu den sichersten aller Orte gehören. Conner lachte in sich hinein. *Vermutlich verbringen die Lords darum so viel Zeit hier*, dachte er.

Er trat den Schmutz von den Stiefeln, bevor er die Tür öffnete und eintrat. Heather stand hinter der Theke und trocknete mit dem Lappen einen Krug ab. Vor ihr saß ein einsamer Mann auf einem Hocker, der den Kopf auf die Arme gelegt hatte und schnarchte. Heather lächelte Conner an, bevor sie zu der Galerie blickte, die die erste Etage vollständig umgab. »Sie sollte oben sein«, rief sie, ohne die Stimme zu dämpfen. Der Mann vor ihr rührte sich nicht.

»Danke.« So traf er seine Mutter gern an. *Oben*. Also auf den Beinen. Er ging auf die Treppe zu und wäre beinahe über einen Betrunkenen gestolpert, der auf dem Boden seinen Rausch ausschlief. Vormann Bligh. Conner widerstand ungefähr einem Dutzend rachsüchtiger Gelüste und stieg über den Mann hinweg. Es fiel leichter, andere Menschen für das eigene Elend verantwortlich zu machen, als den Sand. Ihn anzubrüllen brachte nichts. Solche Leute aber brüllten immerhin zurück, was zumindest eine Antwort war. Man wurde zur Kenntnis genommen. Gequält und zugleich ignoriert zu werden war das Schlimmste.

Conner stieg die Stufen zur Galerie hinauf. Das alte Holz ächzte bei jedem Schritt, und er konnte sich nicht vorstellen, einer der Betrunkenen zu sein, die diesen Gang unter den Augen ihrer Freunde vollzogen. Andererseits prahlten die Männer darüber, wen sie am Vorabend im *Honey Hole* ergattert hatten. Vielleicht fühlte es sich ja ganz normal an, wenn man diese Treppe oft genug hinaufgegangen war. Scheiße, am liebsten wollte er keinen einzigen Tag älter werden. Er stellte sich vor, wie er eines Tages dort unten saß und sich abschoss, mit einem Bart bis zum Nabel und wie eine Latrine stinkend, um dann eine beliebige Frau dafür zu bezahlen, still dazuliegen, während er sie fickte.

Sosehr ihn die ganze Szene auch anwiderte, er wusste doch nur zu gut, dass die meisten Männer genau hier endeten, ihr Leben hassten und ihm aus dem Weg gehen wollten. Eine Nacht der Flucht nach der anderen. Sie ertränkten ihr Elend in einer Flasche und bezahlten dann für einen kurzen Krampf der Lust. Vermutlich würde ihn dieses Schicksal auch ereilen, so sehr er die Vorstellung hasste, sich dem zu ergeben. Und es würde ihn erwischen, wenn er hierblieb. Mann … er konnte sich noch gut daran erinnern, dass er den Wunsch gehabt hatte, die Zeit würde schneller vergehen und er endlich älter werden, aber jetzt wollte er, dass alles anhielt. Einfach stehen blieb, bevor die ganze Scheiße noch schlimmer wurde, als sie bereits war. Falls das Leben nicht länger voranschritt, würde er vielleicht endlich einen klaren Kopf bekommen. Und nicht davor weglaufen müssen.

Vor dem Zimmer seiner Mom blieb er stehen, hatte beinahe schon vergessen, warum er eigentlich hier war. Palmer. Richtig. Er hob die Hand und klopfte, hoffte von ganzem Herzen, keine Männerstimme zu hören, die ihn anbrüllte, sich zu verpissen, weil hier besetzt war. Aber seine Mutter öffnete die Tür, einen Bademantel über den Schultern. Als sie sah, wer dort stand, zog sie ihn fester um den Körper und schloss energisch den Gürtel.

»Hey, Mom.«

Sie drehte sich um und ließ die Tür offen stehen, ging zurück zum Bett und setzte sich. Neben ihr stand eine Tasche, auf einem Handtuch lagen Bürsten. Sie stellte den Fuß auf einen Hocker und fuhr damit fort, sich die Zehennägel zu lackieren.

»Es war nichts los«, sagte sie, und Conner gab sich die größtmögliche Mühe, sich nicht vorzustellen, was sie wohl damit meinte. Aber allein schon der Versuch machte das zunichte.

Verdammt, wie er diesen Ort hasste. Er verstand ohnehin nicht, warum sie ihn nicht einfach verkaufte und etwas anderes mit ihrem Leben anfing. Egal was. »Ich hab kein Geld übrig.«

»Wann habe ich das letzte Mal um Geld gebeten?«, fragte Conner beleidigt.

Sie warf ihm einen Blick zu. Er hatte das Zimmer noch immer nicht betreten. »Vorletzten Mittwoch?«

Da fiel es Conner wieder ein. »Okay, schön, aber davor? Und nur damit du es weißt, das war für Rob. Der Junge hat verfickte Löcher in seinen Tüchern.«

»Pass auf, was du sagst«, antwortete seine Mutter. Sie richtete den kleinen Pinsel auf ihn, und er widerstand der Versuchung, sie darauf hinzuweisen, dass ihr Beruf irgendwie von diesem Wort abhing.

»Ich bin nur vorbeigekommen, um zu fragen, ob du etwas von Palmer gehört hast. Oder von Vic.«

Seine Mom griff zum Nachttisch, wo aus einem Aschenbecher Qualm nach oben stieg. Sie nahm laute, schmatzende Züge und brachte die Kirsche wieder zum Glühen. Sie stieß den Rauch aus und schüttelte den Kopf.

»Es ist dieses Wochenende«, sagte Conner.

Sie musterte ihn eine Weile. »Ich weiß, was es für ein Wochenende ist.« Graue Asche fiel von ihrer Zigarette zu Boden.

»Palm hat versprochen, dieses Jahr dabei zu sein.«

»Hat er das nicht schon letztes Jahr versprochen?« Sie blies Rauch aus.

»Ja, aber dieses Mal hat er es *wirklich* versprochen. Und Vic …«

»Deine Schwester ist seit zehn Jahren nicht mehr hier gewesen.« Sie hustete in die Faust und machte sich wieder mit dem kleinen Pinsel ans Werk.

»Ich weiß.« Conner sparte sich die Mühe, sie zu berichtigen. Es waren acht Jahre, keine zehn. »Aber ich dachte …«

»Wenn du älter wirst, wirst du auch nicht mehr hingehen. Und dann wird der arme Rob ganz allein losziehen, und er wird dafür sorgen, dass du dich mies fühlst, weil du ihn nicht begleitet hast, aber du wirst *ihn* bemitleiden. Und du wirst darauf warten, dass er endlich erwachsen wird und kapiert, was wir anderen längst wissen.«

»Und was ist das?« Conner fragte sich, warum zum Teufel er sich überhaupt noch die Mühe machte.

»Dass dein Vater schon lange weg und tot ist, und je mehr du dir wünschst, dass es nicht so ist, umso mehr quälst du dich, und das ist völlig sinnlos.« Sie studierte ihre Arbeit, wackelte mit allen Zehen und schraubte den kleinen Pinsel wieder in seine kleine Flasche. Conner versuchte nicht darüber nachzudenken, wo sie derartige Artefakte herbekam. Plünderer und Schatztaucher tauschten sie für ihre Ware ein. Scheiße, sein Kopf war wirklich störrisch.

»Dann bin ich wohl umsonst vorbeigekommen.« Er wandte sich zum Gehen. »Rob lässt übrigens grüßen.« Was eine Lüge war.

»Habt ihr euch eigentlich je gefragt, was die Namen bedeuten, die ich euch Jungs gegeben hab?«

Conner blieb stehen und drehte sich wieder zu seiner Mutter um. Er antwortete nicht. Daran hatte er noch nie einen Gedanken verschwendet. Es war eben so.

»Palmer und Conner und Rob«, sagte sie. »Absahner, Betrüger und Räuber. Ihr seid alle kleine Diebe. Ich habe euch nach eurem Vater benannt.«

Einen Augenblick lang stand Conner wie angewurzelt dort. Er glaubte ihr nicht. Der verzerrte Doppelsinn der Namen war ein Zufall. »Und was ist mit Vic?«

Sie nahm einen tiefen Zug und blies eine Rauchwolke aus. »Als ich Victoria bekam, wusste ich noch nicht, dass euer Vater ein gottverdammter Dieb war. Dass er weglaufen und uns mit nichts zurücklassen würde.«

»Er war kein Dieb«, sagte Conner. »Er war ein Lord.« Er versuchte es mit Überzeugung zu sagen.

Seine Mutter holte tief Luft. Atmete aus. »Ist verdammt noch mal das Gleiche«, sagte sie.

14 – DIE SANDFALLE

Conner verließ das *Honey Hole* und trieb sich am Rand von Shantytown herum. Er starrte auf die Stiefel seines Vaters und dachte zum ersten Mal im Leben über seinen Namen und die Namen seiner Brüder nach. *Palmer, Conner, Robert.* Was sollte dieser Scheiß, wem nützte es, das zu erfahren? Und es hatte den Anschein, als wäre ihre Mutter im Laufe der Zeit viel gröber geworden. Das musste ein Zufall sein. Etwas, das sie sich in ihrem Wahnsinn zusammengesponnen hatte, nachdem ihr Vater sie verlassen hatte. Er hoffte, dass sie es niemals Rob erzählte – der Kleine wäre am Boden zerstört. Würde sich Bobby nennen.

Conner überquerte eine niedrige Düne zwischen einem gerade eingestürzten Haus und einem Neubau. Eine Handvoll Männer holten Baumaterial aus der Ruine und nagelten es zwei Dutzend Schritte weiter wieder zusammen, zögerten das Unausweichliche noch etwas hinaus. Das Erschreckendste an dem Anblick war, wie normal er doch erschien. Wie oft hatte Conner so etwas schon in Shantytown gesehen, eine Ruine diente als Fundament für einen Neubau. Aber jetzt hatte seine Mutter dafür gesorgt, dass er das Alltägliche auf eine neue Weise betrachtete. Wenn überhaupt, stärkte dieser fremde Blickpunkt seine Entschlossenheit, was die Pläne für diesen Abend betraf. Es machte alles zunichte, was ein Bier und Haseneintopf mit Gloralai am Vorabend in seinem Kopf angerichtet hatte.

Er nahm eine Abkürzung vorbei an einer Reihe von Behausungen, die sich an der Hinterseite der Tauchschule befanden. Vermutlich war Palmer inzwischen schon in ihrer Hütte und half Rob dabei, das Zelt auszulüften.

Trotzdem war es eine gute Idee, einen Abstecher zu den

Schlafsälen zu machen und zu sehen, ob er dort übernachtet hatte.

Ms. Shyler winkte von ihrer Veranda, als er vorbeiging. Dann kehrte sie weiter Sand aus ihrem Haus, aber eines ihrer Kinder stapfte wieder herein und brachte neuen mit. Sie drehte sich um und brüllte den Jungen an, der in gewisser Weise ihr eigener Sandkriecher war. Das waren sie alle. Die Männer, die das Haus aus den Überresten eines Hauses bauten und all diese Aufgaben erfüllten, die immer wieder anfielen, ohne dass ein Ende in Sicht war, Feldflaschen füllen, essen, scheißen, schlafen, sich auf das Wochenende freuen und mit Grausen der folgenden Woche entgegenblicken. Das Leben wurde von Sandkriechern gelebt, und das waren sie alle. Ein Eimer Sand nach dem anderen.

Er musste aufhören, so zu denken. Irgendwo gab es einen Fortschritt. Etwas Besseres. Daran glaubten doch die Männer, die Frauen und die Familien, die mühsam in Richtung Horizont stolperten. Sie glaubten an ein Leben weit entfernt von den Kämpfen und den Bomben. Fern von den Unruhen und den morgendlichen Schüssen. Fern von den Läden, deren faltige Blechwände mit Einschusslöchern übersät waren, durch die das Sonnenlicht und der Sand eindrangen. Fern von den Lords mit den unberechenbaren Regeln und jenen, die sie mit blindlings geworfenen Bomben stürzen wollten.

Es musste einen Grund geben, warum so viele gingen und nie zurückkehrten. Das war der Lockruf eines guten Lebens. Oder man ertrug einfach das Grollen in der Ferne nicht länger, das Getrommel und den Donner, ohne den Drang zu verspüren, es sich selbst anzusehen. Daran musste auch sein Vater geglaubt haben. Das musste es sein, was er nun selbst fühlte. Seine Mutter wollte doch bloß die Erinnerung an den Mann vergiften, weil sie ihr Leben hasste. Genau das war es.

Die Tür zum Schlafsaal stand offen und ließ Licht und Sand herein. Conner trat ein. Hinten im Schlafsaal saßen zwei Tauchschüler und würfelten. Sie drehten sich um, als Conners Schatten die Punkte verdeckte. »Habt ihr Palmer gesehen?«, fragte er.

Einer der Jungen schüttelte den Kopf. »Er und Hap sind

zu einem Tauchgang aufgebrochen. Sie sind noch nicht zurück.«

»War das nicht schon vor einer Woche?«

»Dann ist es eben ein verflucht langer Tauchgang. Woher soll ich das wissen? Sie haben verfickt geheimnisvoll getan.«

»Ja«, sagte Conner deprimiert. »Danke.« Noch so ein Jahr der Enttäuschung – von ihrem großen Bruder. Armer Rob.

»Hey, würdet ihr freundlicherweise endlich mal die Klappe halten?«, rief jemand von einer der Pritschen.

Conner entschuldigte sich und ging. Die Würfel klapperten gegen die Wand.

Auf dem Heimweg wurde ihm klar, dass es in dieser Nacht nur er und Rob sein würden – das brachte seine Pläne etwas durcheinander. Aber es war noch immer zu schaffen. Das Gespräch zu führen und die Laterne zu bedienen, würde an ihm hängen bleiben. Darauf war er nicht vorbereitet. Erst recht nicht nach dem Besuch bei seiner Mom. Sämtliche seiner Geschichten waren zu Tode erzählt worden.

Er überquerte den Schulhof und versuchte seine Erinnerung an seinen Vater mit der Behauptung seiner Mutter in Einklang zu bringen. Er kannte deutlich mehr von ihren Versionen der Geschehnisse, als er Zeit mit seinem Vater verbracht hatte. Als der gegangen war, war er sechs gewesen; er hatte doppelt so viele Jahre mit seiner Abwesenheit gelebt und sich auf Geschichten verlassen, die von anderen überliefert wurden. Vic hatte ihren Anteil daran gehabt, seine Erinnerung zu vernebeln, mit all ihren Geschichten über die Jugend ihres Dads, wie er in Low-Pub aufwuchs und sich einen Namen als Taucher machte, über die Jahre, in denen er zum Lord von Springston aufstieg, damals vor seinem Zusammenbruch.

Conner fragte sich, ob es überhaupt eine gute Idee war, die Vergangenheit wieder ans Licht zu zerren. In vielerlei Hinsicht war das so, als wäre man Sandtaucher. Da waren alle diese tief begrabenen rostigen Dinge, an denen man sich verletzen konnte. Sie nach oben zu holen und dann zu versuchen, sie zu reinigen und zu ölen, sie zu etwas zu machen, das sie nie wieder sein konnten – wie sollte das gesund sein? Vielleicht war das Wissen, wer sein Dad war, den Aufwand gar nicht wert. Vielleicht hatte seine Mom recht, und er hätte das alles hinter sich lassen sollen. Falls ihr Vater jemals zurückkehrte, würde er älter, schwächer und grauer sein. Nicht mehr derselbe Mann. Sich an eine idealisierte Vergangenheit zu klammern, war eine Art Gift. Dieser Bastard Nostalgie, der die Leute glauben ließ, dass es eine bessere Zeit und einen besseren Ort geben würde, solange man nur wieder dorthin kommen konnte.

Er warf einen Blick auf den großen Wall, dieses alles überragende Symbol seiner Vergangenheit mit der gefährlichen Schieflage. Aus dem Niemandsland drang ein leises Grollen herüber, das schwache *Bumm Bumm Bumm* eines … Wer zum Teufel war schon imstande zu sagen, was es verursachte! Die Zukunft. Das musste es sein. Die unmittelbar bevorstehende Zukunft. Es war das Grollen des Unbekannten, es war ein hungriger Bauch, der wusste, dass er Nahrung brauchte. Wie die hungrige Seele, die ein neues Abenteuer braucht, das *Bumm Bumm Bumm* des Herzschlags eines Mannes, wenn er Angst davor hat, dass er nichts taugt, dass ihn die Dünen begraben werden, wenn er still dort sitzen bleibt.

Die drei Feldflaschen klapperten leer an Conners Hüfte, und ihm fiel wieder ein, dass er sie noch füllen musste. Außerdem musste er etwas Dörrfleisch kaufen. In seinem Kopf ging wirklich alles drunter und drüber, zwischen Gloralai, seiner Mom und Palm, der sich wie ein Arschloch benahm. Die Stiefel seines Vaters waren auch nicht unbedingt hilfreich.

Er passierte den niedrigen Düsterwall, der Springston und Shantytown trennte, allerdings mit willkürlichen Lücken, eine billige und hastige Imitation des größeren Walls weiter östlich. Im morgendlichen Schatten der Mauer fand ein Fußballspiel statt. Hemden gegen Häute. Jungen in Conners Alter rannten hin und her, traten eine aufgeblasene Ganshaut und brachten sich gegenseitig zu Fall, damit sie mit Schweiß und Sand bedeckt wieder aufspringen konnten. Es gab drei Häute und vier Hemden. Guilla, ein Freund, tackelte einen Jungen aus Springston. Als sie sich voneinander gelöst hatten, entdeckte Guilla Conner am Spielfeldrand, der von Feldflaschen und Schuhen gezeichnet war.

»Yo, Con!«, rief er. »Wir brauchen noch einen.«

»Kann nicht«, sagte Conner. »Wünschte, ich könnte.«

Guilla zuckte mit den Schultern und die Jungen kehrten zu ihrem Sturm aus Sandwolken und Rangeleien zurück.

Jenseits der Mauer stand eine Schlange an der Zisterne. Conner fischte drei Münzen aus der Tasche und wartete, bis er an der Reihe war. Er sah, wie eine Mutter mitten auf der Straße ihren Sohn ausschimpfte, sah Jenkins' Dad mit einer kopflosen Schlange in der einen und einer Hacke in der anderen Hand, sah ihn aus ihrem kleinen, von einer Mauer umgebenen Garten kommen und dann ins Haus marschieren, vermutlich um sie zu kochen. Bei jeder Menschenansammlung wurde Conner äußerst aufmerksam, sah die vielen Details des normalen Lebens. In solchen Augenblicken explodierten die Bomben, zerfetzten Versammlungen. Bei Beerdigungen, Hochzeiten und religiösen Veranstaltungen. Bei Zisternen, Cafés und Protestveranstaltungen. Seltsam, wie angespannt man von Banalität umgeben werden konnte. Es war das Warten. Das Warten. Es entfachte in Conner den Wunsch, seinem Fleisch zu entfliehen, während er in dieser kriechenden Reihe festsaß. Das war der Grund, weshalb er endlich gehen musste.

Schließlich war er an der Reihe. Er bezahlte den Preis und sah zu, wie die Feldflaschen gefüllt wurden. »Ganz voll«, bat er. Der Pumpenmann sah ihn verächtlich an, geizte aber nicht. Conner streifte sich die Riemen über. Die Flaschen lagen schwer und voll auf seiner Hüfte. Er ging los, um Dörrfleisch zu kaufen. Dieser Ausflug würde seine Taschen leeren. Er griff hinein und ertastete seine letzten Münzen. Auf den leeren Dünen zwischen der Zisterne und dem Markt packte er in Gedanken für die Reise, plötzlich kippte der Boden unter seinen Füßen …

Conner stolperte. Beinahe wäre er vornübergestürzt, er musste die Arme hochreißen, um das Gleichgewicht zu bewahren, das konnten nur die verdammten Stiefel sein, das Band in seiner Tasche hatte durch das Wasser in den Feldflaschen einen Kurzschluss, der verdammte Rob. Aber da war das Rauschen von fließendem Sand, gefolgt von Jungengelächter, und Conner konnte sich nicht mehr bewegen. Er blickte nach unten. Seine Beine waren bis zu den Knien begraben, der Sand schloss sich so dicht um seine Schienbeine, dass seine Füße pochten. Er hätte nicht umkippen können, selbst wenn er es versucht hätte.

»Wo bist du da reingetreten, Hurensohn?«

Conner verdrehte den Hals und entdeckte Ryder und zwei andere hinter ihm. Sie hatten Sand in den Haaren und auf den Schultern, Visiere auf der Stirn, hatten vermutlich in den Trainingsdünen in der Nähe der Schule geübt oder ihn im Schlafsaal gesehen. Conner versuchte sich zu befreien, schaffte es aber nicht.

»Lass mich los, Ryder.« Er hörte auf sich zu bewegen und unterdrückte den Drang zu sagen: »Das ist nicht witzig«, denn das würde nur Gelächter provozieren. Er unterdrückte auch den Impuls, die Jungen daran zu erinnern, dass jemanden auf diese Weise im Sand festzusetzen eine Straftat war. Dafür wurde man lebendig begraben. Aber das würde nur noch mehr Drohungen hervorrufen. Er griff in der Tasche, nach dem Band, das sein Bruder gebastelt hatte. Wäre der Strom doch nur nicht in den Stiefeln …

»Hey, Hurensohn, ich habe da eine Frage.« Grinsend baute sich Ryder vor ihm auf. Die anderen beiden flankierten Conner auf beiden Seiten. »Als du noch ein Baby warst, wie viel hat deine Mami dir dafür berechnet, an ihren Titten nuckeln zu dürfen? Denn meinen Dad kostet das fünf Münzen pro Titte!«

Das Gelächter hallte über die Dünen. Die Sonne stand noch nicht hoch am Himmel, aber für Conner fühlte es sich plötzlich wie Mittag an. Ryder trat näher heran. Im Atem des Jungen roch Conner schales Bier und Zwiebeln.

»Ich will dich nicht in ihrer Nähe sehen«, sagte er.

Conner wusste, wen er meinte. Er wollte den Mund halten, konnte es aber nicht. Er hätte Ryder die Wahrheit sagen sollen, dass er sie sowieso nie wiedersehen würde. Dass nichts von dieser Scheiße eine Rolle spielte. Dass sie Kinder waren und dem verdammten Sand das egal war. Stattdessen konnte er nicht widerstehen und grinste Ryder hämisch an. »Das hat sie zu entscheiden.«

Ryder lächelte. »Da irrst du dich, mein Junge. Frag deine Mom, wer die Entscheidungen trifft.« Er griff in Conners Nacken und drückte zu. Conner wollte den größeren Jungen schlagen, aber ihm war klar, dass das schlimm ausgehen würde. Sie waren zu dritt und seine Stiefel steckten fest. »In diesen Dünen gibt es Männer, und dann gibt es kleine Jungs wie dich. Ich bin Sandtaucher, und wir nehmen uns, was wir finden. Und ich habe sie zuerst gefunden.«

»Du bist Lehrling«, sagte Conner. »Du bist nicht mal ein Sand…«

Zorn flackerte auf Ryders Gesicht auf – eine schreckliche Fratze aus gebleckten Zähnen und verzerrten Zügen –, bevor die Düne Conner verschlang.

Sein Mund füllte sich sofort. Der Boden hatte sich geöffnet und ihn in die Tiefe stürzen lassen; der Sand war so lose wie Wasser. Seine Füße trafen auf etwas Festes. Er ruderte mit den Armen und stieß mit dem Kopf gegen eine unnachgiebige Masse. An allen Seiten waren feste Wände. Ryder hatte einen soliden Kasten gebaut, der mit fließendem Sand gefüllt war. Einen Todessarg.

Conner hatte die halbe Düne im Mund und schloss die Lippen. Zwischen seinen Zähnen knirschte laut der Schutt. Er kämpfte gegen den Drang an, zu schlucken oder auszuspucken. In seinen Lungen war kaum Luft. Er hatte gerade gesprochen und deshalb ausgeatmet. Aber seine Schwester hatte so etwas schon zuvor mit ihm gemacht, hatte ihm beigebracht, wie man ruhig blieb und eine Minute oder länger aushielt. Wenn er bis zehn zählte, würde Ryder ihn nach oben befördern. Er wollte ihm nur Angst einjagen. Aber ein Teil von Conners Gehirn schrie: *Scheiße, wir werden ersticken. Tu was, Arschloch.*

Mit brennenden Augen fummelte Conner blindlings nach den Stiefeln seines Vaters. Sein Kopf bewegte sich hektisch. Er musste sich erinnern, wo oben war. Musste sich erinnern. Gottverdammt noch mal, er konnte nicht atmen. Auch nicht schlucken. Mit der einen Hand traf er den Schalter unter der Lasche, mit der anderen zog er das Band aus der Tasche. *Komm schon, Rob*, dachte er. *Komm schon, Bruder*.

Er drückte das Band gegen die Stirn und fühlte rein gar nichts; zwischen den Kontakten war zu viel Sand. Das verdammte Ding war falsch herum. Die Drähte ragten oben heraus. Er versuchte es noch mal. Jetzt fühlte er den Sand. Keine Ahnung, ob das reichen würde. Er musste stärker sein als Ryder. Sein Bewusstsein schwand. Er musste hier raus. Hier raus. Voller Verzweiflung ließ er den Sand nicht fließen, sondern förmlich explodieren. Mit den Armen über dem Kopf rechnete er mit einer Kollision, hoffte, dass es nach oben ging, dass hier *oben* war, war sich aber nicht sicher – die Barriere über ihm zerschellte, sein Arm durchstieß die Oberfläche, sein Kopf schob sich aus dem Sand, und dann sein ganzer Körper.

Durch den Fluss verloren die anderen Jungen ihren Halt. Conner hockte auf Händen und Knien und spie Schutt aus – der sich in Schlamm verwandelt hatte. Er hustete und keuchte, der schwarze Rand an seinem Blickfeld löste sich auf. Seine Arme und Beine waren kraftlos, er tastete nach dem Band, versuchte es wieder auf den Kopf zu bekommen, bevor die Jungen da waren. Verdammt, in diesen Stiefeln steckte so viel Kraft wie sonst in einem ganzen Anzug. Das hätte unmöglich sein sollen. Der verdammte Rob …

Eine Hand packte seine Knöchel und wurde zur Faust, seine Fingerknochen knirschten gegeneinander. Gequält verzog Conner das Gesicht. Ryder war auf einem Knie und warf einen langen Schatten über ihn. Sein Gesicht war verzerrt vor Zorn.

»Du hältst dich für einen Taucher, Junge?« Conner konnte nur zusehen, wie er das Stirnband mit der freien Hand schnappte und dabei die Drähte zerriss. »Dafür würde dich die Patrouille begraben.« Er schüttelte das Band vor Conners Gesicht, und sein Griff wurde noch stärker, drohte die Knöchel zu zermalmen. »Du kannst dich glücklich schätzen, dass ich es ihnen nicht sage. Ich habe dir grad das Leben gerettet.« Ryder spuckte in den Sand und ließ das Band fallen. »Du gehörst mir. Vergiss das ja nicht, Hurensohn. Ich besitze dich, wie jeder Mann aus Springston deine gottverdammte Mutter besitzt.«

Ein schneller Tritt in die Rippen unterstrich die Worte. Dann lachten die Jungen wieder. Der Sand erbebte und öffnete sich, sie tauchten unter und verschwanden.

Conner legte die Stirn auf den wärmer werdenden Sand und nahm tiefe Atemzüge. Als er ausspuckte, färbte das den Sand wie ein Sonnenaufgang. *Das ist mein Leben*, dachte er elend. *Aber nicht mehr lange*.

15 – DIE SÜNDEN EINES VATERS

Conner stand auf und staubte sich ab, befühlte die wunden Rippen. Ein Schluck Wasser und das folgende Ausspucken entfernte den meisten Schutt aus dem Mund. Sein Zorn schwand schnell. Das kam von dem Blick nach unten. Aber nicht auf den roten Sand zwischen den Stiefeln seines Vaters, sondern auf das zerrissene alte Band mit seinem Wirrwarr aus Drähten.

Er bückte sich, hob es auf und inspizierte es noch einmal. Ryder hätte ihn wieder nach oben geholt. Er wollte ihn nur einschüchtern. Verdammt, er hätte es einfach bis zum Ende durchstehen sollen. Aber die Stiefel – er erinnerte sich daran, wie fest sich der Sand am Vorabend zwischen Robs Beinen angefühlt hatte. Conner musterte die Ausbildungsdünen, warf einen Blick zurück zur Schule. Er musste das Dörrfleisch holen, aber zuerst musste er noch einen schnellen Zwischenstopp einlegen. Der geplante Ausflug an diesem Abend wurde immer interessanter. Er musste diese Stiefel einem Freund zeigen.

Hinter der Schule gab es eine Reihe von Läden, deren Kundschaft Schatztaucher waren. Gebrauchte Taucheranzüge, Visiere, Reparaturmaterial, Flossen, Elektronik, sämtliche Werkzeuge und Utensilien des Handwerks. Diese Industrie befand sich durch bittere Notwendigkeit auf einem hohen Niveau. Praktisch ganz Springston, Shantytown, Low-Pub, Pike und die Gärten des Westens waren durch Beute entstanden, die aus dem Sand geholt worden war. Taucher hatten die Müllberge entdeckt, die seicht genug lagen, um sie wieder in Besitz zu nehmen. Die gleichen Taucher, die dann die Grabungen vornahmen. Wasser, Gas und Ölpumpen waren auf Taucher angewiesen. Das war die Industrie, auf der alle anderen beruhten. Darum hatte die Zahl der Todesopfer auch nur so geringen Einfluss auf die Zahl der enthusiastischen Freiwilligen, darum mussten sich die Kinder, die von der Aufnahme in eine Tauchschule träumten, auch hinten in einer Schlange anstellen. Darum erhielten viele von ihnen keine Chance.

Conner eilte durch die geschäftigen Samstagsmärkte im Tauchdistrikt und bog in eine der Seitengassen ein, die sich zusammen mit den Dünen immer wieder bildeten. Er betrat das *Graham's*, einen der größeren Läden. Eine aufdringliche Ansammlung von Glöckchen bimmelte, als die Türkante dagegenstieß. Die Wände waren voller Artefakte. Spiegel und Uhren, Pumpen und kleine Motoren, Drahtrollen und Rohre, Kästen voller Schrauben, Unterlegscheiben und Muttern. An der hohen Decke hingen die Reste Dutzender Fahrräder. Conner musste sich unter ein paar davon hindurchducken.

Die meisten der Waren, die an den Wänden und von den Dachbalken hingen, hatte Graham selbst gekauft. Der Rest war gegen andere Dinge eingetauscht worden, die er entdeckt hatte. Trotz des gelegentlichen Preisschildes stand kaum etwas davon zum Verkauf. Graham davon zu überzeugen, sich auch nur von einer Unterlegscheibe zu trennen, konnte wochenlanges Betteln erfordern. Feilschen war die einzige Währung, die funktionierte, und am Ende übervorteilte Graham jeden. Er war schwer erträglich, aber er war ein guter Freund ihres Vaters gewesen, was bedeutete, dass man auch ohne den offiziellen Tauchschein der Gilde Arbeit bekam.

»Graham?« Conner trat hinter die Theke und spähte in die Werkstatt. Graham sah von der Werkbank auf. In der einen Hand hielt er eine Drahtbürste, in der anderen etwas, das wie der Teil eines Gewehrs aussah.

»Con.« Er lächelte. »Ich dachte, du wolltest dieses Wochenende zelten gehen.«

»Heute Abend. Ich besorge Wasser und ein paar andere Dinge, während Rob das Zelt auslüftet. Ich möchte, dass du dir etwas ansiehst.«

Graham schob die Schutzbrille nach oben. »Klar. Hast du was Gutes gefunden?«

»Du weißt, dass ich nicht tauchen darf.«

»Der Sand in deinen Haaren sagt was anderes.«

Conner berührte sein Haar, Sand rieselte zu Boden. Schuldbewusst starrte er ihn an. »Tut mir leid.«

»Vergiss es.« Graham wedelte seine Entschuldigung fort wie eine Fliege. »Hier bekommt man es nie richtig sauber. Also, was hast du?«

»Dieses Stirnband, das Rob gemacht hat.« Conner holte das Band heraus und reichte es Graham. »Die Drähte wurden ausgerissen.«

Graham betrachtete das Band flüchtig. Er beugte sich über die Werkbank und studierte die Drähte, die über Conners Gürtel baumelten, dann glitt sein Blick tiefer zu den Füßen.

»Dads Stiefel«, erklärte Conner.

»Das sehe ich. Trägst du darunter einen Anzug?«

»Nein, das ist es ja. Du kennst ja Rob, gestern Abend habe ich ihn dabei erwischt, wie er damit tauchen wollte. Hat sich nicht einmal schlecht angestellt dabei.«

»Das Tauchen liegt eurer Familie im Blut«, sagte Graham. »Euch nicht aufzunehmen war ein Fehler der Gilde.«

»Ja, aber ... es sind nur diese Stiefel, siehst du? Kein Anzug. Trotzdem, ich habe gefühlt, was sie mit dem Sand machen können, und ich hab mich gefragt, ob du so was schon mal gesehen hast.«

»Du hast ihn gefühlt«, sagte Graham. »Also, wie tief bist du gegangen?«

Conner warf einen Blick über die Schulter und vergewisserte sich, dass sie allein waren. »Einen Meter. Vielleicht auch zwei.«

Graham schnaubte. Er drehte das Band um und schob die mehrgelenkige Lampe zurecht, die an der Tischplatte befestigt war. »Damit haben schon andere Leute rumgespielt. Mit zwei Stiefeln kann man durchaus Spaß haben. Kann über den Sand gleiten, die Zehen reinstecken und so. Aber zum Tauchen taugen sie nichts. Wenn man den Druck nicht von der Brust fernhalten kann, kann man auch nicht atmen. Und selbst wenn du es könntest, hast du hinterher üble Schmerzen. Hat Rob die Verdrahtung gemacht?«

»Ja.«

Graham unterbrach seine Prüfung und blickte auf. »Er ist besser als du.«

»Ja, weiß ich.« Graham meinte das nicht böse. Er hatte keine einzige grausame Faser im ganzen Leib. Aber die Macht der trockenen Bemerkung fühlte sich manchmal genauso an. Er machte auf der Werkbank Platz und legte den langen Stahllauf zur Seite. Dann steckte er den Lötkolben ein.

»Kann ich die Stiefel sehen?«

»Klar.« Conner zog die Drähte heraus und trat die Stiefel seines Vaters von den Füßen. »Er hat die Stromquelle in die linke Sohle gepackt.«

»Interessant«, sagte Graham, nahm eine Lupe und warf einen Blick in einen der Stiefel. Dann nahm er die Ledersohle heraus. Danach untersuchte er den anderen. »Sieht aus, als hätte er im rechten Platz gemacht, um die Drähte und das Band verstauen zu können. Auch ein Visier.« Er schaute zu Conner hoch. »Einen Meter, hast du gesagt?«

Conner nickte.

»Hm.« Graham studierte einen Moment die Decke. »Könntest du mir das eine Weile überlassen?«

Conner runzelte die Stirn. »Tut mir leid. Ich wünschte, ich könnte. Ich hatte gehofft, dass du sie neu verdrahtest, während ich drauf warte. Ich habe Geld.«

Graham nahm sich den Lötkolben und überprüfte die Spitze mit der Zunge. Das Zischen ließ Conner zusammenzucken. Graham führte die Drähte wieder an ihre Lötstellen, schien mühelos zu begreifen, wie Rob das Band aufgezogen hatte. »Du siehst dir immer dieses Visier in dem Kasten da drüben an. Das grüne.« Er blickte nicht von der Arbeit auf. »Für diese Stiefel gebe ich dir das Visier und einen fast neuen Anzug.«

Conner wusste nicht, was er sagen sollte. »Das ist ... äh ... ich weiß das Angebot zu schätzen, aber das sind die Stiefel meines Dads.«

»Das *waren* seine alten Stiefel. Selbst ihn interessieren sie nicht mehr.« Er beendete seine Arbeit und blies auf das Band; von dem Lötkolben stieg Rauch auf. Erwartungsvoll sah er Conner an.

»Ich denke darüber nach«, sagte Conner und griff nach den Stiefeln. »Was schulde ich dir für die Reparatur?«

Zögernd gab Graham die Stiefel zurück. »Ich sag dir was, versprich mir, dass du sie keinem anderen gibst, dann sind wir quitt. Händlervorkaufsrecht.«

»Okay.« Conner wusste, dass es keine Rolle spielte. Er würde die Stiefel seines Dads sowieso nicht eintauschen, nicht nach dem, was er unter dem Sand gefühlt hatte. »Du hast das Vorkaufsrecht.«

Graham lächelte. »Toll. Sag Rob, er soll bei Gelegenheit vorbeikommen. Ist schon ein paar Wochen her seit dem letzten Mal.«

»Ja, was das angeht ...« Conner stopfte das Band in eine Stiefelsohle. Er zog sie an, schnürte sie aber nicht zu. »Da ich weiß, wie nützlich Rob hier sein kann, und ... also, falls mir jemals mal etwas zustoßen sollte und Palmer nicht da ist, um auf ihn aufzupassen ...«

»Ich habe deinem Dad versprochen, auf euch Jungs aufzupassen«, sagte Graham. »Das habe ich dir gesagt. Und es war mein Ernst. Keine Sorge.«

»Danke.« Conner wandte sich zum Gehen, aber am Eingang blieb er noch einmal stehen.

»Morgen ist der Tag, oder?«, fragte Graham.

Conner nickte. Er drehte sich nicht um. Der alte Graham war viel zu einfühlsam. Seine wässrigen Augen waren imstande, tiefer in den Sand zu blicken als jeder andere. Er konnte auf den ersten Blick sagen, ob jemand verdrahtet war. Wenn sich Conner nun umdrehte, um sich zu verabschieden, um nur noch eine Frage zu stellen, selbst wenn er sich nur die Feuchtigkeit von der Wange wischte, würde der alte Mann Bescheid wissen. Er würde wissen, dass das morgen nicht nur ein Jahrestag sein würde. Sondern ein Neuanfang.

16 – DIE LANGE WANDERUNG

»Palmer soll Sand schlucken«, rief Rob. Er rückte das große Bündel auf seinen Schultern zurecht. Seit sie die Hütte verlassen hatten, beschwerte er sich unablässig darüber, eine so schwere Last tragen zu müssen. »Er hat es versprochen.«

»Er hat bestimmt seine Gründe.« Aber in Wahrheit war es Conner leid, seinen älteren Bruder dauernd zu entschuldigen. Zu vermeiden, dass der kleine Rob von der ganzen Familie enttäuscht war, war eine Vollzeitbeschäftigung. Und nun war er dabei, auch noch selbst dazu beizutragen. So wie sich der Sand jede Generation höher aufzutürmen schien, musste am Ende das jüngste Kind das volle Ausmaß der Fehler der Familie erdulden. Der Refrain war ermüdend, aber Conner dachte ihn trotzdem: *Armer Rob.*

Auf dem Weg ins Niemandsland umgingen sie Springston. Sie mieden die offenen Dünen und hielten sich an die Ränder, wo sie größtenteils im Windschutz von Häusern und Läden marschieren konnten. Sie behielten die Tücher vor dem Mund und redeten kaum – und wenn sie es taten, überbrüllten sie die lauten Windböen. Ein entkommenes Huhn flatterte ihnen über den Weg, eine Frau in einem wehenden Kleid verfolgte es und rief seinen Namen. Am Stadtrand ragten die Masten einer Reihe von Sarfern in den Himmel. Conner konnte das hallende Klirren von Tauen hören, die gegen Aluminiummäste schlugen. Ein einsames Segel fing den Wind ein, und der Sarfer nach Westen nahm Geschwindigkeit auf, fuhr in die Berge, um dort eine Ladung Erde für die Gärten zu holen oder um in der kleinen Stadt Pike Handel zu treiben, was wahrscheinlicher war. Conner und sein Bruder gingen nach Osten. Er suchte den Horizont nach weiteren Deserteuren ab, nach Familien, die schwere Lasten auf dem Rücken schleppten. Aber so gut wie niemand verließ die Stadt am Wochenende. Montage waren Aufbruchstage. Und aus irgendeinem unerfindlichen Grund auch die Mittwoche. Vielleicht weil Mittwoche diese deprimierenden Tage waren, an denen die Freizeit so weit weg wie nur möglich zu sein schien.

Als er und Rob zum großen Wall kamen, zogen sie die Tücher fester, richteten die Schutzbrillen und gingen in den Wind hinein und auf den fernen Donner zu. Conner übernahm die Spitze und sorgte dafür, dass Rob im Windschatten marschierte. An der Seite näherte sich der Rand von Springston. Die Stadt befand sich unmittelbar an der Grenze des Niemandslandes – es waren nur ein paar Stunden zu Fuß –, als wollte sie es herausfordern. Aber die Stadt machte auch einen verängstigten Eindruck. Sie schien dort mürrisch im Sand zu hocken, hatte diesen riesigen Wall errichtet, um Wind, Dünen und Furcht fernzuhalten.

Eine Handvoll der höchsten Sandkratzer beugten sich auf Furcht einflößende Weise nach Westen, bereit jederzeit umzustürzen. Einer dieser Türme war vor wenigen Jahren aufgegeben worden, weil seine Bewohner ständig gefühlt hatten, wie er erbebte und ächzte. So schief, wie er war, versprach er einzustürzen – und weigerte sich gleichzeitig, es zu tun. Der Bau war vor so langer Zeit geräumt worden, dass sich die einst so große Erwartung allmählich in Langeweile verwandelt hatte. Die Stimmen derer, die unbedingt wieder einziehen wollten, waren lauter geworden. Ein paar Hausbesetzer hatten das bereits getan. In den verbotenen Türmen flackerten nachts Lichter, die man in Shantytown sehen konnte. Und die Besitzurkunden der Wohnungen wechselten ihre Besitzer, da Spekulanten auf Einsturz oder Stabilität wetteten. Ihre Stimmung war so launisch wie der Wind in den Gassen.

Conner marschierte mit schräg gelegtem Kopf, hielt die Schutzbrille von dem fliegenden Sand abgewandt und versuchte sich vorzustellen, welchen Lärm die wackligen Kratzer machen würden, wenn sie endlich umkippten. Die Häuser in ihrem Schatten würden zermalmt, die dort lebenden Menschen begraben und die Läden und Marktstände dem Erdboden gleichgemacht werden. Die ärmeren Leute im Westen mussten in täglicher Angst vor den gefährlichen Dingen leben, die ihre wohlhabenden Nachbarn bauten. Die in den Schatten spekulierten nicht mit ihrem Geld, sondern mit ihrem Leben.

Selbst der große Wall würde eines Tages einstürzen. Das konnte Conner deutlich sehen, als sie die Grenze von Springston passierten und der Rand der Mauer in Sicht kam, so wie er sie zweimal im Jahr zu sehen bekam. Eine ganze Wüste stemmte sich gegen die Rückseite des großen Walls. Langsam und unaufhaltsam hatte sie sich dort im Verlauf von Jahrzehnten aufgetürmt. Der Wind heulte, und der Sand sammelte sich, wehte wie feine Gischt über die uralte Schutzmauer und vernebelte bei gelegentlichen Böen den Himmel oder trübte durch wilde Windstöße die Nachmittagssonne. Wenn der Wall einstürzte, würde der dahinter aufgeschichtete Sand einen höllischen Zorn entfesseln. Conner würde das nun nicht mehr erleben und darüber war er ziemlich froh.

»Was hast du alles eingepackt?«, fragte Rob. Sein Tuch dämpfte seine Stimme, auch weil er gegen die Windrichtung ging.

Conner wartete, bis ihn sein Bruder eingeholt hatte. »Das Übliche«, log er. Das Gewicht des Bündels ließ Rob fast vornübergebeugt gehen. Conner hatte das alles selbst tragen wollen, um niemanden misstrauisch zu machen. Dann hätte Palmer das Zelt und Rob die Laterne und sein eigenes Bettzeug tragen müssen. *Verdammter Palmer*, dachte Conner. Und zum ersten Mal kam ihm der Gedanke, was die Abwesenheit seines Bruders für das Zelt ihres Vaters bedeutete. Mit dem Wind im Rücken würde Rob ohne Probleme zur Stadt zurückkommen, aber da ihm beim Abbauen oder dem Heimtransport keiner helfen würde, blieb es vermutlich dem Wind überlassen.

»Können wir stehen bleiben und etwas trinken?«, fragte Rob.

»Klar.« Conner stellte seinen großen Rucksack im Sand ab, und als Rob das andere Bündel los wurde, wäre er beinahe nach hinten gekippt. Conner konnte die anderen Feldflaschen darin gluckern hören. Genug, um acht Nächte marschieren zu können, so weit hatte er sich vorgenommen zu gehen.

»Zwölf Jahre«, sagte Rob. Er setzte sich auf die Tasche mit der Ausrüstung und zog das Tuch herunter, wischte sich damit den Nacken ab. Der Sand hatte Löcher in den Stoff gerieben, die Säume waren zerfetzt. Conner kam sich wie ein lausiger Bruder vor.

»Ja, zwölf Jahre.« Conner schob die Schutzbrille auf die Stirn und wischte sich die Schmiere aus den Augenwinkeln. »Ich kann nicht glauben, dass es schon so lange her ist.«

»Das ist es aber. Das bedeutet, dass ich dieses Jahr zwölf werde.«

»Ja.« Und Conner fragte sich, ob er nur so lange gewartet hatte, um zu wissen, dass sein Bruder ohne ihn zurechtkam. Aber das würde er ganz bestimmt. Mit zwölf Jahren konnte Rob offiziell Lehrling in einem Tauchladen werden. Für das, was er sich ohnehin schon nebenher verdiente, konnte er Kost und Logis finden. Graham würde ihn aufnehmen. Und Gloralai würde auf ihn aufpassen, als wäre er ihr eigener kleiner Bruder.

»Warum haben wir so viel Dörrfleisch mitgenommen?«, wollte Rob wissen.

Conner wandte sich vom Horizont ab und sah, wie sein Bruder in der Tasche rumkramte. »Mach sie zu«, sagte er. »Du lässt Sand rein.«

»Aber ich habe Hunger.«

Conner griff in die Tasche. »Ich habe etwas für unterwegs dabei. Mach die Klappe zu.«

Sein Bruder gehorchte; er schien nicht gesehen zu haben, was sich sonst noch darin befand. Rob setzte sich mit dem Rücken zum Wind und kaute auf einer Brotkante herum. Aus der Ferne trug die Brise die Trommeln und den Donner des Niemandslandes herbei. Es klang näher als im letzten Jahr und noch näher als in dem Jahr davor. Bald würden diese Trommeln in Springston ertönen. Bald würden sie in der Brust von jedermann schlagen und alle in den Wahnsinn treiben.

Die Sonne brannte, als die Sandwolken nachließen. Am Tag war es entweder das eine oder das andere. Nachts waren es die Kälte und die heulenden Bestien. Die diversen Folterknechte des Lebens arbeiteten in Schichten, damit einer immer an der Arbeit war. So wurde das menschliche Elend Tag und Nacht gefördert, wie man Öl und Wasser aus der Erde förderte. So wurde der Tribut auferlegt, der Preis, den man dafür bezahlte, ohne eigenes Verschulden geboren zu sein.

»Lass uns weitergehen.« Conner kam wieder auf die Füße und richtete sein Tuch. Er zog die Schutzbrille über die Augen. »Wenn wir weiter so langsam bleiben, schlagen wir unser Lager erst in der Dunkelheit auf.«

Sein Bruder stand auf, ohne sich zu beschweren, und Conner half ihm mit dem Gepäck. Er hob das schwere Zelt mit seiner Laterne, das Bettzeug, die Pflöcke und die Sandfliegen, dann ließen die beiden den großen Wall hinter sich und marschierten auf den Donner zu. Sie marschierten auf den Donner zu, wenn nicht sogar im Gleichschritt.

17 – DER STIER UND DER JUNGE

Der Legende zufolge hatten der große Gott Colorado und der weiße Stier namens Sand nicht immer Krieg geführt. Die Konstellationen am Himmel waren nicht zu jeder Zeit so gewesen, denn die Sterne, die die Umrisse von Menschen und Tieren zeigten, bewegten sich wie die Planeten, nur um einiges langsamer.

In den Tagen der Vergangenheit hatten die Sterne, die den großen Krieger zeigten, viel näher beieinandergestanden; der Mann war da noch ein Junge und nicht ganz ausgewachsen gewesen. Aber selbst in seiner Jugend hatte er wie ein vielversprechender Jäger und Krieger gewirkt. In jenen Tagen waren er und der Stier, dessen Schwanz stets nach Norden zeigte, enge Freunde gewesen. Sie ritten über den Himmel und trotzten dem Firmament, lachten und schrien, spielten und jagten. Sie beherrschten alles, denn Speer und Huf waren ein schärferer Maßstab für die Macht als Land oder Titel. Die Welt unter ihnen stand ganz still und überall floss das Wasser wie der weichste Sand.

Aber der weiße Stier gehörte nicht dem Jungen, sondern dessen Häuptling, dem Clansmann. Sand war der Königliche Stier, der heilig war und nicht gejagt werden durfte. Als Sand nach langer Abwesenheit mit einer Schramme im Fell zurückkehrte, machte man dafür Colorados Speer verantwortlich. Sand stöhnte tief auf und sagte, dass das nicht stimmte, aber niemand außer Colorado konnte die Klage des Stieres verstehen. Die anderen hörten nur den Schmerz, was ihren Zorn noch weiter schürte.

Der Clansmann wurde aus seinem Zelt gezerrt und um ein Urteil gebeten. Er trat an seinen verletzten Stier heran und studierte die Wunde. Als er die Hand dort wegnahm, war sie rot und färbte den Sonnenuntergang am Himmel. »Das war der Speer des Jungen«, sagte er.

Erzürnt stießen die Mitglieder des Stammes den Jungen aus ihrer Mitte aus. Sie warfen mit Steinen nach ihm, die zu immer kleineren Steinen zerbrachen. Trotzdem warfen sie immer weiter damit, bis es keinen Stein mehr gab.

Colorado überwinterte allein jenseits der schroffen Gipfel, wo ihn kein Stein erreichen konnte. Und so begann der Winter, der zehntausend Zeitalter dauerte. Während dieser Zeit erhob sich der Gürtel des großen Kriegers Colorado niemals über den Horizont, wie es in den kalten Monaten üblich war. Die Monate blieben lange Zeit kalt.

Regen gefror und sammelte sich. Das Eis wurde so schwer, dass es Täler grub, wo einst Ebenen gewesen waren. Die Steine, mit denen man den Jungen vertrieben hatte, bedeckten inzwischen die alte Welt. Sand und Eis wechselten sich darin ab, den Clan zu begraben.

Zahllose Monde und tausend Winde vergingen. Zum Mann gereift verfolgte Colorado einen Kojoten den Berg hinauf und folgte seinen Spuren, was ihn über die Gipfel nach unten zu seinem Volk brachte. Er war so lange fort gewesen, dass ihn niemand mehr erkannte. Nicht einmal der große Stier Sand, der alt geworden war; sein Fell und seine Augen waren nun grau, die Narbe an seiner Flanke ein schwarzes und schroffes Mal. Aber auch Colorado erkannte seinen alten Jagdfreund nicht mehr. Zu viele Jahre waren vergangen. Die Welt stand auf dem Kopf. Uralte Karten waren neu gezeichnet und gelernt worden.

Die einzige Erinnerung an die Taten der Vergangenheit war die schwarze Narbe auf Sands Haut, und der alte Stier wusste von der Wunde nur noch, dass der Speer in Colorados Hand sie geschlagen hatte. Und so begannen sich der Stier und der erwachsene Junge zu bekriegen. Mensch und Sand lagen nun im Streit, konnten keine Harmonie mehr finden. Aus einer Geschichte war die Realität geworden. Die wahre Geschichte, wie Colorado dem Stier das Leben gerettet hatte, war in Vergessenheit geraten. Niemand erinnerte sich an das Rudel Kojoten, das sich in Sands Flanke verbissen hatte, oder wie der mächtige Schlag von Colorados Speer sie getötet hatte, wobei das Fleisch des Stieres ebenfalls von der Spitze getroffen worden war. Die Wahrheit hatte sich aufgelöst wie Eis. Die Haut trug eine große Schramme, so wie die Ebenen, auf denen Colorado einst gejagt hatte, eine zerklüftete Linie im Boden aufwiesen, die die Grenze des Niemandslandes markierte.

Conner kannte diese Legenden alle, aber er vertraute ihnen nicht. Er war alt genug, um mehr als nur *eine* Version zu kennen. Die Geschichten aus seiner Jugend hatten sich verändert, und er nahm an, dass sie sich weiter veränderten, solange man sie erzählte. Als die Legenden ihren Anfang genommen hatten, war der Sand, der die Dünen bildete, vermutlich noch fester Felsen gewesen.

Aber da gab es das Tal, aus dem noch niemand zurückgekehrt war. Es lag vor ihrem Lager, wo er und Rob das Zelt ein Dutzend Schritte vor der unregelmäßig verlaufenden Grenze aufstellten. Das war eine harte Linie. Hier war der Wüstenboden gesprungen, hier wies die Haut des Stieres eine offene Wunde auf. Der Sand wehte darüber. Aus dem Niemandsland wehte der Sand. Er wehte über eine Verletzung, die niemals heilen würde.

Das Niemandsland. Trotz des Namens kannte Conner keinen Jungen seines Alters, der noch nicht zur Stierwunde gegangen war, um darüber hinweg- und wieder zurückzuspringen. Es war eine Mutprobe, die zitternde Jungenrudel machten. Die Tabus wurden auf langen Wanderungen geflüstert – unwahre Geschichten über einen Jungen, der ausgerutscht und in die Spalte gestürzt war, und dessen Schreie man noch immer hören konnte. »So tief geht es dort hinunter«, würde ein älterer Junge unweigerlich mit einem gefährlichen Lächeln warnen. »Du stürzt rein und fällst für alle Ewigkeit, schreist ohne Pause, bis du alt wirst und stirbst.«

Conner hatte diese Warnung als Kind gehört. Später hatte er sie an andere weitergegeben. Als er sich auf seine eigene Wanderung begeben hatte, war er neun Jahre alt gewesen und hatte gewusst, dass der Wind diesen Lärm verursachte. Und was all die Jungen anging, die jährlich in den Tod stürzten, so blieben sie alle namenslos. Weder gab es Beerdigungen noch schluchzende Mütter. Da wollten einfach nur ältere Kinder den jüngeren einen Schrecken einjagen.

Die Spalte selbst wies gerade mal eine Breite von zwei Schritten auf, über die die Jungen mutige Sprünge machten. Auf der anderen Seite standen sie zitternd da, streckten den lärmenden Göttern tief im Tal trotzig die Brust entgegen und fühlten Wind und Sand auf den Gesichtern, während sie an die Warnungen ihrer Väter dachten, die in ihrer Jugend genau das Gleiche getan hatten. Und dann sprangen sie sofort zurück und waren ziemlich erleichtert, dass sie dieses Ritual hinter sich gebracht hatten.

Und darum behauptete man, dass kein Mensch aus diesem Land jemals zurückkehrte, obwohl alle Männer unbeschadet einen Zeh hineinstreckten. Aber Conner wusste ebenso wie alle anderen, dass Gesetze und Legenden keine so starren Grenzen hatten. Sie stellten weiche Dinge dar, die man abtasten konnte, ohne dass sie platzten. Bis man etwas zu stark drückte. Und das Risiko des Lebens bestand darin, dass niemand wusste, wann die Haut nachgeben würde, so wie Colorado nicht gewusst hatte, wie man einen Feind bekämpfen sollte, der mit seinem Freund rang, und so wie er nicht gewusst hatte, wie man genau zielen musste, um nur den einen zu treffen.

Schweigend bauten sie das Zelt auf, machten Feuer und wärmten Brot und Eintopf auf, und währenddessen dachte Conner über diese Dinge nach. Sie entzündeten die Lampe und tranken Wasser, teilten Geschichten über Geschichten von jenen, die schon lange tot und nicht mehr unter ihnen waren, und Conner dachte über diese Dinge nach. Als er in dieser Nacht im Zelt seines Vaters lag und das Feuer draußen rot glühte, grübelte er über die Legenden nach: wie ein Junge über die Wunde springen konnte und überlebte, aber auch, dass kein Junge wirklich glaubte, das Niemandsland betreten zu haben. Jedenfalls nicht richtig. Denn das war ein Ort, von dem keine Seele je zurückkehrte.

Jedenfalls kein Mensch.

18 – DAS NIEMANDSLAND

Conner lag in seinem Schlafsack und zählte die Augenblicke, fühlte in den Knochen, was sein alter Herr an diesem Tag vor zwölf Jahren gefühlt haben musste. Sein Herz pochte lauter als das Donnern in der Ferne. Er konnte den Puls in den Schläfen spüren. Sein Blut tickte wie eine von Grahams alten Uhren. Und nachdem es eine Zeit lang getickt hatte, die sich wie ganze Tage angefühlt hatte, stand er so leise auf wie einst sein Vater. Er schlüpfte aus dem Bettzeug und konnte nicht nur Robs Gegenwart in dem stockfinsteren Zelt fühlen, sondern auch Palmers, Vics und selbst die seiner Mutter. Er schlich sich von ihnen allen davon.

Der Wind war sein lärmender Komplize. Conner wartete, bis eine Bö an dem Segeltuch zerrte, und als sie erstarb und kein Sand hineingeweht werden konnte, trug er seinen Teil zu den Nachtgeräuschen bei, indem er den Eingang zur Seite schob und sich hinaus in die Nacht stahl.

Die Sterne leuchteten hell, der Himmel war klar, die Luft kühl. Der Halbmond stand niedrig im Westen und verlieh dem Sand eine gleichmäßige weiße Farbe. Derselbe Mond hatte hoch oben am Himmel gestanden, als er das Zelt zum Pinkeln verlassen und den Lärm als Vorwand benutzt hatte, sein Gepäck rauszubringen. Es wurde vom Glühen der Lagerfeuerreste angestrahlt. Conner schüttelte den Sand aus den Stiefeln seines Vaters und setzte sich auf den kühlen Boden, um sie anzuziehen. Seine Zähne klapperten, und er fröstelte, sowohl wegen der Temperaturen als auch seiner angespannten Nerven. Wieder verspürte er den Drang zu pinkeln, aber er wusste, dass er eigentlich nicht musste. In ihm war kein Wasser, sondern nur Furcht.

Eine heulende Klage fuhr über die Stierwunde, das Feuerholz erwachte zu neuem Leben, als es die Brise inhalierte. In der Ferne ertönte ein lautes und geheimnisvollen Grollen, das Conners Brust und Hals erfüllte, der Laut dröhnender Trommeln, dieses ewige Echo. Er stand auf und schlang den Rucksack über die Schultern, schnallte den Riemen fester um die Taille, um die Last auf seinen Hüften tragen zu können. Dann drehte er sich um, um ein letztes Mal zurückzublicken. Er betrachtete den dunklen Umriss des Zeltes, das im Glühen des Feuers kaum zu sehen war und in dem sein Bruder schlief. Allein. Und er verspürte einen letzten Stich aus Schuld und Zweifel, bevor er seinen Mut zusammennahm und in das laute Jenseits aufbrach.

Das Mondlicht zeigte ihm den Bruch in der Erde, diesen dunklen Spalt, der so wirklich war wie ein Strich auf einer Karte. Sand rieselte hinein und wehte darüber. Wie viele Jahrtausende ging das schon so, ohne das Loch bis zum Rand gefüllt zu haben? Dies hier war eine Wunde, die nicht heilen konnte, ein Riss, der genäht werden musste. Menschen alterten einen Tag nach dem anderen, so hatte Conner immer gedacht. Minute für Minute, so wie eine Düne Sandkorn für Sandkorn entstand, oder wie ein Stück Wüste mit einem anderen überlappte, und schließlich verschmolzen sie miteinander. Aber hier präsentierte sich eine deutlich spürbare Wahrheit: Manche Augenblicke waren wie große Gräben in der Erde, andere so unauffällig wie der Sprung eines Jungen. Das Leben war in diese Abschnitte aufgeteilt. Im einen Augenblick war es hier, im nächsten im großen Jenseits. Ein Wimpernschlag, und ein Junge wurde zu seinem Vater.

Mit kaum mehr als einem großen Schritt überquerte Conner, wozu er in seiner Jugend einen Sprung benötigt hatte, und diese Erneuerung des Rituals erfüllte ihn mit Zuversicht. Es war ein symbolischer Bruch mit allem, was hinter ihm lag. Nun gab es nur noch den Donner, in den man hineinmarschierte, wie es so viele andere vor ihm getan hatten, ohne zurückzukehren. Hinter ihm würde nur trauriges Gejammer zurückbleiben, Gejammer, das er sich nicht anhören musste. Trotz des Entsetzens in seinen Knochen sagte er sich, dass das alles nicht endgültig war. Vier Marschtage hin und vier wieder zurück, das war alles. Vier Tage, um zu sehen, was hinter dem Horizont lag. Und dann würde er zurückkehren. Das sagte er sich, so wie er davon überzeugt war, dass sich alle anderen genau das Gleiche gesagt hatten. Ebenso wie sein Vater. Er marschierte auf die Trommeln zu, versprach sich, dass er zurückkehren würde, und der Wind nahm zu und brüllte ihn an, weil er ein solcher Narr war …

Aber es war nicht der Wind. Vor ihm im schwachen Mondlicht jammerte etwas anderes mit gequälter Stimme.

Conner schlich weiter. Er zog das Messer aus dem Gürtel, erwartete einen Kojoten, der ihn offenbar gewittert hatte oder ihn aus seinem Schlupfwinkel verjagen wollte. Und da war er auch schon, auf allen vieren …

Aber der Kojote hob im Mondlicht den Kopf, und dann war es das schmale Gesicht eines Menschen, der zu ihm aufblickte. Ein Junge.

Conner steckte das Messer weg und eilte los. Irgendein dummer Junge aus Springston. Jemand, der seinen Mut an der Wunde beweisen wollte. In der Dunkelheit hielt er nach den anderen Jungen Ausschau, von denen er wusste, dass sie da sein würden, die Freunde, die bezeugen mussten, wer mutig war und wer nicht. Conner ärgerte es ziemlich, dass sein so viel ernsteres Ritual von diesem lächerlichen Kinderkram gestört wurde. Also rannte er voller Zorn auf den Jungen zu, um ihn über den bedeutungslosen Spalt im Boden zurück zu seinen Freunden zu stoßen.

Aber als er näher kam, blieb er plötzlich stehen. Was wie ein Junge ausgesehen hatte, war ein dürres Mädchen, das in Fetzen gekleidet auf Händen und Füßen kroch; sie schleifte die Reste eines Schuhs an den Schnürsenkeln hinter sich her. Sie streckte den Arm aus, grub die Finger in den Sand und zog sich weiter, schien Conners Anwesenheit überhaupt nicht bemerkt zu haben, starrte einfach nur geradeaus, als würde sie von dem Schein des Lagerfeuers in der Ferne angezogen werden.

»Sei still«, sagte Conner. Er ging auf die Knie und endlich nahm ihn das Kind wahr. Es klammerte sich an ihn. Weit aufgerissene Augen, aufgesprungene Lippen und eine Haut so bleich wie Milch und der Mond. Conner hielt das schwache Kind und der Zorn in seinem Inneren war verschwunden. Dabei war dies hier eine noch größere Störung als irgendwelche Jungs bei einer Mutprobe. In seiner Brust pochten Trommeln. Wo waren ihre Freunde? Er blickte sich um, konnte aber niemanden entdecken. Vermutlich hatte man sie hier draußen alleingelassen. Oder ein Kojote hatte sie gebissen und die anderen verschreckt. Sie zitterte in seinen Armen, stöhnte und war von Sinnen.

Conner hob sie auf – sie wog weniger als sein Rucksack. Er würde sie zum Zelt zurücktragen müssen und Rob würde sich um sie kümmern und sie nach Hause schaffen. Sie hatte ein Jungenspiel gespielt, und das war der Preis, den sie dafür zahlen musste. Sie hatte Glück, dass er zufällig vorbeigekommen war. Er würde sie ins Zelt bringen und konnte dann immer noch verschwinden, solange Rob beschäftigt war. Das änderte nichts. Das war einfach nur seine erste Handlung als freier Mann. Ein gerettetes Leben für ein verlorenes Leben. Ein vernünftiger Handel.

Mit dem Mädchen auf den Armen war der Schritt über die Wunde etwas gefährlicher. Es war nicht nur das zusätzliche Gewicht; er konnte auch nichts sehen. Er schlurfte vorwärts, bis seine Stiefelspitze den Rand ertastete, dann streckte er den anderen Fuß nach vorn aus und bewegte sich in blindem Vertrauen weiter. Sein Stiefel fand die andere Seite. Und als er zum Zelt eilte, fiel ihm eine Geschichte ein, ein Grund, warum er mitten in der Nacht hier draußen war.

»Rob!«, rief er. »Rob! Wach auf!«

Im nächsten Augenblick glühte im Zelt ein Lichtschimmer auf. Conner legte das Kind in dem Augenblick auf dem Boden ab, in dem sich die Klappe öffnete und sein Bruder verschlafen hinausblickte. »Wie spät …?«

»Hilf mir, sie reinzubringen.« Und Rob gehorchte. Das Mädchen konnte sich nicht bewegen. Die beiden Jungen trugen sie ins Zelt und Rob schloss die Klappe vor dem Wind. Die Taucherlampe, die an der Zeltstange baumelte, warf Licht und Schatten auf das zerwühlte Bettzeug. Conner legte das Mädchen hin, dann öffnete er den Hüftriemen und schüttelte den

Rucksack von den Schultern. Ihm entging nicht, wie Rob die schwere Last musterte.

»Sitz nicht nur da rum«, sagte Conner. »Bring ihr Wasser.«

Rob blickte zu ihm auf, blinzelte den Rest Schlaf weg und setzte sich in Bewegung. Er durchwühlte sein Bettzeug nach der Feldflasche, während Conner den ersten guten Blick auf das Mädchen erhielt. Und die Geschichte, die er sich zurechtgelegt hatte, zerbrach in tausend Stücke. Das war nicht die Geschichte, die er für Rob vorbereitet hatte und bei der es um Kinder ging, die die Wunde bezwingen wollten – nein, es war die Geschichte, die er sich selbst erzählt hatte, wo dieses Kind herkam.

Springston war nicht so groß, dass er nicht die meisten Gesichter kannte, auch wenn ihm ihre Namen unbekannt waren. Aber dieses Mädchen war aus anderen Gründen fremd. Sie wirkte abgemagert, ihre Arme waren wie zwei Vogelbeine, einer lag quer auf ihrer Brust, der andere war um ihren Kopf gelegt. Ihre Hose war in Fetzen und aus einem seltsamen Stoff gefertigt. An den Knien war das Material durchgescheuert, die Haut darunter zerrissen und blutig. Dunkle Rinnsale waren die Schienbeine hinuntergelaufen. Die Wunden waren schwarz, da sie schon vor mindestens einem Tag getrocknet waren, aber oben funkelten sie noch feucht, wo der Schorf eingerissen war. In allen klebte Sand.

Sie stöhnte. Ihre Lippen waren trocken und aufgesprungen, ihr Gesicht war verbrannt wie das eines Tagesläufers. Die Schulter ihres Hemdes war abgerissen, der Rest hing gerade noch so eben fest. Sie sah aus, als hätte man sie über tausend Dünen geschleift, aber als Conner die blutigen Fingerstümpfe sah, wo früher einmal ihre Nägel gewesen waren, wurde ihm klar, dass sich diese bedauernswerte Kreatur selbst vorangezerrt haben musste.

Sie war halb tot und nicht bei Sinnen. Und wie ein Taucher, der ein fremdes Relikt aus dem kalten Sand nach oben beförderte, wusste Conner, dass dieses Wesen zu seinen Füßen nicht aus Springston kam und auch aus keiner anderen Welt der Lebenden. Dieses Kind kam aus dem Niemandsland. Jemand war entkommen und hatte die unpassierbare Grenze überquert.

»Wie schaffe ich es, dass sie trinkt?«, wollte Rob wissen. Er hatte die Feldflasche geöffnet und blickte Conner Hilfe suchend an.

»Nur eine Kappe«, flüsterte dieser. Die Bedeutung, die dieses Mädchen hatte, machte ihn schwindelig. »Gib sie mir.«

Rob schenkte die Kappe voll, dabei zitterte die Flasche und verschüttete Wasser. Conner fragte sich, ob seinem Bruder bewusst war, was er da tat. Vermutlich. Rob war der Klügere von ihnen.

»Vorsichtig«, sagte er und nahm das Wasser. Er kniete sich neben die Fremde, legte den anderen zerbrechlichen Arm über ihre Brust und schob die Hand unter ihren Nacken. Behutsam hob er ihren Kopf und schob das Knie unter sie, bis sie auf seinem Oberschenkel lag. Wieder kam ein leises Stöhnen aus ihrem Mund, ein schwaches Lebenszeichen. Sie schien acht oder neun Jahre alt zu sein, obwohl das schwer zu sagen war, so dürr und zerbrechlich war sie.

Conner tröpfelte Wasser auf ihre blutigen Lippen. Als die Flüssigkeit das Feuer des Durstes traf, glaubte er ein Zischen zu hören. Ihre Wangen zuckten – das war ein Zeichen des Schmerzes. Und er musste ihren Kopf ruhig halten. Er versuchte das Wasser an den verletzten Lippen vorbei direkt auf die Zunge zu tröpfeln.

»Vorsichtig«, flüsterte Rob.

»Ich weiß«, sagte Conner und leerte die Kappe. Der Hals des Mädchens bewegte sich, als ihr Körper automatisch schluckte. »Füll nach.« Er reichte Rob die Kappe, dessen Hand bei der zweiten Portion nun sicherer war.

Dieses Mal schien das Mädchen beim Trinken zu helfen. Eine schwache Hand legte sich auf Conners Arm, die nagellosen und blutigen Finger krümmten sich sanft und dankbar. Verzweifelt.

»Trink«, sagte er zu ihr, als würde sie diese Ermunterung nötig haben. Sie trank die Kappe aus und noch eine weitere, bat flüsternd um mehr, aber Conner sagte seinem Bruder, dass es reichte. Zu viel und zu schnell war nicht gut. Er hatte den Wahnsinn des Durstes schon zuvor erlebt.

Ihre Lider hoben sich. Mit zusammengekniffenen Augen spähte sie zu der Taucherlampe, deren Licht ungehindert in ihr Gesicht fiel. »Nimm sie fort«, befahl Conner seinem Bruder, aber der kümmerte sich bereits darum. Auch er war sich der Qualen des Mädchens deutlich bewusst.

Als Rob das Licht aus ihren Augen nahm, verschwand ihr Gesicht wieder im Dunkeln. »Ganz ruhig«, sagte Conner zu ihr. »Alles kommt wieder in Ordnung. Du bist jetzt bei uns.« Er sagte das für sich und auch für Rob. Er war sich nicht sicher. »Ich möchte, dass du dich ausruhst, während ich mir deine Wunden ansehe, einverstanden? Nachdem ich dich sauber gemacht habe, kannst du noch etwas Wasser haben. Ich muss dich von diesem Sand befreien.«

Er griff nach seinem Rucksack und war für das zusätzliche Wasser dankbar, für die vielen Notfallvorräte, die für ihn und seine Wanderung gedacht gewesen waren.

Das Mädchen gab einen Laut von sich. »Kann … näher …«, flüsterte sie.

Conner wandte sich ihr wieder zu, während sie die Worte wiederholte. »Was?«

Sie vergrub die blutige und kleine Hand in seinem Hemd und flüsterte es erneut.

»Sie möchte, dass wir näher kommen, damit wir sie verstehen können«, sagte Rob. Er neigte den Kopf, um die geflüsterten Worte besser verstehen zu können. »Was brauchst du?«

Aber die Fremde blickte an ihm vorbei zu Conner hinüber. Einen Augenblick lang wurden die trüben Augen so hell wie eine Pause in einem Sandsturm. Beinahe kamen sie Conner bekannt vor, während das Mädchen die nötige Kraft zum Sprechen sammelte und verzweifelt in dem muffigen Zelt nach Luft rang.

»Con … ner«, sagte sie erneut. Jede Silbe bedeutete eine Anstrengung, die Mundwinkel verzogen sich zur Andeutung eines Lächelns, das Erkennen und große Erleichterung verkünden sollte. »Vater … schickt mich.«

Und dann wurde das Licht in ihren Augen wieder grau, Erschöpfung und Wunden überwältigten sie. Und während dieses Mädchen aus dem Niemandsland in die Stille von Tod und Schlaf verfiel, hallte Conner sein Name leise in den Ohren. Er war sich sicher, dass er dieses Mädchen noch nie zuvor in seinem Leben gesehen hatte, dieses Mädchen, das von seinem Vater sprach, als wäre er auch ihr Vater.

Teil 3

RÜCKKEHR NACH DANVAR

19 – DIE VERLORENE TOCHTER

Das Leben glich den Tiefen des Sandes. Das hatte Vic gelernt. Ein gewaltsames Bedrängnis nach dem anderen, von der Geburt bis zum Tod, eine ölige Faust, die glücklose Seelen ergriff. Sie konnten sich lange genug befreien, um einen halben Atemzug zu schnappen, bevor sie wieder eingefangen wurden. So sah Vic mittlerweile die Welt. Wo sie auch hinblickte, das Leben quetschte die Menschen aus und brachte sie von einer Zwangslage in die nächste, die grausamen Hände des Pechs blieben um unglückselige Hälse geschlungen.

Das Geheimnis, ein derartiges Leiden zu überleben, bestand ihrer Erfahrung nach darin, sich in seinen Klauen nicht zu rühren. Man musste lernen, nicht zu atmen. Das war die Antwort. Man musste lernen, auf das Atmen zu verzichten, darin aber Freude finden. Der einzige Unterschied zwischen einer Umarmung und gewürgt zu werden bestand in einem offenen Fluchtweg. Darum hatte sich Vic selbst beigebracht, wie man die Luft anhielt. Danach war das Leben zu einer Reihe ungestörter Umarmungen geworden.

Auf sechshundert Metern gab Sand nicht mehr nach. Er wurde ihren Gedanken und Wünschen gegenüber so taub wie ein selbstsüchtiger Geliebter – hielt sie fest und machte sie hilflos. Sechshundert Meter lagen weit hinter der Grenze, an der Taucher normalerweise umkamen. Die meisten starben schon lange, bevor sie solche Tiefen erreichten, denn es fiel ihnen schwer, gleichzeitig den Sand fließen zu lassen und zu atmen. Man konnte nicht mit zwei Männern gleichzeitig ringen. Vic wusste das.

Noch zwei Minuten mit dieser Luft in den Lungen, und sie würde das Bewusstsein verlieren. In ihrem Blickfeld platzten bereits Lichterfunken, die Ränder wurden unscharf. Aus dieser Tiefe würde der Weg an die Oberfläche dreißig Minuten dauern. Dreißig Minuten, für die zwei Minuten Luft reichen mussten. Sie würde zurechtkommen. Sie entdeckte zwei der harten Metallkästen nahe beieinander, die Art mit den guten Verschlüssen. Inmitten der grünen und blauen Anzeigen der weicheren Taschen stachen die Kästen in ihrer Sicht hellrot hervor. Das ovale Transportband, von dem die Taschen gefallen waren, leuchtete weiß. Dieses viele Metall, das der tiefe Sand erhalten hatte. Dieser begrabene und funkelnde Stahl würde dort für alle Ewigkeit existieren. Zu tief, um ihn auseinanderzunehmen und an die Oberfläche zu zerren. Zu riskant.

Vic packte die beiden Kästen, hoffte, dass es welche von der silbernen Sorte waren, diesen Samsonites, und stieg nach oben. Sie ließ sich vom fließenden Sand durch das klaffende Loch in der Fläche schieben, die einst ein Fabrikdach gewesen sein musste, so etwas wie ein Zeltdach, größer als die Hälfte von Low-Pub. Sie entfernte sich von den riesigen Eisenvögeln mit ihren ausgestreckten Flügeln und den Hunderten von Glasaugen in zwei ordentlichen Reihen, hielt auf die blitzenden Transponder in vierhundert Metern Tiefe zu, erreichte sie mit gerade noch genug Luft in ihren Lungen.

Sie fand die Luftflaschen, die sie dort vergraben zurückgelassen hatte, und ließ den Sand um ihren Atemregler fließen. Schob ihn sich in den Mund. Eine geringfügige Menge Schutt landete auf ihrer Zunge. Sie hörte auf, daran zu denken, hörte auf, sich zu bewegen, konzentrierte sich auf die berechenbare Sandsäule hoch über ihr, auf das Gewicht, das sehr real von oben und von allen Seiten nach unten Druck ausübte. Sie ließ diese Last von sich abprallen und nahm einen tiefen Atemzug. Dann noch einen. Ihr Anzug summte vor Energie und Ungeduld. Er lebte für den tiefen Sand.

Sie ließ Flasche und Transponder hinter sich zurück und stieg zum nächsten Blinklicht hinauf. Noch zwei weitere Haltepunkte bis zur Oberfläche. Das Verlangen zu atmen musste sie ignorieren. Nicht die fehlende Luft löste Panik aus, es war der Drang auszuatmen. Es waren die giftigen Gase, die sich in ihrem System bildeten und dem Gehirn signalisierten, den

Inhalt ihrer Lungen zu leeren. Das hatte ihr Vater sie gelehrt, er hatte ihr sämtliche Geheimnisse des Atmens beigebracht. Dem Körper war nicht zu trauen, hatte er gesagt. Er kam für lange Zeit ohne Sauerstoff aus. Sogar immer länger, wenn man an den geistigen Muskeln arbeitete.

Der nächste Zwischenaufenthalt. Wieder eine Flasche, die vorher vergraben worden war. Hier war der Sand fast schon wieder normal. Als die Umgebung weniger dicht wurde, verschob sich das Spektrum der durch das Visier wahrgenommenen Farben. Für den Beinahebeton ganz unten hatte sie ihr Visier über die üblichen Einstellungen hinaus angepasst. Beim Aufstieg wurde der Sand um sie herum wie freier Himmel und schimmerte in unnatürlichen Farbtönen. Ihr Anzug war auf ähnliche Weise verstärkt, selbst wenn die Ladung der Batterien nun gefährlich niedrig war. Hier im lockeren Sand konnte sie ein Summen fühlen. Ihr Anzug war für die Tiefe gemacht; er war auf Touren gebracht worden. So hoch eingestellt spürte sie seine Energie noch in den Zähnen. Ein weiteres Geheimnis des Tieftauchens: Man musste bereit sein, einen Anzug anzuziehen, der sich anfühlte, als wollte er einen umbringen. Man musste ein Visier aufsetzen, das einem Unsinn zeigte. Und dann musste man auf direktem Weg nach unten tauchen, bis sich die Welt wieder richtig anfühlte.

Vic erreichte die nächste vergrabene Flasche und nahm einen tiefen Atemzug, schluckte dabei etwas Sand. Der wichtigste Teil des Tieftauchens bestand natürlich darin, alle anderen davon zu überzeugen, dass es unmöglich war. Dazu gehörte, die Leute glauben zu lassen, dass sie niemals mit Flaschen tauchte. Was größtenteils auch stimmte. Andere Taucher hatten gesehen, wie sie mit einem einzigen Atemzug dreihundert Meter tief getaucht war. Wenn sie Flaschen verteilte, um noch tiefer zu gehen, verriet sie es keinem.

Die Geheimhaltung war wichtig, denn hätte man gewusst, dass es möglich war, würden sich alle bemühen, bis sie einen Weg gefunden hatten. Das galt für alle großen Entdeckungen. Es waren die seltenen Seelen voller Hoffnungen, die der Welt zeigten, was man erreichen konnte. Danach kamen die donnernden Herden, jene Zweifler und Schwarzmaler, die einst die Grenzen aufgestellt hatten und jetzt alle anderen aus dem Weg stießen.

Als sie die Oberfläche durchstieß und die aufgehende Sonne und den Wind auf der Haut spürte, erkannte Vic die Wahrheit, die darin lag. Hätte ein Mann je sechshundert Meter erreicht, hätte er dieses Geheimnis niemals bewahrt. Und dann würde schnell jeder dort unten sein und sich nehmen, was nur ihr und ihr allein gehörte.

Sie schob das Visier hoch und stützte sich für einen tiefen Atemzug auf den warmen Sand. Dann fuhr sie den Anzug höher und ließ den Sand von der Ausrüstung und aus ihren Haaren fließen. Wie Morgennebel kaskadierte er von ihr herab. Sie griff in den Boden – ließ die Düne wie Wasser um ihren Arm fließen – und holte die vergrabene Ausrüstungstasche heraus. Niemand war in der Nähe zu sehen, keine Spur von dem Müll, der populäre Tauchplätze markierte. Das war das Beste am Tieftauchen: Man ging der Masse aus dem Weg, brauchte sich keine Sorgen zu machen, dass irgendein Schatztaucher einen ihrer Funde klaute, musste sich nicht mit den Spinnern und den Piraten herumschlagen, die den zurückgelassenen Müll lautstark durchsuchten.

Da ihr Bündel aus dem Sand heraus war, fuhr Vic den summenden Anzug herunter und konnte ihre Backenzähne wieder spüren. In einiger Entfernung lärmte Low-Pub. Da war das Knattern der Generatoren zu hören, der Hall von Hämmern auf Nägeln, sporadisches Gewehrfeuer, der ganze Lärm des Lebens.

Ein launenhafter Wind fuhr über die Dünen, kappte ihre Spitzen und trieb die massiven Hügel immer weiter nach Westen. Vic grub ihre Feldflasche aus der Tasche, nahm einen tiefen Schluck und wischte sich das Kinn ab. Und jetzt zu ihrem Lohn. Hoffentlich reichte es für die Miete und ihre Schulden bei Yegery für die Flaschen und die Luft. Auf einen weiteren Tieftauchgang würde sie in dieser Woche lieber verzichten, falls sich das einrichten ließ. Weil sie so lange unten gewesen war, schmerzten ihre Rippen, und ihr linkes Knie fühlte sich verrenkt an. Ganz tief unten musste man den Fluss nur für einen Sekundenbruchteil verlieren, damit der

Fuß verdreht wurde. Vic hatte Taucher erlebt, die mit ausgerenkten Armen und Beinen an die Oberfläche gekommen waren und geschrien und Sand gespuckt hatten. Oder die sich die Taucherkrankheit geholt hatten, weil sie vergessen hatten, die Last von sich fernzuhalten. Wenn sie Glück hatten, waren sie nur mit kleinen Luftbläschen unter der Haut und schmerzenden Gelenken aufgetaucht. Aber meistens kamen Taucher, die die Konzentration verloren hatten, nie mehr nach oben.

Sie schraubte die Kappe wieder auf die Flasche und griff nach einem der Metallkästen. Einer war silbern, der andere schwarz. Die Reise durch den Sand hatte bei diesem viel Farbe abgekratzt. Die Kästen selbst würden dreißig Münzen das Stück einbringen. Falls die Schlösser noch funktionierten, würde ihr Freund J-Mac ein paar Schlüssel zurechtfeilen. Kosteten fünf Münzen das Stück, würden den Preis aber um fünfzehn erhöhen, und Vic kannte einige Ladenbesitzer, die bessere Safes brauchten. Soweit es sie betraf, waren beide Behälter bereits verkauft. Es waren Münzen, die zurzeit nur eine andere Form hatten.

Sie fing mit dem Schwarzen an, schlug mit dem Handballen auf die Schlösser und lockerte den Sand im Mechanismus. Die Schlösser hatten sich verklemmt. Für diesen Fall besaß sie einen stumpfen Metallstab, den sie aus dem Stiefel zog. Den Kasten stellte sie aufrecht hin. Mit einem schnellen Stoß attackierte sie beide Schlösser, die aufklappten. Sie steckte den Stab zurück und legte den Kasten hin. Gerade wollte sie ihn öffnen und rechnete schon mit dem wie üblich hervorquellenden Kleiderstapel, als der Sand unter ihr grollte.

Bevor Vic auf den Anzugschalter schlagen konnte, versanken sie und die beiden Kästen im Wüstenboden. Augenblicklich verhärtete sich der Sand und ließ nur ihren Kopf und Hals frei.

Panik schoss in ihr hoch, Sand flog ihr in den Mund. Dort vermischte er sich mit dem metallenen Geschmack von Adrenalin. Reflexartig hatte sie die Lungen gefüllt, hatte ihre Brust gedehnt, also konnte sie noch immer atmen. Ihre Hand war auf den Anzugschalter zugerast, hatte ihn auch fast erreicht.

Sie wehrte sich gegen die feste Erde, wackelte mit Schultern und Armen, brauchte nur noch einen Zentimeter …

In einer Sandfontäne stieg Marco neben ihr aus der Tiefe. Anmutig schwebte er bis zu den Füßen in die Höhe und schüttelte den Sand aus seinen Dreadlocks. Vic wandte den Kopf ab, soweit es ging, und kniff die Augen zu, um keinen Sand hineinzubekommen. »Fuck, ich bring dich um!«, fauchte sie.

Als sie die Augen wieder öffnete, ging Marco gerade neben ihr nach unten, als wollte er Liegestütze machen, bis sich sein faltiges Gesicht nur wenige Zentimeter vor ihr befand. »Hast du gesagt, du willst mich ficken?« Spöttisch hob er die dicken Brauen.

»Ich hab gesagt, dass ich dich umbringe.« Vic spuckte Sand aus. »Ich zähle bis drei, Marco. Eins …«

Marco ging runter und drückte die Lippen auf ihren Mund. Vic biss ihn in die Zunge und Marco fuhr lachend zurück.

»Zwei, du perverser Drecksack.«

Marco richtete den Finger auf sie. »Also das ist wirklich nicht fair …«

»Drei, Arschloch.«

Vic erreichte den Schalter, Energie strömte durch ihren Anzug. Der Zorn darüber, auf diese Weise gefangen zu sein, explodierte in ihr. Es war der gleiche Zorn, den sie oft verspürte, wenn Marco im Bett zu grob wurde und lachend ihre Handgelenke festhielt, dieses Gefühl der Hilflosigkeit, die Frage, wann aus dem Spiel Gewalt wurde, wenn sie sich nämlich auf die Lippen beißen musste, um vor ihm nicht in Tränen auszubrechen, weil sie sich an den letzten Mann erinnerte, der sie zu Boden gedrückt hatte.

Mit summendem Anzug und vibrierenden Zähnen konnte niemand sie am Boden festhalten.

Eine Ramme aus kompaktem Sand schoss unter Marco in die Höhe und krachte gegen seine Brust, katapultierte ihn und die beiden Kästen hoch in die Luft. Vic hörte, wie die Luft aus seinen Lungen rauschte. Sie stieg zur Oberfläche, während Marco mit hilflos rudernden Armen und einem Aufschrei in den Himmel geschleudert wurde. In die Höhe geworfene Kleidungsstücke umgaben ihn wie ein Schwarm aufgescheuchter

Vögel. Scheiße. Sie hatte gehofft, ihn einen Meter in die Höhe zu befördern. Marco flog zehn Meter. Das dumme Arschloch würde sich den Hals brechen.

Vic kniete sich hin und steckte die eine Hand in den Sand. Mit der anderen richtete sie das Band auf der Stirn. Marco raste dem Boden entgegen und schrie wie eine Krähe, um ihn herum regnete ein halber Kleiderladen nach unten. Mit einem dumpfen Knall traf er den fließenden Sand und Vic musste vor dem aufwogenden Schutt den Kopf abwenden. Sie beförderte ihn an die Oberfläche, aber er lag mit dem Gesicht nach unten. Mit manipuliertem Sand drehte sie ihn um und sorgte sich, dass er das Bewusstsein verloren haben könnte, aber er spuckte Schutt aus und hustete, das Gesicht der Sonne zugewandt.

So setzte sie ihn fest, zum Teil untergetaucht, die Schultern von einer harten Masse umschlungen. Dann kroch sie zu ihm und beugte sich über ihn.

»Fick dich …«, wimmerte Marco.

»Wow«, erwiderte Vic. »Bist du immer noch in Stimmung?« Sie strich mit der Hand durch den Sand, bis sie sich über seinem Unterleib befand. »Vielleicht nehmen dir ja ein paar Sandnadeln die Geilheit?«

»Bitte«, sagte Marco. »Meine Rippen …«

Vic legte ihrem Liebhaber einen Finger auf die Lippen. »Im Augenblick möchte ich nur die gottverdammt noch mal überzeugendste Entschuldigung hören, die je aus deinem kleinen hübschen Mund gekommen ist. Ich will dir verdammt noch mal glauben. Ich möchte in deinen großen braunen Augen Tränen funkeln sehen. Ich will, dass du für mich Wasser vergießt. Sag etwas, das mein Herz schneller schlagen lässt. Los.«

Eine Hose landete direkt neben Marcos Gesicht und ließ noch mehr Sand in seinen Mund fliegen. Er spuckte aus und schloss ein Auge.

»Nicht sehr überzeugend«, sagte sie.

»Scheiße, tut mir leid«, sagte Marco. »Das war idiotisch dumm von mir. Ich wollte dich überraschen, dich festhalten und so verflucht fest küssen, weil ich dich liebe. Du bist die Einzige für mich. Ich schwöre bei allem, was mir heilig ist, dass ich das nie wieder tun werde, und ich reiße jedem die Eier ab, der versucht …«

Ein pinkfarbenes Höschen flatterte vom Wind getrieben aus dem Himmel und traf Marco mitten im Gesicht – wie ein heller Vogel, der sich mit seiner roten wurmähnlichen Zunge auf ihn stürzte. Marco stieß einen Schrei aus. Der Stoff dämpfte den Laut. Er schüttelte den Kopf, um ihn loszuwerden. Er spuckte und hustete. Das Höschen flatterte, blieb aber an Ort und Stelle. Vic schlug die Hand vor den Mund und prustete los. Sie hämmerte mit der flachen Hand auf den Sand und rollte sich auf die Seite, krümmte sich vor Lachen.

Marco schrie sie an, ihm zu helfen. Wild schüttelte er den Kopf, aber Vic konnte kaum etwas sehen. Sie glaubte schon, nie mehr werde sie aufhören können zu lachen, und bei dem Gedanken verspürte sie einen Anflug von Panik. Im Augenblick fiel das Atmen schwerer als im tiefsten Sand.

»Gottverdammt«, brüllte Marco durch das pinke Höschen. »Hilf mir!«

Mühsam setzte sich Vic auf. Sie wischte sich die Augen und starrte auf ihre Finger. »Ach du Scheiße«, sagte sie ungläubig und lachte noch immer. »Du hast mich doch wirklich zum Weinen gebracht.«

20 – SCHNORRERHANDWERK

Fünfzehn Minuten später lachte Vic noch immer. So lange dauerte es, die vom Wind verteilten Kleidungsstücke einzusammeln. Sie schüttelte den Sand aus jedem Stück Unterwäsche, das sie fand, und fragte Marco, ob er ein neues Halstuch brauchte. Während sie kicherte, ignorierte er sie. Er schien mürrisch, als sie die Kästen und ihre Tauchausrüstung über eine Düne zu seinem Sarfer schleppten. Marco hatte den Mast umgeklappt, damit er nicht so leicht zu entdecken war. Ein aufrechter Mast mitten im Nichts war ein Signalgeber für andere Schatztaucher – oder eine Warnung für ein Mädchen, dass ihr Freund ihr einen bescheuerten Streich spielen würde, statt sie wie gebeten an der Tauchstelle abzuholen. Aber sie hatte zuletzt gelacht. Als sie den Sarfer erreichten, lachte sie tatsächlich immer noch.

»Das ist überhaupt nicht so witzig, wie du es machst«, behauptete Marco. Er verstaute ihre Ausrüstung auf dem Lastgerüst. »Vielleicht, wenn dieser Kasten mit sauberen Klamotten gefüllt gewesen wäre. Dann vielleicht.«

»Ach, Scheiße.« Vic griff nach seinem Arm. Sie hatte nicht an den Sachen gerochen, um zu sehen, ob sie getragen gewesen waren oder nicht. Die Versiegelung dieser Samsonites war wirklich so gut.

»Ja«, sagte Marco. »Scheiße trifft es genau.«

Nach einer halben Minute musste Marco Vic vom Boden aufhelfen. Als sie sich die Augen trocknete und die Tränen sah, sagte sie zu Marco: »Das ist der glücklichste Tag meines Lebens.«

»Ja, du bist Scheiße. Ich habe meine Lektion gelernt. Und bei Gott, könntest du dir bitte überlegen, wem du das erzählst?«

Vic lächelte ihn an.

»Ach, verdammt, Vic. Das muss ich mir dann wochenlang anhören.«

»Zum Teufel, nein. Viel länger. Und wenn diese Klamotten eine Münze weniger einbringen, weil du den ganzen Sand reingebracht hast, schuldest du mir sie.«

Marco sah wie ein getretener Hund aus. Beinahe hätte Vic Mitleid mit ihm gehabt. Beinahe. Sie lud den schwarzen Kasten auf das Gerüst, Marco brachte den silbernen. Hinter ihnen zeichneten sich zwei Kerben auf der Düne ab. In der Ferne füllte der Wind sie schon wieder auf und ließ sie verschwinden. Nicht zum ersten Mal staunte Vic über diese Fahrzeuge mit Rädern, die sie in der Tiefe gefunden hatte – begraben. Sich vorzustellen, dass es mal eine ferne Vergangenheit oder einen Ort gegeben hatte, wo Räder sinnvoll waren …

»Ho, Marco!«

Vic drehte sich um. Vor der niedrig stehenden Morgensonne beschattete Marco die Augen. Auf einer benachbarten Düne stand eine Gestalt, eine Silhouette mit einer großen Lanze in der einen Hand, während der andere Arm zum Gruß gehoben war. Jenseits des Kamms stach der Mast eines Sarfers in die Höhe; das Segel war festgezurrt.

»Während du Blödsinn gemacht hast, hat jemand deinen Sarfer entdeckt«, sagte Vic.

»Scheiße.«

»Warte, ist das Damien? Oh, das wird ihm gefallen.«

»Bitte, bitte, bitte«, flehte Marco. »Warte wenigstens, bis wir wieder in der Stadt sind. Oder bis heute Abend, wenn jeder betrunken ist und sich keiner mehr erinnern wird. Sag es nicht ihm – nicht als Erstem. Nicht Damien.«

Vic drückte Marcos Nacken und lachte. »Du bist mir vielleicht ein Freiheitskämpfer.«

Marco spannte sich an. »Genau darum geht es. Ich bin ein Kämpfer.« Er machte eine Faust, sein gebräunter und beeindruckender Bizeps trat hervor, die Narben und die Tätowierungen spannten sich.

Vics Lächeln erlosch. »Ich habe den Teil mit der Freiheit betont. Wenn du das vergisst, dann geht es nur noch um den Kampf. Ich sage es, wem ich will und wann ich es will. Freiheit,

Marco. Mach es bloß nicht diesen Arschlöchern nach und verliebe dich in den Kampf. Dann legst du nämlich nur noch Bomben, weil dir ihr Lärm gefällt.«

Marco schwieg, als Damien die Düne runterrutschte. Dabei löste er eine sanfte Lawine aus und hielt mit dem Speer das Gleichgewicht. Mit einem breiten Grinsen lief er zu ihnen, und als er die beiden Kästen auf dem Gerüst entdeckte, hoben sich seine Brauen. »Mein Gott. Ein hübscher Fund, Leute.« Sein Blick folgte den Spuren im Sand, die schnell gefüllt wurden. »Wie zum Teufel schafft ihr beiden es bei jeder Ausfahrt, etwas zu finden? Und dann auch noch mitten im Nirgendwo.«

Vic behielt für sich, dass meistens *sie* die Finderin war, während Marco an der Oberfläche aufpasste. »Wahrscheinlich haben wir bloß Glück.«

»Kleidung?«

»Hauptsächlich Unterwäsche.« Und bevor Marco etwas sagen konnte, fügte sie hinzu: »Für Damen.« Sie musste gegen ein Kichern ankämpfen.

»Meine Frau könnte etwas davon gebrauchen. Ihr solltet zu mir kommen, bevor ihr es Jimbo oder Sandy verkauft und sie ihren Preis festsetzen. Ich zahle, was sie zahlen.«

»Immer langsam«, sagte Marco. »Du solltest es nicht so eilig haben, uns die Hosen auszuziehen.« Er lachte.

»Vielleicht will er sie ja haben«, zog Vic Damien auf.

»Ja, klar, leck mich. Dabei wollte ich euch nur einen Gefallen tun. Aber ihr könnt gern warten, bis ihr in die Stadt kommt, um die Neuigkeit zu erfahren. Wenn ich daran denke, dass ich euch bitten wollte, mich zu begleiten …« Er drehte sich um und stapfte zu seinem Sarfer zurück.

»Warte. Uns was sagen?«, fragte Marco.

Damien hielt den Mittelfinger hoch und ging weiter.

»Uns was sagen, verflucht?«, wollte Marco wissen.

»Machen wir einen Tauschhandel«, rief Vic.

Damien wurde langsamer. Er drehte sich um und warf einen Blick auf die Kästen. »Was denn?«

»Du verrätst mir die Neuigkeiten, und ich erzähle dir die winzigste Geschichte, die du je in deinem verdammten Leben gehört hast.«

Damien winkte ab und spuckte Sand aus. »Solche Nachrichten sind mehr als einen Witz wert.«

»Wag es ja nicht«, zischte Marco, aber das schien Damiens Aufmerksamkeit nur zu wecken.

»Es ist kein Witz«, sagte Vic. »Sondern eine wahre Geschichte. Und ich verspreche dir, du wirst nicht enttäuscht sein. Der Handel wird sich für dich lohnen. Das schwöre ich.«

»Ich weiß nicht …« Damien kam zurück. »So große Neuigkeiten gab es noch nie. Aber verflucht, mir ist lieber, ihr hört es von mir als von einem anderen.«

»Du zuerst«, sagte Vic. In Wahrheit interessierten sie seine Neuigkeiten gar nicht. Sie übte bloß in Gedanken, wie sie diese Geschichte am besten erzählen sollte, eine Geschichte, die noch oft erzählt werden würde.

Damien holte tief Luft und musterte sie beide. Die beiden Sandtaucher warteten. Der Lärm von Low-Pub drang über die Dünen, und über ihren Köpfen wehte der Sand durch den Himmel.

»Das verfluchte Danvar«, sagte Damien schließlich. »Jemand hat es gefunden.«

21 – LEBENDIG BEGRABEN

Palmer

Es war die Gruft für einen König. Sein Freund Hap hatte ihn zum Sterben in einer Gruft für einen gottverdammten König zurückgelassen – ein Grabmal mit unvorstellbaren Schätzen. Palmer würde seinen letzten Atemzug in einem Haus tun, dem sich kein Lord von Springston widersetzt hätte. Das war ein Ort, an dem man einen wahrhaft großen Mann zur letzten Ruhe hätte betten sollen.

Für mich wird es reichen, dachte er düster.

Die Luft in dem begrabenen Sandkratzer schmeckte abgestanden und schien schon dünner zu werden. Aber sie hatte sein Wasser überdauert. In einer Zeit, die sich wie fünf Tage angefühlt hatte, hatte Palmer immer nur eine halbe Kappe getrunken. Die beiden Streifen Dörrfleisch hatte er einen winzigen Bissen nach dem anderen gegessen, wie eine Maus, die den Käse aus der Falle fressen wollte. Jetzt war alles weg, zusammen mit fünfzehn oder zwanzig Pfund seines Körpergewichts. Schon vor dem Marsch nach Norden hatte er nicht gerade gut gegessen. Die Belastung eines tiefen Tauchgangs brachte seinen Appetit regelmäßig durcheinander. Obwohl … eigentlich war es gar nicht das Tauchen gewesen. Es war der kommende Zeltausflug, dieser Jahrestag. Vor einem solchen Ausflug aß er nie gut. Im Vorjahr hatte er sich gedrückt. Verdammt … vielleicht war er auch schon eine ganze Woche hier unten. Con und Rob würden ohne ihn gehen, ebenso wie letztes Jahr. Con und Rob. Sie würden nie wieder etwas von ihrem großen Bruder hören.

Aber vielleicht war es doch nicht so lange gewesen. Er hatte fünf Tage gezählt – fünfmal der Drang zu schlafen –, aber vielleicht waren es auch nur vier gewesen. Verflucht, seit Hap ihn im Stich gelassen hatte, konnten zehn Tage oder zehn Stunden vergangen sein. Sein Verstand spielte ihm Streiche. Er hörte Geräusche und Stimmen. Hatte einen Traum von seinem Vater gehabt, der so wirklich erschienen war, dass er ernsthaft geglaubt hatte, tot und im Himmel zu sein. Eine Gruft, die eines Königs würdig war, und wo lag sein Vater begraben, das Arschloch? Seine Knochen waren im Niemandsland zu Sand zerrieben worden, dort lag er. Ein Armenbegräbnis für einen Lord. Ein Ort, um verzweifelt zu sterben. Das war so ironisch wie Palmers üppige Gruft.

Aber er war alt genug, um sich an das Leben eines Lords erinnern zu können. Er hatte geheult, als ihre Mutter ihn vom Wall gezerrt hatte. Hatte geheult, als man ihn in eine andere Schule mit seltsamen Kindern steckte, die alle schlecht rochen. Hatte noch verzweifelter geheult, als er sie nicht länger riechen konnte, weil er mittlerweile genauso stank wie sie. Was würde er nicht alles darum geben, diese Tränen zurückzubekommen. Nur eine Kappe voll.

Er fuhr sich über die aufgesprungenen und brennenden Lippen. Nun ergab der Traum von seinem Vater Sinn. Ein Teil von ihm hatte über den Jahrestag nachgedacht. Wieder einmal hatte er Con und Rob im Stich gelassen. Er war ein beschissener Bruder und ein beschissener Sohn, und er verdiente es nicht, an einem so prächtigen Ort zu sterben.

So gingen seine wilden Gedanken, als er den Konferenzraum verließ, in dem er festgesessen hatte, weil er auf Haps Rückkehr hoffte. Er stolperte durch das dunkle Gebäude. Seine Taucherlampe war so schwach eingestellt wie möglich, ihre alte Batterie war nun ebenfalls rationiert. Vielleicht würde er einen Teich finden, wo eine Quelle den Weg aus dem Boden gefunden hatte oder Flüssigkeit durch den erstaunlich festen Sand nach unten gesickert war. Aber diese Hoffnung war wenig realistisch. Er verließ den Konferenzraum, um seinen Albträumen und seinem Scheitern zu entfliehen. Um seinen Körper wandern zu lassen, und nicht seine Gedanken.

Bevor er starb, sollte er ein letztes Mal hinaus in den Sand gehen. Besser war es, dort sein Leben zu verlieren und von einem anderen Taucher entdeckt zu werden, wenn sie in die Tiefe kamen, um diese Stadt zu übernehmen. Sein Anzug verfügte noch immer über eine ordentliche Ladung, da konnte er auch sehen, wie weit er wohl kommen würde, bevor der Sand seine Lungen füllte. Andererseits glaubte ein naiver Teil von ihm noch immer, dass Hap zurückkehren und Brock andere schicken würde, dass er ein Narr wäre, wenn er hinausging und starb, solange in diesem Gebäude noch Luft zum Atmen war. Jeden Augenblick würde Hap mit zwei Flaschen auftauchen, lachen und behaupten, bloß zwei Stunden weg gewesen zu sein, und hier ist das Geld, das diese Plünderer gezahlt haben, und alles Bier und sämtliche Muschis von ganz Springston würde ihnen gehören.

Palmer dachte das immer wieder, aber die Hoffnung war so dünn und abgestanden wie der Sauerstoff geworden. Die Hoffnung, die ihn in diesem Raum mit den Stühlen, dem großen Tisch und der Brühmaschine gefangen gehalten hatte, war brüchig geworden. Das Verlangen, dort zu sein, wenn die Taucher für ihn kamen, war verschwunden. Und als diese Hoffnung schwand, ging er durch die Tür, die ihn verdammt hatte, diese schwere Tür, die Hap vor seiner Nase zugeknallt hatte. Und mit nur schwach leuchtender Taucherlampe schnüffelte er zum ersten Mal in seiner Gruft herum.

Außerhalb von Springston hatte er viele verfallende Geschäftsgebäude voller Sand gesehen, aber noch nie eines von solchem Ausmaß, das auch noch so gut erhalten war. Die Gebäude, die er gesehen hatte, waren seit Jahrhunderten geplündert worden. Männer, die den Sand beherrschten, hatten große Löcher gegraben und sich beinahe alles von Wert geholt. Aber jetzt strich Palmer durch eine perfekte Wiederherstellung dieser Welt, die schon seit langer Zeit tot war.

Es war ein Museum für die begrabenen Götter und die Welt, in der sie gelebt hatten. Sein fragiler Verstand schichtete einen Münzstapel nach dem anderen auf, als er sich den Weg durch den Korridor ertastete. Da gab es Uhren; gerahmte Bilder hinter realistischem Gras; in die Wände eingesetzte Lampen und Meilen von Kupferdraht, unversehrte Fliesen, Holzoberflächen. Überall Münzen.

Andere Taucher würden kommen und diese Dinge für sich beanspruchen. Vermutlich nicht Hap, denn die Schuld würde an ihm nagen. Zumindest hoffte Palmer das. Nein, ein anderer Taucher würde seine Knochen finden. Sie würden ihn Stück für Stück aus seinem Anzug räumen und sich wundern, dass er noch immer Strom – aber zu viel Angst gehabt – hatte, um es zur Oberfläche zu versuchen. Bestimmt würde jemand darauf hinweisen, dass er keine Flaschen gehabt hatte, und ein anderes Arschloch würde behaupten, dass es ein Mädchen in Low-Pub gab, das es geschafft hätte, und keiner von ihnen würde wissen, dass die Knochen in ihren Händen dem Bruder dieses Mädchens gehörten.

Er blickte in einen anderen Raum. Ein Badezimmer. Porzellanarmaturen und Wasserspülung. Die Hähne aufzudrehen war verrückt, aber schließlich sah ihm niemand zu.

Der nächste Raum war der Hauptgewinn. Eine reiche Goldader. Ein kleines Zimmer, kaum größer als ein Bett, aber voller Werkzeuge. Besen und Mopps und vieles andere. Er nahm einen Besen. Synthetische Borsten. Plastik. So gut wie an dem Tag, an dem man ihn hergestellt hatte. Palmer trat etwas Dreck von seinen Stiefeln auf den Marmorboden und wischte ihn mit dem Besen zusammen. Seine Mutter – die Mutter seiner Jugend – hätte diesen Besen geliebt. Er erinnerte sich daran, wie er Conner durchs Haus gejagt hatte, als sie noch Kinder gewesen waren, wie er ihn verprügelt hatte, bevor seine Schwester sie beide erwischt und zweimal Prügel verteilt hatte. In dem Raum schüttelte er mit Flüssigkeit gefüllte Flaschen, öffnete eine und roch daran. Es brannte in der Nase. Wenn er einen leichteren Tod als draußen im Sand wollte, hier war er.

Er untersuchte all die nützlichen Dinge, die in einen so kleinen Raum gepackt waren, genug Geld, um sich zur Ruhe zu setzen, und schloss die Tür. Jemand anders würde kommen und diese Dinge nehmen. Sie würden eine Möglichkeit finden, so tief zu tauchen und alles einzusammeln. Aber für ihn würden sie keine Mühe aufwenden. Er dachte an die Stadt, die man über diesen Dünen mit all den Dingen errichten würde, die aus der Vergangenheit gestohlen worden waren. Es würde eine Orgie des Überschusses werden. Ein Goldrausch wie der, von dem die Alten über die Gründung von Low-Pub erzählten.

Niemand würde sich an die erste Person erinnern, die diesen Kratzer betreten hatte. In diesem Augenblick stellte er sich Hap im *Honey Hole* vor, völlig besoffen, überall köstliches goldenes Bier, und er erzählte dem Publikum, dass er die Stadt als Erster betreten hatte, dass er Danvar ganz allein entdeckt hatte. Verdammter Hap.

Das nächste Zimmer war ein Büro. Palmer durchsuchte die Schubladen, hoffte auf eine Feldflasche, obwohl die Alten sie nur selten benutzt zu haben schienen. Ausgetrocknete Stifte. Krimskrams. Ein silberner Schlüssel, den er automatisch in die Bauchtasche steckte. Zusammengefaltetes Papier. Er nahm es und hielt es nah an seine Taucherlampe. Eine Landkarte. Dunkle Striche und Ortsnamen. Das Wort »Colorado« fiel ihm auf. Er steckte auch das ein. Wenn man seine Leiche fand, würde man etwas Nützliches finden. Entdecken, dass er nützlich gewesen war.

In der mittleren Schublade warteten Reichtümer. Münzen. Ein ganzer Haufen, der dort lag, als wäre er vor Ewigkeiten dort hineingeworfen worden. Sie waren nicht einmal eingeschlossen, lagen einfach zwischen Büroklammern, Stiften und anderen wertlosen Artefakten; als wäre dieses Zeug so kostbar wie Geld.

Kupfer und Silber, vom Sand unzerkratzt. Palmer studierte sie eingehend nacheinander, bevor er sie zu dem Schlüssel in die Tasche steckte. Sie wurde immer dicker, während sein Bauch grollte, eine Zwei-Mann-Band. Er würde reich sterben. Verhungert und reich. Wer auch immer ihn fand, würde ihn ordentlich bestatten und Bier in sein Grab gießen. Eine Nachricht! Er würde eine Nachricht zu den Münzen stecken, eine Nachricht an seine Sargträger und eine an seine Schwester Vic. In der ersten würde er damit prahlen, wie mutig er gewesen war, in der zweiten würde er zugeben, ein Idiot gewesen zu sein. Er suchte nach einem Stift, fand einen, zog das Tauchermesser und spitzte ihn an. Etwas zu tun zu haben fühlte sich gut an, selbst wenn es etwas so Einfaches war, wie einen Bleistift zu spitzen. Er schob das Messer in den Stiefel zurück und fand einen Schreibblock. Das Papier war zwar wurmzerfressen, aber es würde reichen. Er kritzelte Anweisungen für seine Bestattung und eine schnelle Nachricht für Vic, dass es ihm leidtat. Er unterschrieb mit seinem Namen und wollte das Datum hinzufügen, aber dann schrieb er stattdessen das Datum, an dem sein Vater verschwunden war. Vermutlich stimmte das nicht überein, aber es war nah genug, und es lag Poesie darin. Er faltete beide Zettel und stopfte sie zu den Münzen. Hoffentlich würde Hap ihn nicht finden. Aber Hap würde sicher nicht zurückkehren. Es sei denn, Hap traf in genau diesem Augenblick ein, und er verpasste ihn.

Von Panik ergriffen stellte sich Palmer vor, dass sein Freund tatsächlich in genau diesem Augenblick eintraf, ihn nicht finden konnte und ein zweites Mal zurückließ – obwohl er tagelang auf den Sandhaufen gestarrt hatte, ohne dass von Hap auch nur ein Lebenszeichen zu sehen gewesen war. Er raste in den Korridor zurück, die Hände auf den Bauch gepresst, damit die Münzen nicht klirrten. Und hörte einen Laut. Das Ächzen eines alten Gebäudes, auf dem eine Welt lastete. Es kam von der anderen Korridorseite.

»Hap?« Er rief den Namen seines Freundes, fühlte sich etwas wie im Wahn. Wie lange hatte er geschlafen, als er sich das letzte Mal hingelegt hatte? Träumte er noch immer? »Vater?«

Auf der anderen Türseite polterte etwas. Palmer sah nach rechts und links, der schwache rote Schein seiner Taucherlampe reichte kaum ein Dutzend Schritte weit. Er versuchte sich zu orientieren. War das der Raum, in dem er gehungert hatte? Hatte er sich gedreht? Die Dunkelheit jenseits des armseligen Lichtkegels ließ alles fern und voller stiller Möglichkeiten erscheinen. Er griff nach dem Türknauf. Unverschlossen. Keine Doppeltür. Ein anderer Raum. Er trat ein. Da waren Reihen von Tischen, auf jedem stand einer dieser flachen Plastikbildschirme. Mehrere dieser Tische standen zusammen; eine riesige, sich in den Raum schiebende Sandwoge hatte sie zusammengerückt.

Palmer versuchte sich über die Möglichkeiten klar zu werden. Eine alte Lücke, ein Gebäude, das dem jahrelangen Druck nachgab, der auf ihm lastete. Er und Hap waren auf der gegenüberliegenden Seite eingestiegen, darum war ihm das nicht aufgefallen. Sonst hätte er direkt hier hineinschwimmen können.

Vielleicht waren andere Taucher dafür verantwortlich. Ein neues Loch. Sie waren eingestiegen, während er geschlafen hatte. Brocks Männer waren mit dem alten Tauchmeister Yegery gekommen, um sich des Fundes zu versichern und ein paar Dinge zu erbeuten. Ja, da waren tatsächlich Spuren, die zeigten, dass andere gekommen sein mussten. Stiefelabdrücke. Zwei Tische waren gesäubert und ein Stück von den anderen entfernt zusammengeschoben worden. Ja. Die Plünderung hatte begonnen. In diesem Augenblick mussten Taucher zu diesem Ort absteigen. *Die Rettung war da!*

Oder war es Hap? Vielleicht war Hap zurückgekehrt, hatte den Einstieg nicht wiedergefunden und sich einen neuen Weg gebahnt, hatte Flaschen für ihn hinterlassen, damit er sich selbst retten konnte. Ja! Da standen die Flaschen, ein Dreierpack, das wie ein Geschenk der Götter jenseits der Reichweite des Sandes wartete. Es sei denn, er hatte den Verstand verloren. Es sei denn, es war eine Erscheinung – so wie sein Vater. Es sei denn, er würde noch immer träumen.

Palmer stolperte an den Tischen vorbei auf die Druckluftflaschen zu; er wollte sie anfassen, um zu sehen, ob sie auch real waren. Es gab so viele Möglichkeiten, wie dieser Sand in das Gebäude eingedrungen war, aber die richtige Antwort kam ihm nicht in den Sinn. Sie kam ihm nicht in den Sinn, dabei hätte er sich doch erinnern müssen. Hätte sich daran erinnern müssen, dass er und Hap nicht die Ersten gewesen waren, die man nach unten geschickt hatte, um Danvar zu entdecken. Aber sie hatten die Leichen der anderen beiden Taucher nicht im Sand gefunden.

Doch das alles sollte ihm viel zu spät einfallen. Es sollte ihm erst einfallen, als das Tier mit ausgestreckten Krallen und den gefletschten Zähnen hinter einem Tisch hervorgeschossen kam, fest entschlossen, ihn zu töten.

22 – DER KAMPF MIT DEM WAHNSINN

Der Mann war nackt. Bestand nur aus Knochen, hervortretenden Rippen und verzerrtem Mund. Seine Vorderseite war blutverkrustet, im schwachen Schein von Palmers Taucherlampe eine schwarzer Schmiere. Das grausige Bild blitzte kurz auf, bevor der Mann in ihn hineinkrachte, ihn zu Boden warf und sich die Hände verzweifelt um seine Kehle schlossen.

Palmers Kopf schlug hart auf, bunte Lichter explodierten in seinem Sichtfeld. Er bekam keine Luft. Sein Röcheln vermengte sich mit dem Zischen des Mannes auf ihm. Ein Verrückter. Ein dürrer, halb verhungerter und halb verrückter Irrer. Palmer rang nach Luft. Das Visier wurde von seinem Kopf geschlagen. Er ließ die Handgelenke des Angreifers los und griff nach seinem Tauchermesser, aber sein Bein war festgeklemmt, der Stiefel zu weit entfernt. Blindlings tastete er nach hinten, nach seinem Visier, hatte den unausgegorenen Plan, es auf seine Schläfen zu bekommen, um den Anzug einzuschalten und die Luft um ihn herum zu überladen. Dann der Versuch, diesen Mann abzuschütteln. Aber als sich seine Finger um das harte Plastik schlossen und sich seine Sicht verfinsterte, schlug er dem Angreifer das Visier ins Gesicht, ein letztes Aufbäumen, bevor sich die Tore der Königsgruft für immer hinter ihm schlossen.

Ein durchdringender Schrei brachte Palmer wieder zu Sinnen. Oder waren es die Hände, die sich von seinem Hals lösten? Der nackte Mann heulte erneut auf und warf sich noch einmal auf ihn – aber diesmal bekam er einen Stiefel hoch und trat den Angreifer gegen die Brust. Hastig kroch er zurück, während der Mann schwankte. *Der andere Taucher. Brocks Taucher!* Palmer kroch auf Händen und Knien davon, um Abstand zu gewinnen, umrundete einen Tisch, bewegte sich so schnell er konnte, während sein Herz raste. *Zwei Taucher. Zwei Taucher waren es gewesen.* Jeden Moment rechnete er damit, dass der Partner des Mannes auf seinem Rücken landete, dass ihn die beiden für seinen Bauch voller klingender Münzen totschlugen …

… als er gegen den anderen Taucher stieß. Und ihm seine Taucherlampe zeigte, dass er keine Bedrohung darstellte. Das ganze Blut, das an seinem Verfolger klebte, bekam plötzlich seine Erklärung. Von plötzlicher Übelkeit erfüllt kroch Palmer weiter. Er fragte sich, wie lange die beiden Männer hier unten gewesen sein mochten, wie lange der eine von dem anderen gegessen hatte.

Hände packten seine Stiefel und zerrten ihn zurück. Eine dünne Stimme brüllte ihn an stillzuhalten. Ein Ruck, und er spürte, wie das Tauchermesser aus seiner Scheide gestohlen wurde. Er wälzte sich auf den Rücken, um sich verteidigen zu können. Sein eigenes Messer beschrieb einen verräterischen Bogen, wurde von den knochigen Armen nach unten gestoßen, sollte ihn durchbohren.

Ein harter Schlag traf seinen Bauch. Schmerzhafter Treffer. Palmer stieß die Luft aus. Die Klinge hob sich, um ihn erneut zu treffen, aber da war kein Blut zu sehen. Eine Handvoll Münzen hatte sein erbärmliches Leben gerettet.

Palmer riss das Knie hoch, als der Mann schon wieder zustach – und Schienbein traf Unterarm. Ein schriller Schrei ertönte, das Messer wurde fallen gelassen. Hektisch griff Palmer danach, seine Taucherlampe tauchte die Welt in hellrote und finstere Schatten. Mit dem zurückeroberten Messer in der Hand hieb er wild um sich, und der Mann wich zurück und hob die Hände. »Bitte, bitte!«

Palmer kroch von ihm weg, das Messer vor den Leib gehalten. Unruhiger Schlaf und Nahrungsmangel hatten ihn gewiss geschwächt, aber diese bemitleidenswerte Kreatur da vor ihm schien noch schwächer zu sein. Vom Zorn erfüllt und dank des Überraschungsmoments hatte ihn der Mann beinahe umgebracht, und doch war es so, als würde man einen obdachlosen Dünenschläfer abwehren, der sich wegen eines Stückes Brot auf einen gestürzt hatte. Palmer wagte es, die Taucherlampe stärker aufzudrehen, um den Mann besser sehen zu können.

»Es tut mir leid. Es tut mir leid«, krächzte der Mann. »Ich hab dich für einen *Geist* gehalten.«

Das Blut an seinem Kinn und Hals drehte Palmer den Magen um. »Hast du mich für deinen Partner gehalten, der dir heimzahlen will, was du ihm angetan hast?«

Der dürre Mann richtete den knochigen Zeigefinger auf Palmer. »Du bist ein Taucher. Haben dich die anderen geschickt? Dem Himmel sei Dank. Dem Himmel sei Dank!« Er sah an seinem nackten Körper herunter. Sein Blick huschte zwischen den Tischen vorbei zu der Leiche. »Nein, nein. Ich habe ihn nicht getötet! Er ist draußen im Sand gestorben. Ich habe ihn reingeholt. Ich war ... ich war am Verhungern. Oh, mein Gott. Essen. Hast du Essen? Wasser?« Er stolperte näher heran.

»Bleib zurück«, sagte Palmer.

Der Mann zögerte. »Saft«, sagte er. »Auf dem Weg nach unten habe ich meinen ganzen Saft verbraucht. Hast du eine Ladung mitgebracht? Ich habe eine Flasche voller Luft, aber keinen Saft. Hilf mir.«

»Du wolltest mich umbringen.«

»Ich habe dich für einen Geist gehalten.« Er machte einen weiteren Schritt nach vorn, starrte mit wildem Blick auf Palmers Taucherlampe. »Gib mir mein Messer zurück.« Er bleckte die blutigen Zähne. »Ich hab es gefunden. In deinen Stiefeln. In meinen Stiefeln.«

Der Mann schrie auf und warf sich mit einem blutdürstigen Schrei vorwärts, die nackten Glieder waren nur Haut und Knochen. Eine wahnsinnige und verzweifelte Kreatur im roten Flackern von Palmers ersterbender Lampe. Die beiden Männer prallten zusammen. Ein Klirren ertönte, als Metall auf dem Boden landete – eine einzelne Münze fiel aus dem Schlitz in Palmers Anzug, ein Laut, den beide Schatztaucher gut kannten, der Preis eines geretteten und eines genommenen Lebens, als sich nacktes Fleisch auf einem Tauchermesser aufspießte und sich ein Bauch wie ein Geldbeutel öffnete. Ein weitaus höherer Preis als eine Münze, die auf dem Boden landete.

23 – DER VERSCHWUNDENE SCHATZ

Vic

Vic und Marco segelten in ein Low-Pub zurück, in dem das Chaos ausgebrochen war. Es war nicht länger die verschlafene Stadt, die sie nach ihren vormorgendlichen Tauchgängen üblicherweise antrafen; das war eine aufgescheuchte Stadt, eine von Gerüchten entzündete Verwandlung. Die Geschichte von der Entdeckung Danvars hatte die Tauchergemeinschaft in helle Aufregung versetzt und mit ihr den Rest der kleinen Stadt im Süden. Die Metallsucher, die in Schrotthaufen herumwühlten, die Schweißer, die altem Stahl neue Formen gaben, die Frauen, die sich für die Lust der Männer anboten, die Ladenbesitzer und Wirte und jeder, der Geld liebte – sie alle schienen auf der Straße zu sein, ihre Sarfer zu beladen oder ihre Ausrüstung zu überprüfen, bevor sie loseilten, um die große und unberührte Stadt zu finden, die angeblich eine Meile tief begraben lag.

Aber die Bestätigung einer Legende mochte ihre Anziehungskraft gesteigert haben, ohne Beute zu versprechen. Damien hatte sie gewarnt, dass niemand den genauen Standort der Stadt kannte; bekannt war lediglich, dass ein paar Taucher sie gefunden hatten. Ein Brigant hatte besoffen in einer vollen Kneipe geprahlt, hatte behauptet, bei der Entdeckung dabei gewesen zu sein, und jetzt war besagter Brigant angeblich tot. Für Vic hatte sich das wie der haltlose Unsinn angehört, der Schatztaucher und Verschwörungstheoretiker meistens anzog. Und selbst als sie mit Marco in den Segelhafen einfuhr und ihre Zweifel über den Wahrheitsgehalt der Entdeckung von Danvar zum Ausdruck brachte, brachen andere Sarfer in alle Richtungen auf. Sie konnten hören, wie Gerüchte von einem Deck zum anderen gebrüllt wurden, um das Heulen des Windes zu übertönen; jeder Taucher meldete den Anspruch an den Ort an, der für ihn den meisten Sinn ergab. Das Chaos im Hafen machte deutlich, dass niemand wusste, wo genau Danvar lag, aber das würde niemanden davon abhalten, dort zu sein, wenn es ausgegraben wurde. Es war Wahnsinn. Vic wollte das Marco sagen, als er selbst mit dem Wahnsinn anfing.

»Also wo fangen wir an?«, fragte er.

Vic begab sich zum Fuß des Mastes und half ihm, das Segel aufzutuchen. »Was soll das heißen, *wo wir anfangen*? Du glaubst doch wohl nicht an diesen Blödsinn, oder?« Sie schnürte das Segel an den Baum und sah, dass Marco Slipstek machte, während sie Kreuzknoten nahm. Als plane er, sofort wieder aufzubrechen, während sie bleiben wollte.

»Vermutlich ist das nur ein Haufen Scheiße, aber wenn doch nicht? Möchtest du lieber hier rumsitzen und den Fund des Jahrhunderts verpassen?«

»Nein, ich sitze lieber hier rum, statt meinem Schwanz um tausend Dünen herum nachzujagen. Gäbe es den Fund des Jahrhunderts, würde ich gehen. Aber wir wissen beide, dass es ihn nicht gibt.« Sie verdrehte die Augen, als Marco einen ihrer Kreuzknoten löste und einen Slipstek daraus band. »Du machst, was du willst. Ich bin seit vier Uhr auf den Beinen und bin getaucht, während du in deinem Sarfer ein Nickerchen gemacht hast. Ich werde den Sand aus diesen Klamotten schütteln, mir ansehen, was in diesem anderen Kasten ist, und dann etwas schlafen.«

Marco sah verletzt aus.

»Du kannst mich ja wecken, wenn du Danvar findest«, fügte sie hinzu.

»Ich muss in meine Bude rennen und meine Flaschen holen. Aber klar, ich seh dich später.« Er lehnte sich über den Baum, um sie zu küssen, und Vic ließ sich dazu herab.

»Bis später«, sagte sie. Sie hüpfte auf den Sand und warf sich die Tasche mit der Ausrüstung über die Schulter. Ihr Knie schmerzte noch immer. Sie nahm die beiden Kisten vom Ladegerüst des Sarfers und zog die Griffe heraus. Dann zerrte sie sie auf diesen kleinen und nutzlosen Rädern bis zu ihrem Haus und verfluchte den Wahnsinn, den die Verlockungen der alten Welt in Männern hervorlockte. Die Aussicht auf vergrabene Schätze verbog ihren Verstand. Vic hielt sich gern für rationaler als sie.

Aber natürlich war auch ihr Verstand für Träume über plötzliche Reichtümer anfällig. Und sie hatte ihre eigenen Vermutungen, was Danvars Standort betraf. Die Vorstellung, eine von der Zeit und den Plünderungen unberührte Stadt zu sehen, ließ sie keineswegs kalt. Trotz des ganzen Wahnsinns um sie herum, der Hysterie, des Spotts, mit dem sie Marco und all die Leute aufziehen konnte, wusste sie nur zu gut, dass auch sie möglicherweise umkippte. Und sofort war da dieses Schwindelgefühl, als würde ein bedeutsames Ereignis auf sie warten, bis sie sich fragte: *Und wenn es stimmt? Wenn es tatsächlich stimmt?*

Aber nur ein Narr rannte herum und brüllte »Ein Fund! Ein Fund!«, wenn er ihn nicht mit dem eigenen Visier gesehen hatte. Oder? Sie versuchte sich selbst zu überzeugen. Denn der größere Narr saß allein in der Bar und hielt sich an einem warmen Bier fest, während ein Geldregen über die Stadt hereinbrach, ganz zu schweigen von den Geschichten, die eines Tages Legenden sein würden. Aber in beiden Fällen war es ein Narr, also ging es allein darum, welchen Preis es kostete. Welcher Narr würde sie lieber sein?

Sie zerrte die beiden Kisten durch den Sand. Es war früher Morgen, aber so viele Leute waren unterwegs. Taucher, die für gewöhnlich gefragt hätten, wo sie den Fund herhatte, eilten einfach an ihr vorbei. Ladenbesitzer, die sie gebeten hätten, diese Schlösser auf ihren Theken zu öffnen, waren viel zu beschäftigt, um die steigenden Preise für eine Batterie, die Benutzung eines Generators oder den Kauf eines Fangnetzes zu feilschen. Vic schob sich durch die Leutemassen bis zu ihrer Hütte. Sie stellte die Kisten vor der Tür ab und fummelte in der Tasche nach dem Schlüssel.

Gewohnheitsmäßig stieß sie die Zehen gegen die Trittplatte unten, um den Schmutz von den Stiefeln loszuklopfen. Die sanften Stöße ließen die Tür auf quietschenden Angeln aufschwingen. Vic zog die Hand aus der Tasche. Sie war sich verdammt sicher, sie bei ihrem Aufbruch verriegelt zu haben.

»Palm?«, rief sie.

Ihr Bruder behandelte die Unterkunft, als würde sie ihm gehören; in letzter Zeit verbrachte er genauso viel Zeit in Low-Pub wie in Springston und nutzte die Tatsache aus, dass Vic die meisten Nächte bei Marco verbrachte. Er war die einzige andere Person mit einem Schlüssel. Von drinnen kam keine Antwort. Vic musterte die Tür. Da waren Kratzspuren, weil jemand sie mit einem Schraubenzieher aufgestemmt hatte. Was Erinnerungen an die vielen Male heraufbeschwor, bei denen sie selbst das verdammte Ding mit einem Schraubenzieher aufgestemmt hatte. Sie zögerte, bevor sie eintrat, fragte sich, ob der Riegel heute Morgen einfach nicht eingeschnappt war. Es war dunkel gewesen, und sie war bei ihrem Aufbruch noch schlaftrunken gewesen.

»Hey, Palm? Schläfst du noch?«

Vic griff in den Stiefel und zog den Metallstab aus dem Stiefel. Damit stieß sie die Tür auf. Drinnen war es dunkel, die nach Westen blickenden Fenster bekamen nur wenig Morgensonne mit. Nichts war zu hören. Sie musste die Tür bei ihrem Aufbruch nicht richtig geschlossen haben. Das war es. Sie entzündete eine Kerze und überprüfte Schlafzimmer und Badezimmer, war mit ihrer Theorie zufrieden. Sie holte die beiden Kisten herein und trat die Tür hinter sich zu.

Zwei Tage. Maximal. So lange würde es dauern, bis man wusste, ob Danvar tatsächlich entdeckt worden war. Abzuwarten und sich später daran zu beteiligen schadete nicht. Keinesfalls. Sie verfügte über viele Orte, an denen sie tauchen konnte, die anderen aber verschlossen blieben. Verflucht, vielleicht würde es in Low-Pub ja ein paar Tage schön friedlich werden, wenn sich alle auf den Weg machten. Das wäre mal eine angenehme Abwechslung.

Vic stand unter dem Querbalken, den sie für Klimmzüge benutzte, sprang in die Höhe und packte das Holz. Sie hielt sich mit einer Hand fest, während sie mit der anderen nach dem Schlüssel tastete. Sie fand ihn, ließ sich in die Tiefe fallen und entfernte das Vorhängeschloss von der Falltür im Wohnzimmerboden. Dann verstaute sie die schwarze Kiste mit den Klamotten unten im Sand. Die silberne Kiste ließ sie stehen;

bevor sie sich ausruhte, wollte sie noch einen Blick hineinwerfen.

Aus dem Kühlschrank schnappte sie sich eine halbe, geschrumpfte Limone und einen Krug mit Selbstgebrautem, drückte das Erstere im Letzteren aus und nahm einen Schluck von ihrem Frühstück. Sie stellte den Samsonite auf und betätigte die Schlösser. Verklemmt. Beide. Sie nahm einen weiteren Schluck von dem zwar abgestandenen, aber kalten Bier und wischte sich gerade den Mund ab, als es an der Tür klopfte.

»Ich ändere meine Meinung nicht, auch wenn du mich bittest …«, sagte sie zu Marco, als sich die Tür öffnete und zwei Männer hereingestürmt kamen. Dem Aussehen und dem Gestank nach zu urteilen waren es Briganten. Einen von ihnen erkannte Vic. Paulie. Er war früher bei der Legion von Low-Pub gewesen. Hatte es als Taucher nicht geschafft und stattdessen angefangen, Leute herumzuschubsen. Aber das rote Legionstuch war fort. Beide Männer trugen die goldenen Halstücher der Nordwüste. Vic fragte sich, was diese Kerle so tief im Süden zu suchen hatten. Und dann sah sie, dass der größere Mann eine Pistole im Gürtel stecken hatte. Vermutlich funktionierte sie nicht – das galt für die meisten von ihnen –, aber das Problem lag in dem *vermutlich*.

»Ihr Arschlöcher habt euch im Haus geirrt.« Vic stand auf und versperrte den Blick auf den Samsonite. »Wenn ihr nach Danvar sucht, das ist nicht in meinem Keller.«

»Spar dir das, Vic«, sagte Paulie. »Wo zum Teufel ist Palm?«

»Woher soll ich das wissen? Und ihr tretet Sand ins Haus.«

Der größere Mann mit der Waffe stapfte ins Schlafzimmer und blickte sich um.

»Da ist er nicht«, sagte Vic. »Ihr habt das falsche verfickte Haus.«

»Wir haben gehört, dass er hier dauernd seine Zeit verbringt.«

»Vermutlich ist er in Springston«, versuchte Vic sie abzuwimmeln.

»In Springston waren wir schon«, sagte Paulie.

»Ja? Hört zu, mir ist egal, wie viel er euch schuldet. Ihr

schuldet höchstens *mir* etwas, wenn ihr mein Haus dreckig macht …«

»Hör auf, die Harte zu spielen«, sagte der große Kerl. Er zeigte mit dem Finger auf sie. »Wo zum Teufel steckt er?«

»Das würde ich euch nicht sagen, selbst wenn ich es wüsste.«

Der große Brigant machte eine Bewegung in ihre Richtung, aber Paulie hielt ihn zurück. »Sie weiß es wirklich nicht. Sie will dich nur auf die Palme bringen.«

Der Mann spuckte Vic vor die Füße.

»Tolles Benehmen«, sagte sie. »Ich werde meinem Bruder sagen, dass er rauskommen und mit euch spielen soll.«

»Mach das«, erwiderte Paulie. »Ernsthaft. Dein Bruder ist in eine Scheiße verwickelt, die dein Begriffsvermögen übersteigt. Wenn du ihn siehst, sag ihm, er soll vorbeikommen. So wird das leichter für ihn.«

»Macht die Tür hinter euch zu«, sagte Vic.

Der große Brigant warf einen letzten Blick in die Runde. Dabei fiel ihm die verriegelte Falltür auf. Aber Paulie führte ihn zur Haustür zurück, und er gab nach. Die Tür ließen sie offen stehen. Vic durchquerte den Raum und schloss sie. Sie legte den Riegel vor und lehnte sich gegen das gehämmerte Blech. Worauf hatte sich ihr Bruder jetzt schon wieder eingelassen? Es war dieses Arschloch, Happy. Er gab sich mit dieser Gruppe ab, versuchte irgendwelche Leute zu beeindrucken und sorgte bestimmt noch dafür, dass man ihren Bruder umbrachte. Sie hatte schon mit Palmer darüber gesprochen, dass er sich unbedingt einen anderen Tauchpartner suchen musste. Aber worin zum Teufel konnte er jetzt verwickelt sein, dass ein paar Plünderer so weit nach Süden kamen? Wieso liefen sie in Springston und Low-Pub herum, wenn alle anderen nach Danvar suchten?

»Nie im Leben«, sagte Vic. Sie lief in einem kleinen Kreis herum. »Verfluchte Scheiße, nie im Leben. Palmer, das hast du nicht getan.«

Sie warf einen Blick auf die Tasche mit ihrer Tauchausrüstung. Verdammt, war sie müde. Viel zu müde für das hier. Aber eine Woche zuvor hatte ihr Bruder sie gefragt, ob sie ihm ihr Visier leihen würde. Sie hatte nur gelacht und ihm gesagt, er solle sich verpissen. Dann hatte er sie um ein Ventil für zwei Flaschen gebeten, das sie ihm gegeben hatte. Sie erinnerte sich an die Unterhaltung, als wäre es gestern gewesen. Erinnerte sich, wie er sie vor seinem Aufbruch umarmt hatte. Das tat er sonst nie. Sie konnte sich nicht daran erinnern, wann es das letzte Mal gewesen war.

»Was hast du getan, Palm? Was zum Teufel hast du nur getan?«

Vic durchquerte das Zimmer und schnappte sich den Krug mit dem abgestandenen Bier und der verschrumpelten Limone. Sie schluckte das bittere Frühstück und schnappte sich ihre Tauchertasche. Verdammt, war sie müde. Aber mit etwas Glück hatte Marco die Stadt nicht ohne sie verlassen.

24 – EIN VERRÜCKTER SPRINT

Palmer

Der Taucher und die Taucherlampe starben zusammen. Palmer fühlte, wie der Verrückte leblos zu Boden sank. Das Licht um seinen Hals warf noch ein paar letzte rote Strahlen in den Raum, bevor es den Geist aufgab. Er selbst blieb zitternd und verängstigt in der pechschwarzen Finsternis zurück. Das Tauchermesser in seiner Hand fühlte sich schwer an.

Er wischte die Klinge am Oberschenkel ab und legte eine Hand auf den Bauch, hielt die Münzen zurück. Ihm fiel wieder ein, dass eine Münze herausgefallen war, und er ging auf die Knie und tastete den Boden ab, bis er sie gefunden hatte. Jetzt war ein Riss in seinem Anzug. Er fummelte herum, um herauszufinden, ob einer der Drähte durchtrennt worden war – sicher sein konnte er sich nicht, aber er glaubte nicht. Das Messer kam zurück in den Stiefel. Er schob die zusammengefaltete Landkarte in der Bauchtasche so zurecht, dass sie die Öffnung blockierte und die teure Wunde stopfte.

Dann schaltete er die Taucherlampe aus, schüttelte sie und versuchte es erneut. Die Batterie zu entnehmen und die Kontakte mit der Zunge zu berühren, konnte sie nicht zu neuem Leben erwecken. Er griff nach dem Visier, um die Ladung seines Anzugs zu überprüfen, dann fiel ihm wieder ein, dass man es ihm vom Kopf geschlagen hatte.

Palmer tastete in der Dunkelheit herum und versuchte seine Schritte nachzuverfolgen. Die Luft im Raum war schrecklich. Der Gestank der Toten vermischte sich mit dem abgestandenen und zu geringen Sauerstoffgehalt. Seine Knie waren ganz weich. Er stieß gegen einen Tisch. Fühlte um die Ecke herum. Kam aber zu weit und tauchte die Hand in das Blut des anderen Tauchers.

»Scheiße. Scheiße.«

Palmer ging zurück, wischte sich die Hand am Boden ab, wischte sie dann noch einmal an einem Bürostuhl ab, stieß gegen Dinge und machte viel Lärm. Überall waren Geister. Er kroch praktisch auf dem Bauch und fuhr mit den Armen über den Boden, fand irgendwelches Zeug, verlor eine Münze aus der Tasche und jagte ihr nach, konnte das verdammte Ding aber nicht finden. Dafür stieß er auf sein Visier.

Eine Luftflasche, hatte der Verrückte gesagt. *Eine Flasche, aber kein Strom*. Palmers Batterie hatte noch etwas Saft, aber er hatte keine Luft. Der verfluchte Hap. Er versuchte sich zu erinnern, wo die Flaschen gestanden hatte. Sehen konnte er nichts. Nicht mal die Hand vor den Augen. Seine Flossen waren in dem anderen Raum. Vic hatte ihn deswegen immer aufgezogen, weil er Flossen benutzte, hatte behauptet, dass nur Anfänger sie brauchten, dass die Stiefel völlig reichten, sobald man gelernt hatte, den Sand fließen zu lassen. Man konnte es auch barfuß tun.

Palmer strengte seine anderen Sinne an. Er lauschte nach den Geräuschen des rieselnden Sandes, kleine winzige Steinchen in der Größe von Nadelstichen, die in einer kaum wahrnehmbaren Lawine flüsterten. Er suchte nach dem Geräusch seines Lebens, seiner ganzen gottverdammten Existenz: Sand auf Sand.

Er hörte ein Seufzen. Flüstern. Kaum mehr als ein Rascheln, vielleicht das Geräusch seines Atems oder seines Herzschlags, das Reiben des Stoffes zwischen seinen zitternden Knien.

Aber nein – da war Sand, der sich bewegte. Auf ihn zukroch.

Palmer kroch ebenfalls auf ihn zu.

Er schob sich an den Tischen vorbei und bemühte sich, das Aussehen des Raumes in Erinnerung zu rufen, den Ort, wo die Flaschen gestanden hatten, wo genau in Relation zu der eindringenden Düne. Überall verteilt waren Stühle und Tische. Drahtbündel und Tastaturen. Palmer zog in Betracht, sein Visier zu benutzen und damit zu navigieren, mit dem pulsierenden Purpur der freien Luft zu sehen, aber die erloschene Taucherlampe um seinen Hals war eine Mahnung, seinen Strom nicht zu verschwenden. Sein Anzug hatte gerade genug Saft gehabt, um ihn nach unten zu diesem Gebäude und wieder zurück zur Oberfläche zu bringen, und diesen Tauchgang hatte er nur zur Hälfte hinter sich gebracht. Das redete er sich ein, während er in der Dunkelheit herumfummelte. *Diesen Tauchgang hatte er nur zur Hälfte hinter sich gebracht*. Er hatte eine Pause eingelegt, ein paar Tage, ein paar Stunden, wer vermochte schon genau zu sagen, wie lange eigentlich? Er hatte am Grund seines Abstiegs gehungert, hatte dort länger herumgehangen als jede lebende Seele jemals zuvor, und er hatte es noch nicht hinter sich. Er war schwach, erschöpft und verängstigt, aber er hatte es noch nicht hinter sich.

Seine Hände stießen auf Sand. Um ein Haar hätte er sich nach vorn gebeugt und das Zeug geküsst, dieses kühle Granulat, das ihn an sein Zuhause erinnerte. Er drehte sich zur Seite und hielt eine Hand auf der schrägen Seite des Hügels, die andere tastete in der Leere herum. Seine Finger stießen gegen kühles Metall.

Die Tränen kamen. Vor Erleichterung schrie Palmer auf. Aber er wagte nicht zu hoffen, wagte einfach nicht zu hoffen, nicht bevor er Bescheid wusste. Er tastete nach den Ventilen – alles war an einer anderen Position, eine fremde Anordnung, ein anderes Modell, drei verdammte Flaschen, die man schleppen und um die herum man den Sand fließen lassen musste. Niemals würde er alle drei tragen können. Er öffnete das Ventil einer Flasche und folgte dem Schlauch bis zum Atemregler. Mit pochendem Herzen und unfähig zu jedem Atemzug, zu jedem Gedanken, ja, selbst zu schlucken, berührte er den Luftduschenknopf in der Reglermitte.

Nichts. Eine leere Flasche. Er versuchte es bei der nächsten. Betete. Betete verdammt noch mal zu den alten Göttern, an die er nicht glaubte, aber jetzt versprach er ihnen, dass er es tun würde. Das würde er wirklich. Er würde glauben. Sie mussten ihm nur etwas Luft geben.

Aber der Regler gab kein Geräusch von sich. Er saugte am Mundstück, um sich zu vergewissern. Aber ihm wurde nur schwindelig.

Die letzte Flasche. Jetzt gab es keine Hoffnung mehr. Kein Versprechen an die Götter. Nur noch Müdigkeit und Verzweiflung. Zorn und Furcht. Und dann – ein Luftstoß.

Ein Luftstoß, sei verflucht. Der Gedanke war an Hap gerichtet, an seinen Freund, der ihn zum Sterben zurückgelassen hatte, der versprochen hatte zurückzukehren, um ihn zu retten. Also gut, er würde hier verschwinden, und er würde Hap finden, würde zu ihm zurückkehren wie ein rachsüchtiger Geist. Er würde diesen Scheißkerl umbringen. Genau das würde er tun. Und das gab ihm den Mut zum Aufbruch. Zum Aufbruch.

Palmer fummelte an den Schnallen und Riemen herum, die die Flaschen befestigten. Er entfernte die leeren, stieß sie zur Seite, damit sie mit lautem Gepolter gegen die unsichtbaren Möbel stießen und die Geister verscheuchten.

Er schob die Arme durch die Riemen des Geschirrs. Die einzelne Flasche hing schief auf seinem Rücken. Sein Visier würde sich nicht mit dem Atemregler verbinden können und ihm verraten, wie viel Luft er noch hatte, aber das spielte eigentlich keine Rolle, oder? Entweder sie reichte oder sie reichte nicht. Der tote Taucher wäre umgekehrt, falls nicht mehr genug in der Flasche gewesen wäre. Davon ging Palmer fest aus. Ging fest davon aus. Er zog das Visier nach unten, schaltete es ein – und auch den Anzug –, biss auf den Atemregler eines anderen, nahm einen tiefen Zug von der Luft eines anderen und kroch den Sandhügel hinauf. Er befahl seinem Anzug, seine Vibrationen gegen die Welt zu richten, gegen die harte Masse, sie zittern zu lassen, bis sie sich wie Wasser bewegte. Dann sank er nach unten und wurde von der tiefen Düne eingehüllt, aus Purpur wurde Rot und Orange, und er konnte wieder sehen.

25 – DAS RISIKO, AN ETWAS ZU GLAUBEN

Vic

Vic fand Marco im Hafen. Er verstaute gerade seine Flaschen auf dem Lastgerüst. Sein Sarfer war der letzte. Draußen auf den Dünen waren Segel und Masten zu sehen, aber sie alle entfernten sich. Jedermann suchte nach Danvar. Vic fragte sich, wie sie Marco erklären sollte, dass sie stattdessen mit seinem Sarfer nach ihrem Bruder suchen mussten.

»Fährst du allein raus?«, fragte sie.

Marco drehte sich zu ihr um und lächelte. Er schob die Schutzbrille auf die Stirn. »Hattest du nicht gesagt, du wolltest ein Nickerchen machen?«

»Nein. Wenn ich Schönheitsschlaf brauche, muss ich nur blinzeln.« Sie klimperte mit den Augen, um es zu demonstrieren.

»Du wirst mit jedem Augenblick hübscher.« Er half ihr mit ihrer Ausrüstung und schnallte sie zusammen mit den Druckluftflaschen fest. »Also, ich dachte mir, dass wir nach Süden fahren. Eines der Gerüchte, die umlaufen, behauptet nämlich, dass Danvar auf einer Linie mit Springston und Low-Pub liegt. Viele Leute gehen nach Westen, wo der Sand nicht so tief ist. Ich halte das für einen Fehler.«

»Ich glaube, wir müssen nach Norden«, sagte Vic.

»Klar glaubst du das.« Marco überprüfte den Windgenerator achtern. Das Gerät heulte auf, als sich der Propeller im Wind drehte. Als Nächstes überprüfte er die Ladung der Batterien. »Hätte ich Norden gesagt, würdest du mir sagen, dass wir nach Süden müssen.«

»Nein, ich glaube, wir müssen meinen Bruder finden.«

»Palm? Um ihn an Bord zu holen? Sollten wir nicht zuerst die Stadt finden?«

Vic folgte Marco zum Mastbaum und half ihm, die Knoten zu lösen. »Ich konnte nicht schlafen, weil ein paar Arschlöcher bei mir eingedrungen sind, als ich zu Hause war. Paulie und irgendein anderer Typ.«

»Paulie? Er ist wieder in der Stadt?«

»Ja. Er sucht nach Palm.«

Marco schüttelte den Kopf. »Du solltest deinem Bruder klarmachen, sich von diesen Kerlen fernzuhalten.«

»Das habe ich.«

Marco schob die Schutzbrille über die Augen und löste die Anlegetaue. Der Sarfer schaukelte in der Brise, wollte unbedingt aufbrechen. Der Windgenerator summte. Marco senkte das Ruder in den Sand und überprüfte das Steuer. »Wie wäre es, wenn wir nach Süden fahren, einfach nur um zu sehen, ob jemand was gefunden hat? Und dann suchen wir nach deinem Bruder?« Er deutete mit dem Kopf auf den Mast. »Wenn du das Segel hochziehst, bringe ich uns hier weg.«

Aber stattdessen trat Vic zum Cockpit. Sie hob die Hand und hielt den Baum fest, der von einer Bö erschüttert wurde. »Ich möchte Palmer nicht finden, damit er für uns taucht.«

»Gut. Lass uns fahren.«

»Wir müssen Palmer finden, weil er …« Sie war sich nicht sicher, wie sie das sagen sollte. »Verdammt noch mal, Marco, ich glaube, er könnte *der* sein, der Danvar gefunden hat.«

26 – EIN LANGER WEG NACH OBEN

Palmer

Mühelos glitt Palmer durch den losen Sandhaufen im Inneren des Gebäudes, aber die harte Masse, die draußen auf ihn wartete, war ein Schock. Als er sich seinen Weg zurück in die Welt bahnte, stieß der Sand, auf den er traf, kräftig zurück. Er schaffte es nicht einmal, einen ganzen Atemzug zu nehmen, bevor der Druck auf Brust und Hals jedes weitere Luftholen unmöglich machte. Er hätte umdrehen und sich den Weg zurück in das Gebäude erzwingen können, um der Last zu entkommen, aber dort wartete nur ein langsamerer Tod. Und vielleicht würde er nie wieder den Mut für einen zweiten Versuch aufbringen.

Plötzlich war seine Sterblichkeit überall. Nie zuvor war ihm bewusst geworden, dass *dies der Augenblick war. Jetzt. Genau jetzt. Hier würde er sterben, hier würden seine Knochen liegen und niemals wieder die Sterne erblicken.*

Mit nur zur Hälfte gefüllter Lunge wandte er sich verzweifelt himmelwärts. Den Weg nach oben fand er nur, weil das hohe Gebäude hinter ihm zurückblieb. Er kämpfte gegen den Druck an, rang darum, zugleich den Sand fließen zu lassen und zu atmen. Trotzdem konnte er den Griff dieser tiefen Dünen nicht von seinem Hals lösen. Auf seinem Rücken trug er eine Luftflasche, aber er konnte nicht an dem Atemregler saugen, konnte seine Brust nicht zwingen, sich auszudehnen. Um atmen zu können, musste er nach oben steigen.

Palmer trat zu und ließ den elenden Sand fließen. Er musste ungefähr dreihundert Meter tief sein. Sein Visier zeigte nichts an. Er konnte nur seinem Gefühl folgen. Sich fünfzig Meter bewegen. Das sollte ausreichen, um Luft holen zu können. Die Batterie in seinem Transponder musste tot sein. Aber das spielte keine Rolle – er brauchte einfach nur zu treten. Die

Tiefe würde sich schon zeigen, wenn die Oberfläche zu spüren war. Jetzt hätte er atmen können müssen, schaffte es aber nicht. Zu schwach. Zu erschöpft. Zu hungrig, zu durstig und zu ängstlich.

Die Sonne macht das jeden Tag, hörte er seine Schwester sagen. Palmer vermochte förmlich zu spüren, wie ihm das Bewusstsein durch die Finger glitt. Er stand wieder mit Vic auf einer Düne und lernte, in lockerem Sand zu tauchen. Da war die Angst, dass ihm das besondere Talent fehlte, das das Tauchen erst ermöglichte, die Angst, dass das Geschick seines Vaters allein auf seine Schwester übergegangen war.

Sieh zur Sonne, hatte sie gesagt. Gerade ging die Sonne auf. Schon seit Stunden trug er nun ihren viel zu großen Taucheranzug und hatte es nicht einmal geschafft, eine Hand in die Düne zu schieben. Er war frustriert. Er wollte sich von seiner älteren Schwester keine Lektion mehr anhören müssen.

»Jeden Tag«, sagte Vic. »Die Sonne steigt jeden Tag mühelos aus dem Sand. Sie gleitet. Brennt. Sie zerschmilzt alles, was sich in ihrem Weg befindet, und dann zeigt sie uns am Abend, wie man es macht, wenn sie sich direkt durch die zerklüfteten Gipfel bohrt. Durch soliden Felsen, Palm. Und du musst nur den *Sand* bewegen.«

Die Sonne. Sein Vater rief. Sein Vater, der ihm versichert hatte, dass er eines Tages ein großartiger Taucher sein würde. Er hockte auf seinem Schoß, seine erste bewusste Erinnerung, damals, als sein Vater ein großer Mann und ein Herrscher gewesen war, der seinem erstgeborenen Sohn gesagt hatte, dass er eines Tages der beste aller Taucher sein würde. In der Nähe hörte Vic zu, gerade mal zehn Jahre alt. Sie saß im selben Raum und wurde nicht erwähnt. Wurde nicht erwähnt.

Sein Sohn warf keine Schatten. Nein, dieser Sohn *lebte* in den Schatten. Lebte im dunklen und kühlen Sand. Sah zu, wie seine Schwester tauchte und wieder nach oben kam, sich darin sonnte und Ruhm ausstrahlte, eine Rebellin und Piratin, eine große Schatztaucherin. Aber Palmer … der Danvar sah, als es eine Legende war … der das Leben eines Mannes mit seinem Tauchermesser beendet hatte … der mit einer gefüllten Druckluftflasche auf dem Rücken und in einem Anzug sterben würde, der noch mit einer Viertelladung gefüllt war … dessen weiße Knochen dann in dreihundert Metern Tiefe ruhen würden.

Dreihundert Meter. Die Tiefenanzeige blitzte in Palmers Bewusstsein auf wie das Gesicht seiner Mutter inmitten eines verzehrenden Fiebers. Wie das Klopfen an der Tür in der Mitte eines Albtraums. Ein kleiner Teil seines Gehirns brüllte den Rest von ihm an, sagte: *Hey, vielleicht solltest du dir das ansehen.*

Aber er war doch nach oben gestiegen. Hätte auf weniger als dreihundert Metern Tiefe sein müssen. Seine Lungen schmerzten. Und dann erinnerte er sich an die Grube, die man ausgehoben hatte, den tiefen Schacht im Sand, die zusätzlichen zweihundert Meter. Scheiße, er hatte doch grade erst angefangen. Unmöglich, unmöglich, unmöglich.

Palmer verharrte in der Bewegung. Machte sich weniger Sorgen um den Fluss und mehr ums Atmen. Der Sand hielt ihn fest, aber durch den Atemregler konnte er Luft bekommen. Einen Atemzug. Ein bisschen Luft. Leben. Das surreale Gefühl brachte ihn direkt zu dem Tag zurück, an dem Vic ihn das Tauchen gelehrt hatte – wie man mit dem Kopf unter dem Sand atmete. Sein Körper sagte ihm, dass es unmöglich sei, sein Verstand befahl ihm, das nicht zu tun, seine Schwester brüllte ihn mit ferner und gedämpfter Stimme an, verflucht noch mal zu atmen.

Und weiterzuatmen.

Palmer schaffte es, einen Zug zu nehmen. Ein Blick nach unten zeigte ihm das undeutlich werdende Abbild des Sandkratzers. Nach oben, das war die andere Richtung. Weg von Danvar. Er trat zu, die Anstrengung ließ ihn grunzen, der Lärm seiner Schreie blieb in seinem Kopf gefangen, in seinem Hals. Der Weg war so weit. Wo war er? Es gab keine Transponder, keine Signalfeuer, aber sein Visier konnte nun die Tiefe bestimmen, also musste die Oberfläche irgendwo dort oben sein.

Kein Signalfeuer zeigte ihm den Weg. Und der Schacht, in dem sie nach unten gestiegen waren, der, den Brocks Männer gegraben hatten, diese helle gelbe Nadel tief in der Erde, fehlte. Darum war es so tief.

Selbst als er zweihundert Meter erreichte, wurde es schwerer zu atmen. Dabei hätte es doch einfacher werden müssen. Ihm ging die Luft aus. Scheiße. Ihm ging wirklich die Luft aus. Es war nur noch genug da, um zum Grund dieses Schachts zu kommen. Nein. Nicht so kurz vor dem Ziel. Er würde nicht so kurz vor dem Ziel sterben. Er fühlte den Widerstand der leeren Flasche, das fruchtlose Saugen an einer geleerten Flasche, und seine Luft war verbraucht. Vielleicht konnte er fünfzig Meter mit einer Lungenfüllung schaffen. Vielleicht. Aber es waren noch zweihundert Meter. Er trat aus. Er würde es nicht schaffen. Das war so deutlich wie Metall im losen Sand. Er würde es nicht schaffen. Sein Bewusstsein schwand. Noch weitere hundertfünfzig, so tief, wie die meisten Taucher zu gehen wagten, die Höchstgrenze der meisten Tauchzüge, und er war dort unten mit nichts weiter als einer Lunge voller giftiger Ausscheidungen.

Im Sand über ihm leuchtete ein roter Fleck. Dreißig Meter entfernt. Ein Ziel. Sterbendes Licht. Eine Insel im Nichts. Sein Körper musste atmen; sein Körper befahl ihm, den Atemregler auszuspucken und Sand zu inhalieren; das war dieser Impuls am Ende des Erstickens, der Drang, etwas in die Lungen zu bekommen, egal was, und wenn es Erde war. Was auch immer dazu nötig war, um zu *atmen*. Einen *Luftzug*. Verflucht, tu es einfach. Die Lungen mit Sand verstopfen, um die Schmerzen zu beenden. Er würde es tun. Er würde es tun. Aber ein roter Fleck. Ein Körper.

Palmer verlor seine Kraft. Der Sand wollte nicht mehr fließen. Da war ein Taucher neben ihm, und in einer kleinen, tauben Ecke seiner schwindenden Seele wurde ihm klar, warum Hap nie zurückgekehrt war.

Hap hatte es nicht geschafft.

Palmer spuckte das Mundstück aus. Er konnte Haps Gesicht sehen, seinen verdrehten Körper, etwas stimmte nicht damit. Der verzerrte Ausdruck auf seinem Gesicht, die weit aufgerissenen Augen, der baumelnde Atemregler. Palmers Atemregler. *Palmers Atemregler.*

Palmer ließ den Sand um den Atemregler fließen und griff danach, stopfte ihn sich in den Mund. Keine Hoffnung. Keine

Hoffnung. Aber der Luft war Hoffnung egal. Sie war da oder nicht. Und hier war sie. *Hier war sie.*

Luft.

Energie strömte wie Strom in Palmers Zellen. Er blinzelte die Tränen hinter dem Visier fort. Vic und sein Vater brüllten ihn an. Seine Mutter brüllte ihn an. Seine kleinen Brüder. Hap. Alle brüllten ihn an. Geh. Geh. Atme, verdammt noch mal.

Hundert Meter bis zur Oberfläche, zum Grund dieser sich langsam mit Sand füllenden Grube. Keine Zeit, die Flaschen zu wechseln. Aber mit diesem Sand kam er zurecht. Selbst als er den feuchten metallischen Geschmack auf der Zunge schmecken konnte, der ihm mitteilte, dass diese andere Flasche zur Neige ging, dass diese Flasche und der Atemregler, die er so gut kannte, gleich leer waren, war ihm dieser lose Sand bekannt. Er kannte diesen toten Taucher. Er war ein Schatztaucher, ein Sandtaucher, jemand, der schwere Lasten aus der Vergangenheit hochholte und zum ersten Mal seit Generationen die Sonne darauf funkeln sah. Er ließ den Sand in die Höhe fließen, zog Hap und seine Flasche mit, stieg die letzten hundert Meter hinauf, während ihm die Luft ausging, aber er wusste, dass er das schaffen konnte, und Vic sagte es ihm auch. Und er glaubte ihr.

27 – MUTTER

Vic

Vic und Marco segelten mit gleichmäßigem Wind nach Norden, das Segel war prall gefüllt, die Taue summten glücklich. Marco hatte eine ordentliche Mulde in einer Reihe von Dünen gefunden, was bedeutete, dass man nur selten den Kurs korrigieren musste. Es war die Art von Segeln, bei der die Gedanken auf Wanderschaft gingen. Da gab es nur die Vibrationen durch die genietete Hülle aus zusammengesuchten Stahlblechen, als der Sarfer die Stellen mit den kleinen Kanälen überquerte, die der Wind grub, diese Riefen, die wie die faltigen Hände alter Menschen aussahen. Da war das schleifende Geräusch von Eisenkufen auf hartem Boden, das Ächzen der Taue in beschwerten Holzblöcken, das Stöhnen eines glücklichen Mastes, der sich vor dem Wind verneigte.

In der Ferne kam der große Wall in Sicht, der höchste der zusammengestückelten Sandkratzer ragte über die Dünen. Es war noch nicht Mittag. Sie waren ausgezeichnet vorangekommen, schwer zu glauben, dass sie vor Sonnenaufgang desselben Tages getaucht waren. Vics Gedanken wanderten zu Palmer, zu der Vorstellung, dass ihr Bruder ein Teil dieses Fundes aller Funde war. Hatte ihr Vater also vor all diesen Jahren recht gehabt, als er behauptet hatte, Palmer würde es bis an die Spitze schaffen. Vic war die Schatzjägerin, die ein Vermögen machte. Ein Vermögen, das sie genauso schnell wieder ausgab. Das sie für die Jagd nach dem nächsten Treffer ausgab; ihre Aussichten stiegen und fielen mit dem Mond, immer auf der Suche nach dieser wirklich beeindruckenden Entdeckung, nach der einen, nach der man nie wieder ein Risiko eingehen musste. Aber Palmer war derjenige, der es geschafft hatte.

Marco berührte sie am Arm. Er saß auf dem Netzsitz neben

ihr. Mit der Hand zeigte er auf die Ruderpinne und dann zum Bug. Er musste nach vorn. Vic übernahm. Sie genoss es, wie die Ruderpinne in ihrer Hand summte. Dieselbe Technologie, die in ihrem Taucheranzug steckte, gestattete dem scharfkantigen Ruder, in den Sand einzudringen und wie durch Wasser zu fließen. Vic steuerte und sah Marco bei der Arbeit zu. Plötzlich wurde ihr bewusst, dass ihre Mutter über ihr Liebesleben recht behalten hatte, ebenso wie ihr Vater über ihre Aussichten als Taucherin. Ihre Mom hatte nämlich behauptet, dass sie bei jemandem landen würde, der gefährlich war, der zu viele Risiken einging, und das würde ihr Ende sein. »In deiner Zukunft sind nur Briganten und Bastarde«, hatte ihre Mom gesagt. Als hätte sie gewusst, worüber sie sprach.

Vic sah Marco dabei zu, wie er mit den Stagreitern am Focksegel kämpfte, bis eine Falte verschwand und die Form der Fock besser war. Statt zum Cockpit zurückzukehren, blieb er am Bug stehen und warf einen Blick auf das näher kommende Springston. Wie auch immer seine Gedanken aussahen, sie wurden von der dunklen Schutzbrille verborgen, verloren sich in dieser Mähne aus geknoteten Strähnen und in den Tätowierungen, Narben und Wunden von den Kämpfen für irgendwelche Ideale, an die sich vermutlich keiner von ihnen erinnern konnte. Wofür kämpften sie?

Und was würde sie anders machen, wenn sie noch einmal von vorn hätte anfangen können? Falls ihre Eltern tatsächlich recht hatten, was würde sie verändern?

Vic fiel nichts ein. Die Tinte und die Sandnarben auf ihrem Körper würden nie verschwinden, und sie bedauerte sie auch nicht. Sie würde stolz auf Palmer sein, sollte man sich an ihn als an den Entdecker von Danvar erinnern. Sie wäre stolz auf ihn und seinen Freund Hap. Sie würde sich für sie freuen und ihren Briganten-Freund lieben, und ihre Eltern sollten verflucht sein, wenn sie mit allem recht gehabt hatten. Zum Teufel mit ihnen. Nach ihrem großen Treffer, wenn sie selbst Kinder hatte und in die Welt hinausschickte, würde sie ihnen erzählen, was sie gelernt hatte, und ihnen dann sagen, dass sie dieselben Dinge selbst würden lernen müssen. Das musste jede Generation. Der Versuch, das zu verhindern, war, als würde man den Wind anbrüllen – in der Hoffnung, dass er aufhörte.

Vor ihr endete die saubere Spur nach Norden. Vic steuerte um eine Düne und durch eine Öffnung, bis sie eine andere Spur fand. Dabei musste sie die Segel neu ausrichten. Marco schien es sich am Bug bequem gemacht zu haben und machte keinerlei Anstalten, zurückzukommen und ihr zu helfen. Vermutlich wusste er, dass sie angepisst sein würde, wenn er es versuchte. Mit einer Hand hielt er das Fockstag und blickte nach wie vor zum Horizont, dachte vermutlich an seine eigenen Reichtümer. Oder suchte fleißig Namen für ihre Kinder. Oder fürchtete sich vor dem Tag, an dem ihre Mutter ihnen davon erzählte, wie ihr Dad beinahe von einem Höschen getötet worden war.

Nach den Sandkratzern und dem großen Wall stieg endlich Shantytown in die Höhe. Im Licht der steigenden Sonne funkelte ein Haufen niedriger Hütten mit hellen Blechdächern. Vic musste sich anstrengen, um den Hafen an der Südseite zu entdecken, denn hier war fast ausschließlich Leere. Nur zwei Sarfer parkten dort, keiner davon mit einem Mast, sonst wären sie wohl auch auf der Suche nach Danvar zwischen den Dünen unterwegs.

Der Verkehr, den sie zwischen Low-Pub und Springston gesehen hatte, war beispiellos gewesen. Sie und Marco waren an Dutzenden von geankerten Sarfern vorbeigefahren, die mit hochgezogenen Tauchflaggen zwischen den Dünen standen. Weitere Dutzende rasten mit prallen Segeln überall hin außer nach Osten. Vic nahm etwas Segel zurück, um die Geschwindigkeit zu drosseln, und steuerte zur Anlegestelle, während Marco das Fockstag senkte. Diese Fahrt zwischen Low-Pub und Springston fühlte sich gut an. Die Anspannung wegen der Schatzjagd hatte nachgelassen. Sie verspürte einfach den Drang, ihren Bruder zu finden und die Aufregung aller anderen zu teilen. Nichts war verkehrt daran, der Zweite oder auch Zehnte zu sein. Es tat nur weh, dass ihr Vater nicht da war, um daran teilzuhaben. Und nicht hören konnte, dass Palmer vielleicht der Erste gewesen war.

Sie steuerte den Sarfer auf eine freie Sandfläche, lockerte

das Hauptsegel und wurde sich bewusst, dass das ihr erster Besuch in Springston seit beinahe einem Jahr war. Herrgott, heute war der Tag, oder? Oder war das gestern gewesen? Es musste irgendwann in dieser Zeit sein. Conner und Rob würden zelten. Vielleicht war Palmer bei ihnen. Verflucht, vielleicht hatte er ja gar nichts mit der Entdeckung von Danvar zu tun. Sondern war einfach nur Zelten gegangen, hatte den Zwei-Flaschen-Tauchgang gemacht, den er und Hap an Land gezogen hatten, und war dann für das Wochenende ins Niemandsland gezogen. Zweifel stieg in ihr auf, nachdem sie Marco Hoffnungen gemacht hatte. Möglicherweise war sie daran schuld, dass sie in die falsche Richtung gesegelt waren.

»Ich bleibe hier und passe auf den Sarfer auf«, riss Marcos Stimme sie aus den Gedanken. Der Lärm des Windes und der Kufen war verstummt und hatte bloß ein Rauschen hinterlassen. Bis das verschwunden war, würden sie sich anschreien.

»Nein, du begleitest mich.« Sie reffte das Hauptsegel, bevor sie die Handschuhe auszog und mit dem Kopf auf die kleine Hütte jenseits der Anlegepfähle deutete. »Ich gebe dem Hafenmeister eine Münze, damit er auf unsere Sachen aufpasst.«

Marco zuckte mit den Schultern. »Wenn du darauf bestehst.« Er schlang ein Tau um einen Pfahl, damit der Sarfer nicht aus eigener Kraft losfahren konnte. Sie tuchten das Hauptsegel auf und ließen den Mast aufgerichtet stehen, damit sie sofort aufbrechen konnten, nachdem sie Palmer gefunden hatten. Vic band das Fall fest, damit es keinen Lärm machte. Dann überprüfte sie ihre Tauchausrüstung auf dem Ladegerüst, um sich zu vergewissern, dass sich nichts gelockert hatte. Sie nahm einen großen Schluck aus der Feldflasche und fürchtete sich vor dem, was nun kam, fürchtete es mehr als einen Tieftauchgang, dann schlug sie den Weg zum *Honey Hole* ein, und Marco musste laufen, um sie einzuholen.

28 – KEIN ORT, AN DEM MAN ATMEN KANN

Das Bordell mit seinem lärmenden Generator, den hellen Lichtern und Balkonen duckte sich unter Vorsprünge aus gewelltem Stahlblech. Es stand zwischen zwei mit der Schaufel hergestellten Dünen in jenem Niemandsland zwischen Shantytown und Springston. Vic vermochte nicht zu sagen, zu welchem Stadtteil das Gebäude gehörte. Es war, als wollte keine Seite es haben, aber es wollte auch keine darauf verzichten. Es war das letzte Stück stinkenden Schlangenfleisches, um das sich zwei hungernde Männer stritten, dies aber nur halbherzig, weil jeder insgeheim hoffte, der andere würde den Sieg davontragen.

Am Tag knallte die Sonne auf die Rückseite des Bordells und kochte es bis zum Mittag, um es dann in seiner ganzen schrecklichen Pracht schwelgen zu lassen, während sie langsam im Westen unterging. Zu dieser Zeit verließen die abgestumpften Frauen ihre ausgelegenen Betten und lehnten sich über die Geländer ihrer Balkone, ließen ihre Brüste in feuerroter Spitze und mitternachtsschwarzen Trägern verführerisch schwingen, während sie zu den Männern herablächelten, die auf dem Heimweg von der Arbeit einen Umweg von zwölf Dünen machten, um das zu begaffen, was sie sich nicht leisten konnten. Oder aber sie drängten hinein und bezahlten trotzdem für das, was sie sich nicht leisten konnten.

Vic mied den Ort wie keinen anderen in der Wüste. Eher wäre sie ihrem Vater ins Niemandsland gefolgt oder durch ein Schlangennest geschwommen, als auch nur einen Fuß in dieses Haus zu setzen. In Springston war dieser Abscheu allerdings unbequem, da viele Tauchergeschäfte an den zusammengewürfelten Tischen in der Erdgeschossbar abgeschlossen wurden, wo Männer die Köpfe über qualmenden Aschenbechern zusammensteckten, um mit Holzkohle auf Servietten gekratzte Karten zu konsultieren. In gewisser Weise war es ein Segen, dass ihrer Mutter das Haus gehörte und sie auch dort arbeitete. So hatte Vic eine Entschuldigung, den Laden zu meiden. Sonst hätte sie es erklären müssen, hätte zugeben müssen, dass es nichts mit ihrer Mutter zu tun hatte. Ohne diese Ausrede hätten die Männer, die die Welt des Tauchens dominierten, sie für feige und wertlos gehalten.

»Du gehst da rein«, sagte sie zu Marco und blieb vor dem Eingang stehen. »Frag nach Rose und sag ihr, sie soll mich hinten treffen.«

»Warum kommst du nicht einfach mit mir rein?« Marco ließ die Augenbrauen spöttisch ruckeln. »Hast du wirklich ein solches Problem mit dem, was deine Mutter tut?«

Vic zögerte. »Es ist schlecht fürs Geschäft«, sagte sie schließlich. »Wenn ich dort reingehe, werfen all die Besoffenen einen Blick auf mich und wollen für den Rest der Woche keine andere haben. Das ist schlecht fürs Geschäft und schließlich ist es das Geschäft meiner Mutter.«

Marco lachte. »Mein Gott, was auch immer. Ich buche eine Stunde mit deiner Mom für dich.«

»Ja, klar, leck mich ...«

Aber Marco war bereits durch die Tür. Das *Honey Hole* entließ einen Schwall Lärm, als sie einen Augenblick lang offen stand, das frühmorgendliche Publikum war ungewöhnlich lebendig. Vermutlich wegen der Neuigkeiten über Danvar, oder die Nacht zuvor war noch immer nicht zu Ende. Vic nutzte den Windschutz des dreistöckigen Gebäudes, um ihren Tabaksbeutel hervorzuholen und sich eine Zigarette zu drehen. Er war fast leer. Irgendwann würde sie zu den Gärten fahren und ihren Händler ...

»Warum rauchst du die nicht im Bett, wenn wir fertig sind, Süße?« Ein Gesicht und zwei Brüste beugten sich über das Geländer oberhalb von ihr. »Für dich zwanzig Münzen. Spezialpreis. Was sagst du?«

Vic betätigte das Feuerzeug, zündete die Zigarette an und blies Qualm zum Balkon hoch. »Verpiss dich«, murmelte sie, verließ den Schutz vor dem Wind und ging um das Gebäude herum, vorbei an den Dünen, die täglich von diesem aufmerksam bewachten und heiligen Gebäude geschaufelt wurden. Unwillkürlich dachte sie dabei an ihren kleinen Bruder Conner, denn der Sand hier wurde genauso unablässig entfernt wie von anderen Ernährungsquellen.

An der Rückseite erhob sich vor einem Lieferanteneingang eine niedrige Mauer, durch ein Tor darin brachte man den Müll und die Betrunkenen heraus. Vic genoss ihre Zigarette, das tiefe Inhalieren beruhigte die Nerven, die durch die Nähe zu diesem Haus zum Zerreißen gespannt waren. Verrostete Türangeln voller Sand quietschten laut, als ihre Mutter herauskam. In ihrem Mundwinkel baumelte eine unangezündete Zigarette, der weiße Morgenmantel, den Vics Vater aus dem Untergrund von Low-Pub herausgeholt hatte, flatterte um ihre Knie.

»Hast du Feuer?«

Das waren die ersten Worte, die sie seit einem Jahr gewechselt hatten, und Vic war sich ziemlich sicher, dass sie auch das Letzte gewesen waren, was sie von ihrer Mutter gehört hatte, und zwar genau an diesem Ort. Sie hielt die Hand schützend um ihr silbernes Feuerzeug und ihre Mom hielt die Zigarette in die Flamme. Sie glühte rot auf, gefolgt von Rauch.

»Neue Tätowierung?« Ihre Mom deutete mit der brennenden Zigarette auf Vics Arm.

»Ja.« Vic widerstand dem Drang, nach unten auf ihren Arm zu schauen, um zu wissen, welche Tätowierung gemeint war. Die Sonne stieg gerade über den höchsten Sandkratzer. Es würde ein heißer Tag werden, das war schon jetzt klar. »Hör zu, ich würde ja gern etwas plaudern, aber ich muss Palmer finden. Hast du ihn gesehen?«

Ihre Mom inhalierte, nickte und wandte sich zur Seite, um Rauch gegen die vom Sand abgeschliffene Tür zu pusten. »Letzte Woche. Er brauchte Geld für ein Visier. Hat versprochen, es mir dieses Mal wirklich zurückzugeben.«

»Weißt du, wo er hinwollte?«

»Nein. War mir auch egal. Willst du nicht fragen, ob ich ihm das Geld gegeben habe?«

»Nein, will ich nicht. Hat er etwas über den Auftrag erzählt?«

Ihre Mom zuckte nur mit den Schultern. »Er hat gesagt, er würde auf dem Rückweg vorbeikommen und mir das Geld geben. Das ist alles. Eigentlich sollte er mit deinen Brüdern vergangene Nacht Zelten gehen, aber Conner kam gestern vorbei und suchte ihn. Also noch ein gebrochenes Versprechen.«

»Hat Conner gesagt, warum er ihn gesucht hat?«

Die Augen ihrer Mutter verengten sich zu Schlitzen. »Weil er Zelten gehen sollte. Warum? Steckt er in Schwierigkeiten?«

»Nein. Ich glaube, er steckt in genau dem Gegenteil von Schwierigkeiten. Der ganze Aufruhr heute Morgen … jemand hat Danvar gefunden.«

Ihre Mom schnaubte. »Danvar findet doch dauernd jemand. Und am Ende ist es immer irgendeine namenlose Stadt mit halb verfallenen Trümmern, die man längst schon kannte. Mehr Leute werden Pleite machen als etwas verdienen, denk an meine Worte. Für uns ist das ein paar Tage gut fürs Geschäft, danach ist es eine Geisterstadt.«

»Ich glaube, dieses Mal ist es anders«, widersprach Vic.

»Es ist immer anders. Also, ich muss jetzt aus dem Sand raus. Wenn du reden willst, komm rein. Ich kann es mir nicht leisten, heute noch eine Dusche zu nehmen, nur weil dir nicht gefällt, was ich hier mache.«

»Okay. Egal … schön dich zu sehen.«

»Finde ich auch.« Sie schnippte die Zigarette in den Sand. Eine Krähe stürzte von oben herab, nahm sie näher ins Auge und flog weiter, krächzte laut schimpfend, weil man sie hereingelegt hatte.

»Hey«, sagte Vic, als ihre Mom die Tür öffnete. »Hat er das Visier bekommen?«

Einen Augenblick lang wirkte ihre Mom traurig, um ihren Mund bildeten sich Falten. »Ich habe ihm das Geld gegeben, ja.«

»Wo wollte er es kaufen? Im *Graham's*?«

»Frag Graham«, erwiderte ihre Mutter. Sie ging rein, und der Wind und der Sand halfen, die Tür zuzuschlagen.

29 – DIE LAST EINER SEELE?

»Und?«, fragte Marco. Er wartete vorn auf Vic.

»Danvar liegt nördlich von hier«, sagte sie. »Glaube ich.«

»Du glaubst es? Hat deine Mom das gesagt? Wusste sie, wo dein Bruder hinwollte?«

»Nicht genau. Aber Palmer hat ihr gesagt, dass er auf dem Rückweg vorbeischaut. Er wäre bestimmt nicht hergekommen, wenn er nach Süden oder Westen gewollt hätte. Sie kamen aus Low-Pub nach Springston, und er war hier, um sie anzupumpen. Wir müssen schnell zum Tauchladen. Ich will noch jemandem Fragen stellen.« Sie packte Marcos Hemd und zog ihn für einen tiefen Kuss zu sich. Eine der Frauen auf dem Balkon pfiff.

Marco lächelte. »Scheiße, wofür war der denn?«

Vic wischte sich über die Lippen. »Ich wollte mich nur vergewissern, dass du keinen Lippenstift an dir hast. Du bist sauber.«

»Ach, tatsächlich?« Er folgte ihr, als sie die Richtung zur Tauchschule einschlug. »Ich bin also sauber?«

»Ja, aber dein Atem schmeckt nach Höschen. Naja, das könnte alles Mögliche bedeuten.«

»Dieser Witz wird ja so schnell alt.« Er beeilte sich, um sie einzuholen. »In welchen Tauchladen geht es? Hast du eine Spur?«

»Ja. Ein Freund der Familie. Mein Dad war zusammen mit ihm auf Tour. Er heißt Graham.«

»Graham Siler?«

»Ja. Kennst du ihn?«

»Ich habe von ihm gehört. Ein Horter, oder? Ich kenne jemanden, der zufällig auf eine seiner vergrabenen Kisten gestoßen ist. Sagte, dort wären Artefakte im Wert von hunderttausend Münzen zweihundert Meter tief mitten im Nichts vergraben.«

»Schwachsinn. Das sind Legenden.«

»Nein, er war ernst zu nehmen. Aber er hat nichts davon angerührt. Angeblich hat Graham die Kisten mit Fallen präpariert. Das ist mein Ernst. Dieser Bursche taucht gelegentlich noch immer danach und sieht sie sich an. Ich habe versucht, ihn dazu zu überreden, mich mitzunehmen.«

»Er nimmt dich nicht mit, und zwar schon darum, weil es sie nicht gibt. Graham ist einfach nur ein Schrottsammler, genau wie mein Dad. Sag mal, hat sich der Sand dort oben gerade beruhigt? Als wär er in Bewegung?«

Marco spähte zu der Düne, auf die sie zeigte. Noch immer rieselte ein kleiner Sandstrom in die Tiefe. »Der Wind«, sagte Marco.

»Hat sich angefühlt, als würde uns jemand beobachten. Komm mit, hier gibt es eine Abkürzung zu dem Laden. Wir können den Markt umgehen. Klingt, als wäre dort die Hölle los.«

»Ja.« Marco studierte noch immer die Düne und folgte ihr. Vic bog in einen schmalen Weg ein und dann in eine enge Gasse, in der sich die Dächer der Hütten, die sich aus dem Sand erhoben, in der Mitte berührten, um einen dunklen Tunnel zu bilden. Spalten im Blech ließen goldene Schleier in die Tiefe wehen. Vic duckte sich, als sie einen passierte. Sie fand Grahams Laden, in dem sie nach der Hütte mit der Billardkugel als Türgriff Ausschau hielt. Nach einem flüchtigen Klopfen trat sie ein. Über ihrem Kopf bimmelten Glöckchen.

»Graham?«

Niemand stand an der Theke. In der Zugluft der geöffneten Tür flackerte eine Laterne. Marco stieß die Stiefel an der Schwelle ab und schloss hinter sich die Tür, was zwar die Glöckchen erneut in lautstarke Unruhe versetzte, die Schatten aber beruhigte. »Sieh dir nur diese Fahrräder an«, flüsterte Marco.

Vic ignorierte ihn. Sie duckte sich unter den Lenkrädern der hängenden Fahrräder hinweg und spähte in den hinteren Teil des Ladens. Die Werkstatt stand leer. »Graham? Bist du noch im Bett?« Sie war zwei Sprossen zu der Wohnung hinaufgestiegen, um einen Blick auf die Matratze zu werfen, als sie den Körper hinter der Werkbank entdeckte.

»Marco!« Sie sprang von der Leiter und eilte zur Werkbank. Dort brannte noch immer eine elektrische Lampe. Sie drehte sie zum Boden, um besser sehen zu können.

»Alles in Ordnung?«, fragte Marco.

»Scheiße«, sagte Vic. Sie räumte den Hocker weg, der quer über dem Körper lag.

»Ist das Graham?«

»Nein. Den Kerl habe ich noch nie gesehen.« Sie griff nach oben und stellte das Licht besser ein. »Verdammt. Sieh dir das an.«

Mit dem Gesicht des Mannes stimmte etwas nicht. Es war eingedrückt, als wäre er mit etwas geschlagen worden, möglicherweise mit einem Schlagstock, aber die Haut war beinahe unversehrt. Lediglich Blut rann aus der Nase. »Was zum Teufel?«

»Hey, den kenn ich.« Marco kniete sich neben dem Mann hin. Er hob dessen Hand und studierte eine Tätowierung und ein paar Sandnarben am Handgelenk. »Danger«, sagte er. Gefahr. Er sah Vics Verwirrung. »So heißt er. Jedenfalls wurde er so genannt. War früher in der Legion von Low-Pub. Ein Schläger. Hat alles Mögliche in die Luft gesprengt. Was auch immer nötig war, für den richtigen Preis hat er es gemacht. Ist nach Norden gezogen, als die Preise dort gestiegen sind.«

»Kannibalen?« Vic hielt sich von der Wüste so fern wie möglich. Dort oben gab es einen kleinen Wald und ein paar Quellen, auch ein paar hübsche Tauchgebiete, aber die Dünen waren grundsätzlich nicht sicher.

»Nein, eine neue Gruppe. Einer unserer Bombenleute hat sich ihnen auch angeschlossen. Es heißt, ihnen sitzen die Münzen ziemlich locker. Haben für keinen einzigen Angriff die Verantwortung übernommen, aber das bedeutet nicht, dass sie die Hände stillhalten. Was ist denn mit seinem Gesicht passiert?«

»Sieht aus, als wäre er von etwas getroffen worden.«

Marco berührte die Wange des Toten. Die Haut bewegte sich wie eine matschige Frucht.

»Scheiße«, staunte Marco. »Das ist ja wie ein Schwamm.«

Vic hielt die Hand über das Gesicht des Mannes, achtete aber peinlich genau darauf, ihn nicht zu berühren. Sie hielt einfach nur die Handfläche über den Schaden. »Graham muss seinen Taucherhandschuh getragen haben. Er hat den Anzug eingeschaltet und deinem Freund hier ins Gesicht gegriffen, vermutlich als er um die Werkbank kam, um ihn zu bedrohen.«

»Du glaubst, er hat ihn mit dem Anzug getroffen?«

Vic nickte. »Das hätte seinen Schädel in Staub verwandelt. In Sand. Ich glaube, das da ist sein Gehirn, das aus der Nase kommt.«

»Igitt.« Marco stand auf. »Und er hat ihn einfach dort liegen lassen?«

»Entweder hatte Graham es eilig, oder Danger war nicht allein und man hat ihn verschleppt. Es passt so gar nicht zu ihm, den Laden unverschlossen und ohne Aufsicht zu lassen. Er ist ziemlich eigen, was seine Sachen angeht.«

»Na ja, wer auch immer sich ihn geschnappt hat, hat seltsamerweise dieses krasse Visier dort auf der Werkbank zurückgelassen.«

Vic drehte den Kopf, um zu sehen, wovon er sprach. »Denk nicht mal dran«, sagte sie, als er nach dem Gerät griff.

»Ich wollte es mir nur ansehen.«

»Ein Freund von mir könnte in Schwierigkeiten stecken.«

»Und was sollen wir tun? Und was wollte Danger, was glaubst du? Hat ihm dein Freund Geld geschuldet?«

»Was glaubst du denn, du Idiot? Denkst du etwa, wir wären die Einzigen, die Danvar finden wollen, indem sie Spuren suchen, statt mit flatternden Segeln in alle Richtungen zu rauschen? Da glaubt noch jemand, dass Graham weiß, wo Danvar ist. Oder, verflucht …« Vic stand auf. »Vielleicht weiß noch jemand, dass Graham Palmers Ziel kannte. Vielleicht sind wir zwei Schritte hinter ihnen …«

»Nein, nein, nein.« Marco ging hinter der Werkbank auf und ab, drohte dem Toten auf dem Boden mit dem Finger. »Ich weiß es. Scheiße, ich weiß es. Du hattest recht. Es liegt nördlich von hier. Da ist dieser Brock, von dem ich dir erzählt habe, der Talente einstellt und mit Münzen um sich wirft. Ich wette, er hat alles finanziert. Ja, genau.« Marco steckte das Ende einer seiner langen Dreadlocks in den Mund und kaute gedankenverloren darauf herum. Vic ließ ihm Zeit. Auch wenn sie ihm ständig zusetzte, sie hatte sich zuerst in seinen Verstand verliebt und nicht in sein Aussehen. »Was wäre, wenn dein Bruder Danvar nicht entdeckt hat?«, fragte er, um einen Gedanken zu entwickeln.

»Ich höre zu.«

»Wenn sie ihn für denjenigen halten, der die Nachricht verbreitet hat?«

»Damien hat gesagt, der Bursche wäre tot.«

»Aber vielleicht auch nicht. Vielleicht war es dein Bruder, und jetzt sind sie hinter ihm her, um ihn zum Schweigen zu bringen. Vielleicht haben sie es für möglich gehalten, dass der Freund eurer Familie ihn aufspüren kann. Ich glaube, sie wollen ihn einfach tot sehen.«

»Mir gefällt die Richtung nicht, in die du denkst.«

»Aber es ergibt doch Sinn, oder? Wo steckt dein Bruder denn? Niemand hat ihn oder seinen Freund gesehen, nicht wahr? Ich wette, die stecken beide in Schwierigkeiten.«

»Oder sie tauchen gerade über Danvar und häufen Beute an. Oder beide sind völlig besoffen. Aber egal, wir sollten mit diesem Kerl sprechen, den du kennst. Die beiden Arschlöcher, die bei mir eingedrungen sind, die haben Tücher aus dem Norden getragen.«

»Wer, Brock? Ich kenn ihn nicht. Ich habe nur von ihm gehört.«

»Und was hast du gehört?«

»Nur Widersprüchliches. Er ist in Springston aufgewachsen und kommt aus einer reichen Familie. Aber ein Freund von mir hat behauptet, dass sein Akzent überhaupt nicht dem der Lords ähnelt, und dass er von oben aus dem Norden stammen muss. Angeblich hat er ein Lager mitten in der Wüste. Ich kenne einen Burschen, Gerard, der sich von seiner Gruppe losgesagt hat. Er ist zurückgekommen, weil er nicht ohne ausreichenden Nachschub an Muschis leben könnte …«

»Wie nett.«

»Tatsächlich … Scheiße, Gerard ist eine oder zwei Wochen nach seiner Rückkehr bei einem Tauchgang verschollen. Und niemand hat seine Leiche gefunden.«

»Wir müssen mit diesem Kerl reden.«

»Mit Gerard? Ich bin mir ziemlich sicher, dass er begraben ist.«

»Nein, Idiot, mit Brock. Sein Lager ist mitten in der Wüste, hast du gesagt? Kennst du den genauen Standort?«

»Eigentlich nicht.« Marco kaute auf einer Dreadlock herum. »Ich glaube, es liegt in der Nähe dieses Waldes. Ich weiß noch, dass Gerard etwas von riesigen Lagerfeuern erzählt hat. Westlich des Waldes, aber südlich von einer großen Quelle. Ich erinnere mich nur daran, weil er sich darüber beklagt hat, Wasserfässer schleppen zu müssen …«

Die Eingangstür wurde aufgestoßen, die Glöckchen bimmelten laut. Sie wurde mit Gewalt aufgestoßen. Ein Schrei ertönte, dann das Gepolter schwerer Stiefel. Vic suchte nach einem Versteck, wollte Marco zurufen, durch die Hintertür zu verschwinden, aber dann gesellten sich zwei Männer mit Pistolen zu den anderen im Laden. Die silbernen Waffen funkelten und richteten sich auf sie und Marco.

»Hey, ganz ruhig«, sagte Marco. Er hob die Hände und Vic starrte in den Lauf einer dieser uralten und unzuverlässigen Tötungsmaschinen.

Die beiden Männer entdeckten den Toten, der noch immer von der Lampe angestrahlt wurde. Der Kerl, der die Kanone auf Vic richtete, ein Kahlkopf mit tätowiertem Gesicht, knurrte sie wütend an und zog den Abzug durch. Ein Klicken ertönte, gefolgt von einem Fluch. Sie und Marco hatten sich nicht gerührt, waren beide vor Überraschung und Furcht wie erstarrt. Dann ging die andere Kanone los. Und Marco bewegte sich ein allerletztes Mal. Eine Seite seines Schädels explodierte, sein Körper fiel zu Boden. Ein weiteres Klicken ertönte, aber Vic war jetzt in Bewegung. Mit über dem Kopf verschränkten Armen und laut schreiend hielt sie geduckt auf die Hintertür zu, ohne einen klaren Gedanken fassen zu können. Hinter ihr donnerte ein weiterer Schuss.

30 – HINAUS IN DIE STERNENERFÜLLTE NACHT

Palmer

Bei Palmers Ankunft erwartete ihn keine Sonne. Auch keine Menschen oder ein Lager. Nur der unendliche, funkelnde Wüstenhimmel. Kleine Züge dieses Himmels passierten die mit Sand verklebten Lippen und füllten Palmers verzweifelte Lungen. Keuchend lag er auf dem Rücken, der Sand sammelte sich an seiner Seite und füllte sein Haar und die dem Wind zugewandte Seite. Er atmete auf die laute, angestrengte und dankbare Weise der Neugeborenen.

Sein Freund Hap lag teilweise begraben neben ihm. Irgendwo heulte ein Kojote, der ihn gewittert hatte, und der Wind zischelte mit dem Laut von tausend züngelnden Schlangen über die Dünen.

Mit den Zähnen kratzte Palmer den Sand von der Zunge. Er spuckte den Schutt aus und mit ihm kostbare Flüssigkeit. Dann wandte er sich Hap zu, dessen Schultern und Knie aus dem Boden ragten. Auch ein Stiefel, aber der befand sich nicht an seinem richtigen Platz. Haps Feldflaschenriemen war an seiner Schulter zu sehen. Erschöpft aber verrückt vor Durst schob Palmer die Hand in den Sand und ließ Hap den Rest des Weges nach oben schweben. Sein Visier piepste. Batteriealarm. Sein Anzug war fast tot.

Er griff nach der Flasche, sah, dass sie sich verdreht hatte und zog das blutverschmierte Messer. Er schnitt den Riemen durch. Ein Viertel voll. Zu schwach, um es sich einzuteilen, nahm er große Schlucke. Das Wasser brannte auf den ausgetrockneten Lippen. Sein Magen grollte, war überrascht, etwas zu tun zu haben. Palmer schraubte die Kappe zu und setzte sich mit dem Rücken zum Wind, musterte seinen toten Freund.

Nicht der Flaschenriemen hatte sich verdreht, wie er jetzt sah. Sondern Haps Körper. Palmer hielt sich den Mund zu. Das Grollen in seinem Magen wurde schlimmer, und er fürchtete, die geringe Flüssigkeit zu verlieren, die er gerade getrunken hatte. Haps Bein lag verdreht unter dem Körper. Wo sich Oberschenkel und Hüfte trafen, war alles auf verheerende Weise gerissen. Ein Arm war zerschmettert, der weiße Knochen zeigte zu den Sternen. Palmer versuchte es zu verstehen. Er hatte schon zuvor Körper gesehen, die sich der Sand geholt hatte, hatte sie in stummer und friedlicher Pose gesehen. Aber das hier war etwas anderes. Dieses Leben hatte ein gewaltsames Ende gefunden. Seine Gedanken wirbelten durcheinander, als sich die Einzelteile zusammenfügten. Sein Transponder befand sich in der Netztasche an Haps Oberschenkel. Palmer hatte seinen Freund in hundert Metern Tiefe gefunden, gleich unter der Senke der großen Grube, die Brocks Männer gegraben hatten, genau da, wo ihr Tauchgang begonnen hatte. Hap hatte es also doch zurückgeschafft.

Vielleicht hatten ihn die Wände des seltsamen Schachts zermalmt. Vielleicht war er zu spät nach oben gekommen, als man sie schon aufgegeben hatte, und als man den zur Seite geschobenen Sand freigegeben hatte, hatten ihn die Wände brutal mit sich gerissen. Aber nein, dann müsste es überall Verletzungen geben. Hap war an der Seite getroffen worden, genau da. Ein Sturz. Ein Sturz aus großer Höhe.

Es war das Visier, das die Geschichte erzählte. Haps Visier fehlte. Das Visier würde eine Aufnahme seines Tauchgangs enthalten. Von Danvar. Der Standort eines jeden Gebäudes, vielleicht sogar der Straßen dort unten, jeder Block dieser begrabenen Legende.

Sand wehte über Haps Leiche und sammelte sich neben ihm. Sein Mund war voller Schutt, seine Nasenlöcher verstopft, die leblosen Augen voller Staub. Auf keinen von ihnen hatten hier jemals Münzen gewartet, das wurde Palmer nun klar. Das war von Anfang an der Plan gewesen. Man wollte einen Grundriss des Landes, wissen, wo man graben musste, wo man seine Bemühungen zu konzentrieren hatte, doch den Ort dieser gewaltigen Beute wollte man für sich behalten.

Haps offene und entsetzte Augen erzählten Palmer alles, was geschehen war; er sah genau vor sich, wie man ihn an den Seilen nach oben zog, wo er vielleicht meldete, dass sein Freund noch immer dort unten war, dass es in dem Gebäude eine Luftblase gab, man zurückkehren musste. Aber vielleicht hatte Hap ihnen auch erzählt, dass es sinnlos war, dass sein Freund tot sein musste.

Palmer schöpfte eine Handvoll Sand und schüttete ihn über Haps Augen, machte Dünen daraus. Kein Wunder, dass man ihnen nie gesagt hatte, wonach sie suchen sollten, als sie den Job übernommen hatten. Hätten er und Hap gewusst, dass sie nach Danvar tauchten, hätten sie sich gewundert, warum man ihnen auf dem Weg nach Norden nicht die Augen verbunden hatte. Verflucht, da hätten sie sofort gewusst, dass es eine Reise ohne Wiederkehr sein sollte. Natürlich. In dem Fall hätten sie darum gebettelt, die Augen verbunden zu bekommen. Sie waren als tote Männer von Springston nach Norden marschiert.

»Du hast mir mein beschissenes Leben gerettet«, sagte Palmer zu seinem toten Freund. »Du hast mich verraten – und du hast mir mein beschissenes Leben gerettet.«

Aber vielleicht wäre Hap für ihn zurückgekehrt, wer konnte das schon sagen? Wer wusste schon, wie er sich entschieden hätte, was ihm durch den Kopf gegangen war, was er Brock und den anderen gesagt hatte. Ja, er wäre für ihn zurückgekommen, davon war Palmer überzeugt.

So, wie er davon überzeugt war, dass sein Leben jetzt in Gefahr war. Nicht nur, weil er sich mitten in der Wüste befand und langsam verhungerte, sondern weil er etwas wusste, von dem Brock nicht wollte, dass es sonst jemand erfuhr. Palmer berührte das Visier auf seiner Stirn, er musste sich vergewissern, dass es noch immer dort hing, dass sein Tauchgang nach wie vor dort dokumentiert war und er sich tatsächlich ereignet hatte.

So schwach und erschöpft er auch war, wegen Hap musste er etwas unternehmen. Unbehaglich klopfte er die Taschen seines alten Freundes ab, zog die beiden Transponder aus der Hüfttasche, dann griff er in die Bauchtasche und holte die

Todesnachricht und ein paar Münzen heraus. Obwohl die Ladung seines Anzugs auf einem gefährlich niedrigen Stand war, ließ er den Sand unter Hap fließen und schickte seinen Körper senkrecht nach unten. Die Distanz war unmöglich zu bestimmen, aber Palmer hatte vor, schon lange hier fort zu sein, bevor jemand bemerkte, dass der Körper bewegt worden war.

Er nahm die Flasche ab, die er dem anderen Taucher gestohlen hatte, und streckte die Glieder, zog die Schutzbrille aus der Tasche und setzte sie auf, verstaute das Visier. Er würde die Flasche ein paar Dünen weit schleppen und dort begraben müssen. Er durfte nichts zurücklassen, konnte sie nicht zusammen mit Hap in die Tiefe fließen lassen, wo man sie womöglich fand, wo Brocks nächster Vorstoß in den Sand enthüllen würde, dass er ein Problem hatte.

Er erhob sich auf unsichere Beine und spähte von der Senke der großen Grube, die Brocks Männer ausgehoben hatten, den Hang hinauf.

Kein Generator lief, der Sand war nicht länger locker, die Metallplattform war weggeschafft worden. Vor seinem geistigen Auge sah er, wie der Sand in die Dunkelheit strömte, um das große Loch im Wüstenboden zu füllen. Ihm graute zwar vor dem Aufstieg, aber er machte einen Schritt nach dem anderen. Der Nachtwind würde seine Bewegungen überdecken. Seine Stiefelabdrücke würden am Morgen ausgelöscht sein. Er konnte die Brise auf der linken Wange spüren, den Polarstern im Rücken halten und nach Süden gehen, bis er Springston erreichte. Aber er wusste, dass er es niemals so weit schaffen würde. Er war längst dabei zu verhungern und in der Feldflasche seines toten Freundes schwappten nur ein paar Schlucke Wasser. Er würde keinen Zwei-Tage-Marsch überstehen, geschweige denn fünf.

Am Ende des beschwerlichen Weges aus der Senke stellte er sich in den Wind. Er versuchte sich an die Route zu erinnern, die er von dem Brigantenlager zur Tauchstelle genommen hatte. Und seltsamerweise, verrückterweise betete er, dass Brocks Männer genau dort waren, wo er sie das letzte Mal gesehen hatte. In einem Umkreis von Meilen würden sie die

Einzigen mit Essen und Wasser sein. Mit müden Beinen und wenig Zuversicht marschierte er auf die Männer zu, die ihn aller Wahrscheinlichkeit nach tot sehen wollten.

31 - EIN KOPFGELD

Jenseits der Dünen schimmerte Licht. Der Wind trug die Laute von Stimmen heran. Palmer nutzte die hohen Hügel als Deckung und arbeitete sich auf den Lichtschein zu. Als die Stimmen zu nah erschienen, um wagen zu können, noch weiterzumarschieren, schlich er den Hang einer Düne hinauf, ging gebückt, als er höher kam, kroch schließlich auf Händen und Knien, bevor er sich auf dem Bauch zu dem vom Wind gepeitschten Kamm schob. Er spähte über den Rand zu dem Lager, in dem er seine letzte Nacht über dem Sand verbracht hatte.

Es war geschrumpft. Palmer hätte hektische Aktivitäten erwartet, etwa, dass Brocks Männer sich auf den Fundort stürzten, aber viele Zelte waren verschwunden. Doch das große Zelt, in dem man Hap und ihm die Karte gezeigt hatte, stand noch. Drinnen warf eine Laterne ihr Licht an die Wände. Ein Stück weiter glühten und prasselten die Scheite eines Feuers, eine Rauchsäule verdunkelte die Sterne. Vor dem Feuer zeichneten sich die Silhouetten zweier Männer ab. Essensgeruch bewirkte, dass sich Palmers leerer Magen verkrampfte. Sein Bauch versuchte ihn davon zu überzeugen, dass diese Leute ihn nicht tot sehen wollten, dass ein Unfall für Haps verstümmelten Körper verantwortlich war, dass er einfach ins Lager schlendern und als Held gefeiert werden würde, der Entdecker eines verschollenen Landes, dem man für seine Bemühungen ein Fest ausrichten würde – um ihn reich zu belohnen.

In der Dunkelheit ertönte Gelächter – das war einer der Männer am Feuer –, aber beinahe schien es so, als würde jemand die verrückten Gedanken seines Bauches verhöhnen, ihn herausfordern, aus seiner Deckung zu kommen und sich zu präsentieren.

Reglos lag Palmer hinter dem Dünenkamm, das Tuch über Nase und Mund, die Brillengläser voller Sand. Er dachte nach. Bald würde die Sonne aufgehen. Die Sterne am Horizont verloren bereits ihr Funkeln. Er verschwendete nur seine Zeit. Er musste essen. Es gab mehrere dunkle Zelte, in die er sich schleichen und nach Essen oder Wasser suchen konnte, aber die Gefahr, dass er jemanden aufweckte, war zu groß.

Eine Stunde verstrich, die Sterne bewegten sich eine Handbreit weiter, am Horizont wurde es heller. Palmer war sich unsicher. Schließlich wählte er ein Zelt aus. Er streifte die Schutzbrille ab und fummelte nach seinem Tauchvisier, schob das Band über die Stirn. Da gab es in der Ferne einen Aufruhr – und er glaubte entdeckt worden zu sein.

Er duckte sich und rutschte nach hinten, dann sah er zu, wie die beiden Männer am Feuer losrannten und lange Schatten warfen. Stimmen ertönten, Rufe. Palmer sah in die Richtung, in die die Männer rannten, und entdeckte schwankendes Taschenlampenlicht zwischen den Dünen. Eine Marschgruppe. In der Nähe flammte in einem Zelt Licht auf, als jemand aufwachte. Mehrere Silhouetten verließen das große Zelt, in dem die Laterne brannte. Jedermann bewegte sich von Palmer weg auf die eintreffende Gruppe zu.

Jetzt, befahl sein Bauch. *Jetzt, gottverdammt noch mal.*

Palmer gehorchte. Er hastete über die Düne und glitt die andere Seite auf dem Rücken herunter; der lose Sand folgte ihm. Er fand sich an der windgeschützten Seite einer kleineren Düne wieder, die feinen Körnchen prasselten ihm nicht länger ins Gesicht. Das große Zelt erhob sich ganz in der Nähe. Der Eingang flatterte lautstark. Palmer erinnerte sich an die Fässer mit den Vorräten. In der Mitte hatte ein Tisch gestanden. Er konnte in die Tiefe gehen und unter dem Tisch auftauchen, um sich umzusehen.

Beeil dich, befahl ihm sein Bauch. Die Gruppe der Neuankömmlinge war schon fast da. Wie lange würden sie am Feuer sitzen, Weinbrand trinken und rauchen, bevor sie in ihre Zelte zurückkehrten?

Palmer ging das Risiko ein, schlich um die Düne herum und eilte geduckt zur Hinterseite des Zeltes. Er musste nahe heran.

Da die Ladung seines Anzugs so niedrig war, barg das Eintauchen in den Sand Gefahren. Nur eines fürchtete ein Taucher noch mehr, als dass ihm die Luft ausging: nämlich dass ihm der Strom ausging und er fühlte, wie der Sand um ihn herum erstarrte. Bewegung bedeutete Leben, wie es eine Lunge voll Sauerstoff niemals schaffte. Wenn man sich bewegen konnte, war man imstande, zur Oberfläche zu kommen und einen Atemzug zu gewinnen. Eine volle Lunge und eine leere Batterie waren der Stoff, aus dem Albträume gemacht waren. Das verschaffte einem Taucher viel Zeit zum Sterben und einen Platz dafür. Also rannte Palmer geduckt, so weit er konnte, und hoffte, genug Saft für ein kurzes Untertauchen zu haben.

Er erreichte die Rückseite des Zeltes, ohne entdeckt zu werden. Sämtliche Aufmerksamkeit richtete sich auf die Heimkehrer. Palmer blendete den Wind und den flatternden Eingang aus, konnte im Inneren aber nichts hören. Er schaltete Visier und Anzug ein und legte sich flach auf den Bauch, um die Belastung zu verringern. Verflucht, er war schwach. Hungrig. Seine Glieder zitterten. Er klappte das Visier nach unten und bemerkte das rote Blinklicht am Rand seines Sichtfeldes. Sein Anzug meldete ihm, dass er so gut wie erledigt war. *Du und ich*, dachte er.

Der Sand akzeptierte ihn. Palmer hielt die Luft an und glitt einen ganzen Meter nach unten für den Fall, dass der Zeltboden tiefer lag. Dort schob er sich weiter bis zu der Stelle, an der sich die Zeltmitte befinden sollte, und betrachtete das purpurne Wallen über sich. Offener Raum. Dort stand niemand. Ein paar Flecken an der Seite – das waren möglicherweise die Fässer mit Proviant und Wasser. Langsam und mit zurückgelegtem Kopf tauchte er wieder auf, schob nur Visier und Ohren aus dem Boden, zur sofortigen Flucht bereit, sollte ihn jemand entdecken. Er streckte eine Hand in die Luft, klappte das Visier hoch und nahm einen tiefen und leisen Atemzug. Der Tisch über ihm blockierte die Lampe, so stand er im Schatten. Er ließ den Sand langsam und lautlos um sich herumströmen – und konnte sich im ganzen Zelt umsehen. Keine Stiefel. Kein Bettzeug. Keine Stimmen näherten sich. In der Hocke stieg er aus dem Sand und fuhr den Anzug schnell herunter, sparte die

Energie, die er noch hatte, damit er hier wieder herauskam, ohne den Zelteingang benutzen zu müssen.

Zuerst kroch er auf ein paar Kisten zu. Ein Teil von ihm war sich der Spuren bewusst, die er auf dem nachgiebigen Boden hinterließ. Die Laterne an der Decke schwankte, die Schatten im Zelt wurden auf bedrohliche Weise lebendig. Eine Kiste war mit einer Plane bedeckt. Palmer konnte nur an Essen denken. Als er die Plane hob, entdeckte er Brotlaibe. Helle weiße Laibe. Er schnappte sich einen und da war ein Geruch von Kreide und Gummi. Ihm wurde klar, dass diese Laibe zu klein und zu schwer waren. Es handelte sich gar nicht um Brot.

Sein Verstand spielte ihm einen Streich. Er hielt den Gegenstand ins Licht. Sprengstoff. Derartige Bomben hatte er schon zuvor gesehen, als ein Sandkratzer in Springston gesprengt werden musste, bevor ihn eine Düne in seinen Nachbarn stieß. Er warf noch einen Blick in die Kiste. Sie war mit weißen Laiben gefüllt. Er hatte die Wirkung von Rebellenbomben gesehen. Jeder, der in Springston aufgewachsen war, hatte das gesehen. Die roten Flecken im Sand, die Blutspuren, die Stiefel mit den blutigen Stümpfen, Männer, Frauen und Kinder, die nicht mehr zu erkennen waren. Dieser Laib in seiner Hand erzeugte die gleiche Angst, dieses Kribbeln im Nacken, das ihn bei jeder Beerdigung oder Hochzeit oder Feier, bei der es Vergeltung geben konnte, heimsuchte, wo ein lautes Krachen das Letzte war, das man jemals hören sollte.

Palmer sah sich im Zelt um. Brock und seine Männer erschienen nicht länger wie Plünderer und Piraten, die es auf Beute abgesehen hatten. Hier ging etwas anderes vor.

Sein Bauch befahl ihm, sich zu konzentrieren. *Essen*, sagte er. Der Laib kam zurück zu den anderen, und die Plane wurde wieder so gezogen, wie er sie vorgefunden hatte. An der anderen Seite des Tisches standen Fässer. Über einem Rand funkelte der Haken einer Kelle. Palmers Mund verzehrte sich nach etwas zu trinken. Er eilte zu dem Fass, schüttelte den Sand von seiner Feldflasche und spähte hinein. Auf dem Grund zeigte sich ein verschwommenes, aber prächtiges Spiegelbild. In der tintigen Pfütze schwankte sein hageres Gesicht. Palmer schraubte die Feldflasche auf und beugte sich über den

Rand, stieß sie unter die Oberfläche. Das Wasser an seinem Arm fühlte sich kühl und belebend an. Die Flasche gurgelte zweimal, Luftblasen stiegen zur Oberfläche auf, und direkt vor dem Zelt ertönte ein Schrei. Gelächter. Stimmen näherten sich.

Palmer riss die Hand heraus und fuhr herum. Seine Gliedmaßen wollten in alle Richtungen zugleich – was ihn an Ort und Stelle bannte. Das Lachen kam immer näher. Er warf sich zu Boden, als der Eingang aufgestoßen wurde. Auf dem Bauch rutschte er unter den Tisch und hinterließ eine Wasserspur, während Stiefel in Sicht kamen.

»Verdammte Scheiße!«, fluchte jemand. »Das Ding ist ganz schön schwer.«

Ein Klatschen ertönte, als jemandem auf den Rücken geschlagen wurde. Da war der Geruch von gebratenem Fleisch, eine heiße Mahlzeit, die jemand in der Hand hielt. Palmer setzte den Anzug unter Strom und versenkte Knie und Füße in den Boden, schob die Beine nach unten, während er Schultern und Arme oben hielt. Er schraubte die Kappe zurück auf die Feldflasche, ohne einen Schluck zu wagen. Wasser tropfte in seine rechte Hand. Er drückte die rechte Handfläche an den Mund und sog die Feuchtigkeit ein – ohne einen Laut zu machen. Sein Blick fiel auf die Spuren, die er beim Kriechen hinterlassen hatte, ging mit dem Anzug so vorsichtig nach unten, wie ein Mann ein schlafendes Baby in seine Decke steckte. Rechts neben dem Tisch landete etwas Schweres auf dem Boden, ein großer Metallzylinder. Jemand rief, doch vorsichtig zu sein. Rucksäcke und andere Ausrüstung wurden abgestreift. Jemand wischte den Sand von der Tischoberfläche, er rieselte auf Palmer herab. Im Laternenlicht sah er wie ein Schleier aus.

Palmer fing an, unter die Oberfläche zu gehen, um hier zu verschwinden und später, wenn alle schliefen, zurückzukehren. Aber der Teil eines Satzes erregte seine Aufmerksamkeit.

»… irgendein Zeichen von dem anderen Taucher?«

Der Lärm und das Gelächter erstarben. Palmer hielt den Atem an und war davon überzeugt, dass man seinen Herzschlag hören konnte.

»Nein, Sir.« Das war Moguhn. Palmer erkannte seine leise,

aber bestimmende Stimme. »Wir haben bis auf zweihundert Meter gescannt, soweit wir konnten, aber da ist nur der eine Körper.«

»Und keine Chance, dass er an die Oberfläche kommt?« Das war wieder Brock, der auch nach dem Taucher gefragt hatte. Sein seltsamer Akzent war unverkennbar. Er musste das Lager verlassen haben. Und war gerade mit der Gruppe zurückgekehrt. Aber wo war er gewesen? Palmer lauschte.

»Nicht die geringste Chance.« Das war jetzt Yegery, da war sich Palmer sicher. »Einer von vier Tauchern kann so tief gehen, und genau das hatten wir. Einer von vieren hat es geschafft. Dort unten verhindert der Sand, dass man gleichzeitig atmen und sich bewegen kann. Davon abgesehen sind es jetzt vier Tage. Er ist tot.«

Vier Tage, dachte Palmer.

Ich habe versucht, es dir zu sagen, erwiderte sein Bauch.

»Also hinter diesem verflucht schweren Ding waren wir her?«, fragte jemand. Er klang zweifelnd. Enttäuscht. Palmer konnte nicht sehen, was er meinte.

»Das ist es«, antwortete Brock.

»Dann können wir das Lager abbrechen?«, fragte ein anderer.

»Ja. Beim ersten Licht gehen wir nach Süden. Wir hinterlassen keine Spuren.«

»Bist du dir sicher, dass dieses Ding auch tut, was es tun soll?«

»Zeig es uns«, verlangte jemand.

»Stellt es auf den Tisch«, befahl Brock.

Direkt vor Palmer griffen zwei Paar Hände nach dem großen Metallzylinder. Palmer holte tief Luft, um den Sand um seine Brust zu lockern, dann schaltete er den Anzug aus. Er konnte kaum noch Saft haben. Er steckte bis zu den Achselhöhlen fest, atmete aber noch immer.

»Hält der Tisch das auch bestimmt aus?«

»Das geht schon.«

Über Palmer ächzte der Metalltisch durch das Gewicht. Im Laternenlicht hatte er nur einen kurzen Blick auf den Gegenstand werfen können, aber er hatte nach uralter Technik ausgesehen, die man irgendwo gefunden hatte, ein Zylinder mit Drähten und kleinen Röhren. Mit Präzision gefertigt. Er sah teuer aus. Teuer und alt.

»Das verdammte Ding ist schwer«, sagte jemand, aber der Tisch gab nicht nach. Palmer behielt eine Hand auf der Brust, dazu bereit, jeden Augenblick zu tauchen. Er konnte den Gegenstand über sich wie einen finsteren Gedanken spüren.

»Also ich finde, das sieht kaputt aus. Die Drähte sind hinüber. Und seht her. Das ist nicht mehr zu reparieren.«

»Ignoriert das«, sagte Brock. »Das, was drin ist, ist wichtig. Der Rest ist nur dazu da, es hochgehen zu lassen, aber das brauchen wir nicht.«

Die Männer verstummten, während sie den Gegenstand untersuchten. Der Schatztaucher in Palmer wurde ausgesprochen neugierig.

»Eine echte Schönheit«, flüsterte Yegery.

»Aber wie funktioniert es?«, fragte Moguhn.

»Das weiß ich nicht«, gestand Yegery ein.

Schwere Stiefel scharrten unbehaglich.

»Also ich verstehe das Prinzip nicht, sozusagen den Gedanken dahinter. Aber in dem Buch steht, dass eine davon eine ganze Stadt dem Erdboden gleichmachen kann.«

»Eine ganze Stadt«, höhnte jemand.

»Halt den Mund«, befahl Brock. Dann befahl er Yegery fortzufahren.

»Da ist eine kleine Kugel drin. Das ist alles. Sie ist untätig. Dem Buch zufolge bleibt sie Hunderttausende von Jahren brauchbar. Man muss diesen kleinen Ball nur wirklich schnell zusammendrücken, als würde man für ein Kind eine Handvoll Sand so fest zusammenquetschen, dass man eine Murmel bekommt. Dann macht es *Bumm*. Dieses Ding wird Dünen in den Himmel schicken und die Wüste in Glas verwandeln.«

»Und da bist du dir sicher?«, fragte jemand.

»Das ist ja übel«, meinte ein anderer.

»Das funktioniert«, sagte Brock. »Könnt mir vertrauen. Mit einer davon könnten wir ganz Low-Pub auslöschen.«

»Was ist mit Springston?«

»Wir bleiben bei dem ursprünglichen Plan für Springston«,

sagte Brock. »Wir sprengen den Wall, dann Low-Pub. Sollte dann noch etwas von einer der beiden Städte übrig sein, holen wir uns eine mehr davon. Jetzt, wo wir einen Orientierungspunkt für die Karte haben, können wir uns so viele schnappen, wie wir wollen. Über kurz oder lang wird südlich unserer Dünen kein Haus mehr stehen, und die Lords können über den flachen Sand herrschen, den wir zurücklassen.«

Das löste Kichern aus, das zu lautem Gelächter anschwoll. Jemand stieß gegen den Tisch, ein Krug klirrte, als er umkippte. »Dämlicher Idiot«, grollte jemand. Sie beeilten sich, Ausrüstung wegzunehmen; es war zu hören, wie Taschen, Schwerter und Pistolen zur Seite geschoben wurden. »Die Karte«, sagte Moguhn. Papier raschelte, Stiefel stampften auf. Palmer fragte sich, wann zum Teufel sie endlich hier verschwanden, damit er sich etwas zu essen greifen konnte, und ein Gegenstand landete vor ihm im Sand. Ein Dolch, der mit der Spitze zuerst gefallen war. Eine Hand folgte, die sich um den Griff legte, um ihn wieder aufzuheben. Dann ein Kopf. Augen blitzten in der Dunkelheit auf.

»Was zum Teufel?«, stieß der Mann hervor.

Ein wütender Aufschrei folgte, mit dem sich der Pirat auf Palmer stürzte.

32 – FLUCHT

Palmer schaffte es nur mit Mühe, seinen Anzug unter Strom zu setzen, während der Mann unter dem Tisch nach ihm griff. Ein Schlag traf seinen Kopf, scharfe Nägel und zupackende Finger, das Visier wurde heruntergerissen. Er griff danach, erwischte das Stirnband, bekam mit, wie das Visier abbrach. Benommen holte er tief Luft und streifte das Band über, ließ den Sand fließen, um abzutauchen, konnte die Augen gerade noch rechtzeitig schließen. Er war blind und schwach, hatte nur noch den Funken einer Ladung und gerade mal eine Lungenfüllung. Dank einer plötzlichen Inspiration ließ er den Sand im Zelt einen Meter sinken und verhärtete ihn. Es stand der Tod darauf, Sand gegen Menschen einzusetzen, aber diese Männer wollten ihn sowieso tot sehen.

So schnell er konnte, schob er sich seitwärts, um die Zeltwände hinter sich lassen, bevor er wieder an die Oberfläche stieg. Er schleppte etwas mit, als wäre etwas um seine Füße gewickelt, um seinen ganzen Körper. Der Sand wurde dick. Ganz dicht. Der verfluchte Anzug gab den Geist auf. Oder das Band war beschädigt worden, als das Visier abgerissen worden war.

Er bewegte sich, so schnell er konnte, blind, mit kaum Luft in den Lungen. Waagerecht kam er aus dem Boden, sein Kopf durchstieß die Oberfläche, während der Sand um ihn herum erstarrte. Kein Strom war mehr da. Mit einem Grunzen bewegte er die Schultern hin und her, bis er einen Arm frei hatte. Er grub sich aus, und die Sterne am Himmel blinkten friedlich, während zwei Meter entfernt Männer wilde Flüche ausstießen und nach Hilfe riefen, als sie versuchten, sich ebenfalls auszugraben.

Es war ein Wettrennen. Palmer bekam den anderen Arm

frei. Er trat mit seinen geschwächten Beinen um sich, drehte sich, bis die Hüften frei waren, steckte höchstens dreißig Zentimeter tief. Das war knapp. In einem Meter Tiefe wäre er begraben gewesen. Noch ein paar Zentimeter tiefer, und er hätte festgesessen. In der Ferne ertönten schwere Schritte, da kamen Männer aus ihren Zelten. Palmer kam auf die Beine und rannte los, behielt das große Zelt zwischen sich und dem Rest des Lagers. Die Männer darin brüllten den anderen zu, sie verflucht noch mal auszugraben, auszuschwärmen und diesen Taucher zu finden, ihn umzubringen.

Palmer rannte mit pochendem Herzen und einer zu einem Viertel gefüllten Feldflasche los, das Visier mit dem Beweis seines Tauchgangs und seiner Entdeckung von Danvar war fort, und für seine Anstrengungen hatte er kaum mehr als das Leben im Mark seiner Knochen vorzuweisen. Er trat Sand in die Dunkelheit, hielt sich an häufig genutzte Senken, wo die vielen Stiefelabdrücke eine Verfolgung erschwerten, und rannte wie der Teufel.

33 – DAS GESCHIEHT NICHT WIRKLICH

Vic

Vic warf sich aus der Hintertür von Grahams Laden und rannte über den heißen Sand. Hinter ihr ertönten Schüsse. Anscheinend funktionierten nun die Pistolen beider Männer. In der Düne vor ihr spritzte Sand auf, an einem Blechdach schepperte es, neben ihrem Fuß explodierte der Untergrund, dann biss ein wildes Tier ein Stück aus ihrer Wade.

Vic stürzte vornüber zu Boden. Ihr Bein brannte. Jemand rief, das sei seine Schwester, gottverdammt, bringt sie nicht um. Schritte näherten sich in ihre Richtung. Vic fühlte sie kommen, spürte ein Dröhnen im Sand. Aber das kam nicht von den Verfolgern.

Der Boden öffnete sich und verschluckte sie. Vic war zu überrascht, um Luft zu holen, konnte nur rechtzeitig die Augen schließen. Ein Mundstück wurde an ihre Lippen gedrückt. Sie akzeptierte es und nahm einen tiefen Atemzug, der Sand um sie herum blieb locker, sodass sie atmen konnte; sie spürte die seitliche Bewegung durch den Boden, als sie wie ein Beutestück mitgeschleppt wurde.

Für einen Augenblick wurde ihr das Mundstück weggenommen. Jetzt hatte sie nur Finsternis und Bewegung. Dann war das Mundstück wieder da. Jemand teilte seine Flasche mit ihr. Vic hielt sich an dieser Person fest, wusste, dass man sie gerettet hatte, und hoffte, dass es Palmer war. Die Schmerzen in ihrem Bein verblassten zu einem dumpfen Pochen, und der Anblick von Marcos explodierendem Kopf stieg vor ihren geschlossenen Lidern auf und wiederholte sich unablässig – ein Knall und eine Fontäne von dem, was sie am meisten an ihm liebte, gefolgt von einer tiefen Leere in der Tiefe ihrer Seele. Darum bekam sie nicht mit, dass man sie durch den Sand nach oben an die frische Luft brachte, registrierte nicht, dass sie aus dem Sand raus war, spürte die heiße Sonne nicht auf der Haut, war sich der Luft zum Atmen nicht bewusst, selbst als sie ihre Lungen füllte, wusste nichts von alledem. Denn Marco war tot.

Da war nur diese Tatsache, wie eine alles umfassende Dunkelheit. Ein kaltes Loch mitten in ihrer Brust. Ihre Wangen waren trocken und voller Sand, und Graham hielt sie, rief ihren Namen, fragte sie, ob sie okay sei, und ihr Bein verfärbte eine Düne wie ein Sonnenaufgang.

Graham arbeitete an der Wunde, während Vic wie betäubt dort hockte. Langsam wurde ihr bewusst, dass sie sich auf der Hinterseite einer niedrigen Düne im Ausbildungsgelände befanden, wo man einen Taucheranzug zumindest legal benutzen konnte. Obwohl sie über den Zustand der Legalität weit hinaus waren. Leute wollten sie umbringen. Kein Fund war das wert. Danvar war das nicht wert. Die sinnlose Gewalt der Vergeltungsangriffe stieg in Vic auf und überwältigte sie, die starren Blicke, wenn Menschen in den Dünen herumstolperten, nachdem eine Bombe eine Beerdigung oder eine Hochzeit oder eine Schlange vor einer Zisterne unterbrochen hatte. *Bumm*, und plötzlich ergab die Welt keinen Sinn mehr. *Bumm*, und Mütter klagten. *Bumm*, und Körperteile vermischten sich. *Bumm. Bumm. Bumm.* Die Glücklichen schafften es, dort herauszukommen, um zu trauern. Für die Glücklichen gab es ein Klicken, eine Fehlzündung des Schicksals, einen Blindgänger des Unheils. Vic lag dort auf dem Hang und Marco war tot. Das Leben war kapriziös und grausam und verflucht noch mal absolut dem Zufall unterworfen, und es war hoffnungslos, in einem solchen Albtraum eine Bedeutung zu finden. In einem Albtraum wären ihre zornigen Schreie als heiseres Flüstern herausgekommen, aber Vic schaffte nicht einmal das. Brachte kein Wimmern zustande.

»Du hast Glück«, sagte Graham. Er war außer Atem. Band ihren Unterschenkel mit einem Stück ihres eigenen blutigen Hosenbeins ab, das er abgerissen hatte, ohne dass sie es mitbekommen hatte. »Hat den Knochen verfehlt. Verdammt viel Glück.«

Sie starrte ihn einfach nur an. Im Mund schmeckte sie Blut. Sie hoffte, es war ihres und nicht Marcos. Ihres, weil sie mit dem Gesicht in den Sand gestürzt war, weil sie sich auf die Zunge gebissen hatte. *Lass es nicht seins sein.*

»Ich habe nicht genug Luft für uns beide«, sagte Graham. »Jedenfalls nicht für lange. Und mein Anzug ist nicht voll aufgeladen. Aber wir müssen dich hier wegschaffen. Sie sind hinter mir her.«

»Sie sind hinter Palmer her«, sagte Vic und dachte laut. Ihre Stimme war wieder da, aber sie klang so schwach, als würde der Wind sie von einem weit entfernten Ort zu ihr tragen.

»Ja«, sagte Graham. »Glaubst du, du kannst laufen? Ich habe uns nicht weit weg gebracht. Du solltest hier verschwinden, wenn dein Bein in Ordnung ist.«

»Was ist mit dir?«

»Ich werde die beiden begraben.« Er sagte es wie ein Mann, der ankündigte, pinkeln zu gehen. »Und ich bin in der Lage, in diesen Dünen länger zu leben, als sie nach mir suchen können. Wenn du hierbleiben willst, kann ich versuchen, auf dem Markt eine Luftflasche zu klauen. Ich weiß, wo es einen Anzug gibt …«

»Der Hafen«, sagte Vic. »Dort ist mein Anzug.«

Graham nickte. »Ich kann dich ein Stück weit bringen. Wenn du in Bewegung bleibst, erwischen sie dich nie. Du solltest für ein paar Tage untertauchen. Verschwinde eine Weile aus der Stadt.«

Vic dachte an ihre beiden Brüder, die Zelten waren. Sie fragte sich, wo Palmer steckte. Noch vor einer Stunde war das Leben einfach und gut gewesen. *Klick. Bumm.* So einfach konnte das doch nicht passieren. Unmöglich.

»Hey, Vic, bist du bei mir? Du hast doch keinen Schock? Du hast Blut verloren.«

»Marco«, sagte sie. Zum ersten Mal konzentrierte sie sich auf Grahams Gesicht. Er kam dem noch am nächsten, was ihr als Vater geblieben war. »Ich habe ihn geliebt. Er ist tot. Marco ist tot.«

»Dann sorgen wir uns jetzt lieber um dich. Hast du einen Sarfer im Hafen?«

Sie nickte.

»Ich bringe dich hin. Du musst dir nur überlegen, wo du dann hinwillst.«

»Brock«, sagte sie. Sie erinnerte sich an Marcos Worte. An seine Stimme. Sein Gesicht. »Die nördliche Wüste. Westlich vom Wald, südlich von einer Quelle. Dort geh ich hin.«

Und Vic wurde sich der Sonne auf ihrer Wange bewusst, des Schuttes in ihrem Mund, des Windes in ihrem Haar. Sie wurde lebendig, so wie jemand, der aus dem Schlaf erwachte. Lebendig war sie, aber verändert. Eine leere Hülle, die des Denkens fähig war, des Hörens und des Verstehens.

Die Männer tot sehen wollte.

34 – DIE LETZTE UMARMUNG

Palmer

Palmer hielt den Wind auf seiner linken Wange und ging nach Süden. Noch nie zuvor in seinem Leben hatte er sich so schwach und müde gefühlt, bereit, sich hinzulegen und aufzugeben. Drei Nächte, die er in der Dunkelheit umhergestolpert war und eine immer längere Furche im Sand hinterlassen hatte. Drei Nächte Marsch und drei Morgen, die er im schrumpfenden Dünenschatten geschlafen hatte. Drei Tage, in denen er den Mittag damit verbracht hatte, geröstet zu werden, versucht hatte, sich mit Sand zu bedecken, um seine Haut zu schützen. Drei Nachmittage, in denen er zugesehen hatte, wie der Schatten langsam wieder wuchs und ihm einen Ort gab, an dem er in Ruhe hungern konnte.

Sein schwarzer Tauchanzug war zu heiß, um ihn am Tag zu tragen, also legte er ihn sich über den Kopf, um etwas Schatten zu haben. Nachts konnte ihn derselbe dünne Anzug nicht vor dem Zittern bewahren. Immer, wenn er ihn auszog, ließ ihn der Anblick seiner abgemagerten Gestalt weinen. Seine Rippen standen wie Wanderdünen hervor, sein Becken hatte Ähnlichkeit mit dem eines Toten, seine Beine waren zu dünn, um ihn auch nur einen Schritt weiterzutragen. Seit seiner letzten Mahlzeit war eine Woche oder mehr vergangen, aber bevor er verhungerte, würde er verdursten. Das würde nicht mehr lange dauern. Nicht mehr lange.

Aber obwohl er das wusste, machte er den nächsten Schritt. Ohne den Grund dafür zu kennen. Er schleifte den linken Fuß hinterher und grub eine Furche damit. Die Sonne ging auf, ein Stern nach dem anderen verblasste, bis dort oben nur noch der Mars war, dazu bereit, einen weiteren Tag mit ihm Krieg zu führen. Bald musste er sich den Anzug vom Leib schälen. Ein letztes Mal. Er würde diesen Tag nicht überstehen, konnte den

Hunger nicht länger fühlen. Das nagende Gefühl war kaum noch bemerkbar. Er würde auf dem heißen Sand sterben. An diesem Tag – da war er sich sicher. Mit diesem humpelnden Tempo würden es noch zwei oder drei Nächte bis Springston sein. Die Krähen würden ihn erwischen. Er konnte sie am Himmel kreisen sehen. Sie wussten Bescheid.

»Krächz«, flüsterte er. Seine geschwollene Zunge würgte das Wort heraus. »Krächz.«

Die Sonne stieg über den Hügel zu seiner Linken, ihre nackten Strahlen trafen seine Wange wie eine Ohrfeige. Eine deutliche Erinnerung an seinen Vater. Er erinnerte sich an das einzige Mal, dass ihn sein Vater je geschlagen hatte. Dabei hatte es nur ein Scherz sein sollen. Bloß ein Scherz. Der zweite Tag mit einem Taucheranzug, er hatte zeigen wollen, was Vic ihm beigebracht hatte, wollte ganz untertauchen, glaubte endlich verstanden zu haben, wie man den Sand lockerte und fließen ließ. Er öffnete eine weiche Stelle unter dem Stiefel seines Vaters und schloss den Sand darum, glaubte, er würde stolz auf den Trick sein, würde lachen.

Palmer erinnerte sich an den hellen Lichtblitz und das Geräusch … wie zerberstendes Holz. Das Brennen im Gesicht. Tausend Sonnenbrände. Er war zu Boden geschickt worden, hatte dort mit dem Geschmack von Blut im Mund gelegen. Sein Vater stand über ihm und brüllte ihn an, befahl ihm, sich an den Code zu erinnern, an den Code, den er gerade erst am Vortag gelernt hatte, was mit jedem Taucher geschah, der den Sand zur Waffe werden ließ. Was die anderen Taucher mit ihm machen würden.

Das war das einzige Mal, dass ihn sein Vater geschlagen hatte. Und es war das letzte Mal, dass er versucht hatte, seinen Vater zum Lachen zu bringen. Er war erst zehn Jahre alt gewesen. Ungefähr in Robs Alter. Rob. Der Junge war viel zu neugierig. Das hatte er von ihrem Vater, hatte ihre Mutter behauptet. Falls er sich damit in Gefahr bringen würde, ganz gleich in welche, lag das an ihrem Vater. Das wenige Gute in ihnen hatten sie von ihr. Ihre Seite der Geschichte. Die einzige Seite, die sie gehört hatten, ihre Version der Ereignisse. Das hatte Dad davon. Seine eigene Schuld. Weil er gegangen war. Der arme

Rob. Zu neugierig, der Junge. Machte Ärger. Und nur Conner war da, um auf ihn aufzupassen.

Und Conner … der einfach nur wie sein älterer Bruder sein wollte, der wie sein älterer Bruder hungern und weiterstolpern wollte, Haut, die locker auf den Knochen hing, die über den heißen Sand schlurfte, bevor ihn die Krähen fraßen. Ein Taucher. Der Traum, ohne Grabstein begraben zu werden. Verschollen im Sand. Immer seinem Missgeschick hinterherjagend. Nein … beim Zelten. Sein Bruder war kein Taucher. Er war beim Zelten. Vier Tage unter dem Sand. Drei Nächte marschieren. Eine Woche. Er würde am selben Tag wie sein Vater sterben. Die Nachricht an seinem Bauch war die Wahrheit. Poesie und Wahrheit.

»Krächz«, flüsterte Palmer den kreisenden Krähen zu. Er griff nach der Feldflasche und schüttelte sie, als hätte sie sich selbst gefüllt. Noch immer gab es die Möglichkeit, auf eine Quelle zu stoßen. Eine Oase. Er marschierte stundenlang und dachte an seine Brüder, an das Ende seines Lebens, in dem er nichts zustande gebracht hatte, hielt Ausschau nach einer Oase. Die Sonne röstete den Sand und an diesem Tag blieb er nicht stehen. Zog den Taucheranzug nicht aus. Begrub sich nicht im Sand. Würde nicht bis zum Abend durchhalten. Aber das tat er doch. Er bezweifelte jeden Schritt und machte den nächsten. Die Krähen schrien ihren Unglauben heraus. Palmer wollte lachen, aber sein Hals war dicht, zu sehr geschwollen, die aufgesprungenen Lippen bluteten und klebten zusammen. Und da, in der wabernden Hitze des Nachmittags, stand ein Baum am Horizont. Ein einzelner Baum. Zeichen von Wasser. Ein weiteres Trugbild, durch das man stolpern konnte, durch dessen Mitte man trockenen Sand treten konnte. Aber vielleicht würde er echt sein.

Er hielt auf den Baum zu. Voller Hoffnung. Bewegte sich mit der Energie, die seine Knochen noch hergaben. Der Baum kam näher. Näher, als sein Stolpern hätte ermöglichen sollen. Der Baum umrundete eine Düne. Der Mast eines Sarfers. Das blutrote Segel der Rebellen. Brock und seine Männer.

Palmer versuchte zu laufen, ein Teil seines Verstandes erinnerte sich an die Zeit, in der das möglich gewesen war. Aber sein verdammenswerter Körper rief ihm die jüngsten Ereignisse zurück ins Gedächtnis, und er brach zusammen. Palmer spuckte Schutt aus. Er hustete – seine geschwollene Zunge war im Weg. Ein Blick zur Seite zeigte den auf ihn zurasenden Sarfer. Vielleicht entdeckte man ihn ja nicht. Aber diese verdammten Krähen, die wie eine Wolke in die Tiefe schießender Pfeile über ihm kreisten, verrieten ihn. *Hier, hier*, riefen sie. Und der Sarfer kam.

Vielleicht um ihn zu retten. Die Rebellen würden ihn retten. Beinahe wäre er aufgestanden und hätte mit den Armen gewunken, aber dann sah er wieder Haps aufklaffenden Mund und seinen zerbrochenen Körper vor sich, hörte die Rufe im Zelt, ihn zu töten. Noch zwei Nachtmärsche, und er hätte es in die Außenbezirke von Springston geschafft. Das glaubte sein fieberndes Gehirn, während er anfing, sich Sand über den Kopf zu schaufeln. Er hockte auf den Knien, die Stirn in eine Düne gedrückt, den Hintern in die Luft gestreckt, und füllte die Hände und warf ihn sich auf den Nacken, denn der Wind war keine Hilfe. Dabei schluchzte er nach Hilfe, schluchzte unter den kreisenden Krähen und versuchte sich selbst zu begraben, bevor ein anderer das tat.

Das Knirschen von Sarferkufen, die den Wüstenboden aufschnitten, näherte sich, dann spritzte feiner Sand durch die Luft, als das vom Wind angetriebene Fahrzeug rutschend zum Halt kam. Palmer hielt die Stirn am Boden und biss sein Wimmern zurück. Sein Rücken blieb in den Himmel gereckt, der Taucheranzug hing lose um seine Gestalt, Sand rieselte aus seinem Haar und vom Nacken herab.

Er hörte das Sirren, als ein Tau durch Handschuhe und hölzerne Blöcke glitt. Baum und Mast ächzten, als man ein Segel reffte und dann im Wind flattern ließ. Stiefel landeten im Sand und knirschten auf ihn zu. Ein Schwert, das ihn durchbohren sollte, oder eine Feldflasche, die ihm Wasser spendete – er hatte weder den Mut noch die Energie hinzusehen. Seinen Verstand hatte er tausend Dünen weit hinter sich zurückgelassen.

Jemand bat ihn, seine Hände zu zeigen, wollte seine Handflächen sehen. Die Anweisung erfolgte erneut. Er versuchte die Hände zu heben, schaffte es aber nicht. Es war das Schwert. Für ihn war das Schwert gekommen.

Starke Hände berührten seine Schultern und rollten ihn herum. Sand fiel aus seinem Haar in sein Gesicht. »Palm«, sagte die Stimme. »Palm.«

Die Fata Morgana seiner Schwester. Eine Halluzination. Seine Schwester, hinter ihr das flatternde Segel eines Rebellensarfers. Seine Schwester, die ihre Handschuhe auszog und Sand von den Wangen rieb, den Schlamm von seinen Tränen. Auch sie weinte. Mit zitternden Händen griff sie nach ihrer Feldflasche. Ihr Gesicht war eine Maske des Schreckens, hervorgerufen von seinem Anblick. Palmer konnte nichts sagen.

Weinend hob sie sein Kinn. »Palm. Ach, Palm.« Kostbares Wasser wurde auf seine Lippen getropft und um die dicke Zunge herum. Sein Hals war wie eine geballte Faust. Schlucken unmöglich. Er konnte nicht. Das Wasser löste sich in seinem Mund auf, drang in seine Zunge ein und wurde absorbiert. Vic goss nach. Ihre Hand zitterte, ihre Augen tropften Wasser wie ihre Feldflasche; sie flüsterte seinen Namen. Sie hatte ihn gesucht.

Das Wasser blieb in seinem Mund, bis es verschwand. Eine weitere Kappe, gefolgt von etwas wie einem Schlucken, laut und schmerzhaft, von einem Körper, der sich wieder erinnerte, wie es ging.

»Danvar«, krächzte er. »Ich hab es gefunden.«

»Das weiß ich«, sagte Vic. Sie wiegte ihn hin und her. »Das weiß ich.«

»Es könnte Ärger geben«, zischte Palmer. Er musste ihr von Brock erzählen, von den Bomben, und ihr sagen, sie solle von diesem Ort verschwinden.

»Spar deine Kräfte«, sagte sie. »Alles kommt wieder in Ordnung.«

Sie wischte sich die Wangen ab, und Palmer sah zu, wie noch mehr Tränen aus ihren Augen kamen. In der Nähe flatterte das lose Segel, die Krähen schauten zu und wollten wissen, was nun geschah, Vic versicherte ihm immer wieder, dass alles in Ordnung käme, obwohl sie zu schluchzen angefangen hatte. Aber selbst als sie ihn fest umarmte und ihm zuflüsterte, dass alles in Ordnung käme, wusste er, dass das nur eine Geschichte war, eine Geschichte wie die, die man sich über einer flackernden Laterne in einem Familienzelt erzählte und die gelogen war.

Teil 4

DONNER IM OSTEN

35 – DIE OASE

Vic

Der Sarfer scharrte über den Boden und kam langsam zum Stehen. Sand prasselte gegen das hellrote Segel und wehte als Schleier über die Kante des Baumes. Vic ließ es herunter und musterte die Senke zwischen den Dünen. Eine Handvoll Baumstümpfe zeigte fahrig zum Himmel; was für hohe Bäume hier auch immer vor langer Zeit gestanden haben mochten, sie waren schon vor langer Zeit niedergehauen worden. Zwischen den Stümpfen gab es eine dunkle Stelle im Sand, beinahe so, als würde die Sonne einen Schatten werfen. Es war keine Oase, aber es würde reichen müssen.

Sie sprang vom Deck und half ihrem Bruder vom Lastgerüst. Das kleine Sonnensegel, das sie für ihn gefertigt hatte, damit er im Schatten liegen konnte, war von dem halben Tag Fahrt nach Süden bereits fadenscheinig geworden. Ein Teil von ihr wollte schnell nach Springston, und zwar noch vor Einbruch der Dunkelheit. Der Rest von ihr war davon überzeugt, dass ihr Bruder es ohne Wasser nicht so weit schaffen würde.

Als Vic ihn in die Arme nahm, wackelte sein Kopf hin und her. Er wog kaum mehr als eine Druckluftflasche und eine Ausrüstungstasche zusammen. Sie bettete ihn in den Schatten des Sarferrumpfes und schnappte sich Marcos Taucheranzug aus dem Bündel mit Ausrüstungsgegenständen, das sie auf seinen Rudersitz gequetscht hatte. Sie faltete den Anzug mehrmals zusammen, hob Palmers Kopf und schob das Kissen zwischen ihn und den Sand.

Palmer bat um Wasser. Vic zog ihre Feldflasche vom Rücken und schüttelte sie. Leer. »Warte kurz«, sagte sie. »Ich hol dir welches.«

Sie ließ ihn im Schatten zurück. Am Ruder war ihr Taucheranzug in den kleinen Windgenerator gesteckt, der vom Heck des Sarfers in die Höhe ragte. Vic trennte die Verbindung, zog sich in der heißen Sonne aus, nahm großzügig Sand, mit dem sie ihre Achselhöhle und die schweißbedeckte Brust bearbeitete, dann rieb sie sich so gut ab, wie es ging. Schließlich schlüpfte sie in den Taucheranzug, der wie schmelzendes Gummi roch und heiß war. Tränen liefen ihr über die Wangen. Sie verfluchte sie und wischte sie fort. Ihr Bruder lag im Sterben. Ihr Bruder war nur noch ein Haufen Knochen, die von der Sonne verbrannt waren. Ihn auf diese Weise zu sehen, entsetzte sie. So wie es sie entsetzte, dass Marco, ihr Geliebter, tot war. Vor ihren Augen ermordet. Und jetzt würde sie auch einen Bruder verlieren.

Sie grub das Visier aus der Tasche mit der Ausrüstung, wischte sich erneut die Wangen ab und schwor sich, dass das nicht passieren würde. Nicht Palmer. Mit zusammengebissenen Zähnen versprach sie es. An diesem Tag würde niemand mehr sterben. Niemand. Sie schlang sich Marcos Feldflasche über den Kopf, die leer gegen ihre eigene und Palmers klapperte. »Ich bin gleich wieder da«, versprach sie. Dann suchte sie am Horizont nach Sarfermästen. Auf dem Weg nach Süden hatte sie Dutzende in der Ferne gesehen, aber im Augenblick war alles frei. Palmer schien friedlich neben dem Rumpf zu schlafen. Zumindest redete sie sich das ein, als sie den Anzug unter Strom setzte und im Sand verschwand.

* * *

Palmer lag allein auf dem warmen Boden und starrte auf die dunkle Stelle, an der seine Schwester verschwunden war. Die Minuten vergingen wie Stunden. Die Krähen, die ihnen auf ihrem Weg nach Süden gefolgt waren, kreisten am Himmel über ihnen. Seine Schwester hatte seine Feldflasche mitgenommen. Haps Flasche, auf der an der Seite sein Name stand. Er erinnerte sich an den Tauchgang, bei dem Hap seinen Namen dort mit dem Tauchermesser eingeritzt hatte. Sie hatten ihre Ausrüstung im Sand begraben zurückgelassen. Hap hatte die Befürchtung gehabt, sie könnten ihre Flaschen verwechseln. Es war das gleiche Modell. Beide waren neu. So jung waren sie damals gewesen. Hatten sich Sorgen gemacht, wem was gehörte. Hatten sich Sorgen gemacht, was das Teilen anging. Eine zaghafte Freundschaft. Ein ganzes Leben lang her.

Weitere Minuten verstrichen. Palmer starrte in die Wüste hinaus. Vic hatte ihre Feldflasche in seinen Mund geleert, eine Kappe nach der anderen. Sein Magen hatte sich verknotet. Springston und die Hoffnung schienen weit weg zu sein. Und wenn sie dort waren, wo sollten sie hin? Leute wollten ihn tot sehen. Haps Körper stieg vor seinem inneren Auge auf, wie verdreht er gewesen war. Worin zum Teufel hatte er sie nur verwickelt? Und wofür? Ein paar Münzen?

Eine Krähe glitt in die Tiefe und landete auf dem Sarfer. Das Hauptsegel schlug und der Vogel schlug zurück. Mit dem Schnabel hackte er auf das Aluminium ein. Der grimmige Schnitter klopfte um Einlass. Palmer hob den Arm und bat ihn zu verschwinden. Er fragte sich, was er tun sollte, falls Vic nicht zurückkehrte. Wie lange würde es dauern, bis die Sonne weitergewandert war und sich der Schatten aufgelöst hatte? Wie lange würde es dauern, bevor ein anderer Taucher oder ein Brigant den Sarfer mit seinem flatternden Segel entdeckte? Wie lange?

Die Krähe zuckte zusammen und schwang sich mit einem hektischen Schlag ihrer schwarzen Schwingen mühsam in den Himmel. Palmer hörte ein tiefes Seufzen. Er wandte den Kopf. Vic schob sich aus dem Boden, Sand regnete von ihrem Körper herunter und wurde von der Brise erfasst. Sie nahm tiefe Atemzüge. Verschnaufte kurz. Und dann klappte sie das Visier hoch und überraschte Palmer mit der Andeutung eines Lächelns.

36 – EINE NACHRICHT VON VATER

Rob

»Wir werden Vaters Zelt einreißen«, warnte Rob. Er sah sofort, was sein älterer Bruder vorhatte; das verriet ihm die Art und Weise, wie er die Schnüre verknotete. Das würde nicht gut für das Zelt sein.

»Das ist *unser* Zelt«, berichtigte ihn Conner. »Deins und meins. Nicht Vaters. Und wir können das Mädchen schlecht den ganzen Weg in die Stadt tragen.«

Conner beugte sich wieder über die Schnüre, und Rob sah zu, wie sein Bruder im schwachen Licht des Sternenhimmels arbeitete. Hinter dem Niemandsland, wo die sporadischen Schritte trampelnder Riesen zu hören waren, hellte sich der Horizont auf. Seiner Schätzung nach würde die Sonne in einer Stunde aufgehen.

Er wandte sich wieder dem Mädchen zu und beobachtete ihren Schlaf. Sie hatten sie zusammen mit dem Bettzeug nach draußen geschafft, um das Zelt abbauen zu können. Sie lag flach auf dem Rücken, mit dem Kopf nach Osten und den Füßen nach Westen. Sand sammelte sich in ihrem Haar. Hätte sich ihre durch den Riss in dem Hemd teilweise freiliegende Brust nicht kaum merklich gehoben und gesenkt, hätte man sie für tot halten können. Rob streckte die Hand aus und zog den Stoff zusammen, bedeckte das bleiche Fleisch. Er hatte zugesehen, wie Conner ihre Wunden gesäubert hatte. Sein Bruder hatte zwei zusätzliche Wasserflaschen und alle möglichen Vorräte und Verbandszeug dabei. Rob fragte gar nicht danach. Er wusste, wozu sie gedacht gewesen waren. Er fragte auch nicht, warum sein Bruder das Zelt mitten in der Nacht verlassen hatte. Er kannte sein Ziel. Die Vorstellung, ganz allein zu sein, machte ihm Angst, aber genau das hatte Conner geplant. Rob behielt das alles für sich. Er sah oft, wie Dinge funktionierten, auf welche Weise sie zusammenpassten, aber er hatte schon vor langer Zeit aufgegeben, diese Dinge Älteren zu erklären. Wenn er seine Erkenntnisse verkündete, sahen ihn die Erwachsenen nur mit seltsamem Gesichtsausdruck an, so als glaubten sie ihm nicht. Oder hätten Angst vor ihm. Oder beides.

»Wenn du damit fertig bist, ihre Brüste zu betatschen, kannst du meinen Rucksack nehmen und das verdammte Zelt am Flattern hindern.«

Rob schnappte sich den Rucksack. Seinem Bruder zu sagen, dass er ihre Brüste nicht betatscht hatte, war sinnlos. Das hätte nur danach geklungen, als hätte er es getan. Schweigen würde aber auch wie ein Eingeständnis aussehen. Es spielte keine Rolle, also sparte er sich den Atem. Er stellte den Rucksack auf das flatternde Zelt, genau gegenüber der Stelle, an der Conner seine Knoten machte. Die Plane hörte auf, sich in der vormorgendlichen Brise zu bewegen.

»Mach ein Kissen für sie. Dort oben, wo ihr Kopf liegen wird.« Sein Bruder klang ärgerlich. Nein, es war schlimmer als das. Er war er selbst. Er klang ängstlich und unsicher. Das gefiel Rob nicht.

»Wir sollten ihren Kopf hierhin legen und sie mit den Füßen voraus ziehen«, sagte er. »Um Wind und Sand von ihrem Gesicht fernzuhalten.«

Conner musterte ihn kurz. Dieser Blick. »Was auch immer«, sagte er. Das sagten Erwachsene, wenn sie meinten: *Du hast recht.*

Das Mädchen wurde kurz auf dem Sand abgelegt. Das Bettzeug kam auf das Zelt, und dann kam das Mädchen auf das Bettzeug. Die ganze Ausrüstung wurde auf dem flachen Zelttuch verteilt, das nun einem Sarfer ohne Kufen und Mast ähnelte. Nur zwei Bündel Taue, die man schultern musste. Es war ein langer Weg zurück zur Stadt, aber weder Rob noch sein Bruder beklagten sich, als sie ihre Halstücher richteten, sich die Seile über die Schultern legten und dagegenstemmten.

»Und wenn sie stirbt, bevor wir dort sind?«, fragte Rob.

»Das wird sie nicht.«

»Aber wie willst du das wissen?«

»Ich weiß es einfach, okay? Und jetzt halt die Klappe und leiste deinen Beitrag, sonst gehen wir im Kreis.«

Rob zog. Er zählte seine Schritte. Wann immer er konnte, zählte er alles, das sich zählen ließ. Ein paar Jahre zuvor hatten er und Conner beim Zelten eine windlose Nacht erlebt, und als das Feuer niedergebrannt war und die Sterne am Himmel hell hervorgetreten waren, hatte er fünftausendzweihundertachtundfünfzig Sterne gezählt. Dann war er sich nicht mehr sicher, dass er längst schon wieder von vorn angefangen hatte. Zahlen beruhigten ihn auf eine Weise, wie es Worte nicht vermochten. Dachte er mit Worten, drehten sie sich im Kreis und kollidierten miteinander, wurden immer angsteinflößender, genau wie in diesem Augenblick, in dem er zu zählen vergaß und sich an den Zeltausflug erinnerte und befürchtete, ein totes Mädchen über den Sand zu schleifen.

»Sie hat es aus dem Niemandsland geschafft«, sagte Conner schließlich, als könnte er Robs Sorge spüren. »Sie wird es bis zur Stadt schaffen.«

Rob widersprach nicht. Er stemmte die Stiefel in den Sand und versuchte so viel zu leisten wie sein Bruder. An einer Ferse bildete sich eine Blase, das konnte er genau fühlen. Er war müde. Es fühlte sich an, als wären sie erst vor wenigen Stunden schlafen gegangen.

»Wie stehen die Chancen, dass jemand in genau dieser Nacht auftaucht?«, fragte er seinen Bruder. »Von allen Nächten in dieser Nacht?«

»Nicht gut«, antwortete Conner. »Ungefähr so, als würde man ein Sandkorn fallen lassen und es dann wiederfinden. So stehen die Chancen.«

Rob war derselben Meinung. »Sie hat gesagt, sie hätte ... eine Nachricht von Vater.« Die Anstrengung, ihre Last zu ziehen, ließ ihn zwischen den Worten grunzen.

»Sie war im Delirium. Sei still und zieh. Gehen wir etwas nach rechts und dann um die nächste Düne. Dort kommen wir in den Windschatten.«

Rob gehorchte. Seine Gedanken behielt er für sich. Woraus resultierte, dass er nicht wissen konnte, ob Conner all das zusammensetzte, das er zusammensetzte. Zufälle ergaben zwar keinen Sinn, aber wenn sie passierten, konnten sie einen auf wirklich seltsame Gedanken bringen. Da war ein Junge in Shantytown – ein Junge in seiner Klasse –, dessen Dach zweimal im Abstand von sechs Jahren eingestürzt war, beide Male an seinem Geburtstag. Beide Male war er begraben worden, aber man hatte ihn wieder ausgegraben. Jetzt schlief er an jedem Geburtstag unter den Sternen und ließ sich auch nicht davon abbringen. Außerdem hasste er die Zahl sechs. Und so albern Rob das auch fand, er war ziemlich davon überzeugt, dass – wäre dies ihm passiert – er genauso gehandelt hätte.

Und jetzt wirbelten in seinen Gedanken alle möglichen neuen Fakten. Leute kamen aus dem Niemandsland. Das sollte nicht geschehen. Vielleicht war der Alte Joseph also doch nicht so verrückt. Der Alte Joseph hatte behauptet, das Niemandsland durchquert zu haben und zurückgekehrt zu sein, aber niemand glaubte ihm. Dennoch. Vielleicht lebte Vater irgendwo dort draußen. Vielleicht hatte er ihnen dieses Mädchen geschickt. Und wenn dem so war, dann hatte er sie losgeschickt, damit sie in der Nacht eintraf, in der er und sein Bruder dort sein würden. Aber sie hatte noch etwas anderes gesagt …

»Hey, Conner?«

»Scheiße, Rob, was ist denn?«

»Sie hat nicht *euer* Vater gesagt. Sie hat nur Vater gesagt.«

»Hör auf, Rob. Ich denke grad nach.«

Die Blase an Robs Ferse platzte. Rohes Fleisch fing an zu scheuern. Bald würde Sand in die wunde Stelle geraten, dann würden die Schmerzen erst richtig losgehen.

»Ich denke auch nach, weißt du.« Er biss sich auf die Lippe und versuchte nicht zu humpeln, versuchte stark zu sein. Neben ihm holte sein Bruder tief Luft.

»Ich weiß. Tut mir leid. Worüber denkst du nach, kleiner Bruder?«

»Dass sie *Vater* gesagt hat, als wäre ihrer und unserer ein und derselbe.«

Sie kamen in den Schutz einer großen Düne, und das Flüstern des Windes verstummte, so wie der Sand nicht länger um ihre Knöchel wehte, sondern hoch oben über ihren Köpfen.

»Ich habe das Gleiche gedacht«, gab Conner schließlich zu.

37 – DIE SANDERSTICKTEN SCHREIE DER STERBENDEN

Rose

Der Zettel verkündete die schlechte Nachricht in einer einzelnen Zahlenreihe. Es wurde mehr abgezogen als hinzugefügt. Rose wäre schon begeistert gewesen, hätte sie die Kosten gedeckt, wäre also für jeden ausgegebenen Dollar ein Dollar reingekommen. Aber solche Ergebnisse gab es selten. Falls es ein Nullsummenspiel gab, dann spielten es nur ein Haufen Gewinner und Verlierer. Geschäfte wie das ihre gingen unter – und zwar häufig buchstäblich –, während sich anderswo die Reichtümer in den Himmel stapelten. In dieser Hinsicht glichen Münzen dem Sand: Sie flossen nur in eine Richtung. Und um das Elend jener im Westen zu verschlimmern, verliefen beide Unheilsströme entgegengesetzt. Die Armen brachten ihre Münzen nach Osten und erhielten dafür Eimer voller Sand.

Es waren die verdammten Wasserpreise. In diesem Jahr hatten sich die Kosten für einen Liter beinahe verdoppelt, also hatte sich auch der Bierpreis fast verdoppelt. Und die Damen des Balkons brauchten trotzdem ihre Dusche. Nicht so sehr für ihre Klienten – von denen konnte man nicht einmal erwarten, dass sie über den eigenen Gestank die Nase rümpften –, aber doch dafür, dass sich die Damen überhaupt selbst ertrugen. Rose hatte es länger aufgeschoben, als sie es hätte tun sollen. Sie würde den Preis pro Glas erhöhen müssen, ebenso wie die Zimmermiete. Dann würde ein großes Geschrei einsetzen; Leute würden so tun, als schröpfe sie sie aus reinem Vergnügen. Aber in Wahrheit musste der Laden dicht machen, wenn sie noch so einen Monat hatten.

Der Lärm jenseits ihrer Tür, in dem Leute Geld ausgaben, diente als zeitweiliger Trost. Die Nachricht von Danvars Entdeckung hatte die Taucher in Aufregung versetzt. Selbst die Lords schienen interessiert zu sein. Schon herrschte Gerangel, wer aufgrund von Mineralienansprüchen Titel anmelden konnte; man stritt sich und vergoss Bier über uralten Karten. Rose sah das nicht zum ersten Mal. Man würde es eilig haben, sämtliche Beute auszugeben, die man zu machen hoffte. Dem würden dann die knappen Zeiten folgen, wenn dieselben Spieler um Kredit und Almosen baten. Zwischen beiden Extremen holten die Leute kaum Luft. Es war das betrunkene Taumeln eines Besoffenen, der gegen jede Düne auf jeder Seite stieß, während er tausend Schritte zurücklegte, wo zehn gereicht hätten.

Aber Rose wusste, dass ein langsamer Aufstieg ebenfalls in einem schlimmen Sturz enden konnte. Sie hatte einen Mann geheiratet, der derartige Fressräusche beklagt hatte. Ihr Mann hatte sein Vermögen ganz allmählich angehäuft, hatte einen Hang der Schande bis zu dieser friedlichen Düne erklommen und war dann weiter den großen Wall hinaufgeklettert. Dort war er genauso adrett heruntergesprungen. Alles, was er ihr hätte hinterlassen können, wurde von schurkischen Schlägern an sich gerissen, die sich selbst Titel verliehen und der Meinung waren, ein Bad und saubere Klamotten würden sie zu natürlich geborenen Prinzen machen. Ihr war nichts als das *Honey Hole* geblieben, das ihr Mann beim Würfeln gewonnen hatte.

Nachdem man sie mit ihren Kindern auf die Straße gesetzt hatte, war es lediglich ein Ort gewesen, an dem man die Nacht verbringen konnte. Andererseits war es aber auch ein Geschäft gewesen, das man führen konnte. Ihre einzige Einnahmequelle. Sie kümmerte sich um die Mädchen und leitete die Bar, baute auf dem Dach etwas Gemüse an. Was auch immer dazu nötig war, um das Wasser fließen zu lassen. Aber jede neue Woche zog sich die Schlinge um ihren Hals nur noch enger. Sie hatte nach einem Käufer gesucht, aber wer würde schon einen Laden kaufen, der kaum mehr als seine Kosten einbrachte? Jeder bekam seinen Lohn, dafür sorgte sie. Die Säufer, die den Laden morgens für ein Bier fegten, machten mehr Profit als sie. Nach den Schulgebühren für die Kinder und der Taucherausrüstung, die Palmer und Vic brauchten, um ihre Tauchplätze nicht zu verlieren, blieb für Rose nichts mehr übrig. Nichts, das ihnen bei ihrem Start ins Leben helfen konnte, damit sie ein Geschäft eröffnen konnten, einen Marktstand mieten, egal was. Nichts als steigende Kosten. Berge von Münzen, die sich in Berge von Verachtung verwandelten. Eine Verachtung, die ihre Gefühle für ihren Mann in Verbitterung verwandelt hatte, weil er sich in die Nacht verdrückt und ihr nur ein Zelt und ein Hurenhaus hinterlassen hatte, zwischen denen sie sich entscheiden konnte.

Lange Zeit hatte sie ausschließlich die Männer an der Bar bedient, nur *diesen* Durst gestillt. Aber da waren diese nicht enden wollenden Stunden des Grübelns gewesen, wie knapp ihre Mittel doch waren, und die scherzhaften Angebote hatte es oft gegeben. Stets von einem Lachen begleitet, aber da hatte auch immer das Klirren von Münzen mitgeschwungen. »Hey, Rose, wenn du jetzt mit mir nach oben gehst, geb ich dir fünfzig.« – »Hey, Rose, einhundert. Ich hab grad in Low-Pub groß abgesahnt.« – »Hey, Rose.« – »Hey, Rose.« – »Hey, Rose.«

Dann war die Nacht gekommen, in der hundertzwanzig Münzen gereicht hatten. Das war der Preis. Er reichte aus, um eine Membran in ihrem Inneren zu zerreißen, eine Grenze, die sie geschworen hätte, niemals überschreiten zu können. Aber viele Monate harter Zeiten hatten diese Haut zerschlissen. Hatten sie so fadenscheinig gemacht, dass es die richtigen Worte auf die andere Seite schafften.

Das Angebot kam von einem Gast, den sie gut genug kannte, mit dem sie sich auch verabredet hätte, hätten sie auf derselben Seite der Theke gesessen, in jeder anderen Bar, an jedem anderen Ort, zu jeder anderen Zeit. Sie hätte auch umsonst mit ihm geschlafen, so wie es jede respektable Frau tat. Stattdessen ließ sie ihn bezahlen. Und es war nicht einmal schlimm gewesen. Er hatte sich für sie interessiert. Sie gefragt, ob dieses oder jenes in Ordnung sei. Hatte die ganze Arbeit gemacht. Hatte sie nicht geschlagen oder ihr den Hintern versohlt, hatte sie nicht gefragt, ob er sie würgen dürfte. Hatte ihn herausgezogen und sie sogar mit seinem Hemd gesäubert. Sie hätte es auch umsonst getan. Hätte das fast sogar gesagt, als er die

Münzen auf ihren Nachttisch legte. Wackelige Dinger, diese Münzen. Wie die hohen Wohnkratzer im Osten.

Und dann war er wieder in die Bar gegangen, und Rose hatte dort gesessen und die vielen Münzen auf diesem Nachttisch betrachtet, den ihr Ehemann ihr hinterlassen hatte, und eine andere Frau hatte dieses Zimmer verlassen, eine veränderte. Ihr war klar geworden, dass sie überleben würde. Aber es würde ein anderes Ich sein. Eine andere würde überleben, würde die Erinnerungen an ihr früheres Ich mitschleppen; da würde ein winziges Echo dieser Frau tief in ihrem Kopf verborgen sein, eine kleine Stimme der Person, die sie früher einmal gewesen war.

Als Palmer am nächsten Tag um etwas Unterstützung gebeten hatte, hatte es sich anders angefühlt. Damals war er vierzehn gewesen, und Rose hatte geglaubt, er könnte es ihr ansehen. Geglaubt, er wüsste Bescheid. *Sie* wusste es auf jeden Fall, und die zehn Münzen, um die er bat und immer bekam, wogen plötzlich so viel wie zehntausend. Palmer steckte sie unbeschwert ein. Als wäre es das gleiche Geld. Aber dafür war es zu schwer verdient worden. Sollte nicht so gleichgültig ausgegeben werden. Nicht einfach verschwinden. Und in diesem Augenblick hatte sich der Graben zwischen ihr und ihren Kindern aufgetan. Er hatte sich nicht an dem Tag geöffnet, an dem es ihre Beine getan hatten, sondern an dem, da sich ihre Hand geöffnet hatte. Sie sagte sich, dass es die einzige Möglichkeit gewesen war. Es gab keine andere. Sie würde sich ihren Unterhalt auf die einzige Weise verdienen, die ihr zur Verfügung stand. Und der Preis, den es kostete, diesen Unterhalt zu verteilen, konnte nur steigen.

Es war nicht zu verhindern gewesen, dass ihre Kinder es herausfanden. Männer redeten nicht, sie prahlten. Sie prahlten auch über gemietete Liebe. Und Kinder hören alles. Sie sind Echoräume. Und das, was sie von ihren Eltern lernen, nehmen sie wesentlich bereitwilliger mit zur Schule, als dass sie sich von dort etwas Vernünftiges holen. Die Prahlerei eines Vaters wird zur Möglichkeit, einen Mitschüler zu quälen. Und so hörten die Jungs über ihre neue Tätigkeit von der schlimmsten aller Quellen.

Obwohl, auch das war nicht die ganze Wahrheit. Vic hatte es von jemand noch Schlimmerem gehört als die Jungs. Von einem Kunden. Ein junger Mann, der eine vorlaute Bemerkung gemacht hatte, der geglaubt hatte, es könnte ein Kompliment sein, der in der Hitze der Leidenschaft gesagt hatte, dass die Tochter erfahrener war als die Mutter.

Da war Vic bereits nicht mehr ins *Honey Hole* gekommen, hatte sich dem Laden nicht einmal mehr genähert. Und danach war sie nicht bereit gewesen, Rose überhaupt zu sehen. Nicht für drei lange Jahre. Und so fingen ihre Kinder an zu verwelken, so wie der Dachgarten, wenn Wasser für Duschen und Bier Vorrang hatte. Sie fingen an, für sie zu sterben und umgekehrt. Selbst wenn die kleine Stimme tief in ihrer Seele gelegentlich einknickte und hart verdientes Geld gab. Selbst wenn ein Teil von ihr am Morgen das Kissen feucht gemacht hatte, in leisen Schluchzern. Das hörte niemals auf.

Dies alles und viel mehr hatte ihr Mann an dem Tag mitgenommen, an dem er die Flucht ergriffen hatte. Das alles und viel mehr hatte er gestohlen. Aber sie würde überleben. Das schwor sich Rose, als sie die Zahlenreihen studierte, bei denen mehr abgezogen als hinzugefügt wurde. Es klopfte an der Tür. Sie warf einen Blick auf die Uhr. Ihr Sechs-Uhr-Termin.

O ja, sie würde überleben.

38 – KEIN ORT FÜR EIN MÄDCHEN

Conner

Als die Jungs in Springston eintrafen und den großen Wall umrundeten, war die Sonne aufgegangen. In diesem Teil der Stadt gab es noch immer Schatten, in dem die Leute der aufgehenden Sonne entgehen konnten und vor dem heranschleichenden Sand geschützt waren. Aber obwohl es früh und Sonntag war, spürte Conner, dass etwas nicht stimmte. Da war eine nervöse Stimmung in der Stadt, wie nach einer Bombenexplosion – aber Bomben gingen nur selten so früh am Tag hoch. Wenn es ums Aufstehen ging, waren die jungen Männer, die für Gewalt sorgten, genauso faul wie alle anderen jungen Leute auch. Davon abgesehen gab es keine Rauchsäulen. Keine klagenden Mütter. Stattdessen war der Horizont voller Sarfersegel. Der Hafen stand leer, aus dem Boden ragten unbenutzte Anlegepfosten; hier wehte nur der Wind. Leute standen vor ihren Häusern und unterhielten sich mit ihren Nachbarn, waren schon unterwegs, obwohl die Märkte noch nicht geöffnet waren.

»Geh nach links«, befahl Conner seinem Bruder. Am Rand von Springston gab es einen Arzt, der manchmal Leute aus Shantytown behandelte. Vielleicht half er ihnen. Vielleicht konnte man ihm vertrauen, wenn er herausfand, wo das Mädchen hergekommen war.

Wo das Mädchen hergekommen war. Conner riskierte einen Blick über die Schulter. Es könnte sein, dass sie schlief, aber auch, dass sie tot war. Sie konnte zusammen mit ihrer Familie ins Niemandsland gegangen und nach zwei Tagen wieder umgekehrt sein. Aber sie hatte seinen Namen gesagt. Hatte ihren Vater erwähnt. Falls sie starb, würde man ihnen ihre Version der Ereignisse glauben? Oder würde er zu dem Alten Joseph werden, der an der Kreuzung der großen Dünen mit einem

Schild in der Hand stand und auf verängstigte Kinder einbrüllte und sie vor dem Niemandsland warnte?

Diese Gedanken schwirrten lange vor Sonnenaufgang in seinem Kopf herum. Er konnte nicht aufhören, daran zu denken, was dieses Mädchen möglicherweise alles wusste und erzählen konnte, falls es überlebte. Vielleicht lebte ihr Vater noch. Zwölf Jahre hatten sie an der Grenze zum Niemandsland gezeltet, zwölf Jahre hatten sie dem schrillen Wind gelauscht, der über die Stierwunde heulte, zwölf Jahre in Shantytown, wo sich ihre Mutter verkaufte – und ihr Vater befand sich möglicherweise noch immer dort draußen.

Conner überholte Rob, seine Beine stapften los, während seine Gedanken rasten. Sie umrundeten die Decke und hielten vor Doc Welshs Praxis an …

»Geschlossen«, sagte Rob.

Da war ein Schild an der Tür. Die Hälfte der Marktstände, an denen sie vorbeigekommen waren, waren geschlossen, aber ein Blick zur Sonne verriet Conner, dass es nach neun war. Sie waren seit fast fünf Stunden unterwegs. »Was ist hier denn nur los?«, fragte er. Er ließ das Seil fallen und ging zu dem Mädchen auf der Zeltplane. Rob hatte recht behalten, was die Materialbelastung anging. Es war deutlich zu sehen, wo es riss. Er holte die Feldflasche aus seinem Rucksack und kniete sich neben das Mädchen, um ihm Wasser zu geben.

»Ist heute ein besonderer Sonntag?«, fragte Rob.

»Nicht, dass ich wüsste.« Im Schatten der Arztpraxis machte Conner eine Kappe voll. »Klopf an die Tür.«

Sein Bruder gehorchte. Eine Frau, die ein Bündel auf dem Kopf balancierte, eilte vorbei. »Hey«, rief Conner ihr zu.

Sie wurde langsamer. Die Last wackelte, als sie den Kopf drehte.

»Weißt du, ob Doc zu einem Patienten unterwegs ist?«

Die Frau sah sie an, als kämen sie gerade aus der Nordwüste. Für das auf der Zeltplane reglos liegende Mädchen hatte sie nur einen kurzen Blick übrig. »Vermutlich ist er aufgebrochen, um nach Danvar zu suchen. Habt ihr es nicht gehört?«

»Danvar?« Conner glaubte sich verhört zu haben.

Die Frau wagte nicht zu nicken. »Man hat es gefunden. Die

halbe Stadt ist schon losgezogen. Die andere Hälfte versucht das nötige Geld aufzubringen. Ich muss weiter.«

Sie und ihre Last drehten sich um und eilten los.

»Warte!«, rief Conner. »Dieses Mädchen braucht Hilfe!«

»Viel Glück«, rief die Frau.

Conner drehte sich um und wandte sich an das nächste Paar, das vorbeieilte, zwei Männer mit Druckluftflaschen auf dem Rücken, die sich sichtlich bemühten, nicht in seine Richtung zu blicken, damit sie sich nicht schuldig zu fühlen brauchten. Rob sah aus, als würde er gleich in Tränen ausbrechen. Die Kappe Wasser verschwand im Mund des Mädchens, aber es schluckte nicht. Conner versuchte nach dem Puls zu tasten, wusste aber nicht so richtig, wie man das machen musste. Vielleicht spürte er auch nur den Puls in seinem Daumen.

»Was zum Teufel?«, fragte er und musterte seine Hände. Sie waren wund vom Schleppen. Die lange Wanderung mit dem Gewicht des Zeltes und des Mädchens ließ seine Beine schmerzen. In Springston gab es Ärzte, die er sich nicht leisten konnte, aber er konnte ihnen sagen, welche Möglichkeiten dieses Mädchen vielleicht bot. Welche Bedeutung es vielleicht hatte. Oder er konnte in Shantytown von einer Tür zur nächsten gehen und um Hilfe bitten. In der Hoffnung, dass jemand wusste, was man abgesehen davon, der Verletzten Wasser zu geben und ihre Wunden zu säubern, alles tun musste.

»Was ist mit Mutter?«, fragte Rob.

Mit zitternden Fingern schraubte Conner wieder die Kappe auf die Flasche. Er sah zu seinem Bruder hoch, dem Tränen über die Wangen strömten. Es war die schlechteste vorstellbare Idee. Aber vermutlich war ihre Mutter auch die einzige Person, die das Mädchen aufnehmen würde, die wissen würde, wie man ihm helfen konnte.

»Sei verflucht«, sagte Conner zu seinem Bruder. Er verfluchte ihn, weil er recht hatte.

39 – EINE ROSE AUF DEM KISSEN

Rose

Die undichte Stelle im Rohr war nicht geflickt worden, obwohl der Klempner das behauptet hatte. Rose konnte sehen, dass der braune Fleck, der sich an der weiß gestrichenen Decke ausgebreitet hatte, gewachsen war. Es war ein Fleck in einem Fleck in einem Fleck, drei konzentrische braune Ringe verschiedener Schattierung, je ein Ring für die drei Besuche, bei denen sie der Klempner über den Tisch gezogen hatte, je ein Fleck für die drei Male, bei denen die Kessel oben kostbares Wasser geleckt hatten. *Tropf, tropf, tropf* verschwanden die Münzen.

Der Riss dort oben wurde auch schlimmer. Breiter. Ein Zick am Ende dessen, was nur ein Zack gewesen war, das sich seinen Weg über die gewölbte Oberfläche bahnte. Der Sand verschob sich, die Wände verzogen sich, das Haus geriet aus den Fugen.

Und die Federn. Die Bettfedern mussten geölt werden. Sie klangen wie der verrückte Schrei eines wahnsinnigen Vogels, wie ein Tier, das ununterbrochen zirpte und auf eine Antwort wartete, auf irgendein Lebenszeichen, aber nur eine rhythmische Stille erhielt. Eine Pause für jedes Quietschen. *Woche, Woche, Woche, Woche*. Die Jahre türmten sich auf.

Dieses Bett hatte ihr Mann voller Triumph mitgebracht, hatte es aus fast vierhundert Metern Tiefe geborgen. Zumindest hatte er damit geprahlt. Und es war schwer. Das konnte sie bezeugen. Als der Palast gefallen war, hatte sie es mit einem Freund hergeschafft. Das war alles, das ihr auf dieser Welt noch geblieben war: das Bett, der Toilettentisch, dieses Bordell. Es war passend, wie ihr Mann sie für dieses neue Leben vorbereitet und zurückgelassen hatte. Andere Männer beschäftigten sich damit, ihre Familie auf die Füße zu bekommen. Rose war auf einen Mann hereingefallen, der sie auf dem Rücken zurückgelassen hatte.

»Wie war es für dich?«, fragte der Mann. Offensichtlich war er fertig. Sah nun erwartungsvoll auf sie herunter, Schweiß tropfte von seiner Nase und landete zwischen ihren Brüsten. Seine muskulösen, aber mit Fett durchzogenen Arme zitterten. Er hatte mehr Haare auf den Schultern als auf dem Kopf, und sein Bart war voller Sand.

»Du bist der Beste«, sagte Rose.

»Ach, das sagst du nur so.« Mit einem Grunzen ließ er sich zur Seite fallen, ein Schwarm überraschter Federn zirpte.

»Das ist nicht wahr«, erwiderte Rose. »Du weißt, dass du mein Liebling bist.« Sie betete zu den Göttern, dass er sie nicht nach seinem Namen fragte. *Bitte, bitte, bitte frag nicht.* Den wollten sie immer hören, um es persönlich werden zu lassen, um mehr zu bekommen als nur ihre Zeit. Aber er fragte nicht. Schlimmer: Er fing an zu schnarchen.

Rose stöhnte und bewegte sich verstohlen zum Waschbecken. Sie zog das Stück zurechtgenähten Schweinedarm zwischen ihren Beinen hervor und wusch es in der flachen Pfütze aus. Die milchigen Schwimmer wirbelten zusammen mit den anderen auf der Oberfläche, bevor sie langsam nach unten sanken. Rose drapierte den Darm auf dem Beckenrand, wo er zusammen mit den beiden anderen trocknen konnte. Mit einem Handtuch wischte sie das ab, das ausgelaufen war und auf der Innenseite ihres Oberschenkels bis zum Knie geflossen war. Während der Mann schnarchte, zog sie sich an. Sollte er länger als eine Stunde bleiben, würde sie ihm das Bett zusätzlich in Rechnung stellen. Geschah ihm recht.

Sie verließ das Zimmer und blieb auf der schmalen Galerie stehen, die das Innere des *Honey Hole* umkreiste. So früh am Morgen herrschte unten Totenstille, aber die Reste des lauten Abends waren überall verteilt. Auf dem Boden schliefen Männer ihren Rausch aus und umklammerten dabei die Beine der Barhocker wie Geliebte. *Dort haben sie genauso viel Zeit verbracht wie auf jeder Frau*, dachte Rose. Ein Kartenspiel war mittendrin abgebrochen worden, Spieler und Pot waren verschwunden, aber die leeren Krüge, Dosen und Gläser standen dicht gedrängt um die hingeworfenen Blätter herum. In der Raummitte mussten zwei Pfützen beseitigt werden – Pisse oder verschüttetes Bier. Idioten verschwendeten ihr Geld für Flüssigkeiten, die sie entweder nicht reinbekamen oder die sofort durchliefen.

Auf der Galerie – oder der Muschipromenade, wie sie einer der Stammgäste genannt hatte – öffnete sich eine andere Tür. Doria stand auf der Schwelle und ließ gerade einen tiefen Abschiedskuss über sich ergehen, bevor ihr Kunde die Treppe zur Bar hinunterwankte. Unterwegs fummelte er an den Knöpfen seines Hosenschlitzes herum.

Doria und Rose wechselten einen müden und wissenden Blick. Sie schauten über das Geländer hinweg auf alles, das vor der Happy Hour an diesem Abend sauber gemacht werden musste. Die Wochenendhölle. Kein Schlaf für die Trostlosen.

Rose versuchte sich an eine Zeit vor dieser Routine zu erinnern. Sie kam sich wie ein Häufchen Sand auf fremdem Boden vor, das keine Ahnung hatte, wie es dort hingekommen war. Der Wind hatte sie von einer Düne zur nächsten transportiert und immer näher an ein Ziel gebracht, für das sie sich niemals entschieden hätte, hätte es eine Möglichkeit gegeben, den Wind zum Zuhören zu zwingen.

Hinter der Theke stand niemand. War entweder pissen oder nach Hause gegangen. Diese Bar war mal die erste Düne gewesen, dachte Rose. Dort hatte sie gestanden und leere Krüge abgetrocknet, hatte die Männer lüstern blicken lassen, bevor sie nach oben gingen, um einem ihrer Mädchen fünf Minuten Missvergnügen abzuverlangen. Das war die erste Düne gewesen. Die zu all den anderen geführt hatte. Eine Frau, die so lange nicht zum Verkauf stand, bis das *Honey Hole* zum Verkauf stand. Aber für den Laden gab es keine Interessenten. Nur noch ein paar Jahre, hieß es, bevor es unter einer Düne verschwinden würde. Die Kontobücher waren nicht gerade ermutigend, hieß es auch. Nicht genug Geld drin, wurde gesagt. Man kann das Geschäft nicht mit dem Vergnügen verbinden, darüber lachte man.

Rose war nahe dran gewesen, einfach zu gehen. Daran gehindert hatte sie nur, dass sie nicht wie ihr Mann sein wollte.

Selbst diesen Luxus hatte er ihr genommen. Sie im Stich zu lassen, hatte sie so zornig gemacht, dass es ihr die Macht genommen hatte, weglaufen zu können. Darum war sie gefangen.

Die Tür ihres Gefängnisses öffnete sich mit einem Quietschen und ließ etwas Licht herein. Es waren ihre Kinder. Rob und Conner. Genau zu der richtigen Zeit, um einfach so mit ausgestreckten Händen reinzuplatzen, weil sie etwas brauchten. Um ein Haar hätte Rose sie angebrüllt – und sie hätte die Stimmung, in die ihre Kunden sie versetzten, an ihnen ausgelassen. Aber dann sah sie, was Conner da schleppte. Nicht das. Das konnte sie nicht gebrauchen. Sie eilte die Treppe hinunter, um sie fortzuschicken und ihnen zu sagen, sie sollten zu einem verdammten Arzt gehen, sie nicht mit ihren Fehlern behelligen. Aber Conner kam ihr zuvor – und er sagte das Unmögliche.

40 – TICKENDE BOMBEN

Vic

Vic kam aus dem feuchten, schweren Sand und nahm tiefe Züge der prächtigen Luft. Sie ruhte sich so lange in der prallen Sonne aus, wie sie es wagte, bevor sie sich zu ihrem Bruder im Schatten des Sarfers gesellte. Palmer hatte sie mit offensichtlicher Erleichterung beobachtet, das Lächeln auf seinem Gesicht glich einer Grimasse. Aber als sie ihm eine Feldflasche reichte, in der nun Quellwasser schwappte, schien er sein verschwommenes Spiegelbild auf dem funkelnden Metall wahrzunehmen. Das gequälte Lächeln wurde zu einem angestrengten Stirnrunzeln. Er griff sich an die Wange.

»Ich sehe wirklich nicht gut aus«, flüsterte er. Tränen standen in seinen Augen, als Vic ihm die Flasche wieder abnahm und die Kappe abschraubte. Er erwiderte ihren Blick. Tastete nach seinen angeschwollenen Lippen. »Wie seh ich aus?«

»Du siehst aus wie jemand, der tot sein sollte, es aber nicht ist. Das ist ein toller Look.«

»Ich fühle mich wie eine Blase, die gleich platzt.«

»Ja, das wollte ich als Nächstes sagen.«

Sie teilten so etwas Ähnliches wie ein Lachen, dann reichte ihm Vic die offene Flasche. Palmer nahm einen kleinen Schluck, seine Wangen blähten sich auf und zogen sich wieder zusammen, als er den Mund mit dem Wasser spülte. Mühsam schluckte er. »Du bist so lange fort gewesen …«

»Tut mir leid. Da war nicht viel an der Quelle. Ich musste ein ganz schönes Stück runter, um die Flaschen zu füllen. Es ist Schutt drin, also halt die Flasche nicht zu schräg …«

»Schon in Ordnung. Ich könnte eine ganze Düne verschlingen.« Seine Hände zitterten, als er die Flasche wieder an die Lippen hob.

Vic half ihm dabei. Während er sich damit abmühte, das

Wasser runterzubekommen, nahm sie einen kleinen Schluck aus Marcos Flasche. Ihre Lippen schlossen sich um die Stelle, die vor kurzer Zeit noch ihr Geliebter berührt hatte. Sie versuchte an etwas anderes zu denken. »In der Stadt besorgen wir dir etwas zu essen. Aber vielleicht sollten wir heute Nacht hierbleiben.«

Ihr Bruder blickte an ihr vorbei zum Horizont. »Sind wir sicher? Ist uns keiner gefolgt?«

Vic strich das Haar aus seiner Stirn. Sie musste an die Zeit denken, in der er so viel jünger gewesen war. Im Augenblick erschien er noch jünger. Ihr Bruder hatte schreckliche Angst. »Was ist passiert?«, fragte sie. Bis jetzt hatte sie ihn noch nicht nach dem Tauchgang oder der Entdeckung gefragt, oder nach den Leuten, die in Springston nach ihm gesucht hatten. Die Sorge, ihn zu verlieren, war viel zu groß gewesen; Wasser und Proviant zu finden und ihn zu pflegen, damit er wieder zu Kräften kam, war viel wichtiger gewesen.

Ihr Bruder nahm einen weiteren Schluck aus der Flasche, seine mit Blasen übersäten Hände zitterten. Vorsichtig tupfte er sich mit dem Ärmel seines Taucheranzugs die aufgesprungenen Lippen ab. Zuckte zusammen. Starrte zu den Sandschleiern hoch, die im Wind wehten.

»Sie hatten nie beabsichtigt, uns gehen zu lassen«, sagte er. »Wir sollten Danvar finden und dann sterben.«

»Aber ihr habt es gefunden.«

Palmer nickte. »In einer Tiefe von fünfhundert Metern.«

»Nein.« Vic lehnte sich gegen den Rumpf und blockierte den Wind für Palmer. »So tief bist du nicht getaucht.«

»Sie hatten eine Grube mit einem Schacht gegraben, hatten die ersten zweihundert Meter für uns geräumt. Ich weiß nicht, wie sie das angestellt haben. Hunderte Taucheranzüge, die miteinander verbunden waren. Es war erstaunlich. Und die Kratzer dort unten, Vic. Du solltest sie sehen. Hunderte Meter hoch. Bei fünfhundert Metern sind wir auf die Spitze des größten von denen gestoßen. Bis zur Straße unten waren es mindestens noch mal fünfhundert Meter.«

Er musste ihren ungläubigen Blick bemerkt haben. »Sie haben eine Grube ausgehoben«, sagte er. »Hatte ich das schon erwähnt? Aber dann sind wir dreihundert Meter tief gegangen. Vermutlich sogar dreihundertfünfzig.«

»Du bist dreihundert Meter tief gegangen? Hast du den verfluchten Verstand verloren?«

»Du kannst das, aber ich soll das nicht können?«

Darauf hatte sie keine Antwort. Nicht ohne wie ihre Mutter zu klingen. »War alles unberührt?«

Etwas wie Unbehagen fuhr über das Gesicht ihres Bruders. »Nicht ganz. Zwei andere Taucher waren vor uns nach unten gegangen, aber sie haben es nicht zurückgeschafft.«

»Also seid ihr die Ersten gewesen, die es zuerst nach unten und dann wieder zurückgeschafft haben? *Ihr* habt Danvar entdeckt.« Vic entging nicht, wie ungläubig und beeindruckt sie klang.

Palmer senkte den Blick. »Hap hat es vor mir nach oben geschafft. Und Hap hat die Stadt zuerst entdeckt. Er war es.«

»Aber du hast doch gesagt, dass er tot ist.«

Palmer griff sich an die Stirn, als würde er dort etwas suchen. »Mein Visier. Sie haben unsere beiden Visiere.« Das schien ihn noch mehr in sich zusammensinken zu lassen, in diesem viel zu großen Taucheranzug. Als hätte man gerade die letzte Lebenskraft aus ihm herausgepresst.

»Glaubst du, du könntest Danvar wiederfinden?«, wollte Vic wissen.

Er zögerte. »Ich weiß es nicht. Vielleicht. Wenn wir ihr Lager finden oder die Spuren ihres Feuers, dann vielleicht. Aber ohne das Loch, das sie gegraben hatten, liegt es zu tief, um diese Gebäude wieder zu erreichen.«

»Ich könnte es bis dorthin schaffen«, behauptete sie.

Er musterte sie, fast als wollte er sich vergewissern, ob sie ihn auf den Arm nahm.

»Weißt du, wie sie den Ort überhaupt gefunden haben? Woher wussten sie, dass sie dort graben müssen?«

Palmer wies mit dem Kopf auf den Himmel. »Die Sterne. Colorados Gürtel. Sie hatten eine Karte, die Low-Pub, Springston und eine andere Stadt in einer Reihe zeigte, genau wie bei der Sternkonstellation. Der dritte Stern war Danvar. Sie wussten, wo es ist.«

»Eine Karte ...«

Ihr Bruder fuhr zusammen. Ein Zucken aus Leben und Energie. Aufgeregt tastete er den Bauch ab, fummelte am Verschluss seiner Bauchtasche herum, und Münzen regneten zu Boden.

»Scheiße«, sagte Vic. Sie hob eine auf. Es war eine Kupfermünze. Makellos. Wunderschön. Dreißig oder mehr von ihnen purzelten zu Boden und wurden schnell von dem Sand bedeckt, der ununterbrochen über den Boden wehte und Gegenstände und Abdrücke zudeckte. Sie hob sie auf, was ihren Bruder aber nicht zu interessieren schien. Er zog ein zusammengefaltetes Stück Papier aus der Tasche.

»Eine Karte«, sagte er und versuchte, sie zu entfalten, zitterte dabei aber. Vic half ihm, nahm sie schließlich ganz. Es war ein großes Blatt. Es flatterte im Wind, Sand sammelte sich in den Falten und rieselte schließlich in ihren Schoß. Derartige Karten oder auch nur Fetzen davon waren Vic nicht neu; Sand, Zeit, Feuchtigkeit hatten dem Papier zugesetzt, manchmal waren sie auch von einer Hand zur nächsten gewandert, was seine Spuren hinterlassen hatte. Aber diese hier war unberührt und wunderschön anzusehen.

»Du hast ihre Karte«, sagte sie. »Scheiße, Palm, du hast ihre Karte.«

»Nein. Die habe ich in dem Kratzer gefunden. Sie lag neben den Münzen.«

Vic beugte sich über das Papier, um es vor dem Wind zu schützen. Sie faltete die Karte in der Mitte, dann noch einmal, musste mit den Falten kämpfen, hatte Angst, der Wind oder sie könnten sie zerreißen. Da waren überall Ortsnamen, Straßen und Zahlen. Man hätte jeden Fetzen einer Karte, die sie je gesehen oder von der sie gehört hatte, zusammensetzen können, und hätte trotzdem nicht einmal einen Bruchteil dieses gewaltigen, unbeschädigten Blattes gehabt.

»Weißt du, was das bedeutet?« Vic studierte das Rechteck, das nach ihren Bemühungen nun oben lag. Da war eine hellgelbe Anhäufung von Schnörkeln, über der das Wort *Pueblo* geschrieben stand. Aber es war die Reihe von Rechtecken, die ihre Aufmerksamkeit erregt und auf diesen Teil der Karte konzentriert hatte. Es war der schiefe Buchstabe Y, den die Rechtecke an einer Stelle bildeten; der andere Teil erinnerte an den Buchstaben H. Daneben befand sich ein gebogenes Gebäude, von dem sie wusste, dass es früher einmal von einem Zelt bedeckt gewesen, nun aber mit Sand gefüllt war.

»Puh ... eh ... blow. Inter ... national. Är ... port.« Vic stolperte über die Worte, las sie phonetisch. Mit dem Finger folgte sie der Ansammlung langer Rechtecke, die sie in ihrem eigenen Visier gesehen hatte, die sie als lange zerborstene Betonquadrate unter dem Sand kannte. Unter den Ruinen von Low-Pub. Es handelte sich um denselben Ort. Da gab es keinen Zweifel.

»Was ist das?«, fragte Palmer. Seine Augen waren weit aufgerissen. »Kannst du das lesen?«

»Ich kenne diesen Ort. Ich war dort. Das ist das alte Low-Pub, die begrabenen Ruinen direkt westlich von der Stadt. Scheiße, Palm, das ist eine Goldmine.«

»Das alte Low-Pub ist doch völlig geplündert«, erinnerte Palmer sie.

»Ich weiß. Aber das ist eine Karte der *alten Welt*. Dieses Ding ist uralt. Und was den Maßstab angeht ...« Sie hielt drei Finger zusammen und platzierte sie zwischen Low-Pub und der Tauchstelle, aus der sie seit Monaten Kisten hochholte. Dann drehte sie die Karte um und faltete sie neu, um etwas anderes zu enthüllen. Jeweils mit drei Fingern maß sie den Weg nach Norden ab. Genau dort, wo sie es erwartet hatte, befand sich eine noch größere Ansammlung von Schnörkeln und Ortsnamen. »Colorado Springs«, sagte sie. Und verspürte ein Frösteln, als sie die Worte las und begriff, dass damit Springston gemeint war. Plötzlich schienen Visiere vor ihre Augen geklappt zu werden, die sie durch all den Sand hindurchsehen ließen, der die alte Welt erstickt hatte. Sie war ein Gott, der aus dem Himmel in die Tiefe spähte. »Das da ist der Twin Rock Path.« Sie zeigte ihrem Bruder die schwarze doppelte Linie, die zwischen Low-Pub und Springston verlief. Diesem Weg war ihr Urgroßvater gefolgt, um Low-Pub zu entdecken. Zumindest erzählte dies die Legende.

»Inter ... stait ... fünfundzwanzig«, buchstabierte Palmer.

»Der Weg hat eine Zahl.« Er versuchte sich aufzusetzen, um besser sehen zu können.

»Hier sind tausend Tauchstellen«, sagte Vic. Ihr schwindelte. Sie war wie benommen und aufgeregt. Die Gefahr, in der ihr Bruder schwebte, trat einen Augenblick lang in den Hintergrund. Aber länger auch nicht.

»Die Leute, die mich tot sehen wollen«, sagte Palmer. »Ich … ich glaube nicht, dass sie Danvar gesucht haben, um es zu plündern. Ich bin mir nicht mal sicher, ob sie überhaupt hinter Danvar her waren.«

Sie riss sich von der Karte los. »Aber warum sollten sie euch sonst danach tauchen lassen?«

Palmer lehnte sich wieder gegen den Rumpf. Er starrte auf die dunkle, feuchte Stelle im Sand. »Als ich wieder nach oben kam, füllte sich die Grube, die sie ausgehoben hatten, schon wieder. Und sie hatten einige Zelte abgebaut, als hätte sie nur interessiert, die alte Stadt zu finden. Als wollten sie eigentlich weiter. Und dann kam eine Gruppe zurück, die irgendwo anders gewesen war. Sie ist in der Nacht zurückgekehrt, in der ich dort nach Wasser gesucht habe. Sie war aufgebrochen, um etwas zu finden.«

Vic verstand nicht. Aber sie unterbrach ihren Bruder nicht. Er setzte in Gedanken etwas zusammen.

»Ich erinnere mich, dass sie uns befohlen hatten, präzise zu sein. Sie wollten nur, dass wir diese Kratzer finden, und zwar auf den letzten Meter genau. Ich glaube, sie haben ihre Karte genauso wie du dafür benutzt, andere Tauchstellen zu finden. Darum wussten sie, wo man nach Danvar suchen musste. Sie kreisten eine andere Stelle ein. Wollten den präzisen Standort wissen, um herauszubekommen, wo sie graben müssen.«

»Wie kommst du darauf?«

Palmer wandte sich ihr zu. »Weil sie gefunden haben, wonach sie suchten. Ich glaube, es war eine Bombe. Ich habe in einem ihrer Zelte nach etwas zu essen und zu trinken gesucht. Da lag eine Kiste mit kleineren Bomben. Ich habe mich versteckt und gehört, wie sie über dieses eine Gerät gesprochen haben – ich habe es selbst gesehen, es sah seltsam aus. Sie sagten, diese eine Bombe könnte ganz Low-Pub zerstören. Und ich glaube ihnen. Sie meinten es ernst. Sie waren organisiert. Sie lachten darüber, die Wüste einzuebnen. Ich glaube, sie wollen das durchziehen.«

Vic musterte ihren Bruder. Wieder warf sie einen Blick auf die Karte. »Wann?«

»Ich weiß es nicht. Das war vor drei Tagen. Sie haben mich unter dem Tisch entdeckt. Sind vermutlich davon ausgegangen, dass ich alles gehört habe. Ich erinnere mich, dass sie Springston zuerst treffen wollten.«

»Vielleicht ändern sie ja ihre Pläne, weil du sie belauscht hast. Vielleicht blasen sie die Geschichte auch ganz ab.« Sie versuchte hoffnungsvoll zu klingen.

»Oder sie tun es früher. Vic, wir müssen nach Springston. Wir müssen Conner und Rob dort fortschaffen. Wir müssen alle warnen.«

»In Springston gibt es Leute, die uns tot sehen wollen«, erinnerte sie ihn.

»Brock und seine Leute sind nach Springston unterwegs, und sie wollen *alle* tot sehen«, fügte Palmer hinzu.

Die Worte stachen wie eine Woge Sand. Vic schüttelte ihre Feldflasche und lauschte, wie der Inhalt plätscherte. Ihr Bruder richtete den Blick zum Himmel, wo die Krähen kreisten und die Spitzen der Dünen als graue Wehen davongetragen wurden. Vic wusste, dass er recht hatte. Sie faltete die Karte mit den tausend unentdeckten Schätzen zusammen und schob sie in ihre Tasche. Sie wusste, dass er recht hatte und sie zurück nach Springston mussten. Und es gefiel ihr kein bisschen.

41 – EINE GESCHMUGGELTE GESCHICHTE

Violet

Ein Wolf biss ihr in die Lippen. Der Albtraum aus heißem Wüstensand, eiskalten, windigen Nächten und einem Rudel wilder Bestien, die an ihrem Fleisch rissen – ein Schwall Wasser auf ihrem Mund ließ das alles zerplatzen. Und das junge Mädchen wachte in einem seltsamen Zimmer auf.

Eine Frau stand über sie gebeugt. Da war ein Bett. Sie lag auf einem Bett unter Laken, so sauber und weiß wie Kinderzähne. Ihr Taucheranzug und ihre Unterhosen waren verschwunden, sie trug lediglich ein Männerhemd, das von einem weißen Band zusammengehalten wurde. Es roch süß und sauber. Sie wollte das Hemd berühren, doch da schrie ihre Seite auf, dort, wo sie gebissen worden war.

»Lieg still«, befahl die Frau. Sie legte die Hand auf die Schulter des jungen Mädchens und zwang es zurück in die Kissen. In dem Zimmer befanden sich auch zwei Jungen. Es waren die Jungen aus einem ihrer Träume. »Kannst du noch einen kleinen Schluck trinken?«, fragte die Frau.

Sie nickte und ein Krug kam in Sicht. Das Wasser darin war so klar wie Glas. Sie hob die Hände, um zu helfen, aber die waren verbunden und nutzlos. Das Wasser verbrannte ihren Mund auf die bestmögliche Weise.

»Wie heißt du?«, fragte die Frau.

»Violet.« In dem seltsamen Zimmer klang ihre Stimme ganz winzig.

Die Frau lächelte. »Wie die Blume.«

Der ältere der beiden Jungen trat näher an das Bett heran, und Violet erinnerte sich an sein Gesicht aus ihrem Traum, dabei war es gar kein Traum gewesen. Conner. Er hatte sie aufgehoben und getragen. Sie wusste, wo sie war, und dass dies hier die Realität war. Sie wandte sich an die Frau mit dem Wasser, die sich nach ihrem Namen erkundigt hatte.

»Vater hat gesagt, violett sei die Farbe gewesen, die er gesehen habe, als ich geboren wurde, so als würde man unter dem Sand die Luft sehen. Darum hat er mich Violet genannt.«

Die Frau strich ihr das Haar aus der Stirn; ein finsterer Ausdruck trat auf ihre Miene, als wäre das die falsche Antwort gewesen.

»Darf ich noch etwas Wasser haben?«, flüsterte Violet. Ihr Mund war so trocken.

»Nur ein bisschen«, sagte die Frau. »Man kann auch zu viel trinken.«

Violet nickte. »Man kann ertrinken. Wie in einem Fluss. Oder wenn man schlechtes Wasser aus einer Tränke trinkt.« Sie hob den Kopf und nahm noch einen Schluck. Der jüngere der beiden Jungen stand am Fuß des Bettes und starrte sie an. Sie wusste, wer er war. »Du bist Rob.«

Der Junge zuckte zusammen, als hätte ihm jemand auf den Fuß getreten. Er fasste sich wieder und nickte.

»Vater hat gesagt, dass wir ungefähr im gleichen Alter sind.«

»Dann hat er ja keine Zeit verschwendet«, murmelte die Frau mit dem Krug. Sie klang aufgebracht. »Wo ist er jetzt? Wie weit entfernt liegt dein Dorf?«

»Wie hast du das Niemandsland durchqueren können?«, fragte der ältere Junge.

»Wie alt bist du?«, wollte Rob wissen.

Die Frau schnipste energisch mit den Fingern, und die Jungen schienen zu wissen, dass das bedeutete, man solle den Mund halten. Und Violet kam eine Erkenntnis. »Du bist meine zweite Mom«, sagte sie. »Du bist Rose.«

Diese Worte ließen die Wangen der Frau zucken. Sie öffnete den Mund, um etwas zu sagen – vielleicht wollte sie sagen, dass sie natürlich nicht ihre Mom war –, aber stattdessen wischte sie ein Auge ab und blieb stumm. Die beiden Jungen schienen darauf zu warten, dass Violet die Fragen beantwortete, aber sie hatte die meisten schon wieder vergessen.

»Ich komme nicht aus einem Dorf.« Sie legte den Kopf auf das Kissen und blickte sehnsüchtig nach dem Wasserkrug in den Händen der Frau. »Ich komme aus einem Lager. Es hat keinen Namen, sondern nur eine Nummer, und wir dürfen es nicht verlassen. Es gibt Zelte und Zäune, und vom Lager aus können wir die Stadt sehen. Kinder aus der Stadt kommen zum Zaun – es gibt zwei Zäune, damit einen der zweite aufhält, falls man den ersten bezwungen hat. Ein paar der Kinder aus der Stadt werfen Süßigkeiten durch den Zaun, andere werfen Steine – normalerweise sind das die größeren Kinder, also treffen die Steine viel härter als die Süßigkeiten, aber wir haben sowieso den Befehl, uns vom Zaun fernzuhalten …«

»Was für eine Art Lager ist das?«, wollte Rose wissen.

»Als würde man Zelten gehen?«, sagte Rob, wofür er wieder ein Fingerschnipsen erhielt.

»Ein Bergarbeiterlager«, sagte Violet. »Dort sprengt man den Boden und holt die wertvollen Sachen mit Netzen aus dem Boden. Jedenfalls bezeichnet der Vorarbeiter sie so, aber Vater sagt, dass das gar keine richtigen Netze sind. Da sind Magnete drin. Er kennt sich mit Drähten und Magie aus. Man zwingt uns, in den Trögen nach den schwereren Stücken zu suchen, die auf den Grund sinken. Den ganzen Tag stecken wir bis zum Ellbogen im Wasser, im kalten Wasser. Das lässt Hände und Finger verschrumpeln. Die Leute, die aus dem Süden ins Lager kommen, nennen es *das Fleisch beschneiden …*«

»Wasser bis zum Ellbogen.« Conner schnaubte. »Und wo kommt dieses ganze Wasser her?«

Es war klar, dass er ihr nicht glaubte. Vater hatte Violet davor gewarnt, dass ihr niemand glauben würde. »Das Wasser kommt aus dem Fluss. Aber man kann es nicht trinken. Ein paar tun es trotzdem, und dann sterben sie. Wegen der Metalle und der Schürfarbeit. Trinkwasser kommt von weiter stromaufwärts, hinter all den Lagern, aber davon gibt man uns nicht viel. Vater sagt, man hält unseren Mund trocken und ertränkt unsere Arme, um uns in den Wahnsinn zu treiben. Aber mich macht das nicht verrückt. Nur durstig.«

Diese Worte brachten ihr einen weiteren Schluck aus dem Krug ein. Violet fühlte sich besser. Es waren die Laken, das

Dach über dem Kopf, der Krug mit Wasser und die Menschen, mit denen sie reden konnte.

»Wie heißt diese Stadt?«, fragte Rose. »Wo ist mein Ehemann?«

»Die Stadt wird Agyl genannt. Jedenfalls von den Leuten auf der anderen Seite des Zauns, aber die reden komisch, und Vater sagt, dass ich viel zu sehr wie sie spreche, weil ich im Lager geboren wurde. Es soll eine kleine Stadt sein, aber Vater sagt, sie ist größer als die Stadt, aus der er kommt. Ich weiß es nicht. Es ist die einzige Stadt, die ich je gesehen habe. Nur eine Bergbaustadt. Die größeren Städte sind angeblich näher am Sonnenaufgang, den ganzen Weg bis zum Meer. Aber das ist …«

»Was ist das Meer?«, fragte Rob.

Wieder ein Schnipsen.

»Erzähl mir von den Leuten im Lager«, sagte Rose. »Wie viele sind dort? Wo kommen sie her?«

Violet holte tief Luft. Sie warf einen Blick zum Krug. »Es gibt Hunderte. Fünfhundert? Noch mehr. Die meisten kommen wie Vater aus dem Sonnenuntergang. Ein paar kommen auch dorthin, weil sie in den Städten etwas Unrechtes getan haben. Einige wenige davon lässt man wieder heraus, nachdem sie lange gearbeitet haben, aber es kommen immer mehr wieder rein. Unser Lager hatte eine hohe Zahl als Namen, also muss es viele von ihnen geben, wie Vater meinte. In unserem Lager sind Leute aus dem Norden und dem Süden, und genau wie wir sind sie immer hungrig. Diejenigen, die aus dem Sonnenuntergang kommen, lässt man niemals gehen. Nie. Es gibt Zäune und Türme, um auf sie aufzupassen, und Netze, mit denen man sie einfangen kann.«

»Wie geht es … deinem Vater?«, fragte Rose. Ihre Stimme klang komisch. Violet betrachtete den Krug.

»Darf ich noch etwas Wasser haben? Es ist schon eine Weile her.«

Rose ließ sie einen kleinen Schluck nehmen. Die Art erinnerte Violet an ihren Vater und sie fing an zu weinen. Mit dem Handrücken wischte sie sich die Tränen ab und trank sie auch. »Vater hat gesagt, dass du nach ihm fragen wirst, und ich soll sagen, dass es ihm gut geht, aber er sagt nicht immer die Wahrheit.«

Das ließ Rose lachen, aber dann schlug sie die Hand vor den Mund und weinte auch. Die Jungen blieben stumm, ohne angeschnipst zu werden. Violet dachte darüber nach, was sie sagen wollte. Einiges davon hatte man ihr *befohlen* zu sagen, aber ein paar Wahrheiten sollte sie auch einflechten.

»Man gibt uns nicht genug zu essen«, sagte sie. »Das behaupten die Erwachsenen. Dann kommen Leute mit Muskeln und nehmen sich alles. Manchmal geht jemand auch für immer. Dann, wenn man ihnen die Laken über die Köpfe zieht, sind sie verschwunden. Ich nehme immer mein Kinn runter, genau so.« Sie zog das Kinn an die Brust und tat so, als würde sie ein Laken fest an den Hals drücken. »Damit mir das nicht passiert. Vater war stärker als die meisten Männer dort. Groß. Mit dunklen Augen und dunkler Haut, so wie die Männer aus dem Sonnenuntergang, mit dunklem Haar, so wie bei dir.« Mit dem Kopf deutete sie auf Conner. »Aber wenn er schläft, kann ich einen Finger zwischen seine Rippen legen, und seine Rippen bewegen sich, denn er hat mir zu viel von seinem Brot gegeben.«

Violet dachte über das nach, was sie sagen musste. Es war eine Menge. So viel, dass ihre Gedanken ins Stocken gerieten, so wie es manchmal bei den Trögen passierte, wenn es zu viel Metall gab.

»Hat er gesagt, wie man ihn findet?«, fragte Conner. »Was sollen wir tun?«

Diesmal erfolgte kein Schnipsen, damit sie still waren. Ihre zweite Mom wischte sich die Wangen ab und wartete auf eine Antwort.

»Er hat einen Zettel geschrieben«, sagte Violet.

»Eine Nachricht von Vater?«, fragte Rob.

»Wo ist sie?«, wollte Conner wissen.

»Sie hat sich in meinem Anzug befunden, auf meiner Haut. Ich glaube, ich habe sie zusammen mit dem Rucksack verloren. Vater hat mir befohlen, sie nicht zu lesen.« Sie zögerte.

»Schon okay«, sagte Rose. Ihre zweite Mom erinnerte Violet sehr an ihre erste.

»Ein Stück davon habe ich gelesen, als er sie schrieb. Er hat mir das Versprechen abgenommen, nicht noch mehr zu lesen. In dem Teil, den ich gelesen habe, hieß es, man sollte nicht nach ihm suchen, sondern nach Westen über die Berge schauen. Dann stand da etwas Verwirrendes über den Sand im Wind und dass er von dem Bergbau kommt, den sie betreiben. Dass der Wind außerdem von etwas Schlechtem kommt ... das mit dem Land zu tun hat. Es tut mir leid. Ich versuche mich zu erinnern ...«

»Das machst du sehr gut«, sagte Rose. Sie lächelte, aber ihre Augen waren noch immer feucht.

»Vater hat mir erzählt, dass es dort, wo er herkam, nie regnet. Er sagte, dass der Dreck, den die Bergbauleute für die Magnete in die Luft schleudern, die Wolken dazu bringt, ihr Wasser in die Höhle regnen zu lassen. Dort kommt der Fluss her, und der Sand holt den ganzen Regen, der für seine Leute bestimmt ist, aus der Luft.« Sie befeuchtete die Lippen. Wieder stach es wie bei dem Wolfsbiss. »Dabei wurde er immer wirklich zornig und starrte durch den Zaun, während die Sonne unterging. Da war ständig das laute Krachen, das meine Ohren schmerzen ließ und den Himmel mit diesem Schleier versehen hat, aber Vater verbrachte seine ganze Zeit auf dieser Seite. Die Sonnenuntergangsleute waren die Einzigen, denen es dort gefiel. Vater wollte, dass ich in der Nähe bleibe, aber ich habe lieber bei dem anderen Zaun um Süßigkeiten gebettelt und nicht um Steine.«

»Wie bist du herausgekommen?«, fragte Conner. Und Rob nickte. Rose tat nichts, um die Jungen zum Schweigen zu bringen, also fand Violet, dass es in Ordnung war, die Frage zu beantworten.

»Vater hatte Dinge gesammelt. So lange, wie ich mich erinnern kann, vielleicht sogar schon vor meiner Geburt. Viele Jahre jedenfalls. Er hat gesagt, dass er uns dort herausbringt, nur uns drei, und dann ist Mutter gestorben, als ich sechs war, und er hat gesagt, dass dann eben nur er und ich gehen. Er hat Sachen im Sand aufbewahrt und war der Meinung, wie dumm es doch ist, dass keiner der Wächter dort nachsieht, dass es die Leute da, wo er herkommt, besser wüssten. Etwas Draht, einen Regenmantel aus Gummi, Batterien, einen Bohrer, den jemand zurückgelassen hat, weil der Motor nicht funktionierte. Aber Vater wusste, wie man das repariert. Er hat fast ein ganzes Jahr dafür gebraucht, sich ein Werkzeug zu besorgen, mit dem man Draht schmelzen kann. Das ging alles so langsam. Ich wollte, dass er sich beeilt. Und dann konnte ich zwei Finger zwischen seine Rippen legen, während er schlief, und sein Atem klang, als müsste er dauernd husten, aber er hat gesagt, dass er uns herausbringt.

Und dann hat er mir gezeigt, was er da bastelt, hat mir den Schwur abgenommen, dass ich es keinem der Sonnenaufgangsleute verrate. Ich musste das unter meinen Sachen tragen, damit man es nicht findet. Nachts musste ich es dann ausziehen, damit er daran arbeiten und die Drähte so richten kann, damit sie mich nicht kratzen, und dann hat er mir gezeigt, wie …«

»Er hat einen Taucheranzug gebastelt«, staunte Conner.

Violet nickte. Rose hielt den Krug an ihre Lippen und sie nahm zwei Schlucke. Danach kam sie sich selbstsüchtig vor und tupfte die Lippen mit der verbundenen Hand ab.

»Da gibt es diesen großen Spalt im Boden«, sagte sie. »Dort ist der schlammige Fluss, wo der Sand in den Himmel geworfen wird und man das Metall herausholt. Er ist breiter als hundert Sprünge, und er wird jedes Jahr noch breiter. Vater hat gesagt, ich müsste darunter durchgehen, ich müsste den Atem lange anhalten, und dass das der einzige Weg nach draußen ist. Ich musste für ihn den Atem anhalten, während ich am Trog arbeitete, das hat er mich dauernd wiederholen lassen, er wusste genau, wenn ich durch die Nase atme. Ich habe geübt, bis ich es für lange Zeit geschafft habe.

Ich habe gelernt, den Sand zu bewegen, und eines Tages wollte ich ihm zeigen, wie gut ich darin werde, also bin ich unter dem Zaun auf die andere Seite gegangen, in Richtung Stadt, aber er wurde zorniger, als ich ihn je zuvor gesehen habe. Er hat mir befohlen, niemals in diese Richtung zu gehen, denn man würde mich nur zurückbringen, und dann wüsste man, wozu wir fähig sind, und alles würde nur noch viel schlimmer werden. Ich müsste nach Westen gehen, und ich sollte seinen Leuten ausrichten, noch weiter nach Westen zu ziehen. Das hat er gesagt. Als ich noch ganz klein war, gab es da eine Familie im Lager, die eine Geschichte von einem Meer erzählt hat, das weiter reicht, als wo die Sonne nachts verschwindet, wo das Wasser nicht schlammig ist. Dort regnet es nie, aber dort gibt es Wasser, so weit man sehen kann.«

Das ließ Conner grunzen. Auch die Leute im Bergbaulager hatten diese Geschichte nie geglaubt. Aber ihr Vater schon. Und sie auch.

»Er hat gesagt, wir sollen nicht nach ihm suchen«, sagte Rose beinahe zu sich selbst.

Violet nickte. »Im Lager gab es Kämpfe. Ein paar der Leute aus der Stadt haben gesagt, dass es zu viele von uns gibt, dass ständig immer noch mehr kommen, dass wir ihr Leben schlechter machen. Aber unser Leben war schon schlecht. Vater hat gesagt, dass ich gehen muss, dass ich jung und stark bin und es schaffen kann. Er ließ mich nachts tauchen, als alle schliefen. Und monatelang hat er nur die Hälfte seiner Ration getrunken und Blasen mit der anderen Hälfte gefüllt. Er fing Ratten und machte Dörrfleisch aus ihnen. Er hat gesagt, dass ihn diese Arbeit am Leben hält. Dass es gut ist, sich zu beschäftigen. Er hat gesagt, er hätte niemals dort hingehen dürfen, er hätte seine Leute niemals verlassen sollen, aber mir würde es gut gehen, denn ich würde zurückkehren und von der Welt erzählen, der wir egal sind.«

»Und du bist eine Sandtaucherin«, sagte Rob ehrfurchtsvoll, während Violet verstummte, um Luft zu holen. Die vielen Nächte, in denen sie gelaufen war, nachgedacht hatte und ganz allein gewesen war, hatten den Wunsch in ihr entfacht, alles auf einmal loszuwerden.

»Das Tauchen war einfach«, sagte sie. »Das Laufen war schwer. Zwölf Tage laufen. Vater hat neun gebraucht, aber er hat gesagt, ich würde zwölf brauchen, ich müsste zählen und den richtigen Augenblick erwischen. Das war sehr wichtig, der Tag, an dem ich aufgebrochen bin. Er hat ein Bild von den Bergen gemalt und mir gezeigt, welcher davon Pike ist und dass ich ihn immer links von meiner Nase halten müsste und den Stern im Norden direkt über meiner rechten Schulter. Und am zwölften Tag würde ich Rauch sehen, und in der zwölften Nacht ein Feuer, direkt hinter einem Spalt im Boden, über den ich an seiner schmalsten Stelle rüberspringen sollte …«

»Er wusste, dass wir zelten«, sagte Conner.

Violet nickte. »Er hat gesagt, wenn ich das Feuer verpasse, würde ich zu einem großen Wall und einer kleinen Stadt kommen, aber wenn ich das Feuer und den Rauch finden würde, wäre ich zu Hause. Und ich kam gut voran, ging nachts und schlief den ganzen Tag, ging sparsam mit meinem Wasser um. Bis ein Wolf kam …«

»Ein Wolf?«, fragte Rob.

»Ihr … nennt sie Kojoten, glaube ich. Im Lager hatte man verschiedene Namen für die Dinge, sprach eine ganz andere Sprache. Ich wuchs mit beidem auf, also habe ich vergessen, was nun stimmt. Dad hat gesagt, ich hätte ihren Akzent. Der Kojote wollte sich mein letztes Dörrfleisch holen, während ich in der neunten Nacht schlief. Ich hätte es ihm einfach überlassen sollen, aber ich hatte Angst, also wehrte ich mich, und er hat ordentlich zugebissen, hat meinen Rucksack aufgerissen, und da bin ich losgerannt. Meine letzte Blase war kaputt, und das Wasser lief heraus, ich rannte den ganzen Tag und hatte Angst, der … Kojote würde hinter mir herkommen, aber das hat er nicht getan. Danach war ich wirklich müde und durstig, und ich hatte noch zwei Tage, um den Spalt im Boden zu finden, und meine Knie waren kaputt und mein Bauch tat richtig weh, also marschierte ich Tag und Nacht, und am zwölften Tag bin ich beim Laufen eingeschlafen und auf dem Sand aufgewacht. Ich hatte böse Träume, und die Hände und die Knie haben gebrannt, aber dann habe ich den Rauch entdeckt, genau wie Vater gesagt hatte, und dann brach die Nacht herein, und ich habe das Feuer gesehen, und dann habe ich geträumt, dass du da bist.«

Sie blickte Conner an. Holte tief Luft. Wurde sich ihrer Atemlosigkeit bewusst, dass sie ununterbrochen geredet hatte. Aber für ihre Bemühungen gab es wieder einen Schluck aus dem Krug, und als ihre zweite Mom Rose ihr das Haar zur Seite strich und hinter das Ohr steckte, tat sie es mit einer anderen Miene. Ihre Hand blieb auf Violets Schulter liegen. Jeder im

Zimmer sah sie sorgenvoll an, aber sie genoss das Gefühl des Kissens und des Lakens und auch das Grollen, das das Wasser in ihrem Bauch verursachte. Sie machte sich keine Sorgen. Sie hatte es geschafft. Wie Vater es gesagt hatte.

42 – DER BRIEF

Rose

Rose ließ das Mädchen in dem Bett ausruhen, in dem viel zu selten geschlafen wurde. Sie sorgte dafür, dass Conner und Rob sie in Ruhe ließen und nicht mit Fragen löcherten. Den armen Rob musste man dort förmlich wegziehen. Beide Jungen hatten den vorherigen Tag und die ganze Nacht an dem Bett verbracht und darauf gewartet, dass sich die Kleine erholte, aufwachte und etwas sagte. Jetzt saßen sie alle unten an einem Tisch in der Bar, die sich langsam leerte, und schaufelten gierig die Reste eines Eintopfs in sich hinein. Rose sah ihnen von der Galerie aus zu, ihre Gedanken überschlugen sich.

Hinter einer Tür konnte sie das angestrengte Grunzen eines Besoffenen hören. Valeries Zimmer. Dass etwas so Primitives während solcher Ereignisse von erschütternder Bedeutung überhaupt stattfand, war wie ein Scherz der Götter. Rose kämpfte den Drang nieder, Valeries Tür einzutreten und den Besoffenen von ihr runterzuprügeln, beide anzubrüllen, dem Ganzen ein Ende zu machen, nicht nur dem *Honey Hole*, sondern der ganzen Plackerei, hier zwischen den Dünen sein Leben zu fristen. Falls das Mädchen die Wahrheit gesagt hatte – dass der andere Ort, an den ihr Mann verschwunden war, schlimmer war als dieser Ort –, dann war der leichte Ausweg, von dem so viele träumten, in Wirklichkeit nur eine andere Hölle jenseits ihrer Kontrolle.

Rose stützte sich auf das Geländer und fragte sich, warum Diana so lange brauchte. Sie erwischte Conner dabei, wie er zu ihr hinaufblickte. Rob auch. Sie waren bloß Jungen. Bloß Jungen. Aber das Mädchen war so etwas wie ihr geschützter Besitz. Conner hatte Violet sogar als seine Schwester bezeichnet, nachdem sie wieder eingeschlafen war. Noch eine Schwester. Dieses Mädchen würde einen Sturm auslösen. Ja, ihre Geschichte würde Chaos auslösen, sobald sie bekannt wurde. Dagegen war die Entdeckung von Danvar bedeutungslos. Der Sand würde das nicht kampflos hinnehmen.

Schwer zu glauben, dass es erst einen Tag her sein sollte, seit die Jungen mit dem Mädchen auf dem Arm hier aufgetaucht waren. Beinahe hätte Rose sie wieder fortgeschickt. Sie hatte oft genug Leute nach einer Schlägerei zusammengeflickt, und wenn eines ihrer Mädchen zu ihr kam, nachdem Kunden zu grob gewesen waren, versorgte sie sie auch. Aber es sollte nicht bekannt werden, dass man hier einfach Verletzte von sonst wo anschleppen konnte. Dann hatte Conner erklärt, wie weit das Sonstwo weg war, er hatte gesagt, dass das Mädchen aus dem Niemandsland gekommen war und eine Nachricht von ihrem Vater mitbrachte.

Die Hälfte eines solchen Satzes konnte den Verstand einer Frau grillen. Das Ganze hatte ihren Körper übernommen. Sie konnte sich kaum daran erinnern, wie sie das Kind die Treppe hinauf in ihr Zimmer getragen hatte. Sie konnte sich kaum daran erinnern, ihr die stinkenden Sachen vom Leib geschnitten zu haben, den Sand aus ihren Verletzungen zu bekommen und sie wie ein Paar kaputter Socken zusammenzuflicken. Als hätte sie den Händen einer anderen Person dabei zugesehen, wie sie Salbe auftrugen und Wasser zwischen die Lippen des Mädchens flößten. Eine andere Person hatte ihren Zehn-Uhr-Termin angebrüllt, später wiederzukommen. Aber nein, das war *sie* gewesen. Daran erinnerte sie sich. Und sie erinnerte sich auch daran, Diana befohlen zu haben, die Kleidung loszuwerden. Das war kaum mehr als ein paar blutige Lumpen mit ein paar Drähten gewesen.

Jetzt hatte sie Diana gebeten, diese Lumpen zu finden und aus dem Müll zu holen. Rose wollte mehr wissen. Sie war hin- und hergerissen, das Mädchen ruhen zu lassen oder mit Fragen zu bombardieren. Was war mit dieser fernen Stadt? Was war mit diesem Lager? Was hätte ihr damaliger Mann getan, wären ihre Rollen vertauscht gewesen? Sie versuchte, wie ihr Mann – der Lord – zu denken, nicht wie der verzweifelte und verrückte Mann, der ein Mädchen losgeschickt hatte, um sein Volk zu warnen, sich dort fernzuhalten. Nicht wie er, sondern wie der jüngere Mann, der früher die anderen Lords in die Knie gezwungen hatte. Der Mann, von dem sie ihren Kindern nie erzählt hatte. Würde dieser Mann fliehen und sich verstecken? Das glaubte sie kaum. Und doch bat er sie genau darum.

Rose kam ein schrecklicher Gedanke. Und wenn ihr Mann noch immer der Gleiche war und in seiner vom Kampf in Mitleidenschaft gezogenen Weisheit wusste, dass Flucht die einzige Möglichkeit war? Wenn er wusste, dass jetzt der Augenblick gekommen war, sich rar zu machen, tief in den Sand zu tauchen? Wütend wischte sich Rose über die Wange und verdammte ihn, wie es ihr tägliches Ritual war.

»Ich glaube, das ist alles.«

Diana stand neben ihr und hielt ein Lumpenbündel, das in ein Handtuch aus der Küche eingewickelt war. Rose hatte sie nicht einmal die Treppe hochkommen sehen.

»Schön, schön. Danke.« Rose nahm das Bündel.

Diana warf einen Blick zur Tür. »Ist sie … geht es dem Mädchen gut?«

»Sie wird wieder.«

»Noch ein Angriff? So wie ihre Kleider zerfetzt waren, sieht es nach einer Bombe aus.«

»Nein. Es war etwas anderes. Behalte meine Jungs im Auge. Und keine Termine für den Rest des Tages.«

Diana runzelte die Stirn, aber Rose hatte keine Lust, es ihr zu erklären. Sie ging in ihr Zimmer und schloss die Tür.

Das Mädchen schlief noch immer. Mit den verbundenen Händen hielt sie den Rand des Lakens fest an den Hals, das Kinn nach unten gedrückt. Noch so ein elendes Leben, das ihr Mann hervorgebracht hatte. Noch ein Leben, das zweifellos im Namen der Liebe zerstört worden war.

Rose legte das Bündel auf den kleinen Tisch am Fenster, wo es hell war. Sie knotete das Handtuch auf und durchsuchte die Fetzen. Ihr Magen verkrampfte sich, als sie das Blut auf der Hose und dem Taucheranzug sah. Das gummiartige Material des Anzugs fühlte sich seltsam an – so etwas hatte Rose noch nie gesehen. Es war wie der merkwürdige Akzent der Kleinen, die Worte mochten zwar verständlich sein, ihr Klang aber stimmte nicht. Alles an dem Mädchen war sowohl vertraut als auch fremdartig.

Rose musste aufpassen, sich nicht an den kaputten Drähten zu stechen, während sie die Fetzen untersuchte. Als Taucheranzug war das Kleidungsstück ruiniert. Aber sie fand die Mitte des Anzugs und die Tasche, auf die kein Taucher verzichten würde. Rose hielt das Stück Stoff ins Licht. Strich mit den Fingern über die Nähte, die ihr Mann gemacht hatte. Quer darüber war der saubere Schnitt ihrer Schere zu sehen, als sie dem Mädchen das Material vom Körper geschnitten hatte. Mit zitternden Fingern fummelte sie an der Tasche herum, hoffte gegen jede Hoffnung, und fand das zusammengefaltete Stück Papier darin.

Sie zog den Brief heraus. Faltete ihn mit noch immer zitternden Fingern auseinander, wagte nicht zu atmen.

Der Anblick der Handschrift ihres Mannes ließ seine Worte verschwimmen.

Rose,
ich hoffe, diese Botschaft trifft dich bei guter Gesundheit an. Ich habe jedes Recht verloren, dich um etwas zu bitten, aber ich vertraue darauf, dass man sich gut um die Überbringerin kümmert. Hier haben nur Elend und Tod auf sie gewartet. Mir bleibt nicht mehr viel Zeit, also schicke ich sie und diese Worte zu den Göttern. Ich bete, dass ich sie nicht vergeblich schreibe. Du allein weißt, was ich alles angerichtet habe. Vor meinen Fehlern davonzulaufen, war bei Weitem das Schlimmste. Es gibt einen Grund, warum niemand von diesem Ort zurückkehrt. Man lässt uns nicht. Komm nicht her. Flieh vor diesen Trommeln, Rose. Sie zerreiben die Erde hier zu einem Nichts. Sie holen unser Wasser vom Himmel. Berge werden in Flüsse verwandelt. Man kann nicht mit ihnen reden, nicht einmal diejenigen von uns, die ihre Sprache gelernt haben. Wir sind die Salamander, die in einem Loch unter dem Sand leben. Sie sind der Stiefel, der uns unabsichtlich begräbt. Sie marschieren einfach nur vorwärts. Wir werden niedergetrampelt.
Sie wissen von euch dort draußen. Sie wissen auch von Springston und Low-Pub. Vor mir haben ihnen schon andere davon

erzählt, haben gebeten, entlassen zu werden, haben um Hilfe gebeten, um Wasser, um jedes dieser kleinen Wunder, die wir von ihren Städten und ihrem Leben gesehen haben. Aber für uns wird nie Hilfe kommen. Unsere Stimmen werden nie gehört werden. Sie haben weniger schwerwiegende Probleme, um die sie sich sorgen müssen.

Hör mir bitte zu. Das ist kein Krieg, den man gewinnen kann. Man kann ihn nicht einmal führen. Eure jungen Männer dürfen nicht erfahren, womit wir es hier zu tun haben. Das darfst du nicht zulassen. Du wirst dich erinnern, wie ich in dem Alter war. Erzähl es den Alten und Weisen, denen, die Verbrennungen und Narben haben. Erzähle ihnen, dass man hier alles fürchten muss. Erzähle es den Lords. Mach ihnen klar, dass diese Leute nicht böse sind. Das könnten wir immerhin verstehen und bekämpfen. Sondern erkläre ihnen, dass diese Leute das alles einfach nicht interessiert und man sie auch nicht dazu bringen kann, was weitaus schlimmer ist. Man kann nicht an ihre Tür klopfen, damit sie es hören. Nichts von dem, was wir tun oder sagen können, wird so laut wie die Explosionen sein, die uns den Regen rauben. Wir sind der Salamander, sie sind der Stiefel. Das musst du den Lords begreiflich machen.

Geh nach Westen, wenn du kannst. Vergiss die Horrorgeschichten von dem, was dort angeblich lauert. Vergiss die Berge. Zerstör ihre Gipfel, falls du musst, aber geh. Nimm die Kinder mit und wer sonst noch auf die Vernunft hört. Diejenigen, die nicht der Vernunft folgen, sollst du zurücklassen, damit sie verfaulen. Lass sie hier bei mir, wo wir hingehören.

Für immer dein,
Farren Robertson Axelrod
Der Taschendieb von Low-Pub

Mit den Fingern strich Rose über den Namen ihres Mannes. Sie konnte die anmutigen Vertiefungen fühlen, die der Stift hinterlassen hatte. Das hatte ein Mann geschrieben, den sie für tot gehalten hatte. Lange Zeit blieb sie dort sitzen mit dem Brief in den Händen, betrachtete die Worte, während in dem Bett neben ihr ein junges Mädchen lag und in seinen Träumen murmelte.

Rose erinnerte sich an eine Zeit und ein Leben, wo die Dinge anders gewesen waren. Sie las den Brief noch einmal, hörte dabei die Stimme ihres Mannes, der ihn ihr vorlas, erinnerte sich an seinen Geruch, seine Berührung, wie sein Bart an ihrem Hals gekratzt hatte; erinnerte sich daran, wie ein Mann bei ihr liegen konnte und in ihr den Wunsch entfachte, es würde länger dauern und nicht so schnell wie möglich vorbei sein. Sie hätte alles für die Liebe gegeben.

Unmöglich zu sagen, wie lange sie dort so saß, dort in dem schwachen Lichtschein, der durch das schmutzige Glas drang. Der Sand prasselte gegen die Scheiben. Der Wind brachte ihn in Wellen. Ihre Tagträume von der Vergangenheit brachten mehr als nur den Klang von Farrens Stimme mit. Sie brachten auch das Donnern der Trommeln, das sie auf dem großen Wall gehört hatte. Trommeln, die wie ein aus dem Rhythmus geratener Herzschlag waren.

Der leere Wasserkrug auf dem Tisch erzitterte, was Rose unsanft in die Gegenwart zurückholte. Die Trommeln waren tatsächlich da. Sie konnte sie noch immer hochgehen hören – dieses unverkennbar dumpfe Brüllen begrabener Bomben, die gezündet wurden. Aber es waren zu viele. Sie verlor den Überblick. Rose beugte sich über den Tisch und schlug mit der Faust gegen das Fenster, lockerte den festgebackenen Sand, damit sie besser sehen konnte. Vor ihrer Tür ertönte Lärm, Schritte eilten die Treppe hinauf und dann über die Galerie. Aber das wurde gleich darauf von einem sich steigernden Grollen jenseits des Fensters gedämpft, es gab ein donnerndes Getöse, das sich unablässig steigerte. Überall war schrecklicher Lärm. Die Tür flog auf. Rose drehte sich um, und dort stand Conner, Rob direkt hinter ihm. Beide Jungen waren außer Atem, schauten mit weit aufgerissenen Augen zum Bett und dann zum Fenster.

»Mom?«

Rose drehte sich wieder zum Fenster, weil der Lärm ohrenbetäubend wurde. Sie spähte durch das Glas in Richtung Springston. Der Brief in ihren Händen zitterte. Als die Gewalt näher kam, tanzte der Krug.

»Nein«, murmelte sie, als sie erkannte, was da kam, was

da geschah. Das ganze Zimmer erbebte. Das *Honey Hole* erzitterte. Das junge Mädchen wachte plötzlich auf und fing an zu schreien, und Rose brüllte ihren Jungen zu, tief Luft zu holen und sich auf den Boden zu werfen. Sie selbst wandte sich vom Fenster ab und warf sich über das Mädchen.

Und dann kam der Sand durch das Fenster und begrub sie alle.

43 – DER GROSSE WALL

Vic

Eine Nacht verbrachten Vic und Palmer in der Oase. Palmer musste für den nächsten Segeltag Kräfte sammeln und Vic navigierte nicht gern nachts zwischen den Dünen. Beim ersten Licht brachen sie in der aufkommenden Brise auf. Vic hielt zweimal an, um nach ihrem Bruder zu sehen und ihn dazu zu zwingen, etwas zu trinken. Während sie segelte, lag er auf dem Lastgestell. Über ihm flatterte ein kleines Sonnendach; sein Kopf rollte hin und her, während er immer wieder eindöste.

Kurz nach Mittag trafen sie in Springston ein, die Sonne hatte gerade den Mast passiert, während Vic per Kompass nach Süden steuerte. Sie griff nach dem Großschot und segelte den Sarfer an einer Reihe von Dünen vorbei bis zur Nordseite der Stadt. Sie löste das Hauptsegel und raffte die Fock, um das Fahrzeug anzuhalten. Der Aluminiumrumpf mit seinen rostigen Nieten ächzte, als der Druck auf den Mast nachließ; Sand knirschte, während der Sarfer anhielt. Vic biss die Zähne zusammen und wühlte in Marcos Tasche herum – eine unerfreuliche Erinnerung an seine Abwesenheit. Sie hatte immer damit gerechnet, ihn bei einem Tauchgang oder durch einen Vergeltungsanschlag zu verlieren, hatte irgendeine sinnlose Gewalttat erwartet, um einen Lord zu beseitigen und ihn durch einen entsprechenden anderen zu ersetzen. Sie versuchte nicht daran zu denken, wie es passiert war. Oder an das Klicken der Ladehemmung, die auf ihren Schädel gerichtet gewesen war. Sie fand sein Fernglas und schob sich den Riemen um den Hals. *Heute. Konzentriere dich auf das Jetzt.*

»Warum halten wir an?«, fragte Palmer. Er hatte sich aufgestützt, Vics Ausrüstungstasche lag als Kissen hinter seinem

Kopf. Das Sonnendach, das Vic gebastelt hatte, damit er Schatten hatte, behinderte seine Sicht.

»Wir haben angehalten, damit ich einen Blick auf die Stadt werfen kann. Bei meinem letzten Besuch wollte mich jemand umbringen, und *alle* suchen nach dir. Wir brauchen etwas zu essen, und ich würde ein paar Freunden gern mitteilen, dass sie nach Brock und seinen Leuten Ausschau halten sollen. Ich hoffe, ich kann beides auf dem Markt am Stadtrand erledigen. Falls es zu riskant erscheint, müssen wir weiter nach Low-Pub.«

Palmer stöhnte. »Ich glaube nicht, dass ich auf diesem Gerüst noch eine Düne überstehe.«

Sie stöpselte den Taucheranzug von dem Ladegerät ab, das von der Windturbine angetrieben wurde, und ging auf dem Deck des doppelrumpfigen Fahrzeugs nach vorn. Dabei warf sie dem Baum einen misstrauischen Blick zu und vergewisserte sich, dass der Wind ihn nicht in ihre Richtung schleuderte. »Ich weiß. Ich möchte auch nicht weiterfahren. Aber ich möchte auch nicht umgebracht werden.«

Sie nahm die Schutzbrille ab, wischte sich die Schmiere aus den Augenwinkeln und hob das Fernglas. An den Dünen zwischen ihr und Springston ankerten ein paar Sarfer. Hoch oben an ihren Mästen flatterten Tauchflaggen, um die Aktivitäten im Boden anzuzeigen. Vic hatte ein Stück weiter westlich und gerade nördlich der Grenze zwischen dem Stadtgebiet und der inoffiziellen Ansammlung von Hütten angehalten, die man Shantytown nannte. Der letzte Ort, an dem sie hier gewohnt hatte, war vor einer Weile von einer Düne verschluckt worden. Der Morgenmarkt auf der Nordseite sah aus, als wäre er bereits geschlossen – die Zelte waren abgebrochen und weggeschleppt worden. Vermutlich hatte es nichts zu tun gegeben. So viele hatten sich auf die Suche nach Danvar gemacht. Direkt hinter dem Markt hatte es einen Lebensmittelhändler gegeben; Vic konnte ihren Bruder auf dem Sarfer lassen und nachsehen. Sie hatte die von ihm gefundenen Münzen. Sie musste den Besuch nur hinter sich bringen, ohne Aufmerksamkeit zu erregen.

Sie blickte weiter nach Osten. In der Nähe des großen Walls

stand ein Sandkratzer, den man geräumt hatte, weil er sich zur Seite neigte. Wenn Palmer nicht mehr weiterkonnte, war das vielleicht ein sicherer Ort zum Übernachten. Die dortigen Hausbesetzer würden sicher wissen, wo man im Notfall etwas zu essen herbekam. Und falls sie verzweifelt genug war, konnte sie unter den Sand gehen und einfach etwas stehlen. Besser, sie ging das Risiko ein, gehängt zu werden, als sicher zu verhungern. Erstaunlich, wie schnell man zu diesem Schluss gelangen konnte. Hätte Marco einen solchen Vorschlag gemacht, wäre sie die Stimme der Moral und der Vorsicht gewesen. Aber Marco gab es nicht mehr und jetzt wollten irgendwelche Leute ihren Bruder tot sehen. Vermutlich gab es eine andere Art der Moral, die nun den Vortritt übernahm. Eine Hierarchie. Jetzt waren Leben und Freiheit die Lords der Tat.

Ihre Aufmerksamkeit richtete sich vorbei an den hohen Kratzern auf den großen Wall. Die schiefe Betonfläche lag noch immer im Schatten. Noch eine Tatsache, die ihr verriet, dass es kurz nach Mittag war. Als Kind hatte sie oben auf der Mauer einen Sonnenaufgang beobachtet, damals, als sie sich noch nicht sorgen musste, wo die nächste Mahlzeit oder Kappe Wasser herkam. Unwillkürlich leckte sie sich über die aufgesprungenen Lippen, als sie sich an die Bäder erinnerte und an die blökenden Ziegen, die für Fleisch, Milch und Käse sorgten. Ihr Magen flehte sie an, mit den Erinnerungen aufzuhören.

Oben auf dem Wall entdeckte sie Menschen, kleine schwarze, privilegierte Flecken. Sie beneidete sie um dieses Zuhause, um die Festung, die das geschäftige Springston beschützte. Das Bollwerk war *eine* Lösung für den Wind aus dem Osten. Eine andere Antwort für dasselbe Problem war in Shantytown zu finden. Die Welt war unablässig im Fluss, das war das gemeinsame Problem. Der Sand war ununterbrochen in Bewegung, rückte von Osten nach Westen. Der *Fortschritt*, wie ihr Vater es ausgedrückt hatte, schritt unaufhörlich von Osten nach Westen voran.

Vic richtete das Fernglas auf Shantytown, wo sich die Menschen mit den Dünen bewegten. Kein Tag verging, an dem nicht ein Haus einstürzte. Der rhythmische Schlag der Hämmer hallte dort so konstant wie der Wind. Bauen und zerstören. Zerstören und bauen. Die Leute trieben Tunnel durch die Dünen, während diese sich um ihre Häuser legten. Hintertüren wurden zu Haustüren. Eine Türmatte wurde ausgeschüttelt und bekam einen neuen Platz. Anpassen und überleben. Das Leben geht weiter.

Natürlich starben Menschen. Mitten in der Nacht stürzten Häuser ein. Zu jeder Stunde rauschte Sand durch gebrochene Wände. Eine Handvoll trauerte. Hände wurden voller Gram vors Gesicht geschlagen. Dann folgte der rhythmische Schlag der Hämmer, die etwas bauten. Und das Geschrei der Neugeborenen.

In Shantytown waren Veränderungen ein langsamer und beständiger Prozess. Dünen rutschten und bewegten sich, und die Menschen stellten sich darauf ein. Die Veränderungen waren kräfteraubend, aber immerhin, es war eine Lebensart. Jeder Tag war größtenteils wie der zuvor. Das Elend kam eimerweise, womit man umgehen konnte. Zeit. Die Dünen. Die Gesellschaft. Die Menschen. Sie alle *schritten voran*, wie ihr Vater es ausgedrückt hätte.

Das waren Vics Gedanken, als sie die Grenze zwischen Springston und Shantytown absuchte und über Veränderungen und das Leben nachdachte statt über Essen, und sie dachte, dass sie jede Entscheidung hinausschob, wie sie vorgehen sollte. Die Sonne hoch am Himmel brannte auf sie herab. Sie konnte hören, wie Palmer die Feldflasche aufschraubte; das Wasser wurde knapp. Eine Entscheidung treffen zu müssen, bei der es um sein Leben ging, machte es sehr schwer, umsichtig und klug zu sein. Das eigene Leben zu riskieren, daran war sie gewöhnt. Sie zog es vor, allein zu tauchen.

»Was siehst du?«, fragte Palmer vom Lastgerüst herunter.

»Einen Stand in der Nähe des Marktes«, antwortete sie. »Könnte die beste Möglichkeit sein.«

Sie richtete das Fernglas auf den Stand, der als ihre Oase würde dienen müssen. Sie konnten dorthin segeln und in der Nähe ankern, schnell rein und wieder raus, ein paar Münzen ausgeben und vor Brocks Männern warnen. Eine Familie betrieb den Stand. Eine Frau kehrte den Sand mit einem Besen zu Haufen zusammen, zwei Kinder schleppten ihn zur Düne. Vielleicht konnte sie sie dort abfangen und dafür bezahlen, ihr Lebensmittel zu bringen. Sie sah ihnen bei der Arbeit zu, denn sie wollte den Plan nicht überstürzen, und ihre Gedanken kehrten zu den beiden Methoden zurück, wie man in Springston und in Shantytown mit den Dünen umging. Hier war der perfekte Aussichtspunkt, wenn man sehen wollte, wie beide funktionierten. In Shantytown brachte der langsame Kampf gegen den Sand allen Generationen Elend. Es wurde gleichmäßig verteilt. Während die Leute in Springston vor dem Wind geschützt lebten; die flache Wüste und die hohen Gebäude wurden nur selten von den Dünen überschwemmt. Hinter dem sich neigenden Wall hatten sich Jahre des Leides angesammelt. Dieses Leid übersprang ganze Generationen. Dafür wuchs es ununterbrochen.

Und irgendwie wusste Vic, was geschah, bevor es geschah. Vielleicht hatte sie es sich aufgrund ihres Lebens mit Briganten angeeignet, hatte es von deren Plänen und Prahlereien aufgeschnappt, von dem Leben mit Marco, und weil sie anfing, wie sie zu denken. Vielleicht waren es auch die kleinen schwarzen Gestalten, die sie oben auf der Mauer herumrennen sah, als würde etwas nicht stimmen, die, die andere Leute dort wegjagten. Vielleicht kam auch der Laut zuerst, und ihr Verstand arbeitete dann so rasend schnell, dass alle Gedanken in einem einzigen Augenblick präsent waren. Es fühlte sich an, als würden Minuten verstreichen, als würden sämtliche ihrer Überlegungen über den großen Wall und die kommenden Zeitalter der Menschen zwischen dem ersten tiefen Erbeben in ihrer Brust und den danach folgenden Zeichen der Katastrophe vorbeirasen.

Vielleicht war es auch bloß ein Zufall. Die Intuition eines Tauchers. Palmers Geschichte über eine Kiste Bomben, die ganz Springston vernichten sollten, der alte Traum verrückter Planer und Revolutionäre, die nur zu zerstören wussten, aber nichts erschaffen konnten. Was auch immer es sein mochte, Vics Blick war auf den großen Wall gerichtet, als es geschah.

Und ihre Gedanken waren bei dem Untergang der Menschheit, der sich oft wiederholte.

Anhand eines jeden Zusammenbruchs zählte Vic die Zeitalter. Imperien kamen und gingen, erfanden dabei ihre ganze Geschichte. Ihr Ende war sowohl unweigerlich wie auch unvorhersehbar. Die Natur der Katastrophe wurde im Laufe der Zeit immer größer. Niemand glaubte, das Ende würde noch zu seinen Lebzeiten eintreten. Menschen blickten zu dem gewaltigen Wall aus Beton und Eisenstangen hoch und gingen davon aus, dass ihre Kinder oder Enkel ihn würden stürzen sehen. Es würde einer fernen Generation überlassen bleiben, den nächsten Wall zu bauen, und sie würde ihn stärker konstruieren. Größer. Ebenso wie jeder Untergang.

In der Zwischenzeit wurde der Sand, der auf der Rückseite des Walls lastete, immer schwerer. Ein Körnchen nach dem anderen. Wie eine Uhr. Wie die tickende Uhr einer Bombe. Oder einer ganzen Reihe von ihnen – Dutzende Bomben wie Brotlaibe –, die mitten in der Nacht am Fundament des Walls begraben worden waren, dort platziert von Tauchern mit einer höllischen Gesinnung, von Tauchern und Piraten, die diesen kühlen Schatten allmählich leid geworden waren, der die eine Welt von der anderen trennte, dieser grausamen Grenze zwischen jenen, die den ganzen Tag schufteten, und jenen, die es sich leisten konnten zu warten.

Die *glaubten*, es sich leisten zu können.

Tick. Tick. Tick. Sand und große Zeiger. Vic sah oben auf der Düne vom Deck des Sarfers ihres toten Geliebten zu, und tief in ihrer Magengrube ballte sich die Übelkeit, ein überwältigendes Entsetzen. Das alles schoss ihr durch den Kopf, während das dumpfe Dröhnen in ihrer Brust widerhallte.

Das Tosen war gedämpft. Es kam wie ein Trommelschlag, der außer Rhythmus gekommen war: *Bumm … Bumm-Bumm … Bumm. Bumm.*

Und dann geriet alles ins Wanken – ein unheiliges Wanken. Ein Ding, das die Ewigkeit hätte überdauern sollen, neigte den traurigen Kopf. Der Körper erbebte, verlor das Gleichgewicht, bekam die Füße unter dem Leib weggetreten. Vic schlug die Hand vor den Mund und sah zu. Sand flog gegen das Fernglas.

Palmer brüllte sie an, was da los sei, seine Stimme wurde vom Halstuch gedämpft.

Die Glücklichsten im Leben wurden zu den Unglücklichsten. Die in unmittelbarer Nähe des Walls lebten, wurden zermalmt. Die darin gelebt hatten, verschwanden. Das waren diejenigen, die das meiste zu verlieren hatten – und sie verloren alles. Der Sand, den sie sich seit Generationen hatten auftürmen lassen, stürzte in die Tiefe und beendete, was die Bomben begonnen hatten. Und eine Betonplatte, die so hoch wie viele Sandkratzer gewesen war, donnerte zu Boden und sah unglaublich flach aus.

Die Düne, auf der Vic stand, erbebte. Als die Schwerkraft und das Erzittern der Welt ihnen zehn Zentimeter raubten, strömte von jeder Düne in Sichtweite Sand nach unten. Vic konnte den Aufprall im Deck des Sarfers durch ihre Fußsohlen spüren. Augenblicke später kam das Grollen, das tief in ihrer Brust widerhallte. Dann bahnte sich eine gigantische Lawine den Weg durch Springston; diese künstliche Düne fand ihre natürliche Höhe, strömte wie Wasser auf Sandkratzer, Märkte und Plätze herab, kippte Gebäude um. Kleine schwarze Umrisse regneten aus den oberen Etagen, gewaltsam aus den Wohnungen gerissen.

Und der Sand wälzte sich weiter. Er schwappte über die Seite und erwischte Shantytown, traf auch die paar Leute, die das Pech hatten, am Rand des Schattens zu leben, wo die Sommersonnenwende den Schatten des Walls für eine Jahreszeit verlängerte. Auch sie verschwanden. Nur die in der Ferne wurden verschont. Eine Rechnung, die sich jahrzehntelang angesammelt hatte, wurde in einem einzigen Augenblick beglichen. Shantytown wurde zum neuen Springston. Und das *Honey Hole* wurde vom Ausläufer der Sandwoge präzise entlang der unklaren Grenze zwischen der Stadt und ihres Randgebiets zur Seite geschleudert. Vic konnte es genau verfolgen.

Ihre Mutter war begraben. Eine Stadt war verloren. Irgendwo dort draußen jubelte eine kleine Gruppe Männer.

Der Wind regte sich. Der Himmel selbst schien sich an diese neue Welt zu gewöhnen. Der Baum des Sarfers knarrte, als sich das Hauptsegel bewegte. Palmer brüllte etwas. Vic ignorierte ihn und sprang in ihren Sitz. Sie schnappte sich die Taue und zog fest daran. Die Fock entfaltete sich mit einem lauten Knall, dann setzte sich der Sarfer ruckartig in Bewegung. Vic segelte das Fahrzeug ohne Rücksicht auf die Gefahr die Düne hinunter, kämpfte mit dem Ruder. Ihre Gedanken überschlugen sich. Sie segelte auf die Stelle zu, an der sie das *Honey Hole* zuletzt gesehen hatte. Sie hatte geschworen, niemals an diesen Ort zurückzukehren. Jetzt konnte sie nicht schnell genug dorthin kommen.

44 – GEWALTSAM ZU BODEN GEDRÜCKT

Der Sarfer raste über die Dünen auf ein Trümmerfeld zu, wo eben noch Hütten und Läden gestanden hatten. Hilferufe und Entsetzensschreie übertönten das Ächzen des Mastes und das Surren der gespannten Taue. Schreie aus der Vergangenheit. Vic konzentrierte sich auf die Stelle am Rand der Zerstörung. Ein Hindernis aus Blech, Metall und Holz blockierte den Weg. Sie riss den Sarfer herum und hielt ihn am Stadtrand an. Als sie in den Sand sprang und zwischen die Dünen rannte, war sie in Gedanken wieder sechzehn Jahre alt. War wieder sechzehn und rannte halb nackt durch die Wüste. Damals war es Nacht gewesen und sie war vom *Honey Hole* weggelaufen.

Sie war nur auf ein Glas dort eingekehrt. Sie und ihre beiden Freundinnen. Aus einem Glas waren zwei geworden. Sie hatte ihre Sinne noch beieinander, konnte die Männer abweisen. Sie lachte nicht, das war jetzt vorbei. Aber die Zimmer waren da, so wie die Erwartungshaltung von denen, die gelernt hatten, dass alles, was sie sahen und haben wollten, für einen gewissen Preis zu bekommen war. Einen Preis. Für diese Männer war er nicht groß. Ein Zimmer mieten. Komm schon, das wird Spaß machen. Energische Hände. Freundinnen, die sie drängten.

Tränen flossen Vic übers Gesicht, während sie durch den Sand rannte und sich erinnerte.

Zwei Männer. Sie lachten. Ihr Atem stank nach Bier. Von der Arbeit gestählte Arme. Starke Arme, um sich etwas zu nehmen. Gelächter. Ihre Schreie fanden sie komisch. Vics Arme waren schwach. Aber die Art, wie sie sich wand, ließ sie vor Lachen brüllen. Und Vic konnte ihre Freundinnen durch die Wände rufen hören, jetzt brüllten sie die Männer an, aufzuhören, rüttelten an den verschlossenen Türen, brüllten die

Leute in den anderen Zimmern an, wo ähnliche Schrecken eher Gewohnheit als Zufall waren.

Lockerer Sand. Vic erreichte das Ende der noch intakten Häuser. Hier hatte sich die Lawine aus der großen Düne hinter dem Wall verströmt. Sie rannte an Leuten vorbei, die reglos dort standen, nicht halfen, nicht die gedämpften Schreie hörten, schwielige Hände auf hübschen Mündern, nach Bier stinkende Lippen, die sich dort hineinwühlten, das Gefühl von sich auftürmendem Sand, lebendig begraben zu werden, dieser Druck, dem bisher unberührte Teile von ihr ausgesetzt wurden, zum ersten Mal, dieser alles zerreißende Druck.

Sie eilte den Hang hinauf, bis ihre Beine brannten und ihr kaum noch gehorchten. Sie hielt auf die Stelle zu, an der das *Honey Hole* gestanden hatte. Streifte sich das Band über, klappte das Visier nach unten, schaltete den Anzug ein und warf sich vorwärts. Beinahe lautlos verschwand sie im Sand. In die Tiefe, wo sie frei war und sie nichts am Boden festhalten konnte.

Überall helle Objekte. Die gelben und orangefarbenen Flecken von großer Beute, das Paradies eines jeden Schatztauchers, da war so vieles, das es wert war zu retten. Hier lagen nun Reichtümer, die vom großen Wall bis hierher getragen worden waren. Ihre Besitzer waren auch hier. Vor sich sah Vic eine Gestalt, die feststeckte. Vermutlich war es bereits zu spät, aber sie formte eine Sandsäule unter dem Körper und schickte ihn an die Oberfläche. Ganze Häuser lagen eingestürzt und begraben. Überall Trümmer, denen man ausweichen musste. Und direkt vor ihr, genau in der Richtung, in die sie gelaufen war, befand sich das mehrstöckige Gebäude, an das sie sich erinnerte, das Haus der Albträume. Die Düne hatte es völlig verschlungen. In diesem Gebäude würde niemand mehr verletzt werden. Das war bereits geschehen. Das war bereits geschehen. Der Bau war verschüttet.

Vic glitt durch ein kaputtes Fenster und verhärtete den Sand um sich herum, um sich vor den Splittern zu schützen. Im Hausinneren standen die Wände schief. Das Gebäude wäre beinahe eingestürzt. Ohne die niedrige Zementmauer an der Rückseite, die den täglichen herbeifliegenden Sand zurückgehalten hatte, wäre das vermutlich auch geschehen. Vic schaltete das Visier herunter, um die Masse, die das *Honey Hole* gefüllt hatte, besser sehen zu können. Hier war es zu hell. Überall lagen Körper. Da waren Tische und Stühle, Flaschen und Gläser blitzten auf. Vic raste durch den großen Raum hinauf über das Galeriegeländer – oder wo das Galeriegeländer früher mal gewesen war. In der zweiten Etage gab es eine purpurfarbene Luftblase. Der Sand reichte nicht bis dorthin. Vic fing an, jeden, den sie erfassen konnte, in Richtung dieser Luft zu schieben, aber die Zeit reichte nicht und sie hörte damit auf. Es war einfach zu wenig Zeit. Selbst wenn die Leute hier einen Atemzug hatten nehmen können, als es geschehen war. Selbst wenn sie den Mund geschlossen hatten. Tot in wenigen Minuten. Ihre Mutter war tot. Sie hatte sich nicht verabschieden können.

Vic sah die Tür zu dem Zimmer, in dem das alles vor so vielen Jahren geschehen war. Die Tür war unversehrt, versperrte noch immer den Blick auf das, was sich dort abspielte. Abgesehen von denen, die dort drinnen gewesen waren, wusste niemand davon. Niemand. Ersticken.

Die Stromanzeige des Anzugs glühte hellgrün in ihrem Visier. Eine volle Ladung. Bereit für einen Tauchgang in die Tiefe, dieser ganze zusätzliche Saft, um die Welt fernzuhalten, diese Last aus Sand und Luft, die sie immer niederdrückte. Nur für eine weitere Minute oder zwei hatte Vic genug Luft in den Lungen. Ihr Herz raste und verbrannte den Sauerstoff, war nicht auf das hier vorbereitet gewesen. War nicht bereit gewesen, das hier zu sehen. War nicht bereit gewesen, dass ihre Mutter starb.

Unter dem Sand konnte sie nicht schreien. Es waren keine anderen Taucher in der Nähe, die die Schreie hören konnten, die in ihrer Kehle aufstiegen. Dieser Zorn konnte sich nirgendwo entladen. Aber etwas in Vic gab nach, das die Jahre wie ein großer Wall hatte zurückhalten sollen. Es stürzte einfach ein, Zorn strömte hinaus; eine Macht, die sie im tiefsten Sand geschärft hatte, floss nun durch ihren Anzug. Diese Macht explodierte; sie wütete in dem tödlichen Sand dieser herabstürzenden Dünenlawine, und die Kraft, einen Motor oder ein Auto zu heben oder das Dach von einem uralten Wolkenkratzer zu reißen, bahnte sich ihren Weg.

In der Erde grollte es, Sand drückte von unten, und das *Honey Hole* wurde nach oben geschoben, während Vic unter dem Sand schrie, dort wo kein Taucher sie hören konnte, sie schrie und weinte, die Hände vor Zorn und Anstrengung zu Fäusten geballt. Sand drang in ihren Mund und auf ihre Zunge, in Bier getauchter Sand, der nach der schrecklichen Vergangenheit schmeckte, und dann ertönte ein lautes Dröhnen, als die Welt kippte und Wände umfielen und Sand wie aus Körperöffnungen strömte, aus Fenstern und Türen. Er floss wie warmer Honig, wie Blut und Milch, rauschte aus diesem schrecklichen Ort, in dem die Vergangenheit so lange begraben gewesen war, während das *Honey Hole* aus der Wüste stieg und oben auf der Düne aufsetzte.

Das *Honey Hole* wurde widerwärtigerweise gerettet – gefüllt mit hustenden, spuckenden, verwirrten und toten Menschen. Und Vic, der dieser Ort erneut sämtliche Kräfte geraubt hatte, brach schluchzend und verängstigt vor der Tür ihrer Mutter zusammen, der nun offenen Tür ihrer Mutter, und dieses Mal blutete sie nur aus Ohren und Nase.

Teil 5

ANKLOPFEN AM HIMMELSTOR

45 – EIN LEISER SONNENAUFGANG

In der Ferne dröhnte es. Das Geräusch von Trommeln, von Schritten, von Gottes mächtigem Pulsschlag. Conner kannte dieses Geräusch. Es erinnerte ihn an das Donnern im Osten. Es war das gedämpfte Getöse von Rebellenbomben, ein Lärm, der vor dem Chaos und dem Tod und den roten Dünen und dem Klagegeschrei von Müttern zu hören war. Conner ließ den Löffel in den Eintopf fallen, sprang von dem Tisch im *Honey Hole*, der nach Bier stank, auf und rannte zur Treppe, um seine Mutter zu warnen.

Er nahm zwei Schritte auf einmal. Rob jagte hinter ihm her. In der Ferne ertönten weitere gedämpfte Explosionen, während sie über die Galerie rannten. Draußen lauerte Gefahr. Gewalt. Vielleicht war es auch nichts. Vielleicht feuerte man nur Kanonen ab, um die Entdeckung von Danvar zu feiern. Conner kam sich beinahe schon albern vor, dass er deswegen zu seiner Mutter rannte, ein Kind, das tat, was Jungen so taten, wenn die Panik sie überwältigte; sie wandten sich ihren Eltern zu, die sie retten, die ihnen sagen sollten, was zu tun war.

Er stieß die Tür zu ihrem Zimmer auf, von dem er wusste, dass sich dort keine Kunden befanden, sondern nur seine Halbschwester Violet, die aus dem Niemandsland gekommen war. Und als er den Fuß in den Raum setzte, fühlte er, wie die Erde grollte, spürte es durch die Stiefel seines Vaters. Da wusste er, was geschah. Das hier war schlimmer als die üblichen Bomben. Das ohrenbetäubende Dröhnen und das unvorstellbar laute Rauschen bedeutete, dass der Sand kam, um sie alle zu holen.

Und in diesem kurzen Augenblick zwischen zwei Herzschlägen, in dem sich der Aufruhr weiter steigerte und seine Mutter ihm und seinem Bruder befahl, die Flucht zu ergreifen, den Atem anzuhalten, sich zu bewegen, konnte er nur daran denken, sich auf das Bett zu werfen und das Mädchen zu beschützen, um das er sich die letzten beiden Tage gekümmert hatte. Er schoss quer durch den Raum, Rob dicht auf seinen Fersen, hatte die halbe Distanz geschafft, als der Sand gegen das *Honey Hole* krachte.

Der Boden unter Conners Füßen bäumte sich auf – ein Gott zog ihm den Teppich unter den Füßen weg. Er stolperte. Holz und Blech zerbarst, Glas zersplitterte, und plötzlich – als eine massive Düne das Licht auslöschte – war er blind. Dann stieg der Wüstensand um Conner und seine Familie in die Höhe.

Er bekam kaum den Schrei seiner Mutter mit, sie sollten die Luft anhalten, bevor er erstickt wurde. Sand war in seiner Nase und an seinen Lippen. Der Länge nach wurde er auf dem Boden festgenagelt, zu keiner Bewegung fähig, das Gewicht von zehn Rüpeln auf dem Rücken, mit dem Gefühl, dass sich sein Bruder direkt neben ihm befand. Aber das war nur eine Erinnerung daran, wo Rob gewesen war – wo seine Mutter gewesen war –, bevor der Sand sie überwältigt hatte.

Tintige Schwärze. Ein Rest von Wärme im Sand, weil er draußen in der Sonne gelegen hatte. Völlige Stille. Da war nur sein Herzschlag, den er im Hals spürte, weil die Masse darauf drückte. Der Pulsschlag in den Schläfen. Kein Platz, um die Brust zu dehnen. Schlucken unmöglich. Hände um seinen Hals. Sein Bruder war in der Nähe. Und nicht einmal genug Platz, um weinen zu können. Bloß ein Sarg, in dem man Angst haben konnte. Ein Ort zum Sterben. Für Panik. Damit sich Muskeln und Sehnen aufbäumen und wüten konnten, ohne sich auch nur einen Zentimeter zu bewegen – so musste es sich anfühlen, gelähmt zu sein. So musste sich jeder fühlen, der jemals lebendig begraben worden war. *So sterben sie. So sterben sie. So sterben sie.* Conner bekam den Gedanken nicht aus dem Kopf. Schon zuvor waren die Toten Körper im Sand gewesen. Aber jetzt konnte er fühlen, was sie gefühlt hatten. Genauso hatten sie sich gefühlt, erstarrt und verängstigt, nicht einmal in der Lage, den Kiefer zu bewegen, um nach ihren Müttern zu schluchzen.

Er betete und horchte, ob dort jemand grub – aber da war

nichts zu hören. Sein Herzschlag. Sein Herzschlag. Vielleicht war der Sand ja nicht so tief. Vielleicht war seine Mutter okay und wurde nur gegen die Wand gedrückt. Vielleicht würde Violet – seine Halbschwester – überleben und sich ihre Geschichte allgemein verbreiten. Vermutlich hatte er noch für eine Minute Luft. Man konnte ihn ausgraben. Aber dieses Getöse, das war zu viel Sand gewesen. Im Zimmer war es dunkel geworden. Der Sand hatte das erste Stockwerk des *Honey Hole* verschüttet. Der große Wall musste fort sein. Eingestürzt. In die Luft gesprengt. Und mit diesem Gedanken wurde der Sand auf Conners Rücken schwerer. In der Finsternis und der Stille stellte er sich vor, welche Schrecken sich draußen abspielen mussten. Sein sich schnell nähernder Tod verwandelte sich in einer größeren Welt des Schmerzes in einen Nadelstich. Das Grollen des Sandes, das er gehört hatte, war die Düne gewesen, die auf sie zukam, die riesige Düne, die sich hinter dem schwankenden Wall angesammelt hatte, auf dem er geboren worden war. Ein Leben, das man gegeben und dann wieder genommen hatte. Wegen ihm war sie gekommen. Hatte ihn gefunden. Würde ihn jetzt mit sich nehmen.

Der Kampf gegen den Sand war sinnlos, also entspannte er sich. Das fühlte sich an, als würden die Rüpel auf seinem Rücken noch schwerer werden, als wäre er in sich zusammengesunken und der Sand begierig, diesen Raum zu verschlingen, um sich das zu nehmen, was er preisgab. Wie lange würde es noch dauern? Das Verlangen zu atmen wurde überwältigend. Wie die Übungsspiele mit seinem Bruder, wenn sie ihre Lungen anstrengten und mit den Fingern zählten. Benommenheit. Keine Möglichkeit einzuatmen oder auszuatmen. Er würde einfach das Bewusstsein verlieren. Und als er fühlte, wie dieser Augenblick näher kam, nahm die Panik erneut zu, und mit ihr kam der überwältigende Antrieb, *nicht zu sterben*. Er wollte nicht sterben. Er wollte mit Rob sprechen, mit seiner Mom, ihnen sagen, dass er sie liebte, sie hier herausschaffen, *bitte grabt mich hier aus, egal wer.*

Als seine Sinne schwanden, ließ der Druck des Sandes um ihn herum nach. Als wäre seine Haut durch die Belastung taub geworden. Oder als würde das Blut nicht länger fließen. Eine

Erinnerung blitzte in ihm auf, wie ihn sein Vater eines Morgens mit einem an die Lippen gelegten Finger geweckt und ihm bedeutet hatte, still zu sein. Noch halb im Schlaf und verwirrt hatte er das Zimmer verlassen, das er sich mit seinen Brüdern teilte. Sein Vater führte ihn die schmalen Stufen hinauf zum Dach des großen Walls. Dort setzten sie sich mit nach Osten gewandten Gesichtern hin und ließen die Füße über den Rand baumeln. Ein windloser, geräuschloser Sonnenaufgang. Der erste stille Sonnenaufgang, den er je erlebt hatte; die Götter hatten mit ihrem Trommeln innegehalten und waren still. Kein Sand wehte auf sie herab. Und Conner saß da und sah zu, wie die Morgensonne erst die Sterne und dann den Mars verschlang, und danach wuchs eine goldene Lichtkuppel und erblühte zu einem wunderschönen blauen Himmel.

»Warum ist es so still?«, flüsterte er seinem Vater zu. Er war jung und verwirrt. »Ist das immer so?«

»Noch eine halbe Stunde«, antwortete sein Vater und studierte den Himmel. »Wenn wir Glück haben.«

Das erzeugte in Conner den gewaltigen Druck, *den Augenblick zu genießen*. Sich daran zu erinnern. Ihn einzusaugen. Wie diese Krähe dort oben, die mit ihren Flügeln schlug und nach Osten flog. Wie die Sonne die kühle Morgenluft erwärmte. Die Stille auf ihren Wangen. Die schwere Hand seines Vaters auf seiner Schulter. *Erinnere dich. Erinnere dich*, befahl er sich. Dieser intensive Druck, diesen Augenblick zu einer Ewigkeit zu machen, seinen Verstand zusammenzupressen wie Hände unter einem laufenden Wasserkran. Und dann hatte er sich auf der Mauer umgesehen, und ihm war bewusst geworden, dass sie diesen Augenblick ganz allein genossen.

»Wir sollten die anderen wecken«, flüsterte er. »Palmer und Vic …«

Sein Vater drückte seine Schulter. »Sie hatten ihren schon. Das ist jetzt deiner.«

Und nichts wurde mehr gesagt, während sich die Sonne von den Dünen löste und der Wind zurückkehrte. Und was auch immer diesen Lärm erzeugte, der ihren Schlaf heimsuchte, es nahm sein infernalisches Grollen wieder auf. Und wie Conner mit seinem Vater oben auf dem großen Wall saß, dämmerte es ihm, dass die Welt voller Geheimnisse und seltsamer Dinge war. Irgendwann in der Vergangenheit hatte er geschlafen, während Vic und Palmer in die Dunkelheit nach oben gebracht wurden, um hiervon Zeuge zu werden. Sie hatten es ihrem kleinen Bruder nie erzählt, sie hatten diesen Moment nie geteilt, und Conner wusste, dass er das auch nicht tun würde.

Und nun, begraben unter dem Sand im *Honey Hole*, kam ihm der Gedanke, dass Rob niemals eine windstille Morgendämmerung mit ihrem Vater bekommen hatte. Er hatte überhaupt keinen Morgen mit ihm erlebt. Hatte ihn niemals kennengelernt. Und der Sand lockerte sich weiter um Conners Körper, und er wusste, dass es nun geschah. Sein letzter Atemzug. Das letzte Gefühl. Unter der Last der Düne hatte er eine oder zwei Minuten gehabt, um über sein Leben nachzudenken – und jetzt war die Zeit vorbei.

Aber als der Sand leichter wurde, fühlte er seinen Körper *mehr* statt weniger. Er verschluckte ein Schluchzen. Er *schluckte*. Die Fäuste um seinen Hals hatten ihren Griff etwas gelockert. Da war ein Summen in der Erde. Ein Zischen. Dieser ganz bestimmte Laut, wenn jemand in der Nähe tauchte. Diesen Laut hatte er schon zuvor gehört, das Ohr gegen die harte Oberfläche gedrückt, während er seinem Vater zuhörte, wie der in der Tiefe nach Beute suchte. Diesen Laut konnte ein Taucher nur hören, wenn sein Anzug ausgestellt und ein anderer eingeschaltet war. Und Conner entdeckte, dass er sich *bewegen* konnte. Jemand lockerte den Sand.

Er konnte noch immer nicht atmen, war noch immer begraben und blind, war sich nicht sicher, wie viele Herzschläge er noch in seinen Lungen hatte, aber er wehrte sich gegen den Sand, um an seinen Stiefel zu kommen. In dieser Masse konnte er nicht schwimmen. Er konnte nirgendwohin. Aber möglicherweise würde er das Knie nach oben ziehen und die Hand ausstrecken können, er konnte hineingreifen und das Band herausholen, auf den Schalter schlagen, an den Drähten herumfummeln. Unter ihm fühlte sich alles rau an, während er sich unter etwas wand, das sich wie tausend schwere Decken anfühlte, und sein kleiner Bruder zerquetscht neben ihm lag, denn der konnte niemals so lange die Luft anhalten.

Es gelang Conner, das Band einzuschalten. Sand knirschte zwischen den Kontakten. Es würde nicht funktionieren. Niemals. Das Band kam auf seinen Kopf, der Sand wurde weniger zähflüssig, dann fühlte er eine Verbindung zu der Masse, die von allen Seiten auf ihm lastete.

Kein Visier. Keine Möglichkeit, etwas zu sehen. Keine Möglichkeit zu atmen. Aber er konnte sich *bewegen*. Es blieb nicht viel Zeit. Er begab sich zu der Stelle, an der er seinen Bruder vermutete, und ertastete einen Körper. Er packte Rob, fühlte aber keine Reaktion, kein Leben. Doch er hatte keine Zeit, darüber nachzudenken. Keine Zeit, um über das Wunder der Stiefel oder des Tauchers in der Nähe nachzudenken, sondern nur, um zum Bett zu kommen. Er zog Rob wie einen Fund mit sich. Noch so ein Körper. Jemand auf dem Bett. Er fühlte, wie sich auf dem Bett jemand bewegte.

Conner tastete herum. Seine Mom. Am Leben. Etwas auf ihrem Schoß. Er wartete nicht, dachte nicht nach, hatte keine Luft mehr für einen Herzschlag in sich. Er schob sich nach oben. *Oben*. Ließ den Sand über seinem Kopf hart werden, damit der ihn beschützte. War wieder in dieser Kiste, die Ryder erschaffen hatte, in diesem Sarg, brach daraus aus und hinauf in den zweiten Stock. Dunkelheit. Loser Sand. Licht. Schwach, aber vorhanden. Und dann Luft. Stickige Dachbodenluft. Eine großartige Blase. Und Conner verlor völlig erschöpft und an Schutt erstickend das Bewusstsein.

46 – EINE BEGRABENE GEMEINSCHAFT

Er konnte nicht lange bewusstlos gewesen sein. Und erwachte auf einem sich bewegenden Sandhaufen. Seine Mutter war neben ihm, die Lippen auf Robs Mund gedrückt; seine jungen Wangen blähten sich, als sie in seinen Mund atmete. Aus ihrem Haar rieselte Sand und bedeckte ihre beiden Gesichter.

Der Sand unter ihnen war in Bewegung. Wirbelte herum und fand irgendwo einen Abfluss. Über ihnen zersplitterte Holz. Überall um sie herum waren Gewalten am Werk. Die ganze Welt bewegte sich. *Das* Honey Hole *bewegte sich.* Licht schoss durch neue Spalten in den Wänden. Überall lagen Kisten und Fässer, die zur Seite geschleudert worden waren, als Conner seine Familie durch die Decke gestoßen hatte. Sie befanden sich im Lagerraum – im Dachgeschoss. Aber sie sanken wieder nach unten, ritten auf der sinkenden Oberfläche des Sandes und kämpften um Halt. Ihre Mutter fluchte und verlor den Griff um Rob.

Conner fielen wieder seine Stiefel ein. Er verhärtete den Sand unter ihnen und erschuf eine Plattform. Seine Mom blies wieder in Robs Mund. Das Mädchen war da. Violet. Sie war am Leben, hatte die Augen geöffnet und sah Conner an, nahm tiefe Atemzüge. Vater hatte sie gut ausgebildet. Aber Rob, der arme Rob, der ein Gespür für alles hatte, wenn es ums Tauchen ging, aber nie Gelegenheit gehabt hatte, unter dem Sand zu schwimmen. Sein erstes Mal. Es durfte nicht sein letztes Mal sein. Das durfte es nicht.

Conner sah seiner Mutter bei der Arbeit zu, war zu erschöpft und wie betäubt und hatte zu viel Angst, um zu sprechen. Also konzentrierte er sich darauf, den Sand stabil zu halten, während sie nach unten schwebten. All der Sand im *Honey Hole* floss ab, vibrierte, als würde ihn jemand bewegen. Die feste Plattform rutschte wieder durch das Loch in der Decke zurück in das Zimmer seiner Mutter. Mehr Licht drang ein. Sand rauschte durch das zersplitterte Fenster und die zerborstene Wand. Das *Honey Hole* befand sich nun über den Dünen. Conner konnte das nicht verstehen. Da waren Zorn und Gewalt gewesen, das hatte er deutlich durch seine Stiefel und das Band gespürt. Es hatte gebrannt, als stünde das Material in Flammen, versengte seine Schläfen, und dann waren dieser Zorn und diese Hitze plötzlich verschwunden. Die Welt verstummte. Alles im Zimmer war mit einer Sandschicht bedeckt, aber die Lawine war abgeflossen. Conner versuchte die letzten paar Minuten zusammenzusetzen; er fragte sich, ob sich das Gebäude vielleicht einmal um sich selbst gedreht hatte, ob er eine Minute lang begraben gewesen war, während die Welt kippte und sich dann wieder aufrichtete, wodurch der Sand abfloss.

Er begab sich zu seiner Mutter und Rob. Sein Bruder regte sich nicht. Ihre Mutter beugte sich über ihn, hatte die Handflächen auf seine Brust gelegt und drückte kräftig zu, zählte dabei. Bei fünf hörte sie auf. Beugte sich nach unten und blies wieder in Robs Mund.

»Was soll ich tun?«, fragte Conner.

Seine Mutter reagierte nicht. Sie wiederholte die Schritte. Als würde sie einen Betrunkenen wiederbeleben. Oder jemanden, der an der Bar erstickte. Das war der Grund, aus dem sie das Mädchen ins *Honey Hole* gebracht hatten. Seine Mom konnte Leben retten. Das tat sie. Das *war* sie. Und Conner erlebte es nun mit, als sie sich auf ihre Aufgabe konzentrierte. Wortlos feuerte er sie an. Feuerte Rob an. Griff nach der kleinen, schlaffen Hand seines Bruders. Sah, dass Violet die andere hielt. Sie waren alle voller Sand. Sie waren neben dem Bett nach unten gekommen und hockten jetzt alle vier auf dem Boden, und dann keuchte ihre Mutter auf …

Nein, das war ein Schluchzen. Ein Schluchzen von ihrer Mutter. Das Keuchen kam von Rob.

Sein Bruder spuckte Sand aus und rang nach Luft. Ihre Mutter hielt seinen Kopf, und Conner fühlte, wie sich die Hand seines Bruders um die seine schloss. Ihm wurde bewusst, dass er Robs Hand viel zu fest hielt.

»Wasser«, sagte ihre Mutter und wandte sich Conner zu, um ihm einen Befehl zu geben, aber dann richtete sich ihr Blick auf etwas am Boden hinter ihm. Alarmiert riss sie die Augen auf. Sie öffneten sich wie der leere Himmel.

Conner drehte sich um und erwartete die nächste Sandwand von hinten auf sich zustürzen zu sehen. Und entdeckte direkt vor der Tür jemanden am Boden liegen. Eine Frau. Etwas Rotes rieselte aus ihrem Ohr. Der Kopf lag auf der Seite und ihm zugewandt, ein Visier beschattete ihre Augen. Aber Conner hätte sie auch aus einer Entfernung von tausend Dünen erkannt. Seine Schwester. Hier. Das ergab keinen Sinn.

Er kroch auf sie zu, dann aber verhedderte er sich in den Drähten, die sein Band mit den Stiefeln verbanden, riss es sich vom Kopf und schleifte es hinter sich her. Schließlich schaffte er es bis zu ihr.

»Vic?« Er drehte sie auf den Rücken. Hob ihr Visier. Aus ihrer Nase kam Blut. Er schrie auf. Wandte sich seiner Mutter zu, die noch immer Rob hielt und ihn drängte zu atmen. »Was soll ich tun?«

Seine Mutter weinte. Unter ihren Augen zeichneten sich dunkle Striemen aus Sand wie zerlaufende Schminke ab. Conner riss sich das Hemd vom Leib und schüttelte den Sand so gut es ging aus. Er tupfte Vics Nase ab.

»Atmet sie?«, fragte seine Mutter.

»Ich weiß es nicht!«

Er wusste es nicht. Wie überprüfte man das? Was war hier los? Vic und der ganze Sand. Die Welt stand Kopf. Rob hustete. Violet nahm ihn, während ihre Mutter zu Conner eilte. Sie erschien nicht überrascht. War ganz ruhig. Sie überprüfte Vics Hals und hielt dann die Wange an die Lippen ihrer Tochter. Und wieder sah Conner seine Mutter, wie sie in Wirklichkeit war. Sie nahm die Dünen, wie sie kamen, während die Welt unter ihren Füßen kippte. Sie wurde mit allem fertig, schließlich war die Welt immer in Bewegung gewesen. Für Conner bedeutete diese Gewalt einen Schock, aber seine Mutter war einfach nur in Bewegung. Rettete sie.

Vic rührte sich. Stöhnte.

»Verdammte Scheiße, was?«, fragte Conner überwältigt von Verwirrung und Erleichterung. Er betrachtete den Schaden, diese keuchende und mit Sand bedeckte Familie um sich herum. Vielleicht hatte es seine Mutter nicht gehört. Sie antwortete nicht, befahl ihm nicht, auf seine Wortwahl zu achten, hielt nur ihre Tochter, während Vic mit flatternden Lidern die Augen aufschlug und sich ihre mit Sand verkrusteten Lippen öffneten. Ein Stöhnen drang hervor, dann ein Keuchen.

Vic versuchte sich aufzusetzen. Sie sah sich im Zimmer um, schien zu begreifen, wo sie war.

»Langsam«, sagte ihre Mutter.

Aber Vic schien nicht zuzuhören. Vic machte es sich nicht leicht. »Es gibt noch mehr«, sagte sie, als wäre sie niemals bewusstlos gewesen, als würde sie nicht bluten, als würde sie einen Satz beenden, den sie vor einem Jahr begonnen hatte. Ein Jahr. So lange war es her, dass Conner sie zuletzt gesehen hatte. Und ihre ersten Worte lauteten: *Es gibt noch mehr*. Und dann sagte sie: »Ich muss gehen.«

Taumelnd kam sie auf die Füße. Schwankte. Griff Halt suchend mit einer Hand nach dem Türknauf und hob die andere zu ihrem Visier.

»Der große Wall …«, sagte ihre Mutter und blickte zu den Trümmern des Fensters.

Vic tupfte sich die Nase ab und betrachtete die Finger. »Kümmert euch um die anderen«, sagte sie und deutete mit dem Kopf auf die Galerie. Dann wandte sie sich zum Gehen.

»Warte«, bat Conner.

Aber seine Schwester lief bereits zur Treppe. Und die Worte, die sie hinterlassen hatte – *die anderen* – gingen ihm durch den Kopf. Das Wunder seines Überlebens und die Verwirrung darüber, was hier eigentlich geschehen war, verblassten in der überwältigenden Erkenntnis, dass es so viele geben musste, die in Schwierigkeiten steckten. Seine Mutter schien zu verstehen. Da gab es weder einen Schock noch eine Klage. Der Deckel auf einem Wasserkrug wurde geöffnet und an Violet weitergereicht, die ihn mit ihren verbundenen Händen nahm, und die Gepflegte wurde zur Pflegerin, als sie ihn an Robs Lippen hielt.

Conner blieb derjenige, der noch taumelte, in dessen Ohren noch immer der Nachhall der Bombenexplosionen dumpf schmerzte, der eine Minute oder auch fünf nach seinem eigenen Leben tastete, bevor er anderen helfen wollte. Seine Mutter und Vic hatten gehandelt, als hätten sie das alles früher schon erlebt. Selbst Violet schien diese schreckliche Welt mühelos zu akzeptieren. Conner empfand nur Verwirrung. War verloren. Er hörte, wie seine Schwester die Treppe hinunterlief. Auf dem Boden lag ein Band, das Band eines Tauchers, und ein Drahtbündel führte zu den Stiefeln seines Vaters.

Conner sammelte die Drähte ein. Er streifte das Band über den Kopf. Draußen gab es Leute, die begraben waren. *Seine* begrabene Gemeinschaft. Zumindest das war ihm klar. Conner rannte aus dem Zimmer und brüllte seiner Schwester zu, auf ihn zu warten.

47 – ZU WENIG EIMER

Conner befürchtete, dass Vic schon tief im Sand steckte, wenn er endlich draußen war. Er bezwang die Treppe, die unter seinen Schritten schwankte und nur noch an ein paar traurigen Nägeln hing. In der Bar regten sich ein paar Leute, halfen anderen auf die Beine, überall gab es Sandhaufen, ein paar Körper lagen zur Hälfte darin begraben, es gab so viele Lebende wie Tote – ein Wunder. Als er den Eingang erreichte, hatte er eine vage Idee, was seine Schwester getan hatte, und warum überhaupt noch einer von ihnen lebte. Er konnte es sich vorstellen, aber es war unmöglich: ein Gebäude wie dieses hier zu heben. Das Blut, das ihr aus Nase und Ohren trat. In diesem Augenblick hatte er Angst um seine Schwester, ein Gefühl, das ihm aus seiner Kindheit vertraut war.

Er entdeckte sie draußen, wo sie über den Sand lief, statt hineinzutauchen. Um sie herum erhob sich eine Welt wie aus einem Albtraum. Aus einem wogenden Meer aus frischem Sand ragten zerknülltes Blech und zersplittertes Holz. Im Westen schienen die Häuser von Shantytown – die sich dort ausbreiteten – verschont worden zu sein. Aber die am Ostrand waren verschwunden. Conner sah Leute mit Schaufeln und Eimern herbeistürzen. Andere standen verstreut auf fernen Dünen, beschatteten die Augen und starrten wie betäubt auf den Anblick einer so schrecklichen Zerstörung.

Conner jagte seiner Schwester hinterher. Ein Blick über die Schulter nach Osten zeigte ihm ein größtenteils flaches Trümmerfeld. Der Dachrand eines umgestürzten Sandkratzers ragte wie das Rückgrat einer Leiche aus dem Sand, die zur Hälfte begraben war. Wo sich sonst der große Wall erhoben hatte, erhob sich nun eine hohe Düne. Der Rest dieses Sandes, der sich dort seit Generationen angesammelt hatte, war verschwunden. Das ganze Elend war gleichmäßig verteilt worden.

Conner konzentrierte sich darauf, mit Vic mitzuhalten; er bemühte sich, nicht an den großen Wall und die leere Stelle zu denken, wo er sich früher erhoben hatte. Denn er konnte die Furcht schmecken, die der Anblick einer derart zerstörten Beständigkeit auslöste. *Denk nicht darüber nach. Folge Vic.* Die aus irgendeinem Grund nicht – wie er es sich gedacht hatte – unter die Dünen tauchte, um andere zu retten. Conner war außer Atem, sein Herz pochte. Er jagte um eine Hütte herum und kämpfte um Luft, um ihr hinterherzurufen, als er den Sarfer entdeckte, der auf freier Fläche stand.

Das Hauptsegel war noch gehisst, der Baum schwang hin und her. Ein Rebellensarfer mit rotem Tuch. Es war kein Zufall gewesen, dass seine Schwester in dem Augenblick vor Ort gewesen war, in dem der große Wall zusammenbrach. Das war Conner klar. Das dumpfe Dröhnen, das er gehört hatte, bevor der Sand herangewalzt war – in seiner Erinnerung klang es wie ferne Bombenexplosionen. Dutzende davon. Vic verbrachte Zeit mit der Sorte von Leuten, die so etwas möglicherweise tun würden. Der Gedanke, dass sie möglicherweise damit zu tun hatte, am Tod von Tausenden schuld und vielleicht nur gekommen war, um ihre Mom zu retten – das war ein viel persönlicherer Schmerz als der Sturz des Walls. Das war bloß ein Kratzer, der brannte, und nicht das dumpfe Trauma, das einen bewusstlos schlug.

Auf dem Sarfer machte sich Vic an dem Lastgerüst zu schaffen. Nein … nicht an etwas, sondern an jemandem. Conner kam näher und erkannte, dass es sein Bruder war.

»Palm?« Seine Verwirrung nahm zu. Er stützte sich gegen den heißen Rumpf des Sarfers und kam zu Atem. Aus dem Schatten eines provisorischen Sonnendachs blickte ihm sein Bruder entgegen. Palmers Gesicht war mit Blasen übersät. Seine Lippen waren geschwollen. Er brachte ein mühsames Lächeln zustande. Vic gab ihnen beiden Befehle. Sie drückte Conner etwas in die Hand. Er sah nach unten. Ein Visier. Ein Band. Aus einer Tasche auf dem Co-Piloten-Sitz zog sie einen Taucheranzug. Palmer sagte, er könne tauchen, sie solle ihm nur den Anzug geben. Er versuchte aufzustehen, aber Vic stieß ihn zurück.

»Du kannst kaum laufen«, fauchte sie.

Conner fragte sich, was mit seinem Bruder nicht stimmte. Palmers Gesicht war eingefallen, seine Wangen stachen hervor, auf seinem Kinn sprießte der Beginn eines Bartes. »Ich kann laufen«, beharrte er.

Vic brauchte nicht länger als zwei Herzschläge zum Nachdenken. Da sie so selten reglos dastand, fühlte es sich wie ein ganzes Leben an. Sie kam zu einer Entscheidung. »Dann geh zum *Honey Hole*«, sagte sie. »Hilf Mom. Warte dort auf uns.«

»Was ist mit dem Sarfer?«, fragte Palmer.

»Lass ihn stehen. Nimm nur das Wasser. Und sei vorsichtig. Der Sand ist locker, überall liegen Trümmer.« Sie wandte sich an Conner. »Worauf wartest du? Zieh den Anzug an und lass uns gehen.«

Conner warf sich auf den Sand und trat die Stiefel von den Füßen. Verstaute das dazugehörige Band. Sein Hemd fehlte bereits, war befleckt vom Blut seiner Schwester im *Honey Hole* geblieben. Er zog den Taucheranzug an, der ihm zu groß war und nach dem Schweiß eines anderen Mannes roch. Seine Schwester half ihm mit dem Reißverschluss und fluchte über den Sand zwischen den Zähnen. Während sie die Druckluftflaschen von ihrem Gestell nahm und die Ventile öffnete, gab sie ihm Anweisungen.

»Es ist zu viel Zeit vergangen, um jemanden zu retten, der in einem festen Sandhaufen liegt«, sagte sie. »Wir suchen dort unten nach Luft, okay? Du hältst nach jeder purpurnen Stelle Ausschau. Wir fangen hier am Stadtrand an, wo die Chancen am höchsten sind. Es ist sinnlos, jede kleine Hütte zu überprüfen, nur die unversehrten. Alles mit einem Fenster nach Osten kannst du ignorieren. Dieser Atemregler klemmt manchmal – du musst ihn aus dem Mund nehmen und gegen deine Flasche schlagen. Kriegst du das auf die Reihe?«

Conner nickte. Er schob die Arme durch die Riemen, während seine Schwester den abgenutzten Zylinder hielt.

»Gut. Lass uns gehen.«

Zum Trümmerfeld der zerstörten Häuser war es noch mal

ein langer Lauf. Bald roch der Taucheranzug nach Conners Schweiß. Und dann zeigte seine Schwester auf einen Dachrand, der aus dem glatten Sand ragte. Sie warf sich nach vorn und wurde von einer Düne verschluckt. Conner zog das Visier über die Augen, rang mit dem klappernden Atemregler an seiner Hüfte und schob ihn sich in den Mund. Er ließ Luft und Sand vibrieren, damit sie den Weg für ihn freigaben, und stolperte hinein. Die Wüste verschlang ihn, wie sie so viele andere verschlungen hatte. Aber er konnte atmen. Und er konnte denen helfen, die dazu nicht in der Lage waren. Es gab so viel zu tun und nicht genug Eimer.

48 – EIN PAAR GLÜCKLICHE

Er musste die Wahrscheinlichkeit ignorieren. Unter dem Sand lagen irgendwo Tausende Körper begraben und er und Vic hatten nur Dutzende Lebende in Luftblasen gefunden. Vielleicht insgesamt hundert Überlebende. Er ignorierte die Wahrscheinlichkeit und konzentrierte sich auf die wenigen Lebendigen, die sie retten konnten.

Nachdem er einen Mann abgeliefert hatte, den er unter einer umgestürzten Wanne gefunden hatte, tauchte er in den Sand zurück und raste an der Seite seiner Schwester unter den Dünen hindurch. Er hatte das Gefühl zu fliegen, der Anzug und das Band, das sie ihm gegeben hatte, waren viel stärker als alle, die er je zuvor angezogen hatte. Ein Rebellenanzug, der gefährlich aufgerüstet war. Jedes schimmernde purpurne oder dunkelblaue Aufblitzen, wo die Sandsicht des Visiers von einer Luftblase unterbrochen wurde, war ein Leuchtfeuer der Hoffnung. Conner trieb an Körpern und zerstörten Hütten vorbei, bahnte sich seinen Weg durch Wände und intakte Fenster, befahl den verängstigten Leuten, die er dort fand, die Luft anzuhalten, während er sie einsammelte und in Richtung Licht hob.

Er brach in ein unversehrt gebliebenes Haus ein und fand eine vierköpfige Familie. Die rote Taucherlampe um seinen Hals glühte, Sand ergoss sich durch das Loch, das er verursacht hatte. »Haltet die Luft an«, befahl er ihnen, sich unsicher, ob er vier Menschen auf einmal bewältigen konnte. Zwei waren schon eine Belastung. Aber der Sand füllte nun ungehindert ihr Haus. Ein junges Mädchen schrie auf und klammerte sich an seine Mutter. Vic war in einem anderen Gebäude verschwunden. Conner brauchte seine Schwester. Aber der Sand würde ihnen keine Zeit lassen.

Er hielt dem jungen Mädchen den Atemregler entgegen. »Kannst du damit atmen?« Die Mutter erklärte ihrer Tochter, sie solle fest darauf beißen und nicht durch die Nase atmen, ganz nahe bei dem Taucher bleiben.

Conner deutete mit dem Kopf auf das Fenster, das er zerstört hatte. Zusammen mit ihm kroch die Familie durch den steigenden Sand, das Mädchen blieb durch den Luftschlauch mit ihm verbunden. Als der Sand den Raum fast ausfüllte, streckte Conner die Arme aus. Mit dem einen nahm er den Jungen in Robs Alter, mit dem anderen das Mädchen. Die Eltern umarmten sie alle. Ein letzter Blick auf ihre Gesichter in dem roten Dämmerlicht; alle nahmen tiefe Atemzüge, die Wangen gebläht, die Augen vor Furcht weit aufgerissen, während immer mehr Sand kam. Dann beförderte Conner sie durch die fließende Masse zum Fenster. Er wandte seine ganze Kraft auf, der Puls in seinen Schläfen klopfte wie ein Hammer, da war das Gefühl, sich in dickem und schwerem Sand zu befinden, da war die Gefahr, in der Tiefe zu versinken, aber da war auch die Erinnerung, wie Vic ein ganzes Gebäude hob. Etwas in ihm bäumte sich auf, Wut auf die ganze Welt, und obwohl er sich viel zu sehr konzentrierte, um überhaupt zu bemerken, dass sie sich bewegten, erhaschte er einen Blick auf den purpurnen Himmel über sich, sah, wie er sich näherte, dann fühlte er Wind und prasselnden Sand auf dem Gesicht, hörte das Keuchen und die Dankbarkeit der Familie, die einander voll von Sand umklammert hielt.

Es war keine Zeit, ihnen zu sagen, dass er es gern gemacht hatte. Da war nur Zeit, um den Atemregler wieder entgegenzunehmen, auf dessen Mundstück noch der Sand und der Speichel der Geretteten klebte. Conner biss grimmig darauf, bevor er in die Tiefen zurückkehrte, ein Junge, dem man gesagt hatte, dass er kein Taucher sein könnte, und der jetzt unter den schrecklichsten Umständen zu einem wurde.

* * *

»Wo sind all die anderen?«, fragte er seine Schwester Stunden später. Sie teilten sich eine Feldflasche Wasser auf der Düne.

Die Sonne ging gerade unter, und ihre Luftflaschen waren schon lange geleert, abgenommen und zur Seite gestellt worden. Sie hatten so lange weitergemacht, wie sie das mit Visieren und angehaltener Luft geschafft hatten, aber irgendwann war das Adrenalin verbraucht und die Rettungen wurden seltener. Ihre erschöpften Körper brauchten diese Pause.

»Welche anderen?«, fragte Vic. Sie wischte sich den Mund ab und gab ihm das Wasser.

»Die anderen Taucher. Ich habe dort unten einen oder zwei gesehen, die Leute retten wollten. Aber ich hätte gedacht, mittlerweile würden Hunderte helfen.«

Dankbar nahm er einen Schluck, während Vic nach Westen blickte, um sich den Sand aus den Augen zu halten. »Ich habe diese Taucher auch gesehen. Aber ich glaube nicht, dass sie nach Menschen gesucht haben.«

»Glaubst du, sie wollten etwas bergen?« Conner wollte das nicht glauben. Mit seinem Tuch wischte er sich den Mund ab.

»Plündern«, sagte sie und zog das Wort in die Länge, als gebe es da einen großen Unterschied. »Die restlichen Taucher jagen einer anderen vergrabenen Stadt nach«, fügte sie hinzu.

»Danvar.«

Vic nickte. »Die Leute, die das getan haben …« Sie zeigte auf die Stelle, an der früher der Wall gestanden hatte. »Sie haben auch Danvar gefunden. Palmer war bei ihnen.« Sie musste den verwirrten und entsetzten Ausdruck auf Conners Gesicht gesehen haben. »Nicht in diesem Sinne dabei. Er hat nicht bei der Bombardierung geholfen. Sie haben ihn als Taucher angeheuert. Palmer war derjenige, der Danvar gefunden hat.«

Conner wusste nicht, was er sagen sollte. Er musste daran denken, wie sein Bruder auf dem Sarfer ausgesehen hatte, als wäre er gerade aus seinem Grab gekrochen. »Geht es ihm gut?«

»Er war eine ganze Woche dort unten. Es wird ein Wunder sein, wenn er überlebt. Aber in seinen Adern fließt das Blut seines Vaters. Also, wer weiß.«

Conner konnte nicht glauben, wie wenig sich seine Schwester für das Leben ihres Bruders zu interessieren schien. Andererseits hatten ihn die vielen Tode, die er an diesem Tag bereits gesehen hatte, abgestumpft, wenn es darum ging, die Begrabenen zu sehen. »Warum sollte jemand *das* tun?«, fragte er, obwohl er wusste, dass es eine sinnlose Frage war; jeder, der die Auswirkungen einer Bombe erlebt hatte, stellte dieselbe Frage und bekam nie eine Antwort. Kirchen quollen von diesen unbeantworteten Fragen über.

Vic zuckte mit den Schultern. Sie zog das Visier vom Kopf und überprüfte etwas im Band. »Es würde mich nicht überraschen, wenn die Leute, die für das hier verantwortlich sind, dieselben sind, die die Sache mit Danvar verbreitet haben. Vielleicht sogar nur, um die wegzuschaffen, die vielleicht hätten helfen können.«

»Die Taucher«, sagte Connor, griff nach dem Stiefel und versuchte einen Krampf aus der Wade herauszumassieren. »Und wie geht es jetzt weiter?«

»Erst noch ein Tauchgang bei den Kratzern. Ein paar Luftblasen, die wir übersehen haben. Dann schaffe ich dich zurück ins Honey Hole und sehe nach Palm, bevor ich nach Low-Pub fahre.«

»Low-Pub?« Conner betrachtete die Leute, die durch den Sand stolperten und alles, was irgend möglich war, aus dem flachen Sand bargen und sich um die Erschöpften und Verletzten kümmerten. »Werden wir hier nicht gebraucht? Was ist in Low-Pub?«

»Die Leute, die hierfür verantwortlich sind.« Vic zog das Visier wieder über. »Palm hat gesagt, dass sie Springston zuerst angreifen wollten. Er hat sie belauscht, wusste, dass das passieren wird, wusste nur nicht, dass es so ... schlimm sein würde. Wir kamen so schnell her, wie wir konnten, um jemanden zu warnen und etwas zu essen zu besorgen. Aber wir waren zu spät.«

»Du hast uns gerettet«, sagte Connor.

Vics Wangen spannten sich, als sie kurz die Zähne zusammenbiss. Sie sagte nichts. Zog nur ihr Tuch über Nase und Mund.

»Die Leute, die das getan haben, sind in Low-Pub untergetaucht?«, fragte er. »Wenn du sie verfolgst, möchte ich dich begleiten.«

Er rechnete damit, dass sie sich sträubte. Aber sie nickte nur. »Ja. Vielleicht brauche ich dich. Und sie sind nicht in Low-Pub untergetaucht. Ich glaube eher, dass sie dort als Nächstes zuschlagen werden. Und dass es noch schlimmer sein könnte als hier.«

Conner betrachtete ein weiteres Mal alles um sich herum – und musste sehen, wie der Wind und der Sand nun ungehindert dort wehten, wo sie Generationen lang nicht geweht hatten. Er konnte sich kaum vorstellen, dass es etwas noch Schlimmeres geben konnte als das hier.

49 - HALBSCHWESTERN

Vic

Bei ihrer Ankunft im *Honey Hole* erwartete sie ein zerstörtes Gebäude, in dem sich zerstörte Menschen versammelten – und Vic fragte sich, ob sich der Ort überhaupt verändert hatte. Das mitgenommene Bordell war das höchste Gebäude, das in ganz Springston noch stand. Was sich früher einmal zwischen seinen Zeitgenossen geduckt hatte, überragte sie nun. Und da es an der neuen östlichen Grenze der Zivilisation stand, war es auch der neue Wall. In seinem Windschatten hatte man ein paar Zelte aufgeschlagen. Shantytown, das sich nach Westen ausbreitete, war alles, was noch einen unversehrten und intakten Eindruck machte.

Als sich Vic dem Haus näherte, hatte sie das Gefühl, noch immer all die Leichen unter ihren Füßen sehen zu können, als wäre ihre Sandsicht zu einem festen Bestandteil ihrer Augen geworden. Die Toten bildeten Flecken in ihrem Sichtfeld, so als hätte man zu lange in die Sonne gestarrt. In ihrem Auge schwammen Sandkörnchen.

Sie ließ ihre Druckluftflasche neben der Tür fallen; Conner folgte ihrem Beispiel. Das Haus war noch immer voller Sand. Eine gleichmäßige Schicht bedeckte den Boden, in den Ecken hatten sich kleine Dünen aufgetürmt. Vic hatte ihn wie Wasser abfließen lassen, als sie das Gebäude in die Höhe gestemmt hatte, aber nicht alles war entfernt worden. An einigen Stellen war er zu Pfützen festgebacken. Auf diesen Erhebungen ruhten Dutzende Leute. Laternen und Kerzen tauchten den Raum in Schatten und Licht. Diese kleinen Flammen drängten die Dunkelheit zurück, als draußen die Sonne unterging. Leute füllten Tassen mit Wasser, andere schöpften Bier aus Fässern. Die wenigen Überlebenden würden sich hier sammeln. Es war die ungewöhnlichste aller Zufluchten.

Rob versorgte eine Frau, die auf dem Sand lag. Ihre Mutter ging von Mensch zu Mensch und verteilte Feldflaschen. Es roch nach Alkohol, und Vic sah, wie jemand eine Wunde mit einer Flasche von der Bar säuberte, einen Lappen mit dem Inhalt tränkte, bevor er behutsam verletztes Fleisch abtupfte. Einige dieser Leute hatte sie aus dem Sand geholt. Conner auch. Beide hatten sie ihnen geraten, ins Honey Hole zu gehen. Es waren so viele – und doch nicht genug.

Ihre Mutter verwaltete das Chaos. Mehrere von ihren Mädchen trugen noch immer ihre Galeriekleidung, aber jetzt gingen sie in der Bar herum und kümmerten sich um die Schluchzenden, die Verwundeten und die Durstigen. »Da ist Palmer«, sagte Rob und zeigte zur Treppe. Ihr Bruder hämmerte Nägel ein und wischte sich zwischen Schlägen den Schweiß von der Stirn. Vic hängte ihr Visier auf die Flasche und eilte zu ihm.

»Was tust du da?« Sie riss ihm den Hammer aus der Hand.

Ihr Bruder wollte sich anscheinend gerade beschweren, aber dann schien er zu schwanken. Vic hielt ihn fest. Conner war an ihrer Seite. Gemeinsam führten sie Palmer zu einem Stuhl, während er krächzend aufzählte, was alles getan werden musste. »Die Treppe wird zusammenbrechen«, sagte er.

»Du wirst zusammenbrechen«, erwiderte Vic. »Hol ihm Wasser.« Und Conner eilte zur Theke. Vic wog den Hammer in der Hand. Sie konnte selbst kaum stehen, hatte den Zustand der Erschöpfung bereits weit hinter sich gelassen, aber sie ging zur Treppe zurück und fing an, lose Nägel einzuschlagen. Sie holte gerade aus, als eine Hand ihr Gelenk ergriff.

»Was glaubst du eigentlich, was du da tust?«, fragte ihre Mutter. Sie nahm ihr den Hammer ab und drückte Vic eine dampfende Tasse in die Hand. »Setz dich hin. Iss. Du bist stundenlang getaucht.«

Vic musterte ihre Mom, sah die Altersfalten in ihrem Gesicht, die Züge, die so viel Ähnlichkeit mit den ihren hatten, und da sah sie die Frau und nicht den Beruf, sie sah, dass sie das in ein paar Jahren selbst sein würde. Erschöpft und ausgelaugt würde sie tun, was nötig war, um durchzukommen. Sie wollte sich entschuldigen, obwohl sie eigentlich gar nicht wusste, wofür. Sie fand die nötigen Worte aber nicht. Und dann kämpfte sie gegen den Drang zu weinen an, ihre Mutter zu umarmen und Tränen und Rotz in ihre Halsbeuge zu schmieren, ihr von Marco zu erzählen, was für ein toller Kerl er doch gewesen war, auch wenn er sich mit den falschen Leuten eingelassen hatte, dass er nun tot war wie viele Tausend andere auch. Aber sie kämpfte dagegen an und siegte. Sie ließ zu, zur Theke geführt zu werden, wo sie sich hinsetzte und etwas Eintopf löffelte. Sie tat, was man ihr gesagt hatte, weil sie wusste, dass sie Nahrung brauchte und ihre Mutter recht hatte.

Palmer trank Bier aus einem Krug, vermutlich um Wasser für jemand anderen zu sparen. Conner bekam auch eine Schüssel mit Eintopf. Rob gesellte sich zu ihnen, angezogen vom Sog der Schwerkraft, den diese an einem Ort versammelte Familie erzeugte, und Vic versuchte sich zu erinnern, wann sie das letzte Mal auf diese Weise zusammen gewesen waren. Sie erwischte ihre Mutter dabei, wie sie ihr einen Blick zuwarf, als hätte sie gerade denselben Gedanken gehabt.

»Wie schlimm ist es?«, fragte ihre Mutter. Und Vic hatte sich geirrt. Ihre Mutter dachte an mehr als nur die Familie.

»So ziemlich ganz Springston«, sagte Vic. Sie rührte in ihrem Eintopf herum. »Man wird die Ostquellen noch einmal ausgraben müssen. Sie sind verschüttet. Und die Pumpen mit ihnen.«

Conner erstarrte. »Ich muss mir die Pumpe von Shantytown ansehen. Und ich muss jemanden finden …«

»Die Shantytown-Pumpe wird nicht genug Wasser für alle hervorbringen«, erwiderte Vic. »Wie viele Menschen von dieser Seite der Stadt sind zu den Zisternen gekommen?«

»Was ist mit Dads Rat?« Conner wandte sich an ihre Mutter. »Vielleicht sollten wir nach Westen gehen, so wie Vater gesagt hat.«

Vics Löffel erstarrte auf dem halben Weg zu ihrem Mund. Eintopf tropfte auf die Theke. »Wann hat Dad je gesagt, wir sollten in den Bergen leben?«

»Nicht in den Bergen«, erklärte ihr Rob. »Sondern sie überqueren.«

Vic musterte ihren kleinen Bruder, der auf einem Barhocker

hockte. »Du musst Wasser trinken«, erwiderte sie, weil sie glaubte, er hätte Bier getrunken.

Ihre Mutter legte Vic eine Hand auf die Schulter. Palmer sah sie komisch an. »Was?«, fragte sie. »Was soll dieser Blick?« Es war, als würden sie alle etwas wissen, das ihr vorenthalten worden war.

»Jetzt raste nicht aus«, sagte Palmer. »Ich hab es erst vor ein paar Stunden erfahren.«

»Lasst sie essen«, sagte ihre Mutter. Sie wandte sich an Vic. »Iss erst deinen Eintopf, und dann musst du mit mir nach oben kommen.«

»Nach oben?« Vics Handflächen fühlten sich plötzlich klamm an. Das alte Entsetzen stieg in ihr auf. Nichts auf der Welt würde sie jemals noch einmal diese Stufen hinaufgehen lassen. Plötzlich verspürte sie den Drang, die paar Nägel herauszureißen, die sie festgeklopft hatte, sie alle herauszureißen, damit nie wieder jemand diese Stufen hinaufgehen konnte, weder sie noch ihre Mutter noch sonst jemand. »Was soll ich da oben?«

»Iss deinen Eintopf. Und dann muss ich dir jemanden vorstellen.«

Vic konnte kaum dort sitzen und essen, während sich alle merkwürdig verhielten und sie auf diese Weise anblickten. Ihr Appetit war jedenfalls verschwunden. »Wen?«, fragte sie.

Es war Rob, der mit dem herausplatzte, was sonst niemand sagen wollte. »Unsere Schwester«, sagte er. Und als Vic ihm einen Blick zuwarf, zeigte er ihr seinen Krug. »Das ist Wasser, ich schwöre es.«

50 – DIE RÜCKEN DER GÖTTER

»Für Spielchen habe ich keine Zeit«, sagte Vic zu ihrer Mutter. Sie blieb vor der ersten Stufe stehen, die Hand auf dem Geländer, unfähig, den nötigen Mut aufzubringen, um ihren Stiefel zu heben. »Ich muss zurück zum Sarfer und nach Low-Pub. Die Leute, die den großen Wall zerstört haben, werden es als Nächstes angreifen.«

Eine Hand berührte ihr Kreuz, drängte sie nach oben. Genau wie damals. Als sie sechzehn gewesen war. Vic leistete Widerstand. Ihre Mutter ging an ihr vorbei, drehte sich um, warf einen Blick auf die erbärmliche Menschenmenge im Kerzenschein, dann senkte sie die Stimme.

»Ich weiß nicht, was zum Teufel hier vor sich geht«, sagte sie, »oder worin du verwickelt bist. Ich weiß nicht, was dort draußen vorgeht.« Sie schien mit den Tränen zu kämpfen und Vic vergaß für einen Moment ihr Entsetzen und hörte wirklich zu. »Das ist alles zu viel auf einmal. Es ist zu viel.« Sie schüttelte den Kopf und bedeckte den Mund mit der Hand. Vic sah, dass ihre Brüder von der Theke aus zusahen.

»Mom, du musst dich ausruhen. Was getan werden kann, wird getan. Man kann keinen mehr retten. Das alles kann bis morgen warten.«

»Dein Vater ist noch am Leben«, platzte ihre Mutter hervor.

Vic griff nach dem Geländer. Das *Honey Hole* rutschte in die Dünen zurück und wirbelte um sie herum. »Was …?« Ihre Mutter hielt sie an der Taille fest, um zu verhindern, dass sie zu Boden sackte.

»Ich weiß nicht, wie das alles auf einmal geschehen kann, welches Spiel die Götter spielen, aber Conner und Rob haben einen Tag nach deinem Besuch ein Mädchen mitgebracht. Am Morgen, nachdem ich dich gesehen habe, brachten sie ein halb verhungertes und verletztes Mädchen mit, das es aus dem Niemandsland geschafft hat.«

»Was?«, flüsterte Vic erneut. Sie verstand nicht. »Wie lange war sie unterwegs? Wie weit ist sie gekommen?«

»Sie ist nicht hier aufgebrochen«, sagte Rose. »Sie hat das ganze Land durchquert. Komm nach oben. Bitte.«

Vic ließ sich nach oben locken. Es fühlte sich an, als würden ihr Verstand und ihre Sinne über dem Boden schweben. »Was soll das heißen, Vater lebt noch? Warum hat Rob sie als meine …«

»Deine Schwester. Halbschwester. Du musst dir anhören, was sie zu sagen hat.« Vic warf einen Blick zurück. Palmer und Conner folgten ihnen die Treppe hinauf. Rob stieg von seinem Barhocker.

»Und Dad?« Sie warf einen Blick auf das fehlende Geländer.

»Er wird auf der anderen Seite des Niemandslandes gegen seinen Willen festgehalten. Ich werde es dir erklären. Aber das bedeutet, dass du Low-Pub vergessen musst. Dein Bruder hat recht, wenn er sagt, dass nach Westen zu gehen der einzige Weg ist. Ich glaube, das wollen die Götter uns sagen.«

Bei der Erwähnung der Götter und dem Gerede über Schicksal stieg Wut in Vic empor. Sie hatte zu viele Tote gesehen, um an die Schlampe Schicksal zu glauben. Jetzt stand sie oben auf dieser Galerie, hoch über den vielen Verletzten, von denen so viele schluchzten und ihre Geliebten betrauerten. Sie hörte ihrem leisen Weinen zu, roch den Schweiß ihres Taucheranzugs, dachte an all die Begrabenen, die sie an diesem Tag gesehen hatte, an all die Schrecken, denen dieser bereits elende Ort ausgesetzt worden war, an den Anblick des erschossenen Marco, an das eingedrückte Gesicht des Mannes hinter Grahams Werkbank, an all die Bomben im Laufe der Jahre, an die Vergewaltigung, die Narben, die Eimer voller Verletzungen, die zahlreicher gewesen waren als die Sandkörner.

»Niemand passt auf uns auf«, sagte sie zu ihrer Mutter. Sie wandte sich ihren Brüdern zu, die auf den letzten Stufen versammelt standen und zu den beiden Frauen hochblickten. »Dort oben gibt es niemanden, der auf uns herunterschaut«, sagte sie. »Diese Konstellationen, die ihr dort oben am Himmel seht?« Wütend stieß sie mit dem Finger in Richtung Decke. »Wir sehen da die Rücken der Götter. Sie haben sich von uns abgewandt. Begreift ihr nicht? Unser Vater ist tot. Ich habe keine Schwester. Und jetzt muss ich nach Low-Pub.«

Sie wich vor ihrer Mom zurück und erzwang sich den Weg zwischen ihren Brüdern vorbei, stieß dabei Rob beinahe um. Ihre Mutter brüllte ihr nach zu warten. Vic blieb an der Theke stehen und schraubte einen Deckel auf einen Krug Bier. Sie schnappte sich einen Kanten Brot von Palmers Teller und eilte zur Tür. Dort sammelte sie ihr Zeug ein.

Conner eilte an ihre Seite. »Vic, geh nicht.«

»Ich schlafe auf dem Sarfer, damit ihn niemand stiehlt. Dann segle ich im ersten Licht. Ich komme zurück und sehe nach euch, sobald das, was auch immer in Low-Pub passiert, passiert ist.«

»Low-Pub ist gar nichts«, erwiderte Conner. »Du musst dir anhören, was dieses Mädchen zu sagen hat. Dort draußen sind ganze Städte …«

»Wie Danvar?« Vic schlang sich die Druckluftflasche über die Schulter. »Hör auf zu träumen, Con. Fang an zu graben. Das ist das einzige Leben, das wir haben.«

»Also, wenn du nicht bleibst, dann komm ich mit dir.«

»Wie du willst.« Vic deutete mit dem Kopf auf die andere Flasche und die Ausrüstung.

»Okay. Gut. Mach ich. Wir brechen beim ersten Licht auf?« Conner rieb sich die Hände. Er schien schockiert, dass sie ihn mitnehmen würde. Tatsächlich, sie brauchte ihn. Und noch zwanzig mehr Leute wie ihn. »Dann schau ich mal, ob ich hier noch ein paar Stunden von Nutzen sein kann. Lass Mom wissen, wohin wir unterwegs sind.«

Vic zuckte mit den Schultern. »Du weißt, wo der Sarfer ankert. Kommst du nach Sonnenuntergang, wird er dort nicht mehr ankern.« Sie wandte sich ab und stieß die Tür auf. Es fühlte sich gut an, von diesem Ort zu fliehen. Hier hatte sie vor all diesen Jahren diese Fertigkeit gelernt, hier hatte sie gelernt, wie gut es sich anfühlte wegzulaufen.

* * *

Conner stand an der Tür und sah seiner Schwester nach. Dass sie ging, war ein vertrauter Anblick. Sie später in dieser Nacht wiederzusehen erschien jedoch unvorstellbar. Er war daran gewöhnt, dass bis dahin Monate vergingen. Ein Jahr. Er war an die Furcht gewöhnt, dass sie bei ihrem Tauchgang sterben und er es von jemanden aus der Schule erfahren würde. Jetzt würde dieser Verlust noch größer sein, nachdem sie den Sand gemeinsam mit ihrem Schweiß getränkt hatten, Seite an Seite getaucht waren, um zu retten, wen sie konnten. In seinem Leben war seine Schwester immer ein heller und ferner Stern gewesen, hatte so hell gestrahlt wie die Venus. Darum konnte er nicht zurückbleiben, während sie nach Low-Pub ging.

Aber er konnte nicht so schnell weglaufen wie sie, hatte nicht so viele Jahre Übung. Er wandte sich wieder der Treppe zu, wo seine Familie noch immer von der Galerie aus zusah. Conner bahnte sich durch die volle Bar einen Weg zu ihr. Eine Frau griff nach seinem Handgelenk und bedankte sich mit Tränen in den Augen bei ihm, und Conner erinnerte sich daran, dass er sie aus ihrem Haus gezogen hatte. Ihr kleiner Junge wand sich auf ihrem Schoß. Conner kämpfte selbst mit den Tränen, als er ihren Arm berührte. Er wollte sich bedanken, aber er fürchtete, seine Stimme würde brechen und die Frau würde erleben, wie die Fassade, die er der Welt bot, bröckelte. Rob gesellte sich an der untersten Stufe zu ihm.

»Wo will Vic hin?«, fragte sein Bruder.

»Da draußen gibt es noch Leute, die unsere Hilfe brauchen«, antwortete Conner. Er beugte sich vor, um mit ihm sprechen zu können. »Ich begleite sie, okay? Du bleibst hier bei Mom und Palmer.«

»Ich kann mitkommen.«

»Das kannst du nicht.« Conner stand kurz davor, in Tränen auszubrechen, aber er musste eisern bleiben. »Du wirst hier gebraucht. Kümmere dich um Violet. Stell dir vor, wie verängstigt sie sein muss. Wie allein sie sich fühlen wird.«

Rob nickte. Er blickte sich im Raum um, suchte vielleicht nach etwas zu tun oder nach jemandem, dem er helfen konnte. Conner stieg die Treppe hinauf. Er wollte zu seiner

Mutter. Er fürchtete sich davor, ihr zu sagen, dass er ging. Aber nichts hatte sich je so richtig angefühlt, wie diese Menschen aus dem Sand zu ziehen. Der Augenblick, in dem er seine Mutter und Rob und Violet in die Dachkammer getragen und sie gerettet hatte, war wie der Augenblick gewesen, in dem sich eine Schlange häutete oder eine Babykrähe sich den Weg aus der Schale bahnte. Es war eine Art Geburt gewesen, er hatte seinen Daseinszweck entdeckt. Er fühlte sich nicht länger als Junge. Selbst seine Mutter betrachtete ihn nun mit anderen Augen. Glaubte er zumindest. Sogar Palmer.

»Ich werde Vic ein paar Tage lang helfen«, verkündete er. »Und ihr kümmert euch um Rob und Violet?«

Seine Mutter nickte, und Conner sah, wie sich ihr Hals verkrampfte, als sie ein Wort oder ein Schluchzen herunterschluckte. Sie drückte seine Schulter und er wollte sich umdrehen. Aber da griff sie in die Tasche und holte ein gefaltetes Stück Papier hervor. »Gib das Vic. Sorg dafür, dass sie es liest. Sie muss es glauben.«

Conner nahm das Blatt und steckte es ein. »Ich sorge dafür, dass sie es bekommt«, versprach er. »Ich sage Violet, dass ich eine Weile weg bin. Du passt auf sie auf?«

Seine Mutter nickte. Conner dankte ihr und wandte sich ihrem Zimmer zu, das nun nicht mehr so abstoßend war wie zuvor. Der Sand hatte es reingewaschen. Palmer griff nach seinem Arm.

»Hey, Con, wir müssen reden.«

Conner blieb stehen. Über Palmers Schulter sah er ihre Mutter zurück nach unten gehen, wo sie sich um die Verletzten kümmerte. »Was ist?«

Palmer warf einen Blick auf die Zimmertür, als gäbe es dort noch immer etwas zu fürchten, als könnte einer ihrer betrunkenen Kunden jeden Augenblick dort herausstolpern, in sie hineinlaufen und über die Galerie mit ihrem fehlenden Geländer in die Tiefe stoßen. »Hier entlang«, sagte er und führte Conner an dem Raum vorbei, in dem Violet lag. Seine Stimme senkte sich verschwörerisch.

»Alles in Ordnung?«, erkundigte sich Conner. Sein Bruder sah besser aus als früher an diesem Tag in dem Sarfer, hatte

Salbe auf den aufgesprungenen Lippen und Essen im Bauch. Aber etwas schien trotzdem nicht zu stimmen.

»Ja, ja, mir geht es gut. Es ist nur ... dieses Mädchen, das behauptet, unsere Schwester zu sein ...«

»Violet.«

»Ja, Violet. Es ist so ... Mom hat mich zu ihr gebracht und mir ihre Geschichte erzählt, hat mich mit ihr reden lassen. Sie und Rob haben mir von der Nacht erzählt, der Nacht, in der ihr zelten gewesen seid, und wo sie hergekommen ist.«

»Aus dem Niemandsland.«

»Na ja, vielleicht.« Wieder warf Palmer einen Blick auf die Tür und zog Conner noch ein Stück weiter die Galerie entlang. »Es ist nur ziemlich unglaublich, findest du nicht? Kaufst du ihr diese Geschichte wirklich ab? Weil ...«

»Ich bin dort gewesen«, unterbrach Conner seinen Bruder. »Ich versichere dir, sie sagt die Wahrheit. Sie wusste, wer ich bin.«

»Ich weiß. Ich weiß. Aber Folgendes. Der Kerl, der mir das angetan hat ...« Palmer zeigte auf sein Gesicht. »Dieser Brock, der uns angeheuert hat, um Danvar zu finden, der Hap umgebracht hat, er hat diesen merkwürdigen Akzent. Alle sagen, er kommt aus dem Norden. Und dieses Mädchen klingt genau wie er.«

»Du hältst Violet für eine Art Kannibalin?« Conner hatte keine Zeit für so etwas, aber sein Bruder schien ernsthaft besorgt zu sein. Vic hatte ihm erzählt, dass ihn seine Erfahrungen ziemlich erschüttert hatten, dass er geradezu gelitten hatte. Es fühlte sich seltsam an, einen älteren Bruder zu bemitleiden.

»Ich will gar nichts behaupten, Con. Ich weiß nur, was ich gehört habe. Sie taucht auf und zur gleichen Zeit stürzt der Wall ein? Und Danvar? Alles geschieht zur gleichen Zeit? Kaufst du ihr das ab?«

Conner schlug seinem Bruder auf die Schulter. »Ich weiß nicht, was hier los ist«, sagte er ehrlich. »Aber ich glaube daran, dass das Mädchen in diesem Zimmer unsere Schwester ist, und ich glaube auch, dass Dad noch immer irgendwo dort draußen ist.«

Palmer nickte. Tränen funkelten in seinen Augen. »Ja. Du hast immer daran geglaubt.« In der Stimme seines Bruders lag keinerlei Anklage. Eher etwas wie Neid.

»Ich muss los«, sagte Conner.

»Ja.«

»Schön, dich zu sehen«, sagte er zu seinem Bruder. Und sie umarmten sich. Sie klopften sich kräftig auf den Rücken, was den Sand in ihren Haaren lockerte. Und Conner erinnerte sich, wie wütend er in den letzten Tagen auf Palmer gewesen war, über seinen Verrat, nicht mit ihnen zelten zu gehen. Aber solche Dinge erschienen nun kleinlich. Unter seiner Würde.

»Ich liebe dich, Bruder«, flüsterte Palmer ihm ins Ohr.

Und Conner musste sich abwenden und schnell gehen, bevor er doch noch die Fassung verlor.

51 – AUF DEM WASSERPUMPENKAMM

Mit einer leeren Druckluftflasche auf dem Rücken und einem an der Hüfte baumelnden Atemregler lief Conner in der Dunkelheit durch die Dünen. Er ging nicht direkt zum Sarfer. Vor seinem Aufbruch musste er noch jemanden besuchen. Er musste wissen, ob sie in Ordnung war. Musste Shantytown und seine Hütte sehen, eine Siedlung, von der er sich vorstellen konnte, dass das Leben bei seiner Rückkehr dort hartnäckig weiterging.

Zwischen den Dünen brannten ein paar Laternen und Fackeln. Gelegentlich waren Stimmen zu hören, wenn Leute in den Wind riefen und einander suchten. In der Luft war nur wenig Sand, die Sterne am Himmel brannten hell. Das Licht von Springston, das die Konstellationen normalerweise überdeckt hatte, war erstickt worden. Ausgelöscht. Conner grübelte darüber nach, wie viele Tauchgänge erforderlich sein würden, um sich das wieder zu holen, was der Sand verschlungen hatte.

Auf dem Weg zu Gloralai wurde er sich darüber bewusst, wie aufregend und auch etwas schuldbeladen es sich anfühlte, am Leben geblieben zu sein. Er war in der Lawine begraben gewesen und hatte überlebt. Das verlieh ihm eine Art rohe Energie. Aber da war auch noch ein seltsames Schuldgefühl zu spüren, bei einer so gewaltigen Katastrophe wie dem Sturz des großen Walls dabei gewesen zu sein. Das alles war kein Vergnügen – sogar im Gegenteil. Über allem lag viel zu viel Dunkelheit, eine Sehnsucht, ein tiefer Schmerz. Dennoch gab es da eine winzige Stimme, die ihm sagte, wie gut es sich doch anfühlte zu atmen, wie gut es sich doch anfühlte, über dem Sand zu sein. Und war das überhaupt zu glauben, wovon er da Zeuge geworden war?

Conner hasste diese Stimme. Nichts davon war aufregend gewesen. Nur eine Tragödie und ein Verlust, dem nun ein ungewisses und erschreckendes Morgen folgte. Die vom Wind bewegten Dünen würden Shantytown von jetzt an wie nie zuvor unter sich begraben. Hier erwartete sie ein weiteres chaotisches Low-Pub. Seine Mitbürger erwartete eine Lektion, und zwar die Lektion, dass es immer noch ein neues und größeres Elend gab. Und dieser Gedanke ließ ihn an die endlosen Tage denken, die auf ihn zukamen – Tage, an denen man sich mit der gleichen nostalgischen Verklärung, mit der man der heißen Bäder und der Toiletten mit Wasserspülung gedachte, daran erinnern würde, wie man Eimer von der Wasserpumpe weggeschleppt hatte. Es konnte noch immer tiefer bergab gehen. Der Sand lagerte sich am Boden ab und hörte niemals damit auf.

Als er über diese Dinge so nachgrübelte, schlug er eine andere Richtung ein. Er wollte an ihrer Hütte vorbeigehen. Nicht, dass dort etwas auf ihn wartete – für seinen Marsch durch das Niemandsland hatte er alles eingepackt gehabt, eine Entscheidung und eine Tat, die jetzt so weit entfernt erschien. Er wollte sich nur vergewissern, dass die Haustür nicht begraben worden war, dass er und Rob einen Ort hatten, an den sie zurückkehren konnten, dass der Sand ihr Zuhause durch die Erderschütterungen nicht begraben hatte.

Die Tür gab es noch. Das Gerüst auf dem Dach stand ebenfalls noch. Und es hatte den Anschein, als würde im Haus eine Lampe brennen. Unter der verzogenen Tür schimmerte Licht hervor.

Conner näherte sich langsam. Ohne zu klopfen drückte er einfach die Klinke herunter; sie war so klebrig wie üblich, aber nicht verriegelt. Er stieß die Tür auf.

Ein Mann drehte sich hastig um, die Augen über dem sauber gestutzten Bart weiteten sich. Er saß mit zwei Jungen an Conners Küchentisch. Es roch nach Essen. Der Mann sprang auf, beide Hände ausgestreckt. Sein Stuhl kippte nach hinten.

»Tut mir leid«, sagte er und griff nach seinen Kindern, die mit erstarrten Mienen dort saßen und aufgehört hatten, ihre

Suppe zu essen. Alle trugen so schöne Kleidung. »Wir gehen. Sofort. Wir wollten niemandem schaden.«

»Nein«, sagte Conner. Er winkte den Mann zurück. »Bleibt. Das ist mein Haus. Es ist in Ordnung.«

Der Mann warf einen Blick zu dem dunklen Schlafzimmer. Conner konnte nicht sehen, ob sich dort jemand aufhielt, aber vielleicht dachte der Mann auch nur, dass für ihn und seine Kinder hier gar nicht genug Platz war.

»Kommt ihr aus Springston?«

Der Mann nickte. Er hob den Stuhl wieder auf und legte die Hand auf die Lehne. Die Kinder schlürften ihre Suppe weiter. »Ich habe die Jungs heute Morgen zu einer Fahrt mit dem Sarfer mitgenommen. Wir haben alle gesehen, was passiert ist, wir haben alles beobachtet. Meine Frau ...« Er schüttelte den Kopf und senkte den Blick.

»Es tut mir leid«, sagte Conner. Er rückte die leere Flasche auf dem Rücken zurecht. »Bleibt so lange hier, wie ihr wollt. Ich habe nur nach dem Haus gesehen.«

»Was ist mit ...«

»Ich habe einen Ort zum Übernachten«, versicherte Conner ihm und dachte an den Sarfer und eine Nacht unter den Sternen. »Euer Verlust tut mir leid.« Er wandte sich zum Gehen, aber der Mann eilte durch den Raum und ergriff ihn bei den Schultern.

»Danke«, flüsterte er.

Conner nickte. Beide hatten Tränen in den Augen. Und dann umarmte ihn der Mann, und Conner konnte nur daran denken, wie seltsam das noch vor einem Tag erschienen wäre.

* * *

Gloralai war nicht zu Hause. Conner klopfte und wartete, aber die Fenster waren dunkel, und drinnen war kein Laut zu hören. Als Nächstes versuchte er es bei der Schule, denn dort würden sich seiner Meinung nach seine Freunde versammeln. Zwischen den Dünen entdeckte er Manuels Mutter, die es offensichtlich eilig hatte; die flackernde Fackel in ihrer Hand beleuchtete ihr Gesicht. Manuel war ein Klassenkamerad. Conner hielt sie an und fragte, wie es Manuel ginge. Sie drückte seinen Arm und sagte, ihm und den anderen gehe es gut. Sie erkundigte sich nach Rob.

»Dem geht es auch gut«, sagte Conner. Dann fragte er, ob sie wüsste, wo Gloralai sein könnte.

»Ich glaube, die Sandkriecher sind alle bei der Quelle.«

Conner dachte daran, wie spät es war und dass er vermutlich ebenfalls hätte dort sein müssen. Es war ein Schultag gewesen, was er völlig vergessen hatte, und zwar nicht nur, weil er sich im *Honey Hole* um Violet gekümmert hatte, sondern weil er seine Klasse am Freitag mit der Absicht verlassen hatte, niemals zurückzukehren. Die Dunkelheit war schon lange angebrochen, und normalerweise hätte er mittlerweile seinen Anteil geschleppt. Er bedankte sich bei Manuels Mutter und eilte zur Quelle. Plötzlich wurde ihm bewusst, dass der Sand niemals aufhören würde. Auch deshalb nicht, weil der Wall eingestürzt war. Nicht einmal in dieser Nacht, damit sie zur Ruhe kommen, damit sie ihre Toten zählen und ordentlich bestatten konnten. Wollten sie keinen Durst leiden, mussten Eimer geschleppt werden. Die Götter waren gnadenlos. Vic hatte recht. Diese Art Grausamkeit konnte nur von jemandem kommen, der sich abgewandt hatte, der einen ignorierte. Gut gezielte Peitschenhiebe und direkte Schläge waren leichter zu verstehen. Wenigstens wussten die Geschlagenen dann, dass ihre gequälten Schreie gehört wurden.

Er hielt auf die tanzenden Fackeln oben auf dem Wasserpumpenkamm zu. Dort war viel los. Vermutlich hatten die Schichten spät begonnen; das Chaos, als der Sand aus Springston heranwälzte und sich das Schulhaus leerte, als niemand wusste, was geschah. Der Abstand, den er zu seinen Altersgenossen verspürte, fühlte sich seltsam an. Wenn er daran dachte, wo er den ganzen Tag gewesen war und was er getan hatte. Aber hier arbeiteten seine Klassenkameraden und sorgten dafür, dass das Wasser weiterfloss, retteten viel mehr Leben als er. Das war eine Perspektive. Der Mann, der in sein Haus eingebrochen und das wenige gestohlen hatte, was noch im Schrank gewesen war – man konnte diesem Mann keine Vorwürfe machen. Die größeren Regeln der Welt waren gebrochen worden, die Regeln der Lords. Aber die einfacheren Regeln, die das Herz eines jeden Menschen leiteten, waren nach wie vor intakt. Das waren die Regeln, die sich niemals veränderten. Recht von Unrecht unterscheiden zu können. Zu überleben und andere in Ruhe zu lassen. Vielleicht sogar – verflucht noch mal – zu helfen.

»Conner?«, fragte jemand, als er sich dem Tunnel näherte. Es war Ashek. Er musste auf dem Rückweg gewesen sein, nachdem er seine Eimer geleert hatte, denn er balancierte die Stange locker auf einer Schulter. »Wo hast du gesteckt?«

Die beiden Jungen schüttelten sich die Hände und Conner zog sein Tuch herunter. Es kostete Mühe, sich im Flackern der Fackeln zu sehen. Bis zum Mondaufgang würden noch Stunden vergehen.

»Ich habe meiner Mom geholfen«, antwortete Conner, der keine großen Erklärungen abgeben wollte. »Sag mal, hast du ... sind alle hier? Alle in Ordnung?«

»Ja, abgesehen von denen, die nicht im Unterricht waren. Aber die sind gestern auch nicht da gewesen. Tauchen nach Danvar. Also geht es ihnen bestimmt gut. Ich bin eben Gloralai begegnet – auf dem Rückweg. Sie schleppte gerade eine Ladung zum Kamm.«

»Äh ... ja ... danke.« Conner stolperte über seine Worte. Er hatte nicht erwähnt, dass er sie suchte, hatte auch nicht angenommen, dass überhaupt jemand wusste, dass er sie mochte. Das wusste nicht einmal Gloralai. Er bedankte sich noch einmal bei Ashek und stieg dann zum Kamm hinauf. Unterwegs versperrten dunkle Umrisse den Blick auf die Sterne, und ohne seine Tragestange und Eimer kam sich Conner nackt vor. Vor ihm war eine große Gestalt, eine bekannte Stimme. Ryder eilte den Pfad hinunter. Die beiden Jungen blieben stehen und sahen sich an. Ryder zerrte das Tuch vom Mund.

»Bist du in Ordnung?«, fragte er.

Conner nickte. »Und du?«

»Scheiße, nein. Ich sollte dort draußen sein und tauchen, und nicht diese Scheiße machen.«

»Das ist genauso wichtig.« Conner hatte sich schräg hingestellt und hoffte, dass der Junge nicht die Taucherflasche auf seinem Rücken bemerkte.

»Ja, was auch immer.«

Aber als Ryder an ihm vorbeiging und den Hang hinunterstieg, hatte sich etwas verändert. Und wieder hatte etwas, das gestern noch so wichtig erschienen war, seine Bedeutung verloren. Die Dinge, die den Mittelpunkt von Conners Universum gebildet hatten, waren nicht länger da. Die Welt hatte geschwankt, ihre Achse war verrückt worden, der Kern befand sich jetzt an der Peripherie und umgekehrt. Aber weiter oben verdeckte ein schlanker Umriss die dicht beieinanderstehenden Sternenkonstellationen, ein vertrauter Umriss, die Erinnerung an ein Bier und eine Schüssel Eintopf, an den Gedanken, dass wegzulaufen möglicherweise keine Lösung war.

Conner gesellte sich in genau dem Augenblick zu Gloralai, in dem sie ihre letzte Ladung Sand in den Wind kippte. Als sie sich umdrehte und ihn sah, keuchte sie auf. Sie ließ die Stange fallen. Arme schlangen sich um seinen Hals, warfen ihn beinahe zu Boden; er fühlte ihren Schweiß auf der Haut, und es war ihm egal. Er genoss es. Ein Zeichen ihrer schweren Arbeit. Die Umarmung machte ihm klar, dass sie sich Sorgen gemacht hatte. Dass er nicht allein war.

»Ich habe mir solche Sorgen gemacht«, sagte sie dann auch. Und Conner begriff, warum ihm Ashek gesagt hatte, wo sie war. *Sie hatte nach ihm gesucht*. Sie trat einen Schritt zurück und strich sich das Haar aus dem Gesicht. Alles, an das sie sich angeschmiegt hatte, kühlte in der Brise. Der Sand in der Luft blieb an dem Schweiß kleben, den sie auf seiner Haut zurückgelassen hatte, aber das war Conner egal. »Jemand hat erzählt, dass du Daisys Kinder aus dem Gerichtsgebäude gezogen hast. Ist das wahr?«

Conner war sich nicht sicher. Schließlich waren es Dutzende gewesen. Im roten Licht der Taucherlampe hatten sie alle gleich ausgesehen. »Ich erinnere mich an das Gerichtsgebäude«, sagte er.

Gloralai legte die Hand auf seinen Arm und drehte ihn um, betrachtete das Tauchergerät auf seinem Rücken. »Du bist Zelten gegangen. Du bist nicht zurückgekommen. Ich dachte …«

Conner legte eine Hand in ihren Nacken. Er zog sie an sich und küsste sie, stillte ihre Sorge und damit auch seine. Sie erwiderte den Kuss. Die Flasche fiel in den Sand, Arme legten sich um Körper, ihre Lippen an seinem Hals, ein Klassenkamerad leerte in der Dunkelheit ganz in der Nähe seine Eimer aus und sagte: »Sucht euch ein Zimmer.«

An seinem Hals ertönte Lachen. Ihr Atem. Conner küsste ihre Wange und schmeckte Salz. »Es tut mir leid, dass ich nicht da war«, sagte er. Aber eigentlich wollte er sich dafür entschuldigen, dass er hatte gehen wollen. Die falsche Chance ergriffen hatte. Die falsche Chance. »Und jetzt muss ich die Stadt für eine Weile verlassen. Meine Schwester braucht mich.«

»Deine Schwester.« Im Sternenlicht studierte Gloralai sein Gesicht. Eimer klapperten an ihrer Tragestange, als eine Silhouette sie auf dem Kamm allein ließ.

»Ja. Dieselben Leute, die hier angegriffen haben, könnten nach Low-Pub unterwegs sein. Ich möchte nicht, dass sie allein geht.«

»Du segelst dorthin? Heute Nacht?«

»Wir brechen in der Morgendämmerung auf.«

»Wann bist du zurück?«

»Ich weiß es nicht.«

»Dann begleite ich dich. Ich habe einen Bruder in Low-Pub ...«

»Nein«, sagte Conner. »Tut mir leid. Es geht nicht.«

Ihre Hände lösten sich von seinen Armen. »Ich verstehe.«

»Wenn ich zurückkomme, werde ich dich finden«, versprach er. Und plötzlich wurde es sehr wichtig, dass er zurückkehrte.

»Was ist mit deiner Quote?«

Conner warf einen Blick auf ihre Stange und die beiden Eimer. »Ich habe heute so viel getragen, wie ich konnte«, sagte er. »Das werden sie verstehen müssen.«

»Übernachtest du in deiner Hütte? Kann ich dich besuchen?«

Conner dachte an die Familie in seinem Haus. »Nein. Ich schlafe bei meiner Schwester auf dem Sarfer.«

»Und brichst bei Tagesanbruch auf.«

»Ja.«

Gloralai nahm seine Hand. »Dann bleib heute Nacht bei mir.«

52 – EINE RAUCHSÄULE

»Ich hätte nicht gedacht, dass du es noch schaffst«, sagte Vic. Sie stand am Mast und richtete im roten Schein ihrer Taucherlampe Segel und Taue. Conner lud seine Ausrüstung auf das Lastgerüst.

»Beim ersten Tageslicht, hast du gesagt«, erwiderte er.

Vic deutete mit dem Kopf zum Horizont, wo sich ein fernes Glühen abzeichnete. Oder auch nicht.

»Jetzt hör aber auf.«

»Geh an die Fock«, befahl sie ihm. »Aber stöpsel zuerst deinen Anzug ein, damit er sich aufladen kann. Bestimmt hast du ihn gestern geleert. Und pass auf, dass die Ausrüstung festgemacht ist. Heute wird es windig.«

Conner musterte den Sand, der nur leise gegen den Sarferrumpf prasselte. »Woher willst du das wissen?«

»Ich weiß es eben. Lass uns fahren.«

Er holte den Taucheranzug, den sie ihm am Vortag gegeben hatte, aus der Tasche. Die Windturbine drehte sich in der Morgenbrise; zwei Stromkabel waren damit verbunden. Ihr Anzug war eingesteckt und an der Basis festgebunden. Er folgte ihrem Beispiel, verknotete Arme und Beine um den Pfosten. Dann suchte er sich einen Weg zum Steuerbordrumpf des Sarfers und weiter über das zwischen den Rümpfen gespannte Netz. Er überprüfte die Focksegel, um sicherzugehen, dass sie nicht verschmutzt waren, dann klopfte er den Sand aus der Wickeltrommel. Er konnte sehen, ohne seine Taucherlampe einschalten zu müssen, also hatte sie mit dem ersten Licht vermutlich recht.

»Hast du gut geschlafen?«, fragte Vic. Sie löste das Fall, und es schlug rhythmisch gegen den hohen Aluminiummast.

»Ja«, log Conner. Ohne jede Reue musste er daran denken, wie wenig Schlaf er bekommen hatte.

Er half seiner Schwester dabei, das Hauptsegel zu hissen, betätigte die Winde, während sie das verschlissene Segeltuch mit den Leinen führte. Als er das Segel die letzten mühsamen Meter nach oben zwang, dachte er über Gloralai und ihre Lippen, ihre Versprechen und ihre Worte über die Zukunft nach, und er fühlte, wie sich auf seiner Haut eine Rüstung bildete, ein unsichtbares Kraftfeld wie von einem Taucheranzug, und der Sand, der ihn traf, war kein Ärgernis mehr. Es war nur etwas, das man wahrnahm. So wie der Wind in seinem Haar und das Erbeben des Decks, als seine Schwester zum Ruder ging und sich das Hauptsegel mit Wind füllte. Noch immer umgab sie die Trauer von sehr viel Tragödie, aber da war auch ein völlig neues Gefühl. Er würde durchhalten. Er fühlte sich lebendig. Der Sarfer zischte über die Dünen und er fühlte sich wahnsinnig lebendig.

Sie segelten gegen den Wind, um in den Westen von Shantytown zu kommen, bevor sie sich nach Süden wandten. Conner ordnete die Taue und machte es sich dann auf einem der beiden Netzsitze achtern bequem. Während seine Schwester das Ruder übernahm, kümmerte er sich um die Segel. Sein Blick fiel auf die traurige Sandfläche, wo einst Springston gestanden hatte, und er fragte seine Schwester, warum sie darum herumsegelten, statt sie einfach zu überqueren.

»Weil das Ruder oder die Kufen an begrabenen Trümmern hängen bleiben könnten«, erklärte Vic. »Der Weg ist zwar länger, aber sicherer.«

Conner verstand. Er wusste, was da alles begraben war. Dann überprüfte er, ob sein Taucheranzug sicher war und nicht wegfliegen konnte. Dieser Anzug fühlte sich schon an, als gehöre er ihm. Er roch nach ihm. Hatte ihm gedient.

Es war still, als sie in Richtung Wind segelten. Da gab es nur das Knirschen des Sandes auf der Aluminiumhülle. Erst hinter den letzten Hütten von Shantytown und westlich der Wasserpumpe wandten sie sich nach Süden. Die Sonne war fast aufgegangen. Es war bereits hell genug, um sehen zu können.

Conner sah zu, wie der Wasserpumpenkamm vorbeiglitt; von seinen Höhen wehte Sand, als winzige Sandkriecher dort ihre Last abluden. Vic hatte darauf geachtet, dass der Kamm an Backbord blieb, damit er ihnen nicht den Wind blockieren konnte.

»Was hat es eigentlich mit dem Unsinn über Vater auf sich?«, fragte sie und drehte eine der Winden, arretierte das Focksegel, dann lehnte sie sich zurück, legte ein Bein über das Ruder und steuerte mit dem Stiefel. »Worum ging es da gestern Abend bei dieser Szene auf der Treppe?«

Conner erinnerte sich, wie seine Schwester aus dem *Honey Hole* gestürmt war. Er wollte die Frage umdrehen und *sie* fragen, worum es eigentlich bei dieser Szene gegangen war. Schließlich war sie dafür verantwortlich gewesen. Er richtete die Schutzbrille und klemmte das Tuch unter ihrem Rand fest. Wie sollte er ihr das alles erklären, ohne die gleiche Reaktion zu bekommen? Vermutlich hatte ihre Mutter ihr gestern Abend einfach nur zu viel auf einmal zugemutet. Trotzdem versuchte er es. »Du weißt doch, was letztes Wochenende stattgefunden hat? Der Zeltausflug?«

Er gab sich Mühe, es nicht wie eine Anschuldigung klingen zu lassen, dass sie nicht da gewesen war. Vic nickte. Der Sarfer glitt in einer glatten Rinne fröhlich nach Süden.

»Also, Rob und ich sind genau wie letztes Jahr gegangen. Palmer hatte es nicht geschafft … aber das weißt du ja bereits, schätze ich. Alles war wie immer. Wir bauten das Zelt auf, machten Feuer, nahmen die Laterne …«

»Erzählten Geschichten über Vater«, sagte Vic.

»Ja, aber darum geht es nicht.« Er holte tief Luft. Richtete die Schutzbrille, die sein Haar festklemmte. »Wir gingen also schlafen. Und mitten in der Nacht stolperte ein Mädchen in unser Lager. Ein Mädchen aus dem Niemandsland.«

»Das Mädchen, von dem Mom wollte, dass ich es sehe? Das angeblich den ganzen weiten Weg gekommen ist? Und du glaubst das?«

»Ja. Das tue ich. Ich war dort, Vic. Sie brach in meinen Armen zusammen.«

»Vielleicht ist sie ja die Tochter vom Alten Joseph.« Vic lachte.

Sie meinte einen der Verrückten, die behaupteten, die andere Seite vom Niemandsland gesehen zu haben.

»So ist das nicht«, sagte Conner. »Dad hat sie geschickt.«

Die Stirn seiner Schwester legte sich über der Schutzbrille in Falten. »Schwachsinn.« Jetzt lachte sie nicht mehr.

Conner zerrte sein Tuch herunter. »Das ist kein Schwachsinn. Sie wusste, wer ich bin. Und Rob auch. Sie hat Dad bis ins kleinste Detail beschrieben.«

»Das hätte jeder aus der Stadt tun können.« Der Sarfer traf auf eine Erhöhung, und Vic blickte zum Bug und korrigierte den Kurs. »Selbst *Mom* glaubt ihr? Seid ihr sicher, dass da nicht jemand ein Almosen haben will? Irgendein Kind aus einem Waisenhaus?«

»Ja, Mom glaubt ihr.« Conner rieb sich den Sand aus den Mundwinkeln. »Palmer nicht, aber er war auch nicht dabei. Ich weiß nicht, wie lange er überhaupt mit ihr gesprochen hat.«

»Niemand kommt aus dem Niemandsland.« Vic löste die Aufmerksamkeit vom Bug und richtete sie auf ihren Bruder. Er wünschte sich, er könnte durch ihre schwarze Brille sehen. Die gleiche harte Hülle, die einer Person zu sehen erlaubte, machte eine andere blind. »Also was hat sie erzählt?« Vics Stimme war voller Misstrauen.

»Sie wurde in einem Bergbaulager auf der anderen Seite des Niemandslandes geboren. Dad hat ihr zur Flucht verholfen. Und sie mit einer Warnung geschickt …«

»Und sie behauptet, unsere *Schwester* zu sein? Unser Vater soll auch *ihr* Vater sein?«

»Ja. Dad hat ihr einen Anzug gebastelt, und sie ist unter irgendeinem steilen Tal durchgetaucht und zehn Tage lang marschiert, um uns zu erreichen. Aber …«

»Aber was?«

Conner zeigte nach vorn, weil sie wieder vom Kurs abwichen. Vic nahm den Fuß vom Ruder und steuerte mit der Hand weiter.

»Was ist?«, fragte sie.

»Ich glaube ihr, aber Palm hat mich gestern Nacht zur Seite genommen. Er scheint sich ziemlich sicher zu sein, dass etwas nicht stimmt. Violet … dieses Mädchen … unsere Schwester … hat einen seltsamen Akzent. Palm sagt, sie spricht genauso wie der Kerl, der ihn angeheuert hat, Danvar zu finden.«

»Wer, Brock? Das ist doch der Scheißkerl, hinter dem wir her sind. Was hat Palm gesagt?«

Conner zuckte mit den Schultern. »Nur, dass sie ähnlich klingen. Das ist alles.«

Vic blickte wieder nach vorn und kaute auf dem Schutt in ihrem Mund herum. Conner konnte ihn zwischen ihren Zähnen knirschen hören. »Das gefällt mir nicht«, sagte sie. »Und ich möchte nichts von diesem Unsinn über Dad hören, okay? Es ist grad zu viel anderes los. Ich kann das jetzt wirklich nicht gebrauchen.«

Conner nickte. Er war daran gewöhnt, das von seiner Familie zu hören. Schon vor langer Zeit hatte er gelernt, seinen Vater nicht mehr zu erwähnen – und dass das jedes Jahr nur in einer Nacht erlaubt war. Er versuchte es sich auf dem Sitz bequem zu machen, dann entdeckte er etwas in der Ferne. Er zeigte über den Bug. »Was ist das?«

»Nichts Gutes, das ist es.« Vic korrigierte das Ruder, um genau darauf zuzusteuern. Vor ihr stieg eine Rauchsäule schräg in den Himmel, bevor sie von der Brise nach Westen geblasen wurde. Etwas brannte.

»Wir sollten anhalten und es uns ansehen.« Vic zeigte auf das Tau, das die Fock raffte. Conner griff danach und wartete auf ihr Kommando. Die qualmenden Trümmer eines Sarfers kamen in Sicht. Das Hauptsegel hatte gebrannt, der Mast hatte ebenfalls Feuer gefangen, war am Fundament geschmolzen und wie der Docht einer Kerze zur Seite geknickt. Beide Rümpfe brannten noch immer; das Metall hatte die Farbe der Morgensonne. Schwarzer Rauch wogte und stieg in einer Spirale nach oben in den Wind.

Vic fing an, das Hauptsegel zu reffen, Conner kümmerte sich um die Fock. Dann schaltete Vic die Energie von Ruder und Kufen herunter und der Sand floss nicht mehr so leicht und bremste das Fahrzeug. Das Hauptsegel ließen sie oben, erlaubten dem Wind, den Baum wie einen Wetterhahn zu bewegen.

»Das sieht wie ein Körper aus.« Conner zeigte auf Umrisse, die in der Nähe des qualmenden Sarfers lagen. Der Mann bewegte sich nicht.

Vic sprang vom Deck, Conner folgte ihr. Vorsichtig näherten sie sich dem Wrack. Der Rumpf des brennenden Fahrzeugs ächzte durch die Hitze des Feuers. Der Gestank war furchtbar. Sauer und beißend. Conner suchte nach weiteren Körpern, als zwischen den Lippen des dort liegenden Mannes Blut in die Höhe sprudelte. Eine seiner Hände hob sich mehrere Zentimeter vom Sand, bevor der Arm wieder zu Boden sackte.

Conner konnte hören, wie seine Schwester einen Fluch ausstieß. Sie eilte los und ließ sich neben der Gestalt auf die Knie fallen. Dann brüllte sie Conner zu, den Erste-Hilfe-Koffer zu holen, also rannte er zurück und zog ihn von seinem Platz unter dem Lastgerüst. Als er zu seiner Schwester zurückeilte, fühlte sich der Sand unter seinen Stiefeln lose an.

»O Gott. O Gott«, sagte Vic. Conner stellte den Koffer ab und öffnete die Knoten der Klappe. Seine Schwester ignorierte ihn. So wie sie hin und her wiegte und die Hand des Mannes hielt, war Conner klar, dass sie nichts mehr für ihn tun konnten.

»Damien?«, fragte sie. »Kannst du mich hören?«

Das Blut auf den Lippen des jungen Mannes kam in Bewegung. Conner konnte keine offensichtlichen Wunden an ihm entdecken, weder auf Brust, Bauch oder Händen war Blut. Aber dann fiel ihm die seltsame Weise auf, auf die die Beine des Mannes gebogen waren. Sie erschienen völlig formlos. Wo die Knie in dem eng anliegenden Taucheranzug hätten hervortreten müssen, war das Material eingedellt. Conner begab sich auf die andere Seite und fuhr behutsam mit der Hand vom Oberschenkel des Mannes zum Unterschenkel, hielt auf seinem Gesicht nach einer Reaktion Ausschau und tastete nach einem Bruch. Die Lippen bewegten sich – er wollte etwas sagen –, und Conner fühlte schwammähnliches Fleisch, das Fehlen von Knochen.

»Sag das noch einmal«, bat Vic. Sie beugte sich an die Lippen des Mannes, Schweiß tropfte von ihrer Nasenspitze. Die Hitze des brennenden Sarfers war unerträglich. Conner fiel auf, dass einer der Arme ebenso schlaff und deformiert aussah wie die Beine.

»Wir müssen ihn vom Feuer fortschaffen«, sagte er.

Seine Schwester winkte ab und lauschte. Ihr Gesicht war vor Konzentration, Trauer und Zorn verzerrt, eine unmöglich zu deutende Kombination aus Sorgenfalten und Grimm. Conner begab sich ebenfalls zum Kopf des Verletzten und versuchte ihr dabei zu helfen, etwas zu verstehen. Der Mann redete wirr, seine Stimme war ein raues und zögerndes Flüstern. Er sagte etwas von einer Bombe. Mit Murmeln zu spielen. Er vermengte Fakten über Tote mit Gerede über ein Kinderspiel. Und dann hörte Conner den Namen »Yegery«, einen Namen, den er kannte. Das war ein Mann, über den seine Schwester oft sprach, eine Art Tauchmeister. Der Verletzte leckte sich die Lippen und bemühte sich erneut zu sprechen.

»Es tut mir leid«, keuchte er. Die Worte schienen eine gewaltige Anstrengung zu kosten, waren aber klar. Zwischen jedem kurzem Satz erfolgte ein blutiges Schnappen nach Luft. »Ich habe versucht sie aufzuhalten. Hatte gehört, was sie tun wollten. Von einem Deserteur. Haben mich dazu gebracht, ihnen zu verraten, von wem ich es gehört habe. Ich habe es ihnen erzählt, Vic. Es tut mir leid …«

Er hustete und spuckte Blut. Conner betrachtete die Tätowierungen auf seinem Hals, das Abzeichen der Legion von Low-Pub. Der Freunde seiner Schwester.

»Was planen sie?«, wollte Vic wissen.

Wieder sprach der Mann davon, Glasmurmeln zu machen, von einer Bombe, von Leuten aus der Gruppe, die nicht mitmachen wollten und nun tot waren. Er sagte, Yegery hätte den Verstand verloren. Mit ihm war nicht mehr zu reden. Dieser Kerl aus dem Norden hatte sein Ohr, war in seinem Kopf. Der Verletzte hob die Hand ein Stück vom Boden und Vic nahm sie. »Heute«, sagte er. Sein Blick löste sich von ihr und richtete sich zum Himmel. Er hörte auf, Sand wegzublinzeln. »Heute«, flüsterte er, und das Blut auf seinen Lippen erstarrte endlich.

Vic beugte sich über den Toten und schrie. Es war mehr ein Knurren als ein Schrei. Wie ein Kojote, der zwischen Dünen in die Enge getrieben wurde. Ein unmenschlicher Laut, der Conner Angst machte.

Er blieb dort still sitzen und sah zu, wie seine Schwester zwei Hände Sand schöpfte und ihn über den Augen des Mannes platzierte. Dann ließ sie die Hand des Toten los und klopfte seinen Bauch ab, öffnete eine Tasche und zog etwas heraus. Sie steckte es ein, dann schien sie zu bemerken, dass etwas nicht stimmte. Sie sah sich den Anzug genauer an, wischte Tränen von den Wangen.

»Diese kranken Schweine«, zischte sie.

»Was ist?«, fragte Conner. Er konnte kaum atmen. Die Hitze des Feuers war unerträglich, aber er würde so lange dort sitzen bleiben, wie seine Schwester ihn brauchte.

»Sein Anzug«, sagte sie und zeigte auf einen Riss an der Taille, wo man Drähte herausgezogen und miteinander verbunden hatte. An einer Schulter gab es noch so eine Stelle. »Sie haben seinen Anzug von innen nach außen verdrahtet. Dann hat man ihn mit seinem Band gefoltert. Haben seinen Anzug gegen ihn verwendet, um ihn zum Reden zu bringen.« Sie schlug mit der Faust in den Sand. Und noch einmal. Dann stand sie auf und marschierte zum Sarfer zurück.

»Was hat er gesagt?« Conner stand auf und rannte ihr hinterher. »Wie sieht ihr Plan aus? Hat er gesagt, wo die Bombe sein wird?«

»Nein. Aber sie werden es heute tun. Sie werden allem ein Ende machen. Und wir kommen wieder zu spät.« Sie sprang auf den Rudersitz und griff nach den Tauen. Conner übernahm den anderen Sitz und entfaltete die Fock.

»Wir haben guten Wind«, sagte er. »Wir werden es schaffen.«

Vic antwortete nicht. Mit einem Ruck setzte sich der Sarfer in Bewegung und nahm Geschwindigkeit auf. Was das Wetter an diesem Tag betraf, hatte sie recht gehabt.

53 – VATERS LETZTE RITEN

Eine Stunde lang segelten sie schweigend. Sie passierten andere Sarfer, die auf dem Weg nach Norden waren, überquerten Spuren, die von Osten nach Westen führten, sahen ein halbes Dutzend Fahrzeuge mit umgeklappten Masten, an deren Tauen Taucherflaggen flatterten, um andere auf Distanz zu halten. Conners Gedanken überschlugen sich. Er gab seiner Schwester so viel Zeit, wie er konnte, aber er musste es wissen. Als sie vom Bug zurückkehrte, wo sie die Taue auf Verschleiß überprüft hatte, fragte er endlich.

»Wer war der Mann? Hast du ihn gekannt?«

»Ein Freund.« Vic übernahm wieder das Steuer. »Früher ist er mit Marco zusammen gewesen. Ein paar Legionäre sind vor einer Weile gegangen, um sich einer anderen Gruppe anzuschließen. Ich glaube, ein paar davon haben es sich anders überlegt, haben vielleicht etwas gesagt, das sie besser für sich behalten hätten. Damien hatte das Pech, es zu hören.« Sie schüttelte den Kopf. »Der Bastard hat nie ein Geheimnis für sich behalten können.«

»Sie … was man ihm angetan hat.« Eigentlich hatte Conner keine Frage mehr, sondern versuchte nur zu verstehen, wie kaputt die Leute sein mussten, mit denen sie es hier zu tun hatten. Es fiel ihm schwer zu glauben, dass es Menschen gab, die so viele umbringen würden, selbst untereinander. Und wofür? Worin lag der Gewinn, wenn nichts mehr da war?

»Was hast du ihm abgenommen? Seine letzten Riten?«

Vic nickte. Conner wusste über diese Tradition Bescheid, aber er wusste auch, dass man Taucher niemals fragen sollte, was sie in ihren Bauchtaschen mit sich führten. Und dann kam er sich wie ein Idiot vor. Ihm fiel wieder die Nachricht ein, die ihm seine Mutter für Vic mitgegeben hatte. Später an diesem Abend hatte er Vic nicht mehr gesehen, da er diese Zeit mit Gloralai verbracht hatte, also hatte er es vergessen. Das schien jetzt nicht der geeignete Augenblick zu sein, aber er befürchtete, es erneut zu vergessen. »Ich habe etwas für dich«, sagte er und griff in die Tasche. Vic wollte ihn abwimmeln. Offensichtlich war sie in Gedanken verloren, aber Conner übernahm das Steuer und drückte ihr das Papier in die Hand. »Mom hat mir das gestern Abend gegeben. Ich sollte es dir geben. Es ist mir eben erst wieder eingefallen.«

Vic wollte den Brief zu dem anderen stecken. Aber dann zögerte sie. Öffnete ihn. Hielt ihn auf dem Schoß hinter den nach oben gezogenen Knien, damit der Wind ihn ihr nicht entreißen konnte. Conner richtete sein Tuch und konzentrierte sich auf den Kurs.

»Wo kommt der her?« Vic hatte sich umgedreht und den Wind und das Knirschen des Sarfers überbrüllt, der durch den Sand fegte.

»Mom«, sagte er.

Vic beugte sich vor und las weiter, drehte den Brief um und studierte die Rückseite, studierte wieder die Vorderseite, schien ihn ein zweites Mal zu lesen. Conner blickte mehrmals vom Bug zu seiner Schwester und sah zu, wie sich ihr Kopf drehte, weil sie den Zeilen auf dem Blatt folgte. Dann sah sie Conner lange Zeit an; was auch immer ihr durch den Kopf gehen mochte, es blieb hinter ihrer Schutzbrille verborgen.

»Das hat Dad geschrieben«, sagte sie.

Beinahe hätte Conner die Gewalt über das Ruder verloren. »Was?« Vielleicht hatte er sich ja verhört.

»Was soll der Scheiß? Wo kommt der her?« Vic schob den Brief unter den Oberschenkel und nahm etwas vom Hauptsegel weg, dann von der Fock. Ihr Tempo verringerte sich, was eine Unterhaltung erleichterte. Sie zog den Brief unter dem Bein hervor und zeigte ihn Conner. »Das hat Dad unterschrieben. Hast du darum gesagt, dass wir nach Westen gehen sollen? Wegen dieses Briefs?«

»Ich habe ihn nicht gelesen.« Conner übergab seiner Schwester das Ruder und nahm den Brief. Er las ihn. Es war die Nachricht, die Violet erwähnt hatte – die, die verloren gegangen war. »Violet hat davon erzählt. Sie hat ein paar Sätze davon gelesen, als Dad sie schrieb. Sie hat gesagt, sie hätte den Brief verloren. Mom muss ihn gefunden haben. Ich hatte keine Ahnung. Aber ja, das wollten wir dir sagen. Scheiß auf den Wiederaufbau. Dad möchte, dass wir weiterziehen.«

»Aber Palm glaubt diese Geschichte nicht.«

»Palm ist fertig. Er hat gesagt, dass dieses Mädchen wie jemand anders redet. Das hat nichts zu bedeuten.«

»Dieses Mädchen, das unsere Schwester ist.«

»Ja.«

Der Sarfer segelte weiter. Vic richtete das Hauptsegel ein kleines Stück.

»Wie ist sie eigentlich so, unsere angebliche Schwester?«

Conner lachte. »Willensstark. Sie klingt viel älter, als sie aussieht. Verfügt über sämtliche unserer unangenehmeren Eigenschaften.«

Vic lachte. »Eine Halbschwester, die so verrückt ist wie der Rest von uns? Also hat Mom recht damit, wo das alles herkommt.«

»Vermutlich. Sie würde dir gefallen. Sie ist auch Taucherin. Dad hat es ihr beigebracht. Aber sie redet komisch ...«

Vic erstarrte. Sie zog die Schutzbrille bis zum Hals runter und starrte Conner an. Ein wilder Ausdruck lag in ihren Augen. »Und wenn Palmer *recht* hat?«

»Vic, ich sage dir ...«

»Nein, was ist, wenn dieses Mädchen und Brock vom selben Ort kommen?«

»Ich glaube nicht ...« Aber dann begriff Conner, worauf sie hinauswollte. Dass sie zu dem genau *entgegengesetzten* Schluss wie Palmer kam. »O Scheiße. Ja, Gott, ja.«

»Warum sollte sonst jemand Springston zerstören? Warum sollten sie Low-Pub zerstören wollen? Und Palmer hat erzählt, dass diese Leute Danvar gefunden haben, aber kein Interesse daran hatten, dort Sachen zu bergen. Sie haben es nur dazu benutzt, irgendeiner Karte den letzten Schliff zu geben, um ihre Bombe zu finden.«

»Ihnen ist doch scheißegal, was es hier draußen noch gibt«,

sagte Conner, »weil er *nicht* von hier stammt.« Er nickte und erinnerte sich an noch etwas anderes. »Violet hat erzählt, dass immer mehr von unseren Leuten in ihrem Lager erscheinen und wir für sie zu einem Ärgernis werden, wie Ratten …«

»Weil immer mehr Leute über die Wunde springen.«

»Also wie stellt man dieses Tröpfeln ab?«

»Jedenfalls nicht, indem man uns dazu bringt hierzubleiben.« Vic knirschte mit den Zähnen. »Sondern indem man uns los wird.«

»Wie viele sind sie, was glaubst du? Dieser Kerl vorhin, dein Freund, war er …?«

»Nein. Er ist in Low-Pub aufgewachsen. Ich kenne ihn schon ewig. Ich kenne auch viele der Burschen aus seiner Mannschaft, und die sind nicht einfach aus dem Nichts aufgetaucht. Sie wurden rekrutiert.«

»Aber warum sollten welche von unseren Leuten ihnen dabei helfen, so etwas zu tun?«

Vic antwortete nicht sofort. Sie zog die Fock enger und brachte den Sarfer zurück auf Hochgeschwindigkeit. Schließlich wandte sie sich Conner zu. »Ein verrückter Arsch könnte das schaffen. Ein verrückter Arsch mit der Tasche voller Münzen, der die richtigen Dinge zu sagen weiß. Mehr braucht man nicht dazu. Er könnte genügend Leute finden, die wegen des Nervenkitzels töten, für irgendeine idiotische Sache, für Brot und Wasser, für eine Kupfermünze und die Gelegenheit, irgendetwas in die Luft zu jagen.« Sie hieb auf das Ruder. Schüttelte den Kopf. »Marco, du Idiot.« Und sie musste Sand in die Augen bekommen haben, denn sie zog die Schutzbrille nach oben, um sie wieder zu bedecken.

Conner sackte auf seinem Sitz zusammen. Er fragte sich, ob alles das, was sie sich da zusammengereimt hatten, überhaupt möglich war. Vermutlich waren er und seine Schwester mit all diesen Spekulationen und dem ganzen Unsinn noch verrückter als Palmer. Ihm erschien es unmöglich, dass auch nur etwas davon stimmte. Aber was war wahrscheinlicher? Dass das Mädchen, das halb tot in sein Lager gekrochen war, eine Kannibalin aus dem Norden war? Oder dass die verrückten Arschlöcher, die Springston zerstört hatten, für jemanden arbeiteten, der seinen Donner durch das Niemandsland gebracht hatte?

»Was denkst du?« Vic musterte ihn und wusste, dass er über alles nachdachte.

»Ich glaube, dass du völlig durchgeknallt bist«, erwiderte Conner. »Und ich glaube außerdem, dass du wahrscheinlich recht hast.«

54 – LOW-PUB

Sie verankerten den Sarfer auf der Nordseite von Low-Pub. Auf dem Weg zur Stadt hatten sie darüber diskutiert, wo sie anfangen sollten. In Low-Pub gab es keine offensichtlichen Ziele, nicht wie im Fall von Springston mit seinem großen Wall. Sie hatten noch immer keinen Plan, aber als sie das Hauptsegel einholten, wurde das laute Schlagen des Segeltuchs durch das Knallen ferner Schüsse ersetzt. Sie wandten sich der Stadt zu. Auf Ärger zu treffen würde vermutlich doch nicht so schwierig werden, wie sie befürchtet hatten. Und es gab auch keine schwarzen Rauchsäulen, die darauf hinwiesen, dass sie zu spät kamen. Sie hockten sich auf den Rumpf und zogen ihre frisch aufgeladenen Taucheranzüge an. Vic schlug vor, die Druckluftflaschen zurückzulassen, weil sie so beweglicher waren. »Und zögere nicht, diese Kerle zu begraben«, schärfte sie ihm ein. »Schick sie auf direktem Weg nach unten.«

Conner nickte. Etwas Derartiges zu murmeln war für einen Taucher eine gefährliche Häresie, einen Anzug gegen andere Menschen einzusetzen. Aber sie hatten es mit Leuten zu tun, die andere töteten, indem sie deren eigene Anzüge gegen sie einsetzten. Sie hatten mit Leuten zu tun, die ganze Städte dem Erdboden gleichmachten. Er würde nicht zögern. Gestern hatte er Leben gerettet. Heute aber stählte er sich für die grausamere Arbeit, sie zu nehmen. Er zog sich das Band über den Kopf und folgte seiner Schwester in die Stadt. Geduckt bewegten sie sich. Low-Pub machte einen toten Eindruck. Als hätte sich jeder entweder im Haus eingeschlossen oder wäre weg. Es war kurz nach Mittag, Wind und Sand pfiffen durch die Stadt. Die Schüsse waren verstummt, und sie bewegten sich auf das Viertel zu, aus dem sie ihrer Meinung nach gekommen waren. Vic zeigte auf den Sand. Conner nickte und senkte das

Visier. Seine Schwester verschwand, und er setzte den Anzug unter Strom, zog das Tuch über den Mund und folgte ihr.

Sie bewegten sich unter der Stadt, wo Tauchen verboten war. Über ihren Köpfen flackerten ein purpurfarbenes Dach aus Sauerstoff, Punkte aus vergrabenem Müll und ein paar Eisenkäfige um Keller, die die Paranoiden gebaut hatten. Aber sie waren blind für alles, was sich über den Dünen abspielte. Das war eine schnelle und sichere Fortbewegungsmethode, aber sie konnten nicht sehen, wohin sie sich bewegten oder ob dort oben jemand lauerte. Conner vertraute einfach seiner Schwester und hielt sich nahe an ihren Stiefeln. Ihm fiel auf, dass sie die Massen aus Magenta und dunklem Purpur über ihnen musterte, als könne es in diesem großen Bluterguss irgendwelche Informationen geben.

Sie verlangsamte ihr Tempo und stieg langsam nach oben. Conner folgte ihr. Er sah die Kuppel, in die sie eindrangen, und erkannte, dass sie sich in einer Düne befanden. Vic durchbrach die Oberfläche nur mit dem Kopf, und Conner folgte ihrem Beispiel. Sie klappten die Visiere nach oben. Vic schob sich nach vorn, fort von Conner; allein ihr Kopf bewegte sich wie ein Ball in einem Tretballspiel über den Dünenkamm. Seine Schwester bewegte den Sand auf Weisen, die ihm niemals eingefallen wären; er musste im Zusehen lernen, wie man es ihr nachmachte. Es fiel schwer, mit ihr mitzuhalten, als er sich vom Sand schieben ließ. Durch sein Tuch holte er tiefe Atemzüge, rief sich erneut ins Gedächtnis, dass er nicht so lange unten bleiben konnte wie sie.

Sie schob eine Hand aus dem Sand und zeigte nach unten zur Mitte eines großen Platzes, der von provisorischen Verschlägen umgeben war. Es handelte sich um den Markt im Zentrum von Low-Pub. In den Unterständen hingen Waren, aus Essensbuden wehte der Geruch von brennendem Fleisch heran, aber niemand kaufte ein oder stand hinter den Theken. Ungefähr ein Dutzend Leichen lagen auf dem ganzen Markt verstreut herum. Blutlachen. Leute waren erschossen worden, alle anderen in Deckung gerannt. Das erklärte die Stille. Genau in der Mitte entdeckte Conner eine kleine Gruppe Männer, die dort arbeiteten. Irgendwo schrie jemand vor Schmerz.

Nicht alle, auf die geschossen worden war, waren auch tot. Noch nicht.

»Warte hier«, sagte Vic. Sie klappte das Visier nach unten und schob sich unter den Sand.

»Niemals«, sagte Conner in die Leere. Er klappte das Visier ebenfalls nach unten und tauchte ihr hinterher. Sie war bereits ein grüner Umriss unter dem Sand, der sich schnell entfernte. Sie glitt die Düne hinunter und dann weiter zu der breiten Fläche, auf der der Markt stand. Conner musste sich anstrengen, um sie einzuholen. Er stieß zu ihr, als sie langsamer wurde und sich auf dem Rücken durch den Boden schob, zu den purpurnen Wogen hinaufschaute, nach den Stiefeln der Männer Ausschau hielt, um sie in den Sand zu ziehen und zu ersticken.

Conner musste atmen. Sollte er umkehren? Er konnte die Luft nicht so anhalten wie Vic. Er musste erst an die Oberfläche. Er hätte zurückbleiben und von der Düne aus zusehen sollen, genau wie sie gesagt hatte. Er war zu impulsiv gewesen, zu eifrig.

Als sie ihn entdeckte, wusste er, dass sie die gleichen Gedanken hatte; in ihren orangeroten Umrissen konnte er beinahe den Zorn entdecken, in der Art, wie sich ihr hellgelbes Visier auf ihn richtete. Entschuldigend hob er beide Hände, um ihr zu signalisieren, dass er sich zurückzog. Und der Sand um ihn herum hörte auf zu fließen.

Zuerst glaubte er, dass Vic dafür verantwortlich war, dass sie ihn zurückstieß, ihn ausgebremst hatte, aber dann stieg sie wie von unsichtbaren Händen ergriffen in die Höhe. Einen Augenblick später folgte Conner ihr mit einem übelkeiterregenden Ruck. Er durchbrach die Oberfläche und schoss einen Meter in die Luft, landete hart. Ihm wurde die Luft aus den Lungen getrieben.

Er wollte den Sand unter sich fließen lassen, aber es war festgedrückter Steinsand. In der Nähe donnerte ein Schuss und Conner hörte seine Schwester aufschreien. Etwas drückte gegen seinen Rücken. Man riss ihm Band und Visier vom Kopf, die blendende Welt aus Purpur kehrte in das grelle Sonnenlicht und in den orangefarbenen Sand zurück. Zwei Hände strichen über seinen Anzug, tasteten ihn grob ab. Man befahl ihm, sich aufzusetzen und klopfte seine Brust ab, dann beide Arme.

»Keine Pistolen«, sagte jemand.

»Sie ist sauber«, sagte ein anderer.

Conner blinzelte und sah sich um. Er hockte zwischen einem Haufen Beine und Stiefel. Die Männer standen in der Mitte des Platzes. Seine Schwester lag ein Stück entfernt auf dem Boden; ihr Visier war auch weg. Ein Mann richtete eine Pistole in den Himmel. Conner versuchte festzustellen, ob seine Schwester angeschossen worden war. Vielleicht war sie auch geschlagen worden oder hatte alarmiert aufgeschrien. Ein älterer Mann mit Bart näherte sich ihr. Er trug einen verrückten, aus allen möglichen Teilen zusammengestückelten Taucheranzug – verschiedene Stoffstreifen, die man zusammengenäht hatte; an der Außenseite verliefen ineinander verschlungene Drahtbündel. Bei jedem Schritt rasselte er.

»Was zum Teufel hast *du* hier verloren?«, fragte der Mann. Als Vic aufstehen wollte, ballte er die Faust. Sie versank einen halben Meter im Sand und schrie auf, als der Boden sie festhielt. »Du schleichst dich an *mich* an?« Die Frage troff mehr vor Unglauben als vor Ärger.

Vic verzog das Gesicht, hörte aber auf, gegen den Sand anzukämpfen. »Tu das nicht, Yegery. Du musst das nicht tun.«

Hinter dem Mann war eine kompakte Sandsäule aus dem Wüstenboden gestiegen. Darauf lag eine glatte Metallkugel und funkelte in der hoch am Himmel stehenden Sonne. Vic und Conner starrten sie an.

»Doch, das muss ich.« Yegery ging neben ihr auf ein Knie herunter. Der Mann neben Conner legte eine Hand auf seine Schulter. In der anderen hielt er eine Pistole. Conner wusste ungefähr, wie er damit umgehen musste, falls es ihm gelingen sollte, sie ihm abzunehmen. Da war er sich ziemlich sicher.

»Du musst wissen, dass man uns belogen hat«, sagte Yegery. »Man hat uns gesagt, wir sollten den Sand essen und glücklich sein. Aber da draußen gibt es eine noch größere und bessere Welt, und man hat mir ein Stück davon versprochen. Dazu muss man nur lernen, das alles hier loszulassen.« Mit beiden

Händen zeigte er auf den Markt, dann richtete er sich auf. »Die ganze Zeit haben wir nach etwas Besserem gegraben. Ich habe mein ganzes Leben mit Graben verbracht. Dein Vater hat sein Leben ebenfalls mit Graben verbracht. Und dann wurde er klüger. Er wusste, wo er suchen musste.«

»Ich habe einen Brief von ihm«, sagte Vic. »Willst du ihn lesen? Er sagt, dort ist die Hölle!«

»Ja, weil er auf der *falschen Seite* ist.«

Ein paar der Männer lachten. Conner zog die Füße unter den Leib und erhielt den Befehl, sich verflucht noch mal nicht zu rühren. »Setz dich auf deine Hände«, knurrte der Mann, der über ihm stand.

Gern, dachte Conner. Er hockte sich auf Hände und Stiefel. Seine Schwester kämpfte gegen die Krallen des Steinsandes an.

»Was ist das?« Sie starrte auf die seltsame Säule.

»Das ist eine Atombombe.« Yegery ging zu ihr hin. »Frag mich nicht, wie sie funktioniert. Ich weiß nur, was man damit machen muss. Ist so einfach, als würde man Murmeln basteln. Einfach zusammendrücken.« Er starrte die Säule an und der Sand wuchs in die Höhe und hüllte die Kugel ein.

Im Boden unter sich konnte Conner das Summen spüren. Behutsam zog er den Fuß zur Hälfte aus dem Stiefel und legte den Schalter um, den Rob gebastelt hatte. Seine Hand berührte das Band. Langsam zog er es hervor. Der Mann mit der Pistole hatte den Blick auf Yegery gerichtet, während der Tauchmeister weitersprach.

»Du musst uns jetzt entschuldigen, aber der Rest wird sich ein paar Flaschen umschnallen und in die Tiefe gehen, wo es sicher ist. Du und dein Freund hier, ihr könnt mal herausfinden, wie weit ihr laufen könnt, bevor das Ding hier losgeht. Aber ich sollte euch warnen. Wenn dieses Ding nämlich tut, was man mir berichtet hat, werdet ihr nicht weit genug kommen. Und das gefällt mir gar nicht, Vic. Ich mag dich. Aber das hier ist größer als wir.« Yegery warf den Männern einen Blick zu. »Legt die Flaschen an. Und nehmt ihre Bänder mit.«

»Runter bis zweihundert?«, fragte einer der Männer und schlang eine Flasche auf den Rücken.

»Zweihundert«, sagte Yegery. Sie waren wieder voll bei der Sache und kümmerten sich nicht mehr um Vic, die noch immer von dem Steinsand festgehalten wurde. So wie sie sich nicht um Conner kümmerten, der weder Band noch Visier hatte und auch keine Pistole.

Aber er hatte die Stiefel seines Vaters. Er hatte genug Zeit darin verbracht, sich in ihnen wohlzufühlen und genau zu wissen, wozu sie fähig waren und wozu er fähig war. Er hielt das Band, das Rob gemacht hatte, in der verschwitzten Hand und erinnerte sich daran, was er seinem Bruder unter ihrem Haus eingeschärft hatte: keinen Kurzschluss bei den Drähten zu verursachen. Er lockerte den Griff um das Stück Stoff und die Drähte. Es war nicht viel Zeit. Die Männer überprüften ihre Atemregler, ließen sie zischen, befreiten die Mundstücke vom Sand, drehten Ventile auf und legten die Riemen an. Sie würden unter den Sand verschwinden, Conner und Vic würden so schnell und so weit laufen müssen, wie sie konnten. Aber nur, falls man seine Schwester freiließ. Und auch nur, wenn er sie mit seinen Stiefeln befreien konnte. Oder er konnte sie senkrecht nach unten bringen, während die Bombe losging. Und dann? Würde man sie danach gehen lassen? Der Mann, der den Befehl hatte, hatte gesagt, dass es nicht um ihn und seine Schwester ging. Sie schienen nicht besonders wütend zu sein. Aber sie wollten den Ort in die Luft jagen. Conner wusste nicht, was er machen sollte, während er sich vorbereitete, das Band anzulegen und zu handeln. Er musste etwas tun. Sie aufhalten.

»Wo ist Brock?«, fragte Vic den alten Tauchmeister. »Warum kann er seine schmutzige Arbeit nicht selbst tun?«

Sie schindete Zeit. Aber sie zog auch die Aufmerksamkeit der Männer auf sich, was Conner nicht wollte. Yegery nahm das Mundstück aus dem Mund und ging zu ihr zurück. »Wenn er das selbst tun könnte, wozu sollte er dann mich brauchen? Du bist Taucherin. Du weißt, dass nicht jeder tun kann, was wir können. Es ist gut, dass er mich braucht, sonst wäre ich jetzt in deiner Situation.«

»Und wenn er dich *nicht* länger braucht?«

Yegery zögerte. Dann lächelte er. »Er wird mich immer brauchen. Ich bringe seinen Leuten die Geheimnisse des Tauchens bei. Obwohl sie dort drüben all diese Magie haben, hat sich herausgestellt, dass ein paar unserer Tricks nur uns bekannt sind. Mach dir um mich keine Sorgen.«

»Ich glaube, er wird dich verraten«, sagte Vic.

»Das werden wir sehen.« Yegery starrte auf Vic herunter, machte eine Geste, und dann stieg sie langsam zur Oberfläche hinauf. Befreit vom Steinsand streckte sie die Arme. »Du solltest jetzt lieber losrennen«, sagte er und griff nach dem Visier. Conner wusste, dass der Augenblick gekommen war. Er hielt das Band nahe an seinem Körper, schob die Hände auf den Schoß, dann hinauf zur Brust. Dabei versuchte er sich genau vorzustellen, was er mit dem Sand machen wollte. So hatte ihm seine Schwester beigebracht, die Dünen vorzubereiten, bevor man in sie tauchte.

»Willst du sie wirklich hier oben lassen?«, fragte einer der Männer. »Wir sollten sie lieber erschießen. Nur um sicherzugehen.«

Vic drehte sich um und blickte Conner an. Er hielt das Band nun in beiden Händen, vergewisserte sich, dass es genau richtig saß. Die aus dem Stiefel kommenden Drähte waren deutlich zu sehen, aber dagegen konnte er nichts tun.

»Nein. Erschießt sie nicht«, sagte Yegery. »Es ist nicht meine Schuld, dass sie hergekommen sind. Für ihren Tod sind sie selbst verantwortlich, nicht ich.« Er schaute auf Vic herunter, die sich noch immer in der Hocke befand. »Betrachte es als Gefallen für deinen Vater. Ein Geschenk.« Er klappte das Visier runter und lächelte.

»Ich habe ein Geschenk von unserem Vater«, rief Conner. Jetzt blickten die Männer in seine Richtung. Er hatte das Band auf die Stirn geschoben und konnte den Sand unter ihm fühlen, der mit einer schrecklichen Kraft summte. »Hier.«

Die Welt explodierte. Einen Augenblick lang glaubte Conner, die Bombe wäre schon losgegangen, dass Yegery sie mit seinem Band ausgelöst hatte und es sich so anfühlen musste, in einer Explosion zu sterben: ein Sekundenbruchteil Lärm, ein zuckender Schmerz und ein Lichtblitz. Er hatte dem Sand gesagt, was er wollte, hatte das Bild in seinen Gedanken aufgebaut, hatte es sich als gespannte Feder vorgestellt, die darauf wartete, ausgelöst zu werden. Aber er hatte unbedingt etwas sagen müssen, als die Verbindung zustande kam. Eine Pistole zuckte hoch, es blitzte und knallte laut, das war so abgrundtief dämlich, ein überwältigender Schmerz durchzuckte seine Brust, er war angeschossen worden, stürzte rücklings zu Boden. Aber der fest in seinem Kopf zusammengedrückte Sand explodierte in der Form, die er sich vorgestellt hatte, inspiriert von der Säule mit der Bombe.

Diese Sandsäule brach in sich zusammen. Die Silberkugel rollte über den blutgetränkten Sand auf Vic zu. Fünf weitere Säulen waren in die Höhe katapultiert, scharfe Spitzen aus Steinsand unter jedem der Männer, die nun aufgespießt waren. Einer von ihnen schrie und zuckte, bevor er verstummte – alle starben schnell.

Conner stöhnte und hielt sich die Brust, verfluchte sich selbst. Unter ihnen wirbelte der Sand, als er die Konzentration verlor und damit die Verbindung zu den Stiefeln seines Vaters. Er riss sich das Band vom Kopf und die Welt war fast wieder verstummt. Da gab es nur das Dröhnen seines Pulses und den Schmerz der Verletzung.

»Ganz ruhig«, sagte Vic. Sie war an seiner Seite. Sie riss den Taucheranzug an einem Saum auf und untersuchte die Wunde.

»Verdammte Scheiße, ich werde sterben«, wimmerte Conner.

Vic strich ihm das Haar aus der Stirn. »Du wirst nicht sterben. So schlimm ist das nicht.«

Conner trat vor Schmerzen in den Sand. »So schlimm fühlt es sich aber verdammt noch mal an.« Er sah zu, wie seine Schwester den Schlamassel um sie herum begutachtete, die blutigen Türme, die ihr Bruder erschaffen hatte.

»Ich habe schon Schlimmeres gesehen«, sagte sie.

55 – EIN TIEFES UNBEHAGEN

Als sich die Bewohner von Low-Pub langsam auf den Markt wagten, verschmutzten die Briganten den Sand noch immer mit ihrem Blut. Bald darauf war Vic nicht mehr die einzige Person auf den Knien, die sich um einen geliebten Menschen kümmerte. Eine Mutter schrie auf und umklammerte jemanden, der ihr Sohn gewesen sein musste. Jemand rief Vics Namen, ein junger Mann mit kurzen Dreadlocks und Tätowierungen auf der dunklen Haut. Als die beiden seine Wunde versorgten, versuchte Conner nicht aufzuschreien. Wenn er sich beklagte, dass seine Brust schmerzte, versicherte ihm Vic, dass es eigentlich seine Schulter sei und er wieder in Ordnung kommen würde. Seine Hand war taub, aber seine Schwester versicherte ihm, er würde wieder gesund werden.

Mit einem Messer schnitt man ihm den Taucheranzug vom Leib; die Drähte im Stoff knirschten, als sie durchtrennt wurden. Nie wieder würden sie den Sand bewegen. Vic stand auf, verließ Conners Seite und rannte los, um jemanden von der Metallkugel zu verscheuchen, befahl ihm, sie nicht anzufassen. Sie wagte es auch nicht. Stattdessen durchsuchte sie einen der aufgespießten Männer und fand ihr Visier und ihr Band. Conner sah zu, wie sie den Sand löste und ihre Leichen unter den Marktplatz schickte. Dann begrub sie die Bombe im Sand, damit niemand sie wegschaffen konnte.

»Danke«, sagte Conner, als der Mann mit den Dreadlocks seine Brust und seinen Arm mit Fetzen verbunden hatte, die von einem T-Shirt gerissen worden waren. Es gelang ihm, die Finger zu bewegen, was ihn etwas beruhigte. Aber es fühlte sich noch immer an, als hätte ihn eine Ziege getreten. Die ganze Hälfte seines Körpers schmerzte. Seine Füße wurden warm, und er war sich bewusst, dass die Stiefel noch eingeschaltet waren. Als er sie von den Füßen trat und darin nach dem Schalter griff, erregte er Vics Aufmerksamkeit.

»Rob«, sagte er, als würde das alles erklären. Er hatte seinen Bruder angebrüllt, weil er an den Stiefeln ihres Vaters herumgebastelt hatte. Jahrelang waren sie nicht mehr als ein Andenken gewesen, das in einer Ecke gestanden oder unter dem Bett gelegen hatte. Jetzt hatten sie Conner das Leben gerettet. Mehrere Male schon. Er hätte seinem Bruder danken sollen, statt ihn anzubrüllen. Und er würde ihm danken. Aber dann würde er ihn bitten, den verfluchten Schalter an einer Stelle anzubringen, die leichter zu erreichen war.

Vic berührte den Arm ihres Freundes. Der Mann nutzte die Zähne, um noch mehr von dem Shirt in Streifen zu reißen, dann suchte er auf dem Markt nach anderen, um die man sich noch kümmern musste.

»Kannst du aufstehen?«, fragte Vic.

Conner nickte, war sich aber nicht sicher. Er zog die Stiefel wieder an, Vic half ihm auf. Er schwankte. Der Anblick seines eigenen Blutes im Sand ließ Übelkeit in ihm aufsteigen. Er musste an Gloralai denken – dass er sie um ein Haar niemals wiedergesehen hätte. Dem Gedanken folgte ein plötzliches Schuldgefühl, dass er vor seiner Mutter und seiner Familie an eine Klassenkameradin gedacht hatte. »Und jetzt?«, fragte er. »Keiner dieser Kerle war derjenige, nach dem wir gesucht haben, oder?«

»Wahrscheinlich ist er schon lange weg«, antwortete Vic. »Die Typen, die die Befehle geben, kriegen nie, was sie verdient haben. Sie sind die Lords in ihren Türmen, die Briganten, die in ihren Zelten bleiben, während sich die anderen in Stücke sprengen.«

»Und das war die Bombe?« Mit dem Kopf deutete er auf die Stelle im Sand, wo sie sie begraben hatte. Vic stützte ihn mit einem Arm um die Taille und führte ihn dorthin.

»Wie lange dauert es, bis sie hochgeht?«

»Ich glaube nicht, dass das passiert«, sagte Vic. »Damien hat gesagt, dass sie zusammengedrückt werden muss, um loszugehen. Als würde man für ein Kind Murmeln basteln.«

Manche Taucher konnten den Sand so schnell und mit einer

solchen Gewalt zusammendrücken, dass sich eine perfekte kleine Glaskugel bildete. Conner sagte: »Scheint eine seltsame Methode zu sein, eine Bombe auszulösen.«

»Ja«, stimmte Vic ihm zu.

»Wir können sie nicht einfach hierlassen.«

»Nein«, sagte sie. »Wir werden sie mitnehmen müssen.«

»Und so tief begraben, wie wir nur können«, schlug Conner vor.

Seine Schwester zögerte. Sie sah zu den Leuten hinüber, die aus ihren Häusern kamen, um zu sehen, worum es bei dem Aufruhr gegangen war. Sie drehte sich um und blickte mit zusammengekniffenen Augen in den Wind, nach Osten.

»Wir müssen etwas damit tun«, sagte sie. »Wir müssen etwas tun.«

56 – EIN ORT DER STILLE

Die schwere Kugel lag in der Kuhle, die sie im Netz des Sarfers gebildet hatte. Vic hatte sie mit Seilen in dem großen Netz festgebunden, das sich zwischen den beiden Rümpfen des Fahrzeugs spannte. Auf seinem Sitz verlor sich Conner in dieser Bombe. Er hielt den wunden Arm auf dem Schoß. Seine Schulter pochte, fühlte das sanfte Schwanken seines Körpers, während Böen zwischen den Dünen nach Osten wehten.

Es gab Dinge, über die man nicht nachdenken konnte, wie ihm nun klar wurde. Es gab potenzielle Wahrheiten, die zu ertragen einen zu hohen Preis forderten. Erst *nachdem* der Körper von einer Begegnung mit der Gefahr Narben davongetragen hatte, lernte er Angst zu haben. Conner dachte an all die unberührten Stellen in seiner Seele, die ihm noch etwas beibringen mussten. An all die unbefleckten Teile von ihm, die auf diese Rasierklinge der Wahrheit warteten.

Söhne von Huren hatte es schon vor ihm gegeben. Das war eine Tatsache, aber sie war nie Teil seines Lebens gewesen. Darum hatte er auch nie irgendwelches Mitgefühl für andere Betroffene gehabt. Nicht, bis es *seine* Mom gewesen war, die mit von Schminke verdeckten Blutergüssen nach Hause gekommen war. Nicht, bis es *seine* Mom gewesen war, mit der die Väter von Freunden prahlten. Es hatte auch schon davor andere wie ihn gegeben. Ihm war nur nie der Gedanke gekommen.

Das Gleiche traf für die Vernichtung einer Stadt zu. Springston nach seiner Zerstörung zu sehen, hatte die Gefahr für Low-Pub zu einer Realität werden lassen. Furcht benötigte Präzedenzfälle. Das kleine Kind greift nach dem heißen Eisen – *wie schön rot und hell es aussieht!*

Diese Silberkugel mochte in seiner Vorstellung ganz harmlos sein, wie sie dort auf diesem Lastennetz lag – wäre da nicht Springston gewesen. Und diese Drohung, die Vic gemacht hatte, nachdem sie die Bombe festgezurrt hatte – diese Idee, dass sie Brock sein Geschenk zurückgeben würde – hätte ein Witz sein können, den man ignorierte. Wäre ihr Vater nicht vor diesen vielen Jahren auf der anderen Seite der Stierwunde verschwunden.

»Was ist mit Mom?«, fragte Connor. Er riss sich vom Anblick der Bombe los und blickte nach Westen, auf die hohen Berggipfel und die untergehende Sonne.

»Was ist mit ihr?«, fragte Vic. »Glaubst du, es interessiert sie, wenn ich verschwinde? Weißt du, wie viele Jahre wir nicht miteinander gesprochen haben?«

Conner glaubte es zu wissen. Aber er sah ihre Mutter jetzt mit anderen Augen. Er hatte erlebt, wie sie sich um Violet gekümmert hatte, hatte erlebt, wie sie Robs Leben gerettet hatte. Sie wurde nicht durch das definiert, was sie hatte tun müssen, um zu überleben. Das galt für keinen von ihnen.

»Es ist ein verdammtes Wunder, dass ich nicht schon vor Jahren gegangen bin«, sagte Vic.

Conner wandte den Kopf seiner Schwester zu. Sand prasselte gegen seine Schutzbrille. Er richtete das Tuch, um den Sand aus seinem Mund fernzuhalten. »Was soll das denn heißen?«

Seine Schwester starrte lange über den Bug hinweg. Als der Wind ihr Tuch anhob, konnte er sehen, dass sie sich auf die Unterlippe biss.

»Willst du wissen, warum ich nicht mit euch Jungs Zelten gehe?«, fragte sie schließlich.

Scheiße, ja, das wollte er. »Warum?«

»Nicht mehr als ein Schritt in diese Richtung wäre nötig, und ich würde nicht mehr umkehren.« Tuch und Brille ließen ihre Miene unleserlich werden. »Ich fühle, was Dad gefühlt haben muss. Dort draußen gibt es etwas, das größer ist als wir, und das stampft dort umher. Entweder ist es besser als dieser Ort oder es ist mein Ende. Ich halte beides für möglich.«

»Wenn du gehst, begleite ich dich.«

Vic lachte. »Nein. Tust du nicht.«

»Schwachsinn.« Tränen des Zorns brannten in Conners Augenwinkeln. »Du kannst tauchen, ich nicht. Du kannst nach Low-Pub ziehen, aber für mich ist es dort zu gefährlich. Du kannst dir jeden Mann aussuchen, den du willst, aber Palmer ist ein Idiot, weil er mit Hap herumhängt.« Mit dem guten Arm zeigte Conner auf den Mast. »Du rast mit roten Segeln und einem Legionstuch über die Dünen, aber du willst mir vorschreiben, was ich tun kann, weil es zu gefährlich ist? Aber für dich ist das in Ordnung? Vic, du bist eine beschissene Heuchlerin!«

Beschwichtigend hob seine Schwester die Hand und Conner beruhigte sich wieder. Sie beugte sich zu ihm hin und zog das Tuch herunter, damit sie nicht zu schreien brauchte, um gehört zu werden. »Ich bin keine Heuchlerin. Ich wäre eine Heuchlerin, würde ich mir um mich selbst so viele Sorgen machen wie um dich. Aber das tue ich nicht. Ich glaube, Eltern wissen so etwas. Ältere Geschwister wissen es auch.«

Conner kratzte sich dort, wo der Verband an seinem Hals juckte. Er dachte an die Dinge, die er Rob gesagt und sich dann darüber geärgert hatte, dass sie aus seinem Mund gekommen waren. »Ich möchte einfach nicht, dass du gehst.« Der Sarfer überwand eine glatte Anhöhe und fuhr wieder in die Tiefe, was seinem bereits unruhigen Magen zu schaffen machte. »Du kannst so lange behaupten, dass du zurückkommen wirst, wie du willst, aber das wird nicht passieren, und das wissen wir beide. Das tut niemand.«

»Niemand?« Sie zog das Tuch wieder über den Nasenrücken. Schweigend segelten sie zur nächsten Düne; nur die roten Segel raschelten.

»Ich habe gelogen, was die Nacht angeht, in der sie ins Lager kam«, sagte Conner. »Violet hat es nicht bis zu unserem Zelt geschafft. Ich war dort draußen.«

Vic richtete ein Tau, hielt aber inne und starrte ihn an. »Wo draußen?«

»Auf der anderen Seite der Wunde. Mit drei Feldflaschen und einem Rucksack voller Proviant.«

»Schwachsinn.«

Aber er sah, dass sie ihm glaubte. Bescheid wusste. Conner konzentrierte sich wieder auf diese Silberkugel.

»Palmer ist nicht aufgetaucht, also wollte ich Rob dort allein zurücklassen. Ich *habe* ihn auch dort allein zurückgelassen. Mitten in der Nacht habe ich mich rausgeschlichen und die Spalte überquert, war schon hundert Schritte weit gelaufen, als ich sie fand.« Er zog das Tuch herunter und nahm keine Rücksicht auf den Schutt, den er in den Mund bekam. »Also wenn du mir oder Palmer oder auch Rob erzählen willst, dass du dort hingehst und ihnen Zunder gibst oder Dad findest, um ihn zurückzuholen, musst du wissen, dass ich genau an deiner Stelle war und diese Entscheidung getroffen hatte. Und ich weiß, wie es ist, wenn man sich selbst belügt, und ich weiß auch, dass man niemals zurückkehren wird.«

Vic wandte sich von ihm ab und hob die Schutzbrille an. Wischte sich über die Augen.

»Ich weiß, was du deiner Meinung nach tun willst, aber das hat Dad auch getan. Wenn du das machst, verlässt du uns für immer. Und ich werde dich dafür hassen.«

Vic drehte den Kopf. Sie lächelte und weinte zugleich. »Aber du kannst Rob in diesem Zelt zurücklassen? Beschissener Heuchler.«

Und wie das nur zwischen Geschwistern möglich ist, folgte den harten Worten ein Gelächter. Tränen tropften in ein Lächeln. Eine flammende Sonne tauchte hinter die kühlen Berge und am Bug ruhte ganz gelassen eine harmlos aussehende Silberkugel.

57 – GOTTES WEITBLICK

Vic

Sie glaubten, es ihr leichter zu machen, sie damit zu unterstützen, aber sie zur Wunde zu begleiten machte es nur schlimmer. Ebenso wie der Anblick ihrer Familie, die wie in alten Zeiten gemeinsam ein Zelt aufbaute. Das ganze Wasser und die Vorräte, die sie mitgeschleppt hatten, jede rückenbrechende Unze der Hoffnung auf ihre Rückkehr. Aber Conner hatte recht gehabt. Sie mochte jeden von ihnen anlügen und versprechen können, dass sie zurückkehren würde, aber sie kannte doch die Wahrheit. Ihr Vater hatte die Wahrheit auch gekannt. Jeder, der diese Spalte im Boden überquerte, kannte die Wahrheit.

Sie packte aus und überprüfte ihren Rucksack, vergewisserte sich, dass alles da war. Wasser und Dörrfleisch. Zwei Brotlaibe. Ersatzhalstuch. Das Stirnband mit dem Visier. Ein tragbarer Schattenspender, um auch am Tag schlafen zu können. Das große Messer, ein Geschenk von Graham, als sie ihm alles erzählt hatte. Verbände und Salbe. Die drei Briefe, die die Jungs geschrieben hatten. Die fünf Garnituren Unterwäsche, die sie an Marco hatten denken und den Drang unterdrücken lassen müssen, entweder zu lachen oder zu weinen. Den Taucheranzug würde sie unter der an der Taille zusammengebundenen Tunika tragen. Die schwere Kugel hatte sie ganz unten eingepackt. Sie schien Hitze abzugeben, obwohl Vic sie von der Sonne ferngehalten hatte. Sie fühlte sich bereit. Weit im Osten rief sie der ständige Donner.

»Du weißt, dass ich derjenige sein sollte, der geht«, sagte Palmer und sah ihr zu, wie sie wieder alles einpackte.

»Warum?«, fragte sie. »Weil du der älteste Sohn bist?« Es sollte nur eine Stichelei sein, aber keiner ihrer Brüder schien Interesse daran zu haben, sich mit ihr zu streiten.

»Nein. Weil ich diesem Arschloch etwas schulde. Wegen Hap. Weil ich das alles erst in Bewegung gebracht habe.«

»Noch ein Grund, dass du hierbleibst und es zu Ende bringst.« Vic zog zwei zusammengefaltete Stücke Papier aus ihrer Bauchtasche und gab sie ihrem Bruder.

»Fick dich«, sagte Palmer. Abwehrend hob er beide Hände. »Ich nehme deine Riten nicht. Du kommst lebendig zurück, verflucht.«

Vic schnappte sich sein Handgelenk und drückte ihm die Papiere in die Hand. »Das sind nicht meine letzten Riten, du Arschloch. Das ist deine Landkarte.«

Palmer betrachtete die Seiten in seiner Hand. Er studierte die Karte, die er aus Danvar mitgebracht hatte, dann schüttelte er das andere Stück Papier auf. »Und was ist das dann?«

»Dort steht alles, was ich über das Tieftauchen weiß. Wie man bis zu tausend Metern taucht.«

»Das ist doch Blödsinn.«

Vic nahm ihn bei beiden Schultern und wartete darauf, dass er ihr in die Augen blickte. »Selbst mit dem richtigen Anzug und Visier wird dich eine solche Tiefe auf der Stelle umbringen. Dort unten kann man nicht atmen. Und bis du unter dreihundert kommst, wird sich dein Anzug anfühlen, als würde er dich in Stücke reißen. Aber man kann es schaffen. Auf deiner Karte habe ich ein paar von meinen bevorzugten Tauchstellen markiert. Und noch ein paar andere, die ich auch für vielversprechend halte. Auf der Rückseite habe ich einen Schlüssel aufgeschrieben, damit du meine Notizen verstehst. Ich gebe dir jetzt den Rat, Taucher dort runterzuschicken, die genauso blöd sind wie ich. Geh dieses Risiko nicht selbst ein. Du musst nichts beweisen.« Sie klopfte ihm auf die Schulter. »Du bleibst am Leben«, sagte sie. »Du warst der Eine.«

Palmer schob die Schutzbrille nach oben und wischte sich die Tränen aus den Augen. Dann setzte er sie wieder auf und studierte die Karte und die Notizen. »Wie können das nicht deine letzten Riten sein?« Er sah zu ihr hoch. »Du kommst nicht zurück, oder?«

Vic zog ihren Bruder an sich und Palmer erwiderte die Umarmung. »Pass auf dich auf«, sagte sie.

»Das werde ich.« Seine Stimme war ein Flüstern.

»Und auf Rob und Conner auch.«

»Das werde ich.«

Sie ließ ihn los und wandte sich ab, bevor sie ihre Schutzbrille hob und sich die Augen wischte. Rob rannte vom Zelt kommend auf sie zu und stieß gegen ihre Beine, warf die Arme darum. »Noch nicht«, sagte er. »Geh noch nicht.«

Vic ging auf die Knie und umarmte ihren kleinen Bruder. »Ich bin bald zurück«, sagte sie zu ihm. Rob runzelte die Stirn. An seinen Lippen klebte Sand. Vic zog sein Tuch vom Hals nach oben und schob es ordentlich über seine Nase. Ihn anzulügen fiel am schwersten, weil er der klügste von ihnen allen war. »Kümmere dich um deine neue Schwester.«

Rob nickte. Conner brachte ihr die Feldflaschen. Er hob ihr schweres Gepäck und hielt es ihr auf die Weise hin, auf die ein Taucher die Druckluftflasche eines Kameraden hielt. Sie stand auf und schob die Arme durch die Riemen, zog den Gürtel fest um die Taille und nahm dann eine Feldflasche nach der anderen.

»Das verdammte Ding ist vielleicht schwer!«, sagte Conner und meinte den Rucksack, aber vermutlich bezog er sich da eher auf die Bombe. Er rieb sich die Schulter. Zwischen ihnen geschah etwas Unausgesprochenes, eben die Art von Kommunikation, die sich unter dem Sand abspielte, wenn das Flüstern einer Kehle zu den Gedanken eines anderen wurden. Sie waren zusammen getaucht, hatten zusammen Leben geborgen, und indem sie das getan hatten, hatten sie auch etwas zwischen sich geborgen.

Vic umarmte ihren Bruder. Er hieb auf ihren Rucksack und flüsterte etwas, das im Wind verloren ging. Und dann wandte sich Vic der Wunde zu und entdeckte ihre Mutter, die dort wartete, genau wie sie sie in der Nacht entdeckt hatte, in der ihr Vater verschwunden war. Vic ließ ihre Geschwister hinter sich zurück, winkte ein letztes Mal dem Zelt zu, neben dem Violet allein stand, dann ging sie zu ihrer Mutter. Vor diesem Abschied fürchtete sie sich am meisten.

»Ich kann dir das nicht ausreden«, sagte ihre Mutter.

Vic lachte und dachte daran, welche Mühe sich viele Leute

gegeben hatten, das zu versuchen. »Wann hast du es zum letzten Mal geschafft, mir etwas auszureden?« Sie wollte es fröhlich klingen lassen, wollte verhindern, dass dieser Abschied so ernst wurde, dass sie nicht gehen konnte, aber vor allem wollte sie die Hoffnung ihrer Mutter nähren, dass sie möglicherweise zurückkehrte.

»Ich habe dich schon einmal verloren. Ich will meine Tochter nicht noch mal verlieren.«

Vic warf einen Blick zurück zum Zelt. »Du kannst auf eine neue Tochter aufpassen. Betrachte es als guten Handel.«

»Schwachsinn«, erwiderte ihre Mutter. »Gib mir eine vernünftige Antwort.«

»Das ist kein Schwachsinn«, erwiderte Vic. Ihr gefror das Blut in den Adern; die Möglichkeit, es unbeschwert hinter sich zu bringen, war vertan. »Ich gebe nicht, Mom. Ich nehme. Genau das tue ich. Ich nehme ihnen meinen Vater wieder weg. Ich werde ihnen ihre Stadt wegnehmen und sie für die bezahlen lassen, die wir verloren haben. Auge um Auge, Mutter. Sie schulden uns etwas und ich werde sie bezahlen lassen.«

»Nein. Du wirst bloß die Spalte überqueren und dann sinnlos sterben.« Ihre Mutter weinte. Ihre Mutter verletzlich, schwach und ... menschlich sehen zu müssen, setzte Vic zu. Sie wischte sich nicht einmal die Tränen ab, ließ sie einfach etwas Sand aus dem Wind sammeln.

»Was uns betrifft, hast du dein Bestes gegeben, Mom. Dir hat man keinen festen Sand als Weg gegeben. Das weiß ich. Ich hätte das nicht einmal halb so gut geschafft wie du.«

Mit diesen Worten rückte Vic den schweren Rucksack zurecht und wandte sich vom Lager ab. Das war das größte Kompliment, das sie überhaupt hatte machen können. Sie hätte ihrer Mom sagen können, dass sie sie liebte, aber das hätte keine von ihnen geglaubt. Liebe musste man sich verdienen, sie war hart erkämpft und wurde in Ehren gehalten. Sie war Marcos Gesicht und seine raue Handfläche auf ihrer Wange. Sie war nichts, das eine Familie bekam, nur weil sie eine Familie war. Aber ihre Mom hatte mit beschissenen Karten und ehrlichem Spiel mehr geschafft, als ein Bluffer mit einem Ass im Ärmel. Das war die Wahrheit, wie Vic nur zu genau wusste, als sie diesen harten Bruch im Wüstensand überquerte, diese zerklüftete Trennlinie zwischen dem Damals und dem Jetzt – diese Linie war wie ein Streit zwischen Liebenden oder Familienmitgliedern, eine Verletzung, die eine Beziehung permanent trübte, die sie von Werbung und Leidenschaft zu resigniertem Zusammenleben verschob. Sie verwandelte eine Tochter in eine Feindin, sodass das Beste, auf das man hoffen konnte, darin bestand, dass sie zu einer Freundin wurde.

Vic wischte sich den Schlamm von der Wange und hasste sich selbst, als sie die Stierwunde hinter sich ließ. Und dann blieb sie stehen und nahm dort im Niemandsland den schweren Rucksack ab. Sie drehte sich um, zog das Tuch um ihren Hals fester und rannte zurück, fühlte sich beinahe in ihre Jugend zurückversetzt, weinte wie das kleine Mädchen, das sie nie hatte sein wollen. Und die Arme ihrer Mutter waren weit ausgebreitet. Keine Fragen. Nur Tränen, die ihr die Wangen hinunterströmten. Eine Linie im Sand, die man nicht so ohne Weiteres überwand, nicht einmal an diesem Ort.

»Danke«, murmelte Vic am Hals ihrer Mutter. »Danke, Mom. Danke.«

Das war mehr als Liebe. Und es gab ihr Halt, als sie zurück zu ihrer Last ging – diese Spalte im Sand war ein Ding, das man einfach in beide Richtungen überqueren konnte, immer wieder. Vic ging genau in den Wind hinein und auf den Horizont zu. Die Erwiderung ihrer Mutter hallte in ihrem Ohr wider, begleitete sie auf ihrem langen Marsch; diese Worte, die am Rand des Niemandslandes und über dem vorlauten Flattern dieses unbezähmbaren Zeltes geflüstert worden waren:

»Mein liebes Mädchen. Meine liebe Victoria.«

58 – EIN KLOPFEN AM HIMMELSTOR

Es war Conner, der es sah. In der siebten Nacht schürte er das Feuer mit einer Metallstange, die beim Zeltaufbau übrig geblieben war, weil sie irgendetwas falsch gemacht hatten, und hob den Blick. Da zeichnete sich am Horizont plötzlich ein weißes Glühen ab. Tageslicht breitete sich aus, als hätte die Sonne die Zeit vergessen und wäre aus dem Bett gesprungen, weil sie sonst zu spät zur Arbeit käme.

Conner rief die anderen herbei, und seine Mutter, Rob und Violet strömten aus dem Zelt. Palmer eilte von der anderen Lagerseite herbei, knöpfte sich dabei die Hose zu, da er zum Pinkeln windabwärts gegangen war. Gemeinsam beobachteten sie das Glühen. Es blühte auf wie eine strahlende Blume. Es war so hell, dass man sich abwenden, zur Seite sehen, sich ihm genauso beugen musste wie der Mittagssonne.

»Mein Gott«, flüsterte Palmer.

Es gab nicht den geringsten Zweifel, dass gerade eine Stadt verschwunden war. Conner hatte schon zuvor Bomben losgehen sehen. Aus einer Entfernung von zwei Dünen die Explosion einer normalen Bombe zu verfolgen, war schwierig. Die hier erwachte erst hinter dem Horizont zum Leben.

»Vic«, sagte Rob und schniefte.

Ihre Mutter legte ihm die Hand auf die Schulter. »Ihr geht es bestimmt gut«, sagte sie, aber Conner fand nicht, dass sie überzeugt klang. Sie konnte es nicht wissen. Niemand von ihnen konnte es wissen.

Und dann kam wie nach langer Überlegung der Lärm. Ein Grollen in der Brust und in den Knochen. Ein tiefes Knurren der Erde und ein Heulen des Himmels. Einen Augenblick später schien sich der Wind zu drehen und der Sand verwandelte sich in ein wirbelndes Chaos. Sie hielten sich aneinander fest.

Violet ergriff Conners Hand und drückte sie, und ihm wurde bewusst, dass ihre kleine Schwester die Einzige war, die jemals dort gewesen war, die eine Ahnung von dem hatte, was gerade beschädigt worden war. Conner konnte ihr Verlangen spüren, in die Richtung zu eilen und es sich selbst anzusehen.

»Jetzt wissen sie, dass wir hier sind«, sagte Palmer.

»Das haben sie längst gewusst«, erwiderte ihre Mutter. »Sie haben immer gewusst, dass wir hier sind. Sie wissen, dass wir leiden. Aber jetzt ist es ihnen nicht mehr scheißegal.«

Die untypische Wortwahl rief Stille hervor. Lastende Stille. Conner brauchte mehrere Herzschläge, um zu erkennen, was nicht stimmte. Es wäre leicht gewesen, es nicht zu bemerken, es tagelang nicht zu bemerken; das Hintergrundgeräusch infernalischen Lärms war so konstant, dass man sein Fehlen beinahe überhören konnte. Aber er hörte es irgendwie. Er hörte diese Stille am fernen Horizont.

»Hört doch«, flüsterte er. »Die Trommeln. Sie schlagen nicht mehr.«

* * *

Sie hatten noch Wasser und Proviant für fünf weitere Tage, aber daraus machten sie acht. Vic hatte gesagt, sie sollten nicht warten, aber sie warteten doch. Ihre Mutter sagte ihnen, sie sollten nicht hoffen, aber sie hofften doch. Acht weitere Tage in dem Zelt, das am Mittag heiß und in der Nacht kalt war, Tage, in denen sie die Stille teilten und eine Geschichte, um das Schweigen zu brechen, Tage, in denen Lachen gelegentlich Erleichterung brachte. Es war die längste Zeit, die sie je miteinander verbracht hatten, die sie sich miteinander unterhielten und nachdachten. Geschichten über Vic und Geschichten über Vater wurden erzählt. Eine lange Wartezeit für eine Rückkehr. Und sollte keine Person am Horizont in Sicht spazieren, dann zumindest ein Geist. Und wenn schon kein Geist, dann eine Botschaft. Und wenn keine Botschaft, dann zumindest ein Zeichen.

Palmer erzählte von Danvar. Den Finger an einen Riss an seinem Bauch gelegt, gestand er einen Mord, und ihre Mutter hielt ihn, als wäre er wieder ein kleiner Junge. Und Conner erkannte im Schluchzen seines älteren Bruders einen Mann.

Die Tage und Nächte wurden lang und halbe Kappen Wasser wurden getrunken; das war nun ihr Leben. Niemand würde jemals nach Springston zurückkehren, denn da gab es keine Stadt mehr. Sie würden in dem Zelt leben, bis Wasser und Proviant verbraucht waren; so zogen sich die Nächte und die endlosen Tage als ein Gemisch aus Träumen und Geschichten hin, und eine Woche fühlte sich wie ein ganzer Sommer an, und der Mond wurde von einem Splitter zu einer wachsenden Scheibe, und so konnte man selbst die Rhythmen und das Heulen des Windes spüren und vorhersehen – wie ein alter Mann, der den Sand mit brennender Intensität viele Jahre lang beobachtet hatte, damit er das Bild einer Landschaft malen konnte, die noch nicht da war, es aber bald sein würde.

So lebhaft fühlte man die Augenblicke. Vor allem an dem Spalt in der Erde, der Stierwunde, an der sich in der Seele von jedem, der dort stand, ein tiefer, unheilvoller Abgrund öffnete, wo man Zehen waagemutig baumeln ließ, um den kühlen Luftzug zwischen ihnen zu fühlen, nur um so zu tun, dass das Heulen für die sensiblen Gemüter bestimmt war, nur um sich ein wunderschönes Gesicht vorzustellen, das einem dort unten in der Dunkelheit zuschrie: *Tu es nicht! Tritt zurück! Du bist zu mutig und schön und einzigartig, um hier in die Tiefe zu blicken und mich zu sehen.*

Conner setzte sich dennoch dort hin und ließ die Beine in der Spalte baumeln, denn so vertraut die beiden in den vergangenen Wochen miteinander geworden waren, so leer war die Drohung und schwach die Anziehung. Er ließ den Sand aus der Hand zum Mittelpunkt der Erde rieseln. In der Nähe wurden Glasmurmeln auf die andere Seite geschnippt, diese kleinen Kugeln, die Palmer gemacht hatte, der einen Großteil seiner Zeit damit verbrachte, allen zu zeigen, dass er es konnte. Der dachte ganz bestimmt, dass er lieber gegangen wäre, der älteste Sohn.

Und am achten Tag, als der Rückweg hätte beendet sein sollen, als sie nicht länger warten konnten, als das letzte Wasser Robs Zunge benetzte und auch der verschimmelte Brotkanten unter der Familie aufgeteilt worden war, versammelten sie sich an der Wunde in der Erde, die in beide Richtungen überquert wurde, so wie ein Faden springt und Nähte erschafft, und betrachteten den donnerlosen und stillen Horizont.

Es war noch früh. Die Sonne eine bloße Andeutung. Ein lauernder pinkfarbener Geist. Als die Sterne verschwanden, wies der noch immer verweilende Nachthimmel eine ungewöhnliche Bleischwere auf. Aber sie verschluckte das Licht des kommenden Tages nicht; etwas lag in der Luft. Conner ließ sein Tuch fallen; der Sand, der sonst vom Wind bewegt wurde, erlag einem Geheimnis, war auf irgendeine Präsenz aufmerksam gemacht worden, auf einen Laut, als würde in der Ferne jemand marschieren. Der kühle Morgen wurde noch kühler, das Eis der Wüstennacht klammerte sich voller Furcht vor dem pinkfarbenen Geist kläglich an die Morgendämmerung, und Conner hörte Schritte. Ein Grollen. Geräusch. Etwas näherte sich.

»Da kommt etwas«, sagte Rob und stellte sich auf die Füße. »Jemand kommt!«, rief er.

Palmer, Violet und ihre Mutter hörten auf, das Zelt abzubauen, und rannten zur Spalte, um sich zu den beiden Jungen zu stellen; Augen und Ohren strengten sich in der bleiernen Dunkelheit an, die Zeltplane flatterte in dem anschwellenden Wind. Da waren die rhythmischen Laute eines gleichmäßigen Vorankommens, dort näherte sich etwas, aber es waren nicht die Toten oder ihre Schwester – die vor langer Zeit gegangen war – oder ihr Vater. Sondern etwas noch Unfassbareres. Rob begriff es zuerst, gefolgt von ihrer Mutter. Etwas prasselte auf den Wüstenboden; es kam mit einer kalten Windböe und verdeckte die Sterne, eine Feuchtigkeit aus dem Himmel, eine Antwort auf die lange Stille, ein Zeichen, dass jemand in weiter Entfernung zuhörte.

Ihre Mutter fiel auf die Knie und brach in Tränen aus.

Und der Himmel weinte um seine Menschen.

PIPER
BESUCHE
FREMDE
WELTEN
Piper Science-Fiction.de
© gremlin/istock